Scarlet

스칼렛

www.bbulmedia.com

Melt You

너 를

녹 이 다

김유나
장편
소설

melt you

너 를
녹 이 다

CONTENTS

Prologue

때때로, 무심코 한 행동이 전혀 예상치 못한 결과를 초래할 때가 있다. 배터리가 다된 그의 휴대폰을 충전기에 꽂아 주려다 생각지 못한 어젯밤의 행보를 알게 된 지금이 바로 그랬다.

시은은 온갖 음담패설로 도배가 된 석준의 카카오톡 대화창을 무심한 시선으로 훑었다.

[박재영: 그래서 그년 죽여주던?]

아이러니한 내용의 팝업창에 무심코 '보기'를 누른 것이 잘못이었다. 아니, 평상시라면 볼 생각도 않았을 메시지가 하필 그 타이밍에 울려 준 것이 행운이라면 행운이랄까. 어쩌면 모르고 지나쳤을 수도 있는 어제의 진실을 목도한 채 시은이 싸늘하게 입매 끝을 일그러트렸다. 그녀의 눈은 그의 친구란 인간들과 주고받은 대

7

화창에서 한시도 떨어지질 못하고 있었다.

1차 친구들과 호프집에서 접선. 2차 홍대 클럽. 3차 노래방. 그리고 친구에게 자랑하듯 쏟아 놓은 클럽녀와의 뜨거운 후일담까지. 어젯밤, 몸살 기운이 있어 일찍 자겠다던 사람의 행보라기엔 지나치게 활발했다.

대화창에 닿은 눈동자가 시시때때로 빛을 바꿨다. 충격으로 시작된 감정은 잠시 현실 부정 단계에 머물렀다가 곧 분노로 치달았다. 급기야 마지막에는 나지막한 실소와 함께 차분해졌다. 휘몰아치던 감정을 가라앉혀 준 것은 그녀의 이름이 언급된 석준의 짤막한 메시지였다.

[박재영: 시은인 뭐 하는데?]
[김석준: 걘 내가 아파서 못 본다고 했으니까 오늘은 집에서 혼자 TV나 보다 자겠지.]

직전까지만 해도 빠르게 스크롤을 넘겨 올리던 손이 붙박힌 듯 멈췄다가 곧 체념한 듯 홈 버튼으로 향했다. 시은은 버튼을 꾹 누른 뒤 들고 있던 휴대폰을 소파 테이블 위에 내려놓았다. 공허해진 눈동자가 부엌 식탁 위에 올려 둔 죽 그릇으로 옮겨 갔다.

아프다는 말에 죽까지 들고 찾아온 스스로가 비참해졌다. 허탈한 웃음이 입 안을 맴돌았다.

"아…… 어제 약 먹었는데도 아직 머리가 아프네."

등 뒤에서 인기척이 느껴졌다. 이른 시간에 연락도 없이 찾아온 시은을 보곤 서둘러 화장실로 뛰어 들어갔던 석준이 때마침 샤워를 마치고 나왔다.

평소에는 제가 오건 말건 침대에서 비비적대고 있던 사람이 웬일로 안 하던 샤워를 다 하나 했더니, 술 냄새가 날까 봐 부리나케 씻고 나온 모양이다. 숙취를 앓는 주제에 기침까지 해 가며 열연 중인 그를 시은이 무감한 시선으로 바라보았다.

"석준 씨, 어제 어디 갔었다고 했지?"

"어?"

수건으로 머리를 탈탈 털던 그가 두 눈을 동그랗게 떴다.

"아, 어딜 가긴. 종일 집에서 잤다니까."

"정말 잤어?"

나직이 되묻는 말에 석준의 표정이 잠시 움찔했다. 하지만 그는 곧 평정을 되찾으며 태연하게 답했다.

"그렇다니까. 몸살 때문에 골골대는 거 뻔히 보고 있으면서, 왜 자꾸 묻는데?"

석준은 말끝에 작위적인 기침을 덧붙이며 시은의 표정을 살폈다. 그의 눈동자에는 뻔뻔함과 불안감이 공존하고 있었다. 깊은 한숨이 스산한 바람처럼 시은의 입술을 스쳤다. 먹은 것도 없는데 혀끝이 썼다.

"그러게. 내가 왜 물은 걸까."

이미 다 알고 있으면서 말이야.

시은은 자조적인 웃음을 지으며 천천히 부엌으로 향했다. 조금 전 상을 차리느라 식탁 의자에 걸쳐 놓았던 외투와 핸드백을 집어 들었다. 무감히 허공을 스치던 눈동자가 식탁 위에 정갈하게 놓인 죽 그릇에서 잠시 멈추었다. 혀끝에 감도는 쓴맛이 더욱 짙어졌다.

6개월이 되는 연애 기간 중에 그녀가 처음으로 여자 친구로서의 역할을 한 날이었다. 요리엔 워낙 재주가 없어 맛을 보장할 수 없지만, 보양적인 면이라도 챙겨 보겠다며 실한 전복을 듬뿍 넣어 죽을 끓였더랬다. 행여 퍼질까 봐 서두른 덕에 채 식지도 않은 죽에선 아직도 김이 모락모락 올라오고 있었다.

이래서 사람이 안 하던 짓을 하면 안 되는 건데.

다문 입매 끝이 씁쓸하게 당겼다.

"뭐야, 벌써 가려고?"

외투를 손에 쥔 채 말없이 서 있는 시은에게로 석준이 조심스레 다가왔다. 서늘한 얼굴로 좀처럼 대꾸를 않고 있는 그녀를 보며 본능적으로 심상치 않은 기운을 감지한 듯했다. 몇 번의 물음에도 그토록 뻔뻔스럽게 나올 땐 언제고, 이제 와서 뒷수습하려는 꼴이 우습기 짝이 없다.

"왜 그래, 시은아. 뭐 기분 나쁜 거 있……."

"석준 씨."

폭풍전야처럼 고요한 음성이 조바심 어린 석준의 말을 느리게 가로질렀다. 잠시 침묵이 찾아들고, 시은이 한숨처럼 말했다.

"그만하자. 우리."

"뭐?"

담담히 이별을 얘기하는 시은의 눈은 여전히 죽 그릇에 고정된 상태였다. 없는 솜씨로 뭐라도 해 보겠다고 이른 아침부터 아등바등댔던 것이 주마등처럼 머릿속을 스친다.

"방금 뭐라고 했어?"

석준이 당혹감을 감추지 못한 음성으로 되물었다. 시은은 무표정한 얼굴로 석준을 돌아보았다.

광란의 밤을 보내느라 붉게 충혈된 눈동자가 꼭 놀란 토끼 눈

같았다. 다짜고짜 끝을 얘기하는 시은의 말에 당황했는지, 쉬지 않고 내뱉던 작위적인 기침이 어느 순간부터 멈춰 있었다. 그게 또 우스워 나지막이 실소가 터졌다.

"이젠 기침 안 하네? 그새 감기가 다 나았나 봐?"

"아. 아니, 네가 자꾸 못 알아들을 소리만 하니까 내가 너무 황당해서 그러잖아. 그만하자니. 대체 무슨 뜻……."

조롱 섞인 웃음이 석준의 말허리를 비릿하게 갈랐다.

"무슨 뜻인지 다 알아들었잖아. 끝내자고, 우리."

시은은 차분하게 말한 뒤 온화한 표정으로 웃어 보였다. 말문이 막힌 석준이 멍하니 그녀를 바라보았다.

얼빠진 표정으로 서 있는 그를 보며 시은은 파들거리는 주먹을 안으로 꽉 말아 쥐었다.

"괜한 실랑이로 힘 빼지 말자, 우리. 그만 가 볼게."

싸늘한 표정으로 막 그를 지나치려는데 손이 붙들렸다. 살갗 위로 감기는 체온에 마치 바퀴벌레가 스친 것처럼 소름이 끼쳤다.

"윤시은! 너 대체 무슨 소리를!"

"이거 놔."

음산하게 가라앉은 목소리가 경직된 공기를 가로질렀다. 날카로운 시선이 석준의 얼굴을 스쳐 손목으로 떨어졌다.

그에게로 향한 눈빛, 표정, 짤막하게 내뱉은 목소리 하나까지 어느 것 하나 경멸 어리지 않은 것이 없었다. 석준은 그제야 시은이 지금껏 물었던 질문이 그저 예사로운 것이 아님을 깨달았다.

등골에 식은땀이 주륵 흘러내렸다. 순간적인 감정으로 내뱉는 말이 아니었다. 그녀는 정말로 그와 끝낼 생각을 하고 있었다. 줄곧 황당한 눈초리로 그녀를 바라보던 석준의 표정이 그제야 비굴하게 바뀌었다.

2년이란 시간을 허비한 끝에 사수해 낸 여자였다. 첫눈에 반해 대시했지만 도도한 마음을 돌리기까지 꽤 애를 먹어야 했다. 비록 제 버릇 남 못 주고 잠시 한눈을 팔았지만, 상투적인 변명일지라도 마음만은 항상 시은에게 있었다. 그런데 이렇게 시은과 헤어지다니.

"시은아, 아무래도 네가 뭔가 오해를 한 모양인데⋯⋯."

그가 변명을 시작하자 시은은 거칠게 손을 뿌리쳤다. 곧장 식탁 위로 뻗어 간 손이 죽 그릇을 집어 들었다.

"시, 시은아!"

석준이 파리해진 얼굴로 기함한 듯 외쳤다. 입을 앙다문 그녀의 얼굴에 서늘한 분노가 흘렀다. 여전히 뜨거운 김이 올라오는 죽 그릇이 놀란 토끼처럼 서 있는 얼굴을 향해 내리찍을 듯 곤두박질쳤다. 화들짝 놀란 그가 두 손으로 얼른 머리를 감싸 쥐었다. 무섭게 달려들던 죽 그릇이 정수리에 닿기 직전 멈추었다.

시은은 제 시야 아래서 잔뜩 웅크리고 있는 커다란 남자를 한심한 듯 내려다보았다. 덩칫값 못하고 쪼그라들어 있는 폼이 참으로 찌질하기 그지없었다.

고작 이딴 새끼한테 놀아나서.

눈시울로 뜨거운 기운이 몰려들었다. 그릇을 거머쥔 핏기 없는 손이 바들바들 떨렸다. 들고 있는 그릇이 뜨거운 줄도 몰랐다. 그보다 더한 분노가 온몸을 휘감았고, 이대로 그릇을 내던져 김석준의 면상을 박살 내고 싶었다. 하지만, 그런 감정 소모조차 이 자식에겐 사치일 뿐이다.

"정말로 죽사발 나게 맞기 전에."

시은이 터져 버릴 것 같은 감정을 가까스로 억누르며 섬뜩하게 읊조렸다.

"내 눈앞에서 꺼지라고, 이 개자식아."

"그거 진짜 완전 개자식이네!"

당사자보다도 더 분노한 혜영의 목소리가 시끄러운 소음을 뚫고 술집 안을 울렸다.

"야. 조용히 좀 해라, 좀. 사람들이 쳐다보잖아."

시은의 타박에 뒤늦게 주변 눈치를 살핀 혜영이 한 톤 낮추어 말했다.

"그래도 그렇지 넌, 어떻게 그 자리에서 아무 짓도 않고 걸어 나올 수가 있니?"

"뭐야, 그 말은? 내가 무슨 짓이라도 했어야 돼?"

"당연한 거 아니야? 모름지기 아랫도리 함부로 놀리는 것들은 두 번 다신 그딴 짓 못 하게 아예 고자로 만들어 버려야 돼. 내가 너였음 그 새끼한테 바락바락 따져 묻고 거시기 한 번. 아니, 열댓 번은 더 지근지근 밟아 줬을걸?"

"듣고 보니 그렇네."

시은이 맥주 한 모금을 들이켜며 심드렁하게 대꾸했다. 그 담담한 반응에 혜영은 외려 제가 더 울화통이 터질 것 같았다.

"그러게. 왜 바보처럼 아무 짓도 안 하고 그냥 나온 거냐고!"

"닿기 싫었으니까."

낮은 음성이 혜영의 핀잔 뒤로 차분하게 따라붙었다.

"그 자식이랑 털끝 하나도 닿기 싫었거든."

줄곧 호들갑을 떨어 대던 혜영이 일순 조용해졌다. 시은은 말없이 따라붙는 시선을 향해 빙긋 웃어 보이곤 안주로 나온 아몬드 하나를 집어 입에 넣었다. 아작아작 씹히는 아몬드의 향이 오늘따라 고소하긴커녕 비리게 느껴졌다.

아무렇지 않아 그냥 나온 게 아니었다.

한 마디라도 더 들었다간, 조금만 더 그 자리에서 시간을 지체했다간, 있는 대로 추하게 무너져 버릴 것만 같아 그리한 것이다.

최대한 이 마음을 감추고 싶었다. 그딴 인간에게 진심을 농락당하고 또 충격받았다는 사실을, 다른 사람은 몰라도 김석준 그 자식에게만큼은 알려 주기 싫었다.

한데 결국 들키고 만 것 같았다. 집어 든 그릇을 내던져 산산조각 내 버림으로써.

날카롭게 부서져 흩어진 조각들과 함께 제 자존심도 산산조각난 것 같아 시은은 기분이 참으로 엿 같았다. 떠올리기 무섭게 치고 올라오는 감정을 억누르려 맥주를 들이켰다. 몽글몽글한 기포들이 날카롭게 목구멍을 찌른다. 하루 종일 비어 있던 속에 술이 들어가자 배 속이 홧홧했다.

"괜찮아, 너?"

혜영이 걱정스런 얼굴로 시은을 바라보았다. 동정이나 받자고 불러낸 건 아니었는데 문득 처량한 기분이 들었다. 시은은 애써 태연한 척 어깨를 으쓱했다.

"뭐, 딱히 안 괜찮을 건 없는데, 당장 내일부터가 좀 걱정이긴 하다. 좋건 싫건 그 얼굴은 계속 봐야 되니까."

"맞다. 둘이 같은 회사였지."

혜영이 뒤늦게 잊고 있던 사실을 깨닫곤 미간을 구겼다.

그랬다. 석준과 시은은 그 흔하디흔한 사내 커플이었다. 해외 파견을 마치고 본사로 돌아온 석준이 시은을 보고 첫눈에 반했다며 무려 2년을 대시한 끝에 성사된 연애였다. 본격적인 연애 기간은 6개월이 채 되지 않은 시점이었다.

그다지 사근사근한 성격은 못 되는 시은 탓에 있는 대로 티를 내며 연애를 한 건 아니지만, 그래도 석준의 대시부터 꽤 오랜 기간 사람들 눈에 띄었던 터라 둘이 연애 중인 것을 알 만한 사람은 다 알고 있는 상황이었다. 한데 그 끝이 다름 아닌 석준의 바람이라니.

남 얘기 하기 좋아하는 사람들이 뭐라고 떠들고 다닐지 듣지 않아도 뻔했다. 사내 연애의 처참한 말로란 결국 회사 사람들의 테이블 위 안줏거리가 되는 것이었다.

수군거리는 사람들의 목소리가 벌써부터 귓가에 맴도는 것 같았다. 생각하는 것만으로도 짜증이 치밀었다.

"구설수를 피할 순 없겠지만, 아마 시간 좀 지나면 금방 잠잠해질 거야. 그리고 소문 좀 나면 어떠니? 네가 잘못해서 헤어진 것도 아닌데."

혜영이 달래듯 말했지만 그럼에도 시은은 시끄러운 속이 쉽게 잠잠해지질 않았다.

"아, 몰라. 모르겠다. 어떻게든 되겠지, 뭐."

한참을 근심하던 그녀가 짜증스런 얼굴로 맥주잔을 집어 들었다. 혜영이 어느새 비어 버린 잔에 맥주를 채워 주었다.

"그래, 됐어. 너무 신경 쓰지 마. 한 번 데어 봤으니까 앞으로 똑같은 실수 반복 안 하게 조심하면 되지! 아무튼 그딴 개자식 다 잊고 이참에 너도 쿨하게 새 차로 갈아타는 거야."

그새 새 차 타령 하는 혜영의 말에 시은이 황당한 표정을 지었다.

"야, 그래도 그렇지. 벌써 새 차 운운하기엔 너무 이르지 않니? 나 헤어진 지 만 하루도 안 됐는데, 지금?"

"원래 폐차하고 당일에 바로 새 차 뽑고 그러는 거야. 똥차라도 타고 다니던 버릇이 있는데 막상 걸어 다니려면 힘들다, 너. 안 되겠음 렌트라도 해야지 않겠어?"

"뭐……."

잠시 생각에 잠긴 듯 말꼬리를 늘이던 시은이 싱긋 웃으며 은근한 어조로 덧붙였다.

"그 말도 일리가 있네?"

시은과 혜영이 서로 눈을 맞춘 채 키득거렸다.

"그렇지! 이 언니가 오늘은 네 담당 딜러 해 드릴 테니까, 아주 맘 놓고 골라 봐!"

혜영이 신이 난 표정으로 번쩍 잔을 들어 올렸다. 유쾌한 웃음과 함께 두 개의 잔이 짠, 하고 맞부딪혔다.

시은은 두 눈을 질끈 감고 꿀꺽꿀꺽 술을 들이켜 갔다. 뱉은 말과는 달리 씁쓸한 속마음도 넘어가는 술과 함께 눌러 삼켰다.

아무리 온 정성을 쏟지 않았더라도 연애는 연애였다. 말 한마디로 그렇듯 쉽게 정리가 될 감정이었다면 그 앞에서 죽 그릇을 내던지는 볼썽사나운 모습을 보이지도 않았을 터였다.

똥차도 막상 폐차시키려고 하면 정이 들어 미련이 남는데, 사람은 오죽할까.

창피함과 자존심에 겉으론 괜찮은 척 굴곤 있지만 되새길수록 마음이 무너져 내리는 건 어쩔 수가 없었다.

연애가 끝났다는 상실감 때문만은 아니었다. 인간에게 갖고 있던 신뢰가 깨진 게 더 컸다. 2년이란 시간 동안 끈질기게 구애받았고 그래서 믿고 결정한 연애였다. 시작부터 끝까지 먼저 손을 내민 건 항상 그였기에, 그가 먼저 등 뒤에 칼을 꽂는 일이 벌어질 거라곤 생각조차 해 본 적이 없었다.

한데, 역시 뭐든 확신하면 안 됐다. 인간관계에 있어, 특히 그 감정적인 면에 있어 불변이란 건 존재치 않는 것인데.

생각해 보면 사귀기로 한 시점부터 이미 그는 변하고 있었던 걸지도 모른다. 줄곧 그래 왔는데, 처음의 그 좋았던 모습만 기억한 채 혼자 바보처럼 빤히 보이는 변화들을 외면하고 있었던 걸지도.

나이 서른에. 순진해 빠져 가지고.

시은은 빈 술잔을 빙글 돌리며 자조하듯 웃었다. 그러다 문득 코끝이 시큰해졌다. 항상 애걸복걸한 건 상대였고 자신은 크게 마음 주지 않았다 확신했었는데, 이렇듯 배신감이 들고 마음이 아픈 걸 보니 꼭 그랬던 것도 아닌 모양이다.

"오늘 어떻게 할까? 아는 오빠들 좀 불러 볼까?"

혜영이 흥이 오른 얼굴로 휴대폰을 꺼내 들었다.

"딜러 맘대로 하셔. 난 화장실 좀 다녀올게."

시은은 대충 기분 맞춰 대꾸한 뒤 자리에서 일어났다. 더 버티고 있다간 우는 꼴을 혜영에게 보이고 말 것 같았다. 여태 별일 아니라는 듯이 거드름 피워 놓고 눈물을 보인다면 그 얼마나 꼴사나워 보일지. 냉수로 세수라도 해야 되나 싶어 화장실 쪽으로 발걸음을 옮겼다.

넘실대던 감정이 어느 정도 차분해지고서야 시은은 화장실에서 빠져나왔다.

"아, 머리야."

빈속에 술을 들이부은 탓인지 관자놀이가 지끈거렸다. 그래도 그렇지, 소주도 아니고 겨우 맥주 몇 잔에.

혜영은 한창 물이 올라 보나 마나 본격적으로 술판을 벌이려 들 텐데 사람 불러 놓고 혼자 마시랄 수도 없는 노릇이었다. 나가서 숙취해소제라도 사서 마셔야 되나, 생각하며 좁은 통로를 따라 걸음을 옮겼다. 한 걸음 두 걸음 내딛는데 갈수록 두통이 심해지는 느낌이 들었다.

시은은 걷다 말고 잠시 그 자리에 멈춰 섰다. 술도 기분 따라 먹히는 거라고, 기분이 더러우니 얼마 안 되는 양에도 금세 취해 버린 모양이다. 벽에 기대어 관자놀이를 눌러 짚고 있던 때였다.

"아."

돌처럼 단단한 것이 어깨를 스쳤다. 힘없이 기대어 있던 몸이 예상치 못한 부딪힘에 하릴없이 휘청거렸다. 순간 발마저 접질려 넘어질 뻔한 그때, 문득 어깨를 붙잡아 오는 악력과 함께 몸이 확 당겨 세워졌다.

"괜찮으세요?"

머리 바로 위에서 울리는 낮은 음성에 눈이 번쩍 뜨였다. 당황한 나머지 방금 전까지만 해도 지독하게 지끈대던 숙취가 도망이라도 치듯 사라졌다. 놀란 시은이 어깨에 닿은 낯선 손을 부리나케 뿌리쳤다.

"아, 네. 괜찮······."

"혹시 윤 주임님?"

그 순간 허공을 담고 있던 눈동자가 목소리가 들려온 쪽으로 향했다. 이름이었으면 또 모를까 '윤 주임'이라는 호칭에 시은은 가슴이 덜컥 내려앉았다.

회사 사람인가. 불안감을 안고 돌아간 시선 끝에 예상과는 다른 낯선 얼굴이 보였다. 아니, 아는 사람인 것 같긴 한데, 그게 누구인지 대번에 떠오르질 않는다 해야 옳은 표현이었다.

고개를 꺾어야만 얼굴이 완전히 눈에 들어오는 훤칠한 키에, 표정이 없어 더욱 서늘해 보이는 인상. 희미한 조명 탓에 짙은 잿빛처럼 느껴지는 공허한 눈동자가 아닌 게 아니라 묘하게 낯이 익은 남자였다.

누구더라.

기억 속을 더듬는 눈이 실낱처럼 가늘어졌다.

"저 민정우입니다."

"민정우?"

시은의 눈이 의외라는 듯 커졌다. 본인 입으로 이름을 밝힌 남자가 대답 없이 고개를 끄덕였다. 그제야 시은은 눈앞의 얼굴 위로 익히 알고 있는 한 사람을 떠올렸다.

"그 정우······ 씨?"

눈앞의 남자가 낮게 한숨지었다. 동시에 민망함이 그녀를 덮쳤다.

"아, 미안. 안경을 안 써서 몰라봤네. 내가."

지금 마주하고 있는 그는 같은 사무실에서 근무하는 후배 직원인 민정우였다. 워낙 과묵한 타입이라 가까이 두고 본 게 드문 데다가, 회사에선 항상 단정한 슈트 차림에 안경을 쓰고 있어서 순간 몰라보고 말았다.

캐주얼한 복장에 안경 하나 벗었을 뿐인데 사람이 이렇게나 달라 보이나?

그렇다 치더라도 한 부서에서 일하는 직원을 몰라봤다는 것은 그 사람에 대한 예의가 아님이 분명했다. 시은은 미안한 마음에 차마 눈을 마주칠 수가 없었다.

"그러실 수 있죠. 그러는 윤 주임님께선 좀 취하신 것 같은데."

"아, 모처럼 마셨더니 머리가 좀 아파서."

시은이 민망한 얼굴로 이젠 멀쩡해진 관자놀이를 뒤늦게 짚었다. 그러다 문득 떠올랐다. 그가 다름 아닌, 시은이 사내 연애 중임을 아는 직장 동료라는 사실이.

혜영의 기세를 보아하니 금방이라도 남자들을 불러낼 태세던데. 보고 회사에 소문이라도 내면 어떡하지.

뒤늦게 걱정이 밀려들었다.

하필 이럴 때 마주칠 건 또 뭐람. 초조함에 손톱 끝을 질겅거리고 있을 때였다.

"너무 많이 드시진 않는 게 좋겠네요. 그럼 전 이만."

짧게 말을 마친 정우가 미련 없이 옆을 스쳐 지나갔다. 당혹스런 눈초리로 그의 뒷모습을 좇던 시은이 뒤늦게 든 생각에 부리나케 혜영이 있는 쪽으로 돌아갔다.

아무래도 여기서 새 차를 찾는 건 아닌 것 같았다. 하지만 그렇게 생각하고 혜영을 찾았을 땐 이미 한발 늦어 버린 상태였다. 그새 새 차 후보군 소환에 성공한 혜영이 남자 둘과 마주 보고 앉아 정겹게 이야기를 나누고 있었다. 행동력 하나는 정말 기가 막힌 여자였다.

이대로 나가서 혜영일 불러내, 어째.

아직 자기 자리로 이동 중인 정우를 보며 선뜻 테이블로 향하지 못하고 있던 그때, 때마침 주변을 둘러보던 혜영과 눈이 마주쳤다.

"어? 윤시은! 여기!"

혜영이 보란 듯이 손을 들어 올렸다. 쓸데없이 쩌렁쩌렁한 목소리가 시끄러운 소음들을 제치고 시은에게로 향했다. 동시에 막 자기 일행들이 있는 자리로 돌아가던 민정우도 그녀 쪽으로 고개를 돌렸다.

골치가 아파 온다. 시은은 단념하듯 두 눈을 질끈 감아 버리고 말았다.

✳ ✳ ✳

때마침 근처에 있었다는 지인을 잽싸게 소환한 혜영은 굳은 듯이 남자들을 바라보고 있는 시은에게 오늘 네게 새 차를 선사하고 말겠노라고 호언장담했다. 하지만 이 만남의 당사자인 그녀는 정작 오가는 대화에 한순간도 집중하질 못하고 있었다. 어쩐지 뒤통

수가 따가운 느낌이 들어 돌아보자 빤한 눈초리로 그녀를 바라보고 있는 민정우와 눈이 마주쳐 버린 탓이다. 때문에 시은은 차마 뒤를 돌아보지 못하고 끈질기게 허공만을 응시했다.

사내 연애란 여러모로 골칫거리였다. 사귀는 동안에도, 그리고 헤어진 이 마당에도 주변 눈치나 봐야 하다니.

그나저나 그다지 타인에게 관심 갖는 타입은 아닌 줄 알았더니 의외로 집요한 구석이 있었던 모양이다. 시은은 정우가 있는 방향으로부터 등을 보이고 앉아 난처한 듯 머리카락을 쓸어 넘겼다.

"야, 너 사람 불러 놓고 꿀 먹은 벙어리처럼 뭐해?"

열심히 분위기 몰이 중에 있던 혜영이 눈치를 보냈다.

"혜영아, 우리 자리 좀 옮기면 안 될까?"

"어디로?"

"어디든 좋으니까 여기 말고 딴 데로."

"여기가 어때서. 요즘 이 근처에서 제일 핫한 집이란 말야."

아, 글쎄. 그럼 뭐 하니. 집중이 안 되는데. 집중이.

시은은 목구멍까지 치닫는 말을 삼키며, 시종일관 좌불안석인 저를 어리둥절한 표정으로 바라보고 있는 혜영의 지인들을 향해 어색한 미소를 지어 보였다.

딱히 눈에 드는 이가 있는 건 아니었지만 이런 상태로 자리를 지속하는 건 너무나 무의미한 짓이었다. 일단 이곳을 떠야, 정확히는 민정우의 시야에서 벗어나야, 자신을 위해 자리를 마련한 혜영의 성의에 최소한의 보답이라도 할 수 있을 것 같았다. 하지만 이런 사정을 알 리 없는 혜영은 시은의 간절한 눈길을 외면한 채 그저 분위기 띄우기에만 급급한 상태였다.

"회계 사무소에 계신다고 했나요? 정석 오빠 이런 좋은 분 알고 있으면서 여태 나한텐 소개 한번 안 시켜 주고."

싹싹한 말끝에 간드러지는 웃음을 덧붙이며 혜영이 말했다. 혜영이 저토록 고군분투 중이건만, 시은은 등 뒤에서 뻗어 오는 시선이 신경 쓰여 한마디도 편하게 할 수가 없었다.

애써 등을 보인 채 외면 중인 뒤통수가 뜨뜻하다.

사내 연애란, 정말이지 할 짓이 못 되는 일이었다.

✳ ✳ ✳

"어딜 그렇게 넋 놓고 보고 있어?"

어깨를 툭 건드는 손길과 함께 정우는 그제야 어딘가를 향해 빤히 박혀 있던 시선을 겨우 거뒀다. 옆에 앉아 있던 친구 현태가 정우의 눈길이 향해 있던 곳을 확인하곤 의아한 표정으로 물었다.

"뭐냐, 여자냐?"

"웬일이냐, 민정우가 먼저 여자한테 관심을 다 보이고?"

그가 보고 있던 것이 다름 아닌 여자라는 사실에 함께 앉아 있던 일행들이 너 나 할 것 없이 흥미를 보였다. 정우는 아무런 대꾸도 하지 않은 채 테이블 위에 놓인 얼음물을 들어 입가로 기울였다.

"근데 뭐야. 이미 임자 있는 것 같은데?"

"그러네. 2 대 2 쪽수까지 딱 맞는 게."

"남친이라기엔 좀 어색해 보이고 급만남이라도 하는 건가?"

재미난 안줏거리라도 찾은 듯 친구 녀석들이 이때다 싶어 달려들었다. 잠자코 방관 중이던 정우가 들고 있던 물 잔을 소리 나게 내려놓았다.

"시시한 농담 따먹기나 하자고 불러낸 건 아닐 테고. 뭔데? 용건이라는 게?"

친구들이 그제야 정우의 눈치를 살폈다. 동창 모임 따원 딱히 관심 없다는 사람을 용건 언급하며 불러 놓고, 정작 본론도 없이 시시껄렁한 이야기나 주고받고 있다니.

마뜩잖은 얼굴로 무리를 훑어보자, 이 자리에 정우를 불러낸 장본인인 현태가 뒤늦게 총대 메듯 나섰다.

"그게, 용선이가 죽이는 사업 아이템이 하나 있다고 해서 말이야. 너도 같이 해 보면 어떨까 하고."

"뭐냐, 중요한 용건이라더니?"

꼭 나와야 하는 자리라고 자신을 열심히 구워삶았던 현태를 향해 정우가 싸늘한 시선을 보냈다.

"지난번에도 말했던 것 같은데. 난 가진 돈 없다고. 내가 쓰는 돈은 전부 아버지를 거쳐 나오는 거라 함부로 투자할 수 없다고."

친구들이 꿀 먹은 벙어리라도 된 양 서로 눈빛만 주고받고 있었다. 정우가 느른하게 꼬고 있던 다리를 풀며 무미건조하게 말했다.

"할 말 다 했지? 그럼 나 먼저 일어난다."

"야, 민정우."

딱히 인사랄 것도 없이 자동차 키를 쥐고 자리에서 일어나는 정우를 현태가 다급히 쫓아왔다. 단호한 걸음으로 단숨에 술집 문 앞까지 간 정우에게 현태가 무색한 얼굴로 말했다.

"야, 인마. 아니면 아닌 거지, 칼같이 일어나 나갈 건 또 뭐냐?"

"지난번에도 말했지. 능력도 안 되는 주제에 허세만 가득 차서 사업이니 뭐니 같잖은 소리 하는 자리에 나 불러내지 말라고."

무심한 얼굴로 주차장 쪽을 바라보며 정우가 싸늘히 되받아쳤다.

"아니. 용건은 핑계고 겸사겸사 친구들도 보고 그러자고 불러낸 거지."

친구는 무슨. 지들 시시한 돈 굴리기에 호구가 되어 줄 물주 하나 잡고 싶은 거겠지.

십년지기인 현태의 의도까지 곡해하는 건 아니지만, 현태에게 저를 불러내라 바람 넣었을 다른 녀석들의 검은 속내를 짐작하며 정우는 비릿하게 웃었다.

"넌 인마, 좀 사회성을 키울 필요가 있어. 네 아버지께서도 그것 때문에 멀쩡한 본인 사업체 놔두시고 너 다른 회사 입사시키신 거 아니야. 본격적으로 사업 물려받으려면 인맥이랑 사회성이 필수인 거 몰라?"

"인맥도 인맥 나름인 거다. 그러니까 앞으로 용선이 패거리 만날 땐 나 부르지 마."

훈수랍시고 장황한 설교를 늘어놓고 있는 현태에게 정우가 심드렁하게 대꾸했다. 그러고는 현태를 뒤로한 채 술집 정문을 빠져나왔다.

가을 문턱에 선 시린 바람이 몸을 훑어 왔다. 뒤쪽 바지 주머니에서 담뱃갑을 꺼내 들며 정우는 제 차가 있는 쪽으로 걸음을 옮겼다. 담배 한 개비를 꺼내어 막 입에 물려던 그때, 스치듯 닿은 시선에 주차장 모퉁이에 서서 흡연 중인 남자 둘이 들어왔다.

정우는 담배를 물다 말고 잠시 걸음을 멈추었다. 뭔가 눈에 익다 싶더니, 방금 전까지 윤시은과 같은 테이블에 있던 남자들이다.

그들에게로 향한 눈이 날카로운 파편처럼 가늘어졌다.

남자라면 당연히 김 대리와 함께일 거라고 생각했는데, 저놈들은 또 뭔지.

술집에서 시은과 마주쳤을 때부터, 그리고 시은이 낯선 남자들과 마주 앉아 있는 모습을 본 순간부터 끈질기게 머릿속으로 따라붙었던 의문이 다시금 맹렬히 고개를 쳐들었다.

시은은 정우와 같은 회사에 근무하고 있는 그의 선임이었다. 6개월이란 시간을 같이 근무해 오면서도 그녀는 정우가 누군지 대번에 알아보지 못할 정도로 그에게 딱히 관심을 두고 있지 않는 것 같았지만, 정우는 달랐다.

딱히 목표랄 게 없어 그다지 흥미롭지 않은 회사 생활 가운데 유일하게 그의 시선을 끄는 존재. 하지만, 선뜻 다가설 순 없다.

정우는 시은을 떠올림과 동시에 항상 그녀의 옆을 차지하고 있는 김석준의 얼굴을 떠올렸다. 미처 물지 못하고 손끝에 들려 있던 담배 한 개비가 툭 끊어져 짓뭉개졌다.

어차피 닿지 못할 관심이라 끊어 내려 애썼더니 하필 생각지도 못한 우연이 그의 발목을 붙잡았다. 하지만 이조차 그녀는 짐작하지 못할 테다.

정우는 쓸쓸한 눈길로 남자들을 훑어 내렸다. 저들은 누구인지. 김석준은 어디에 두고 저들과 함께하고 있는 것인지. 모든 것이 의문투성이였으나, 어떤 관계인지 알게 된들 딱히 제가 할 수 있는 것도 없었다.

손안에서 짓뭉개진 담배를 바닥에 버리고, 그는 담뱃갑을 다시 꺼내어 들었다. 남자들에게로 박힌 시선을 거두어 내며 그 자리에서 벗어나려던 때였다.

"윤시은이랬나?"

익숙한 이름과 함께 주의가 붙잡히며 또다시 발이 멈추었다. 남자들이 필터 끝을 자근자근 씹는 입 위에 시은의 이름을 올리고 있었다. 둘 중 좀 더 기생오라비처럼 생긴 녀석이 말했다.

"계집애가 몸매도 좋고 예쁘긴 하던데 얼굴값 하느라 그런지 통 말도 없고. 먼저 사람 부를 땐 언제고 뭐 하자는 건지 모르겠네."

"딱히 도도하게 구는 것 같진 않던데. 좀 얼어붙은 느낌 아니었어?"

"그랬었나? 친구랑 있어 어색해서 그러나?"

"그럴 수도 있지. 여자애들은 꼭 단둘일 땐 하룻밤에 침대로도 직행하면서 친구 앞에선 내숭 떨고 그러잖아."

여자에 대해 마치 다 안다는 듯이 시시덕거리며 다른 녀석이 말했다. 담뱃갑을 쥐고 있던 정우의 손안에 힘이 들어갔다.

"내가 혜영이랑 적당히 자리 비켜 줄 테니까 바래다준다면서 네가 가는 길에 한번 작업 쳐 봐."

"그럴까?"

음흉한 눈길을 주고받으며 남자 둘이 키득거렸다. 조금씩 힘이 가해지던 손안에서 담뱃갑이 급기야 완전히 뭉개졌다. 정우는 검게 가라앉은 싸늘한 눈동자로 시은의 이름을 입에 올리는 두 남자를 바라보았다.

아무래도 오늘은, 그냥 지나치기 힘들 것 같았다.

* * *

손뼉도 맞닿아야 소리가 나는 법인데, 좀처럼 편히 대화에 참여

하지 못하는 시은으로 인해 분위기는 쉽게 살아나질 못했다. 덕분에 혜영이 생각한답시고 마련한 자리는 결국 예상하던 것보다 일찍 마무리가 되고 말았다.

"야, 저 사람 별로야? 능력도 있고 외모도 평타는 되고, 내 눈엔 괜찮은 것 같은데?"

화장실을 빠져나와 술집 정문 쪽으로 향하며 혜영이 불퉁스런 목소리로 말했다. 시은은 미안한 표정을 지으면서도 여전히 술집 안쪽에서 시선을 떼지 못한 채 혜영에게 대꾸했다.

"그러게 내가 자리 좀 옮기겠잖아."

"자리랑 사람 좋은 거랑 무슨 상관인데?"

"글쎄."

"혜영아."

실은 직장 후임이 같은 술집 안에 있었다고 말하려던 찰나, 때마침 일행인 남자들의 목소리가 들려왔다.

"어쩌지? 이렇게 헤어지긴 아쉬운데 시은 씨가 많이 피곤해하는 것 같아서 2차 가자고 하기도 그렇고."

혜영의 지인이라는 남자가 시은의 눈치를 살피며 말했다. 꼭 피곤해서 그랬던 건 아니었지만 시은은 굳이 나서서 아니라 변명하지 않았다.

"어떡할래? 다른 데로 가서 한잔 더 할까?"

혜영이 아쉬운 표정으로 시은에게 물었다.

하루 종일 감정 소모가 컸던 탓일까. 바깥 공기를 쐬기 무섭게 나른함이 몰려들어 그나마 남아 있던 의욕마저 씻어 갔다. 자리를 옮겨도 딱히 달라질 건 없을 것 같다는 생각이 들었다.

"아니. 오늘은 그만 집에 가자."

"너 정말 이러기야?"

"미안해. 들어가서 연락할게."

혜영이 자신의 기분을 맞춰 주려 어렵게 마련한 자리임을 알면서도 이런 기분으론 자리를 옮긴들 크게 상황이 나아질 것 같지 않았다. 시은은 못마땅한 듯 바라보는 혜영을 달랜 뒤 남자들을 향해 고개를 숙였다.

"죄송합니다. 제가 오늘은 너무 피곤해서. 그럼 조심히."

"시은 씨 댁이 어디신데요?"

막 마지막 인사말을 내뱉으려는데, 혜영이 시은의 상대로 점찍어 둔 남자가 문득 말을 건네었다. 묻는 말에서 이미 그 의도가 보였다. 괜히 바래다주겠다고 한다면 입장이 난처해질 것 같아 시은이 선뜻 대답하지 못하고 망설이고 있을 때였다.

"비슷한 방향이면 제가 가는 길에……."

"윤 주임님."

건조하고 낯익은 음성이 선수 치려는 남자의 목소리 사이로 낮게 파고들었다. 시은은 놀란 눈으로 등 뒤를 돌아보았다. 술집 문 앞에 선 검은 실루엣이 시은의 일행 쪽으로 한 걸음 거리를 좁혀 왔다. 거리가 가까워지며 남자의 얼굴이 어렴풋이 그 모습을 드러냈다. 의심할 것 없이, 민정우였다.

"누구야?"

생각지 못한 낯선 남자의 등장에 혜영이 시은을 향해 추궁하듯 물었다.

"아, 회사 후임인데……."

정우의 갑작스런 출현에 당황하긴 시은도 마찬가지였다. 그녀는 어눌한 말투로 답한 뒤 다시금 정우에게로 시선을 옮겼다. 어느새 바로 앞까지 다가온 그가 무감한 눈동자로 주변인들을 훑은 뒤 입을 열었다.

"서교동으로 가실 거죠? 마침 저도 나가려던 길이라 제 차로 같이 갈까 해서요."

시은이 할 말을 잃은 얼굴로 입술을 뻐끔거렸다. 옆에 있던 혜영이 두 눈을 부릅뜨며 어깨를 건드렸다. 같이 있던 남자들도 이게 대체 무슨 상황이냐는 듯 둘을 번갈아 바라보고 있었다. 정우가 누구인지 알고 있는 시은도 이 상황이 당황스러울 지경인데, 아무것도 모르는 사람들로서야 의문이 들 게 당연했다.

"어떡하실래요?"

나른한 한숨을 뱉으며 정우가 다시 한번 물었다. 머리를 살짝 쓸어 넘기는 그의 손짓에서 채근하는 기색이 느껴졌다. 왠지 모르게 마음이 바빠졌다. 말없이 주변 눈치를 살피던 중이던 시은이 늦기 전에 입술을 열었다.

"아, 뭐. 그럼 나야 좋지만……."

"그럼 타시죠."

말이 다 끝나기도 전에 정우가 앞서서 차가 있는 쪽으로 향했다. 다소 황당하긴 했지만, 소개남의 제안을 뭐라 거절할지 핑계를 찾기도 애매했던지라 차라리 잘되었다고 생각했다. 엉겁결에 인사도 없이 정우를 따라나서려는데 혜영이 다급히 붙잡아 세웠다.

"뭐야? 저 남잔? 왜 갑자기 나타나서……."

"아. 좀 전에 화장실 다녀오던 길에 마주쳤는데 같은 방면이라 태워다 주려나 봐. 아무튼 내가 이따 도착해서 연락할게, 혜영아."

시은은 되는대로 대충 둘러댄 뒤 혜영의 뒤에 선 남자들을 향해 꾸벅 묵례를 했다. 그새 차에 시동을 건 정우가 앞유리 너머로 그녀를 바라보고 있었다. 무표정한 눈빛이 괜스레 사람 속을 일렁이게 만들었다.

당최 무슨 속인지를 모르겠네.

황당해하면서도 결국 그의 차로 향하는 스스로가 우스워 시은은 피식 웃고 말았다.

2

히터 열이 흘러나오는 차 안 공기는 유독 밀도가 높게 느껴졌다.

시은은 어색한 듯 눈동자를 이리저리 굴리다 힐끗 옆자리를 바라보았다.

입사한 지 겨우 6개월 정도밖에 되질 않았고 나이도 올해로 서른인 저보다 세 살이나 어린 후임인데도 민정우는 어쩐지 대하기가 쉽지 않은 타입이었다.

사회 초년생이라 그런지 아니면 원래 성격이 그런 것인지, 신입 주제에 살가운 기색도 없고 주변인들과 어울리는 것에도 별 흥미를 보이지 않아 제대로 말 한번 섞어 본 적이 드물었다. 그런데도 밖에 나오니 또 선배 대접은 해 주는 건가 싶어, 시은은 그 몰래 입술을 삐죽거렸다.

정우는 한 손으론 핸들을 잡은 채 다른 한 손으로는 관자놀이

부근을 쓸며 권태로운 표정을 짓고 있었다. 늘 쓰고 있던 안경이 없는 옆모습이 눈에 익은 듯싶으면서도 여전히 낯설었다. 창 너머에서 사그라졌다 번쩍이길 반복하는 네온사인이 나른해 보이는 정우의 얼굴을 드문드문 비추었다.

가는 내내 열리지 않을 것처럼 굳게 다물어진 입술. 한 치의 흔들림도 없이 정면만을 응시하는 무표정한 눈동자.

그다지 살가운 인상은 아니었지만 안경을 쓰고 있을 때는 간간이 숫기 없는 모범생처럼 보일 때도 있었는데, 안경을 벗자 그마저도 사라지고 특유의 반항적이고 서늘한 분위기만이 인상 전체를 차지했다. 거기에 수컷 냄새가 좀 더 가미되었달까.

수컷이라니. 스물일곱 살짜리를 상대로, 한다는 생각하곤.

솔로 됐다고 막가자는 거냐, 자조하며 시은은 정우에게서 시선을 거두었다. 그 순간 문득 핸드백에서 진동이 느껴졌다.

휴대폰을 꺼내어 액정을 확인했다. 동시에 표정이 굳어졌다. 김석준으로부터 온 전화였다. 화면 상단에 부재중이 찍혀 있는 걸로 봐선 계속 울렸던 것 같은데 술집이 소란스러워 여태 못 느낀 모양이다. 휴대폰을 보면서도 받을 생각을 않고 앉아 있자 민정우가 물었다.

"김 대리님 아니에요?"

"아……."

시은이 얼른 휴대폰 액정을 손으로 감추었다.

"아니에요, 김 대리."

아니라는 말에도 쉽사리 시선을 거두지 않는 정우의 표정엔 의구심이 담겨 있었다. 시은은 휴대폰을 핸드백 속에 집어넣고 시선을 정면에 두었다. 잠시 고민하다가 이내 서걱거리는 목소리로 말문을 열었다.

"나 김 대리랑 헤어졌어요."

하필 신호 대기에 걸려 차 안이 조용했다. 정우의 시선이 제 얼굴로 옮겨 오는 것이 느껴졌다. 시은은 굳이 옆을 돌아보지 않은 채 덤덤히 말을 이어 갔다.

"황당할 거 알아요. 금요일까지도 같이 퇴근하는 거 봤을 텐데 하루 사이에 헤어졌다니까 무슨 소린가 싶겠지. 근데 사실이에요. 연애라는 게 그렇더라구요. 하루아침 사이에 님이 됐다, 남이 됐다."

시은은 지그시 웃음 지으며 정우에게로 시선을 옮겼다. 정우는 조금은 놀란 듯, 하지만 여전히 속을 알 수 없는 표정으로 그녀를 바라보고 있었다. 시은은 머쓱한 표정으로 덧붙였다.

"아. 다른 뜻이 있어서 얘기한 건 아니고, 방금 그 자리 보고 혹시 정우 씨가 오해했을까 봐."

"잘 헤어지셨네요."

"네?"

"안 그래도 두 분 별로 안 어울렸거든요. 잘 헤어지셨어요."

위로인지, 칭찬인지. 시은은 순간 헷갈려 멍한 표정을 지었다. 잠시 말없이 시은의 시선을 받아들이던 정우가 바뀐 신호를 확인하곤 차를 움직였다. 멍한 의식 사이로 그가 한 말을 천천히 되뇌다가, 그녀는 이내 황당한 듯 웃고 말았다.

보통 다른 사람 같았으면 어설프게나마 위로부터 하려 들었을 텐데, 참으로 신선한 반응이다.

생각지 못한 그의 반응이 되새길수록 재밌어 시은은 저 혼자 피식피식 웃음을 흘렸다.

기분 나쁜 와중에 이렇게나마 웃게 해 줬으니 고맙다고 해야 하나. 그러고 보니 고마운 점이 한 가지 더 있었다. 김 대리와 헤어졌다는 말에 '왜?' 냐고 묻지 않았다는 것. 큰 배려가 있어서라기보단, 애초에 관심이 없었던 것일지도 모르지만.

사내 모든 사람들이 민정우 같다면 얼마나 좋을까. 그렇다면 끝나는 게 당연한 이 연애의 끝이 이렇게 찜찜하지도 않았을 텐데.

문득 입 안에 쓴맛이 퍼져 나갔다. 시은은 핸드백 속에서 지겹도록 울려 대는 휴대폰의 진동을 뒤로한 채 차창 너머로 시선을 옮겼다.

* * *

"밤늦게 고마워요. 살다 보니 정우 씨한테 신세를 지는 날이 다 오네."

늦은 시간이라 대체로 도로 위가 한가해 생각보다 일찍 집 앞에 도착했다. 시은은 머쓱한 표정으로 인사말을 건네며 안전벨트를 쥐었다.

"근데 정우 씨 집은 어디예요? 이 근천가?"

"방배동이요."

벨트를 풀고 있던 시은의 눈이 홱 정우에게로 돌아갔다.

"방배동이면 우리 집이랑은 반대 방향이지 않아요?"

"아마도요."

시은은 잠시 말문이 막힌 채로 황당하다는 듯 눈살을 구겼다.

"근데 왜."

하던 말을 멈추고 난처한 표정으로 이마를 쓸었다. 그녀의 집이 어디인지까지 알고 흔쾌히 바래다주겠다 하기에 당연히 그의 집도 이 근처 어디쯤일 것이라 생각했었다. 그런데.

"아니, 그런 줄 알았으면 안 탔지. 서교동에서 방배동이 가까운 거리도 아니고. 여기서 또 한참은 걸릴 텐데."

"괜찮습니다."

"내가 안 괜찮아서 그러죠."

지나치게 덤덤한 음성에 시은이 목소리를 높였다.

"정우 씨는 왜 사람을 괜히 미안하게 만들고."

당혹스러워 나오는 대로 쏟아 내던 시은이 뒤늦게 말을 멈추었다. 미안함이 커진 나머지 목소리가 필요 이상으로 높아지고 만 것이다.

"어디 사냐고 먼저 안 물어본 내 잘못이지, 누굴 탓해."

입술 안쪽을 잘근 씹으며 시은이 뒤늦게 스스로를 자책했다.

"아무튼 고마워요. 내가 늦은 시간에 정우 씨한테 신세, 아니 진짜 큰 민폐 끼쳤네."

정우는 아무런 대꾸도 하지 않고 그녀를 바라보기만 했다. 그게 또 마음에 걸려 시은은 나직한 한숨을 흘렸다.

"미안해요. 선임 배려한답시고 큰맘 먹고 바래다준 걸 텐데 괜히 목소리 높여서. 민망하고 미안해서 그랬어요. 내가 왜 그런 건지, 정우 씨도 알죠?"

"알아요."

돌아온 대답에선 일말의 원망도 느껴지지 않았다. 되레 마음이 무거워졌다. 조건 없는 배려에 이렇듯 화를 내다니. 생각할수록 무색했다. 풀다 만 안전벨트를 옆으로 밀며 시은이 차에서 내려섰다.

"미안해요, 정말. 조만간에 내가 밥 한번 살게요. 그럼 조심히 가요."

"윤 주임님."

차 문을 닫고 막 오피스텔 쪽으로 몸을 돌리려던 그녀를 정우의 다급한 목소리가 붙잡았다. 의아한 표정으로 돌아보자 그가 차에서 내려 어느 틈에 그녀에게로 다가오고 있었다. 커다래진 두 눈동자가 가까워지는 정우를 따라 움직였다.

"밥 대신 커피 어떠세요?"

"커피?"

시은이 조금은 당황스런 표정을 지었다. 이게 이렇게 차에서 쫓아 내려와 말할 정도로 중요한 문제인가 싶어, 그녀가 애매하게 웃었다.

"뭐, 나야 뭐든 상관없는데."

"지금요. 윤 주임님 집에서."

시은의 눈이 또 한 번 커졌다. 혹시 잘못 들은 건가 싶어 그녀가 확인차 되물었다.

"지금 이 시간에? 우리 집에서요?"

"네."

순간 말문이 막혔다. 정우가 꽤나 단호한 얼굴로 그녀를 바라보고 서 있었다.

이 시간에 여자 혼자 사는 집에서 커피라니. 당황스럽기 그지없는 말이었으나, 너무 황당하다는 듯 받아치면 실례가 될 것 같아 선뜻 대꾸할 수가 없었다.

대체 무슨 생각으로 갑자기 커피를 달라는 건지.

의중이 쉽사리 짐작이 되질 않아 시은은 빤히 정우를 바라보았다. 그러다 줄곧 그녀를 마주 보고 있던 정우의 시선이 그녀의 등 뒤편을 향하고 있는 걸 깨달았다. 뭐지. 의아한 얼굴로 그를 따라 시선을 움직이려는데 기민한 손이 어깨를 붙잡았다.

"거리상 30분은 더 가야 될 것 같은데 시간이 늦어서 그런지 좀 졸려서요."

어깨를 잡아 돌린 손길이 어쩐지 다급하게 느껴졌다. 시은은 무겁게 자신을 내려다보는 눈과 말없이 시선을 마주했다. 뒤늦게 제 손이 시은을 붙잡고 있음을 인지한 그가 당황한 듯 손을 거두었다.

"커피 한 잔 마시면 정신이 들 것 같은데."

강제성은 느껴지지 않지만, 묘하게 단단한 목소리가 그녀의 주의를 정우에게로 붙들어 놓았다. 의구심이 깃든 표정으로 그를 바라보던 시은이 잠시 손목시계로 시선을 내렸다.

새벽 1시.

정우의 말마따나 잠이 올 만도 한 시간이었다. 그래도 이 시간에 외간 남자를 집에 들이는 건 좀 아닌 것 같은데…… 하고 고민 중이던 그때.

"안 될까요?"

나직한 물음과 함께 다시 한번 정우와 눈이 마주쳤다. 조심스런 말과는 달리 빤히 바라보는 시선에서는 방금 전과 마찬가지로 거부할 수 없는 박력이 느껴졌다.

정반대 방향인데 집 앞까지 바래다준 것도 그렇고, 이 늦은 시간에 여자 혼자 사는 집에 들어가 차를 마시자는 것도 그렇고.

참 여러모로 선임을 난처하게 만드는 재주가 있는 후임이었다, 민정우는.

난감한 기색을 품고 낮게 한숨지은 시은이 곧 포기하듯 대답하고 말았다.

"그렇게 해요. 그럼."

그리고 동시에, 그도 같이 한숨을 뱉어 냈다.

✻ ✻ ✻

남자 친구가 아닌 낯선 남자를 집에 들인 것은 처음 있는 일이었다.

회사 동료니 '낯선' 이란 표현은 좀 그런가.

집을 정리하고 나간 게 그나마 다행이라고 그 와중에 안도를 하며, 시은은 정우를 뒤로한 채 계단으로 올라섰다.

그녀는 먼저 집 안으로 들어가 서둘러 거실 불을 켰다. 문 쪽을 돌아보자 정우가 선뜻 집 안으로 발을 들이지 못한 채 그녀를 바라보고 서 있었다. 패기 있게 차 한잔 달랄 땐 언제고, 정작 문 앞에 오니 망설이는 모습이 참으로 의외였다.

차를 달라는 데에 다른 뜻이 있는 건 아닌가 하고 잠시 의심했었는데, 저 모습을 보니 시은은 어쩐지 그 마음이 좀 가라앉았다.

"뭐 해요, 안 들어오고?"

시은이 고개를 갸웃한 채 웃으며 채근하듯 말했다. 그제야 걸음을 움직인 그가 현관으로 들어서며 문을 닫았다.

딸깍, 문이 닫히고 혼자만의 공간에 비로소 정우와 둘만 남게 되었다. 먼저 들어왔을 땐 미처 몰랐던 긴장감이 뒤늦게 느껴졌다. 문득 조갈이 나며 가슴 부근이 답답해졌다. 민정우를 상대로 그렇게 느끼는 게 더 이상한 것 같아, 시은은 외려 태연한 척 행동했다.

"근데 집이 이 근처도 아니라면서 우리 집은 어떻게 알았어요?"

거실에 이어 부엌 쪽 등을 마저 켜며 시은이 물었다.

"전에 한 번 집 앞까지 바래다 드린 적이 있거든요."

뜻밖의 대답에 시은이 고개를 갸웃했다.

"언제?"

"신입 사원 환영회 때요."

"아……."

환영회 때라면 그녀가 모처럼 술에 취했던 날이었다.

석준의 마음을 받아들였다는 소식에 축하한다며 여기저기서 러브샷을 강요하는 바람에 거절치 못하고 마신 것이 화근이 되었던 날. 그리고는 자꾸 저더러 집에 함께 가자 했던 석준을 거절하고 회식 자리를 나섰던 것 같은데, 그 후의 기억이 없어 여태껏 타고난 귀소본능으로 집까지 온 줄 알았다. 그런데, 사실은 정우에게 신세를 진 거였다니.

"내가 알게 모르게 정우 씨한테 신세를 꽤 졌구나?"

시은은 쓸데없이 떠오른 그날의 기억에 민망한 듯 웃어 보였다. 웃는 것을 빼고 딱히 할 수 있는 게 없었다. 무색함을 뒤로한 채 시은이 부엌 쪽으로 걸음을 옮겼다.

"미안해요. 집에 있는 게 믹스커피뿐이라. 근데 믹스가 카페인이 제일 세다니까 아마 효과 보기엔 제격일 거예요. 커피만 주긴 그렇고, 과일이라도 같이 내줄까요?"

"괜찮습니다."

정우가 어디에도 앉지 않은 채 무표정한 얼굴로 서서 답했다.

"그러지 말고 의자에 좀 앉아요. 천장 무너지는 거 아니니까."

시은이 씩 웃으며 냉장고 야채 칸을 들여다보았다. 얼마 전에 사다 놓은 복숭아와 감이 보였다. 잘 익은 것으로 두어 개 꺼내어 들고 싱크대 쪽으로 걸음을 옮겼다.

사각사각, 날이 선 과도가 딱딱한 감 껍질을 둥글게 깎아 나갔다. 벗겨져 나가는 껍질 아래로 제법 잘 익은 과육이 모습을 드러냈다.

과일을 씻어 내고 깎는 동안 집 안은 한결같이 조용했다. 어색할 정도의 정적에 시은은 잠시 과일을 깎다 말고 등 뒤를 바라보았다. 앉으라 했음에도 불구하고, 그는 여전히 식탁 옆에 서서 애꿎은 창밖만 뚫어져라 응시하고 있었다. 원래 말이 없는 타입이긴 했지만 민망해서라도 한마디 할 줄 알았더니 역시나다. 정적 어린 분위기를 참다못해 시은이 막 입을 열었을 때였다.

"회사 생활은 어때요? 좀 할 만한……."

"윤 주임님이 생각보다 경계심이 없으시네요."

말을 가로챈 그의 음성에 시은은 의아한 얼굴로 그를 돌아보았다. 직전까지만 해도 창밖을 바라보고 있던 정우가 어느샌가 그녀에게로 시선을 향하고 있었다. 무슨 뜻인지 선뜻 이해가 되질 않아 대꾸를 못 하고 있는 시은에게로 정우가 무표정하지만 뭔가 무감하진 않은 얼굴로 말을 이었다.

"꼭 제가 아니었더라도, 차 한잔 달라고 하면 아마 다른 사람도 집 안에 들이셨겠죠?"

시은의 표정 위로 황당한 기색이 스쳤다.

"무슨 말이 그래요? 당연히 정우 씨니까 들인 거지."

"제가 어떤 놈인 줄 아시구요?"

무심코 답하던 그녀는 잠시 말문이 막힌 채로 정우를 바라보았다. 마주한 눈이 검고 짙었다. 올곧게 뻗어 오는 눈동자의 기백이 어쩐지 의미심장했다.

안 그래도 그게 좀 걸려 진짜 이 시간에 차를 달라는 거냐고 재차 물었던 건데, 단호히 나올 땐 언제고 이제 와서 경계심을 운운하는 정우가 다소 황당했다.

무슨 생각으로 묻는 거야? 너무 경계심이 없다고 핀잔주는 거야, 아니면 그냥 순수하게 궁금해서 묻는 거야?

밀려드는 무색함에 습관처럼 귓불을 매만지다가 쓸데없이 진지해진 건가 싶어 그만 생각에서 벗어났다. 시은이 멈추고 있던 손을 다시 움직이며 대수롭지 않게 말했다.

"어떤 놈이긴. 직장 동료지."

"직장 동료는 다 믿어도 된다고, 누가 그랬습니까?"

껍질이 깎인 과일 안으로 푹 찌르고 들어간 칼날이 그째로 움직임을 멈추었다.

"아니, 뭐. 누가 그랬다기보단……."

대답하기 애매한 질문에 습관처럼 말문이 막혔다. 무슨 놈의 질문이 이렇게 예리한가 싶어 괜스레 진땀이 났다.

대체 자꾸 그런 질문을 하는 의도가 뭔데?

"내가 정우 씨를 경계해야 될 이유라도 있나?"

무뚝뚝하게 되물으며 멈춘 손을 다시 움직였을 때였다.

"이유야, 마음만 먹으면 만들 수 있지 않겠어요?"

"아."

찰나의 순간, 예리한 칼날 끝이 엄지 위를 스치고 지나갔다. 날카로운 통증이 관통한 길 위로 붉은 피가 짙게 올라오고 있었다.

시은은 들고 있던 과일과 과도를 내려놓고 아릿한 손끝으로 시선을 옮겼다. 선명한 핏방울이 맺히는 걸 보면서도 시은은 베인 손이 아픈 줄도 몰랐다. 손이 베기 직전 귓속을 파고들었던 남자의 말이 끈질기게 귓가를 어지럽혀서였다.

이유야, 마음만 먹으면 만들 수 있지 않겠냐고?

마음만…… 먹으면?

"다쳤어요?"

급한 발걸음 소리와 함께 남자의 목소리가 순식간에 바로 앞까지 가까워졌다.

"조금."

"어디 좀 봐요."

기민하게 다가온 손이 시은의 손을 낚아챘다. 시은은 놀란 눈으로 옆을 돌아보았다. 그리고.

"!"

그가 미처 제지할 새도 없이 손을 당겨 자신의 입으로 가져갔다.

"잠깐만."

화들짝 놀라 손에 힘을 실었다. 주저하듯 손을 당겼으나 소용없는 짓이었다. 무슨 상황인지 자각했을 땐, 이미 손끝이 그의 입술에 닿아 버린 뒤였다.

순간 얼굴이 화끈 달아올랐다. 점막처럼 습한 입술이 상처 부위를 머금고 부드럽게 빨아 당겼다. 축축하고 까슬한 혀의 돌기가 다친 살갗을 마치 어루만지듯 핥고 감았다.

"아……."

불길이 스치듯 뜨거운 느낌. 그 감각이 너무 강렬해, 칼날에 베인 통증마저 잊어버릴 정도였다. 몸의 온도가 급격히 상승하는 게 느껴졌다. 흐트러진 앞머리 아래 낮게 내리뜬 그의 눈매가 손끝에 닿아 있는 더운 입술과 함께 시은의 시야로 파고들었다.

심장이 철렁 내려앉았다. 손끝을 통해 몸 안의 피가 모조리 그의 입 안으로 빨려 드는 것만 같은 착각이 들었다. 몸속으로 열감이 퍼지며 눈앞이 왈칵 뭉그러졌다. 그 기이한 감각을 참다못한 시은이 외면하듯 눈을 감았을 때였다.

"조심했어야죠."

손 위로 문득 한기가 스미며 낮은 목소리가 귓속을 공명했다. 뒤늦게 뜨인 눈에 여전히 그녀의 손끝을 머금고 있는 남자가 보였다.

"괜찮아요?"

지혈된 손에서 비로소 입술을 뗀 그가 느리게 고개를 들어 눈을 마주친다. 맞닿은 눈동자는 마치 깊이를 알 수 없는 검은 우물 같았다. 기묘한 기분에 잠잠히 마주하고 있자니, 의식이 송두리째 그 안으로 빨려 드는 착각이 들었다. 때늦은 혼란이 머릿속을 덮친다. 문득 숨이 찼다.

"아……."

시선을 마주친 채 한참을 말없이 서 있던 시은이 뒤늦게 정신을 차리고 붙잡힌 손을 뒤로 빼냈다.

크게 부풀었다 꺼지기를 반복하는 가슴 아래서 빠르게 뛰는 심장 박동이 느껴졌다. 호흡이 가빠지고 뺨이 화끈거렸다. 웬만해선 이 떨림이 쉽게 가라앉을 것 같지 않았다.

"그, 그렇게까지 할 필욘……."

"얼굴이."

달아오른 뺨 위로 커다란 손이 불현듯 와 닿았다.

"빨개지셨네요."

뺨 위로 불길이 스친 것 같았다. 심장이 더는 빨라질 수 없는 속도로 내달렸다. 머리에서 적신호가 울렸다.

—탁!

시은의 손이 저도 모르게 정우의 손길을 뿌리쳤다. 야멸치게 쳐 낸 그의 손이 허공에 그대로 멈추어 있었다. 미처 자각하지 못하는 사이 벌어진 반사적인 행동이 당혹스러웠다. 불안하게 흔들리는 시선이 차마 그에게 닿지 못하고 부유하듯 주변을 떠돌았다.

"저, 그러니까, 이건……."

시은은 쉽사리 말문을 열지 못한 채 서툴게 중얼거렸다.

뭐라고 해야 하나. 이런 행동은 좀 지나쳤다고 해야 하나. 그래서 순간 좀 당황했다고 해야 하나.

흐트러진 머릿속에 정리되지 않는 말들이 두서없이 떠돌아다녔다. 어떻게 이 상황을 갈무리 지어야 할지 몰라 혼란스러워하던 그때였다.

"이제 좀 경계할 마음이 드세요?"

줄곧 허공을 배회하던 시선이 목소리가 들려온 쪽으로 향했다.

마주 서 있는 내내, 한시도 그녀에게서 떨어진 적 없는 검은 눈동자와 다시금 시선이 마주쳤다.

정우는 단정한 입매를 유려하게 휜 채로 그녀를 바라보고 있었다. 속을 알 수 없는 그의 잿빛의 눈동자가 불안하게 떨리는 연한 동공을 깊게 들여다본다. 주변에 존재하는 소음이 모조리 소거된 것 같았다.

누군가에겐 어색하고 누군가에겐 그조차 의도적이었을 침묵.

시은은 호흡이 멎어 버릴 것만 같았다.

"그러니까 다음부턴 이런 식으로 경계 없이 사람 들이지 마세요."

어느 순간 웃음기가 가신 눈동자가 시선을 장악했다. 낮게 가라앉은 단단한 목소리가 시은의 귓속을 뚫고 들어와 마음을 어지럽혔다.

혼란에서 벗어나지 못하고 있는 사이, 그가 한 걸음 가까이 다가왔다. 좁아진 간격만큼 가까워진 숨결이 고스란히 피부 위를 핥았다. 비스듬히 몸을 숙인 그가 시은의 귓가에 대고 나지막이 속삭였다.

"그게 나건, 다른 놈이건 간에."

귀 끝을 간질이고 지나가는 탁한 음성에 귀밑 솜털이 바짝 곤두섰다. 불안하게 향한 시선 끝에서 서늘한 입매가 옅은 호선을 그린다.

아무 말도 할 수가 없었다. 아무 행동도 할 수가 없었다. 호흡조차 편히 내뱉지 못하는 시은을 보며 의뭉스럽게 미소 지은 그가 이내 몸을 바로 세웠다.

"차는 마신 걸로 칠게요. 그럼 그만 쉬세요."

정우가 간결한 인사말을 남긴 채 그녀에게서 돌아섰다.

그대로 얼마쯤 서 있었을까. 뒤늦게 정신을 차린 시은이 반사적으로 문 쪽을 바라보았다. 홀로 남은 공간 안에 빠르게 내달리는 심장 소리만이 요란하게 울려 퍼졌다. 여전히 멍한 머릿속에서 검은 우물같이 까마득해 보이던 눈동자가 떠올라 그녀의 의식 전체를 차지했다.

시은은 초점 없이 허공을 배회하던 시선을 제 손끝으로 옮겼다.

더 이상 피는 새어 나오지 않았지만 핏자국이 진 자리의 상처만은 붉고 선명하게 선을 긋고 남아 있었다.

상처 난 엄지를 감춰 넣듯, 나머지 손바닥 아래로 꾹 말아 쥐었다. 주먹 쥔 손이 여전히 시끄러운 왼쪽 가슴 위로 내려앉았다.

술기운 때문일까? 쉽사리 가슴이 진정되질 않았다.

여러모로 머릿속이 어지러운 밤이었다.

* * *

오피스텔을 빠져나오기 무섭게 정우는 주차장 옆 공터 쪽을 돌아보았다.

시은의 집으로 들어가기 전 차 백미러에 어렴풋이 비쳤던 달갑지 않은 얼굴은 다행히도 모습을 보이지 않았다. 무지근한 한숨이 입술 새로 흘러나왔다. 그러다 문득 이게 대체 뭐 하는 짓인가 싶어, 피식 웃고 말았다.

헤어졌단 말을 들음과 동시에 맹렬히 일어선 소유욕.

자신이 이토록 기회주의자였는지, 정우는 오늘 일이 있기 전까지는 미처 모르고 있었다.

무심코 본 백미러에서 석준의 얼굴을 발견함과 동시에 뛰어내리듯 차에서 내려 시은을 돌려세웠던 패기. 그리고······.

정우는 아직도 시은의 체온이 머물고 있는 입술을 가만히 혀끝으로 핥았다.

닿은 입술을 차마 뿌리치지 못하고 수줍게 움츠러들던 가는 손가락과 코끝에서 어지럽게 흩어지던 달큰한 숨결이 부지불식간에 감각들을 점령했다. 그러다 뒤늦게 자신을 경계하는 빛으로 바라보던 커다랗고 연한 눈동자를 머릿속에 떠올렸다. 허공을 쥔 손아귀가 바짝 조여든다.

이제 와서 경계해 봐야 소용없는 일이었다. 이미 인내심은 허물어졌고, 그는 더 이상 이 마음을 절제할 생각이 없었다.

결심한 이상 포기는 없었다.

정우는 두 눈 가득 확고한 의지를 품은 채 천천히 걸음을 옮겼다.

3

　나름대로 소란했던 주말이 지나고 어김없이 월요일이 돌아왔다.

　시은은 평소보다 더욱 신경 써서 메이크업을 하고 옷을 골라 입었다. 코랄빛 립스틱으로 마무리를 지은 화장은 화려하진 않지만 오목조목한 이목구비를 매력적으로 살려 내기에 충분했고, 늘씬한 몸매가 아니면 감히 소화하기 힘든 무릎길이의 단정하고도 타이트한 원피스는 굴곡진 그녀의 보디라인을 단연 돋보이게 만들었다.

　어딜 봐도 실연의 아픔 따윈 엿보이지 않는 빈틈없는 모습이었다.

　시은은 유리문 위로 투영된 제 모습을 날 선 눈길로 꼼꼼히 점검했다. 혹여 회사 사람들이 석준과의 일을 알게 되더라도, 그 누구도 자신을 향해 측은한 눈길 따위 보낼 수 없도록. 그녀는 평상시보다 더욱 흐트러짐 없는 모습 뒤로 스스로의 상처를 감췄다.

경직된 입매를 유연하게 당겨 올림으로써 마지막 준비를 마친 시은이 이윽고 비장함이 어린 표정으로 회사 로비로 들어섰다.

"좋은 아침이에요."

낯익은 얼굴들과 경쾌한 인사를 주고받으며 엘리베이터 쪽으로 발걸음을 옮겼다. 김석준과의 껄끄러운 마주침을 피하기 위해 평소보다 서둘러 움직였더니 출근 시간대의 엘리베이터치고 앞이 한산했다. 알게 모르게 잔뜩 긴장 중이었던 몸이 그제야 낮은 한숨과 함께 노곤하게 풀어졌다.

죄 지은 놈은 따로 있는데 왜 제가 이러고 있어야 하는 건지.

생각할수록 기가 찼지만 그녀는 이 또한 자신이 초래한 결과이기에 겸허히 받아들이기로 했다.

엘리베이터 위에서 규칙적으로 바뀌는 숫자 계기판을 멍하니 올려다보다가 시은이 나른한 눈을 지그시 감았다 떴을 때였다.

"일찍 오셨네요, 윤 주임님."

문득 들려온 음성에 고개가 이끌리듯 왼편으로 돌아갔다. 동시에 잠시 풀어졌던 표정 위로 또 다른 의미의 긴장감이 스쳤다.

시은은 상투적인 인사말조차 건네지 못한 채 옆에 선 남자를 바라보았다. 그러자 곧, 그녀를 긴장케 만든 그 상대도 느릿하게 옆을 돌아보았다.

단정한 은테 안경 속 자리한 검은 눈동자가 시야를 짙게 드리웠다. 불과 이틀 전까지만 해도 무감하게만 느껴졌던 시선이 어쩐지 하루아침 사이에 다르게 다가왔다.

"큼."

낮은 헛기침과 함께 시은이 황급히 시선을 피했다. 잠시 잊고 있던 혼란이 부지불식간에 머릿속을 덮쳤다. 눈앞이 어지러웠다.

경계 없이 민정우를 집 안으로 들였던 그날 밤. 시은은 석준이 준 배신과 이별의 충격도 잊고, 그에 대한 생각으로 밤을 지새웠다.

그가 했던 말, 그의 손길, 그의 입술, 그의 호흡, 그리고 집요하게 머릿속을 따라붙는 검고 그늘진 그의 눈동자까지. 그와 관련된 모든 것에 의구심을 품고 모든 것에 나름의 답을 내려 보려 애썼다.

여자 혼자 살기엔 험한 세상에 경계심이 옅은 저를 향한 일종의 경고였던 거라고. 별다른 뜻은 없었을 거라고 어지러운 속을 다스려 보았지만 혼란은 쉽게 가라앉질 않았다. 그러다 결국엔 처음과 반대되는 결론에 도달하고 말았다.

아무 의미 없는, 사심 없는 말과 행동이 아니었음을.

아무리 이것저것 갖다 붙여 그 상황을, 정우의 행동을 미화시키고 정당화해 보려 노력해도 의구심을 잠재우기엔 역부족이라는 사실을, 안타깝게도 그녀는 깨닫고 말았다.

「문이 열립니다.」

엘리베이터가 도착하기 무섭게 서둘러 걸음을 옮겼다. 뒤따라 탄 민정우가 그녀 옆에 나란히 섰다. 그 뒤로 서너 명쯤 더 타는 것 같더니 문이 닫혔다. 비교적 공간이 넉넉한데도 시은은 어째서인지 숨이 턱턱 막혔다.

하나를 넘겼다 싶었더니 더 막강한 장애물이 눈앞을 가로막는다.

경직된 자세와 경직된 얼굴로 서서, 시은은 남자의 반대편만을 억척스레 응시했다.

그간 민정우가 자신을 어떻게 생각해 왔는지 그녀는 알지 못한

다. 하지만 지난밤 그가 했던 행동들엔 분명 그녀를 선임 이상으로 여긴 무언가가 깃들어 있었다.

찰나의 호기심일 수도, 어쩌면 미처 눈치채지 못한 오랜 관심일 수도 있다. 그것이 무엇이건 간에 그녀에겐 썩 석연치가 않다는 게 문제였지만.

"손은 괜찮으세요?"

흠칫 놀라며 옆을 돌아보았다. 딱히 표정이랄 게 없는 얼굴로 정면을 바라보고 있는 민정우가 보였다. 손이라. 불현듯 손끝이 따끔거린다. 밴드를 붙인 손을 반사적으로 안으로 말아 쥐었다.

"그 정도 가지고 뭘."

어색한 대꾸 뒤 다시금 시선을 반대편으로 옮겼다. 무안함에 괜스레 머리카락만 쓸어 넘겼다.

김석준이야 제가 한 짓이 있으니 마주치더라도 무시하면 그만일 테지만, 민정우는 딱 잘라 매몰차게 대하기도 애매한 상태였다. 일단은 적당한 거리를 두고 태연한 척하는 것이 최선이다.

시은은 좀 더 벽 쪽으로 몸을 붙였다. 어색한 눈으로 허공만 바라보았다. 어서 이 껄끄럽고 불편한 상황이 끝나기만을 바랐다.

같이 탄 사람들이 각자의 사무실이 있는 층에서 내리고, 바라는 바와 달리 엘리베이터 안에는 둘만 남게 되었다. 좀 전까지만 해도 엘리베이터 앞이 한산해 좋다 생각했더니 급, 후회가 밀려들었다.

15층이 이렇게나 멀었던가.

유독 느리게 바뀌는 것 같은 숫자 계기판을 바라보며 입술 안쪽을 질겅거리고 있을 때였다.

"경계하시나 봐요, 저를."

애써 긴장감을 감추고 있던 눈이 크게 뜨였다. 정우의 시선이 어느새 그녀에게로 옮겨져 있었다.

시은은 할 말을 잃고 그를 바라보았다. 당황한 낯빛을 고스란히 비치는 투명한 렌즈 속에서 꿰뚫을 듯 응시해 오는 검은 눈동자가 어쩐지 음험했다.

엊그제까지만 해도 안경 없인 어색했던 얼굴이 오늘은 그 안경 탓에 어색하게 느껴졌다. 그리고 그것이, 괜한 경계심을 불러일으켜 더 짙은 긴장감을 조성했다.

언제부턴가 꽉 말아 쥐고 있던 손안에 끈끈하게 땀이 배어 나왔다. 팽팽한 긴장감이 모든 감각을 압도했다.

"잘 생각하셨어요. 좀 늦은 감은 있지만."

낮게 부는 바람처럼 남자가 속삭이듯 말했다. 그러고는 희미하게 입가를 당긴다. 뭉근한 열감이 느껴지는 눈동자가 뜨겁게 시야를 쓸었다. 당혹스러움에 입술을 달싹이는 사이, 엘리베이터가 15층에 도착하고 문이 열렸다. 꿀 먹은 벙어리처럼 서서 자신을 바라보는 시은을 뒤로한 채 정우가 먼저 사무실 쪽으로 걸어갔다.

심장이 둥둥거리며 뺨이 화끈댔다. 머릿속이 또 한 번 어지러워졌다.

"저게, 지금 뭐라는 거야?"

뒤늦게 말문이 트인 시은이 기막힌 듯 중얼거렸다. 혼란스러운 눈이 이끌리듯 정우의 뒷모습을 좇았다. 남자가 했던 마지막 말이 환청처럼 귓속을 떠돈다. 나직한 한숨이 새 나왔다.

저 혼자 거리를 두려 애써 본들 상대 쪽에서 도와주지 않으면 아무 소용없는 짓임을, 시은은 생각지 못한 기습으로 인해 그제야 깨닫고 말았다.

* * *

주말이 끝난 뒤 돌아온 월요일은 항상 나른했다.

사람들은 탕비실 앞에 모여 너 나 할 것 없이 커피부터 타 마셨다. 이미 일찌감치 커피를 마시고 컴퓨터 앞에 앉아 있던 시은은 창가에 기대서서 동료들과 대화 중인 한 남자에게로 남몰래 시선을 보냈다.

'경계하시나 봐요, 저를.'

경직된 공기를 흔들던 낮은 음성이 환청처럼 귓전을 떠돌았다. 경계하느냐고 묻는 주제에 일말의 무색함도, 껄끄러워하는 기색도 느껴지지 않던 천연스런 눈동자. 그리고 그 뒤로 덧붙인 의미심장한 말.

'좀 늦은 감은 있지만.'

시은은 의구심이 가득한 눈초리로 골똘히 정우를 바라보았다.

좀 늦은 감이 있다.

그 말은 꼭 때늦은 경계 따윈 제게 문제 될 것이 없다는 뉘앙스 같았다.

넌 경계해라, 난 내 갈 길 가겠다. 이건가?

시은은 기가 차서 헛웃음을 터트렸다.

바로 엊그제 사내 연애의 종지부를 찍고 그 여파를 어찌 감당할 것인지가 무엇보다 걱정인 지금, 전혀 다른 문제로 고민하는 스스로가 황당하기 짝이 없었다. 하지만 끊어 내려 애써 본들 생각이 자꾸 그쪽으로 향하는 건 어쩔 수 없는 노릇이었다.

똥차 가면 벤츠 온다더니, 벤츠는 고사하고 이게 웬 복병의 등장인지.

시은은 주말부터 이어진 남모를 고민에 지끈대는 이마를 눌러 짚었다. 그때, 또 다른 달갑지 않은 얼굴이 사무실로 걸어 들어왔다. 그를 알아본 시은의 표정이 급격히 굳어졌다.

"시……."

"무슨 재밌는 얘기 중이세요?"

다급히 입술을 여는 석준을 뒤로한 채 시은은 탕비실 앞에 모인 무리 속으로 합류했다. 한창 대화에 열중하고 있는 사람들 틈으로 자연스레 끼어들어 상냥하게 말을 붙였다. 차마 말을 붙이지 못하고 망설이는 얼굴이 곁눈질하는 시야로 들어왔다.

주말 동안 석준은 지겹도록 전화를 걸고, 또 지겹도록 집 앞으로 찾아왔다. 오피스텔 앞 주차장에 진을 치고 앉아 보내는 카톡과 문자메시지는 가히 테러 수준이었다. 석준이 보낸 전화와 메시지로 인해 휴대폰은 거의 마비 상태였다. 시은은 한 건의 메시지도 확인치 않은 채 단호히 삭제 버튼을 눌렀다. 그러자 한계가 왔는지 당장 오피스텔로 쫓아 올라가겠다는 반 협박조의 문자까지 보내왔다. 하지만 시은은 그조차도 깔끔하게 무시해 버렸다.

그는 다행히 오피스텔로 쫓아 올라와 문을 열라며 괴롭히는 진상 짓까진 부리지 않았다. 그랬다간 칼 같은 성격의 시은이 어찌 나올지 뻔히 알고 있었기 때문일 것이다.

망신은 최소화한 채 회사에서 마주칠 수밖에 없는 이 상황을 이용하려 했던 거겠지. 큰 소리 내기 어려운 사내에서 어떻게든 저 유리한 쪽으로 달래 보려고.

비릿한 조소를 입가에 품으며 시은은 무리들 가운데에 저를 숨겼다. 제자리로 돌아가지 않은 석준이 여전히 시은을 바라보고 있었지만 그조차도 싸늘하게 무시했다.

더 이상 석준에게 들을 말 따윈 없었다. 남은 건 그저 적당한 기회에 이별한 사실을 오픈하고 그냥 이렇게, 조용히, 석준과 끝내는 것뿐이었다.

"다들 주말에 뭐 했어? 난 우리 애들 데리고 영화 봤는데, 요즘 15세 관람가도 왜 이렇게 잔인하니?"

"잔인하기만 해요? 야하기도 은근 야하다니까. 애들 데리고 함부로 연령대 맞춰서 영화 보면 안 돼요."

"하기야 드라마에서도 남녀가 뒹구는 씬 나오는 판국인데."

"시은 씨, 자긴 뭐 했어?"

주말에 있었던 일을 두런두런 이야기 중이던 김 과장이 뒤늦게 합류한 시은에게 물었다. 생각에 잠겨 있던 시은이 느리게 고개를 들었다. 석준이 김 과장의 질문에 되레 당황하며 이러지도 저러지도 못한 채 시은을 바라보고 있었다. 차분히 가라앉은 눈이 서늘하게 그를 외면했다.

"에이, 과장님은 뻔한 걸 뭘 물어요? 보나 마나 김 대리랑 데이트했겠지."

"저 헤어졌어요, 김 대리님이랑."

예고도 없이 터진 시은의 폭탄발언에 순간 무리가 술렁였다. 그 말을 들은 석준의 얼굴 위로도 커다란 파문이 일었다. 석준과 시은을 번갈아 바라보던 사람들이 선뜻 말을 하지 못하고 눈치를 살폈다. 하지만 그 사실을 얘기하고 있는 시은만큼은 누구보다 태연하고 고요한 상태였다. 단정한 입매를 비긋이 당기며 시은이 마치 남 얘기를 전하듯 그렇게 말했다.

"갑작스러우시겠지만, 그렇게 됐어요. 그냥 알고나 계시라구요."

이별의 상처 따윈 비치지 않는 온화한 얼굴이 그 어떤 때보다 잔인하게 빛났다. 시은은 잔잔한 미소를 입가에 머금은 채 자리로 돌아가 앉았다. 서류를 들춰 보는 초점 없는 눈동자가 이내 싸늘하게 식어 내렸다.

이제, 이 구질구질한 연애도 끝이다.

✳ ✳ ✳

"나랑 잠깐 얘기 좀 해."

점심 식사를 마치고 막 식당을 빠져나오는데 손목이 붙잡혔다. 갑작스러웠지만 놀랍지는 않은 상황이었다. 어떻게 하면 기회를 잡을까 호시탐탐 엿보는 것 같더니, 아침의 폭탄선언 탓인지 의외로 접근이 조심스러웠던 모양이다. 손목을 붙잡고 다짜고짜 비상 계단 쪽으로 끌고 가는 석준의 손길을 시은이 차갑게 뿌리쳤다.

"전 김 대리님이랑 더 이상 할 얘기 없는데요."

"난 있어."

"그거 듣는다고 달라질 상황 아니니까 그냥 관둬요."

냉정한 대꾸 뒤 곧장 비상문 쪽으로 몸을 돌렸다. 하지만 미처 문밖으로 벗어나기 전에 문이 닫혔다.

"너 진짜 이런 식으로 나랑 끝낼 거야?"

문 앞에 단단하게 버티고 선 채 석준이 날카롭게 외쳤다. 뭐 낀 놈이 성낸다고, 눈 안에 살기가 그득했다. 시은은 기막힘에 코웃음을 쳤다. 그러다 언제 웃기는 했었냐는 듯 싸늘하게 표정을 굳혔다.

"너야말로 진짜 이런 식으로 꼭 구질구질하게 굴어야겠니?"

"시은아."

"이미 눈치챘겠지만, 어쩌다 보니 너 지난 금요일 밤에 뭐 했는지 다 알게 됐어. 할 말이야 많지만 어차피 뱉으면 죄다 욕뿐이라 입만 아플 것 같고. 시답잖은 변명이나 듣자니 피차 불필요한 감정 소모일 것 같아서 그냥 생략하자는 건데, 대체 왜 이렇게 못나게 구는 건데?"

석준을 훑어 내리는 눈초리엔 경멸만이 가득했다. 그제야 제 처지를 파악한 석준이 비굴한 표정으로 시은에게 다가왔다.

"미안해. 미안한데 시은아, 잠깐만 내 말 좀……."

"아니."

시은이 뒤로 물러서며 온몸으로 거부감을 드러냈다.

"더는 들을 얘기 없어. 그러니까 그만하고 비켜."

싸늘하게 돌아서려는 시은의 앞을 석준이 또 한 번 가로 막았다.

"시은아. 제발 내 말 좀."

"대체 내가 이 상황에서 무슨 소릴 더 들어 줘야 하는 건데."

신경질적인 목소리가 석준의 말문을 막았다.

"2년간 끈질기게 쫓아다니다 겨우 사귀었는데, 막상 만나 보니까 튕긴 것치곤 별거 없더라. 시시하더라. 그래서 딴 년들한테 눈길이 가더라. 뭐, 그딴 소릴 들어 줘야 하는 거야?"

그는 아무 말도 하지 못했다. 정곡이라도 찔린 얼굴이었다. 기가 찬 표정을 짓다가 시은은 그 마저도 지겹다는 듯 고개를 돌렸다. 더 들을 것도 없었다. 야멸치게 외면하며 문 쪽으로 향하려는데, 가만있던 석준이 갑자기 그녀 앞에 무릎을 꿇었다.

"뭐하자는 거야, 지금?"

"정말 잘못했어. 시은아."

석준이 있는 대로 고개를 조아렸다.

"그만해."

목구멍까지 치미는 화를 억누르며 시은이 애써 나긋하게 말했다. 이런 질척이는 상황이 싫어 그토록 석준과의 대면을 거부한 것인데. 사내 연애란 참으로 끝까지 그녀를 귀찮게 만들었다.

"나한텐 너밖에 없어, 시은아. 너도 잘 알잖아. 금요일 일은 그냥 실수였어."

인내를 동요로 착각한 석준이 더욱 비굴한 태도로 고개를 조아렸다. 시은의 얼굴 위로 짙은 환멸감이 어렸다.

"그만하라니까, 제발?"

"그리고 그 카톡도, 네가 어디까지 알고 있는 건진 모르지만, 그거 다 사실 아니야. 대화 중에 내가 괜히 좀 오버해서."

"글쎄, 그 변명이 듣기 싫은 거라고!"

참다못해 터져 버린 목소리가 꽉 막힌 비상계단을 쩌렁쩌렁하게 울렸다.

들을 말이 없다는데도, 들어도 달라질 게 없다는데도, 석준은 참 한결같이 지긋지긋하게 굴었다. 한때는 이 끈질김이 변치 않을 사랑이라 여겼다. 그 달콤한 가면 뒤에 숨어 자신을 얼마나 치졸하게 농락하고 있는지는 모르고.

시은은 잠시 두 눈을 감았다. 어차피 어떻게 해도 변명만 늘어놓으려 할 것이다. 차라리 무시하고 이 자리를 뜨는 편이 더 빠른 해결책일지도 몰랐다. 시은이 돌아서 문을 열려던 그때였다.

"너도 그제 딴 새끼 만났잖아!"

문고리를 붙잡은 채 몸이 그 자리에서 돌처럼 굳어 버렸다. 무릎을 펴고 자리에서 일어난 석준이 분노에 휩싸인 얼굴로 빠르게 다가왔다.

"토요일에 너 그렇게 가고 하루 종일 네 집 앞에서 기다렸어. 수십 수백 통 전화하면서, 네가 올 때까지 기다렸다고. 근데!"

무섭게 씨근대던 석준이 잠시 말을 멈추었다. 간신히 평정을 찾은 그가 아량이라도 베풀 듯이 말했다.

"내가 먼저 실수했으니까, 이해해 줄게. 그냥 못 본 걸로 쳐 줄 테니까."

"누가 누굴 이해해?"

잠자코 듣고 있던 시은이 가소롭다는 듯 되물었다. 잠시 승기라도 잡은 양 의기양양하던 석준의 표정이 서서히 굳었다.

"나랑 장난하니, 지금?"

싸늘한 조소가 시은의 입가를 차지했다.

대체 무슨 소릴 하는 건가 싶어 가만히 있었더니 들을수록 가관이었다.

석준이 말하는 토요일 밤의 남자란 민정우를 뜻했다. 자신도 안경 벗은 정우를 몰라봤었으니, 그가 정우를 다른 남자로 오인하는 건 당연한 일이다. 아니, 민정우라는 사실을 모르는 게 어찌 보면 다행인 걸지도 모른다. 하지만 남자와 같이 집에 들어가는 모습을 보곤 겨우 그런 상상을 하고 있었을 줄이야.

"뭐 눈엔 뭐만 보인다더니, 아랫도리 함부로 놀리는 놈 생각이 거기서 거기지."

조롱 어린 말 뒤로 시은이 이내 비릿하게 석준을 바라보았다.

"그래. 나 그날 남자 만났다, 왜. 난 그럼 안 되니? 넌 나랑 만나면서 이년 저년 죽여주는 년들 다 만나고 다녔는데, 난 너랑 다 끝난 마당에 다른 놈 만나서 좀 뒹굴면 안 돼?"

"윤시은!"

"됐으니까, 이해하지 마. 그냥 본 걸로 쳐. 네가 뭘 봤건, 어떤 상상을 하건, 난 떳떳하니까."

떳떳하다는 한마디에 석준의 낯빛이 변했다. 다소 의심스러운 상황이긴 했지만, 시은의 성향을 알기에 아마 스스로도 긴가민가하고 있었을 것이다. 그런데 저렇듯 당당히 나오는 그녀를 보곤 제가 뭔가 잘못 짚었음을 직감한 것일 테지.

말 한마디에 바로 태도를 바꾸는 꼴이 간사해 시은은 그저 헛웃음만 나왔다. 애초에 신뢰 따윈 존재치 않았던 연애였다. 그렇게 생각하니 또 허탈해졌다.

"시은아."

"너랑 같은 급으로 묶일 짓 같은 거 한 적 없으니까, 그걸 핑계 삼아 어떻게든 엮어 볼 생각 하지 마."

시은은 붙잡는 손길을 뿌리치며 단호히 몸을 돌렸다. 생각할수록 기가 찼다.

설령 그녀가 다른 남자와 뒹굴었대도, 그걸 가지고 잘못을 운운할 처지나 되던가?

저런 천지 분간도 안 되는 뻔뻔한 인간과 여태 연애를 했다니. 미래를 꿈꿨다니. 스스로의 남자 보는 안목이 한심하기 짝이 없었다.

이렇게나마 끝낼 수 있다는 것이 불행 중 다행이라며 위안 아닌 위안을 하는 시은에게로 석준이 다급히 다가왔다.

"미안해. 미안해. 시은아."

문고리를 붙잡은 손 위로 석준의 손이 겹쳐 왔다. 다른 여자의 몸 이곳저곳을 주무르며 난잡하게 놀았을 손이 살갗에 닿자 시은은 소름이 끼쳤다. 애써 억누르고 있던 감정이 가슴 밑바닥에서 소용돌이를 쳤다. 한계가 왔다.

"내가 정말 죽을죄를."

"그럼 그냥 가서 죽어."

섬뜩한 목소리가 서늘하게 석준의 말허리를 갈랐다. 그가 하던 말을 멈추고 굳은 듯이 시은을 바라보았다. 그길로 붙잡힌 손을 야멸치게 뿌리친 시은이 날카롭게 일갈했다.

"그 죽여주는 년이랑 뒹굴다가, 그냥 그렇게 죽어 버리라고!"

쾅!

굉음과 함께 문이 닫히고 시은이 비상계단에서 걸어 나왔다.

하루 종일 평정을 유지 중이던 얼굴에 온갖 참혹한 감정들이 뒤엉켜 있었다. 비상계단을 빠져나와 걸음을 옮기는데 눈물이 왈칵 솟구쳤다. 슬퍼서 나오는 눈물이 아니었다. 한심하고 창피해서 흐르는 눈물이었다.

마지막까지도 비굴한 모습만 내보이던, 할 줄 아는 거라곤 거짓말과 변명밖에 없는 쓰레기 같은 인간의 마음을 잠시나마 진심이라 믿었던 스스로가 한심했다. 그 가볍기 그지없는 애정에 누구보다 사랑받는 여자인 양 사람들 앞에서 으쓱해했던 지난날이 창피했다.

주마등처럼 스치는 과거를 떠올리며 시은은 뜨겁게 차오르는 눈물을 손등으로 훔쳐 냈다. 참고 참던 끝에 터진 눈물이라 그런지 쉽사리 멈춰지지가 않았다.

이런 궁상맞은 모습 따위 누구에게도 보이기 싫은데.

무엇 하나 마음대로 되지 않는 현재가 짜증스러워서 시은은 더욱 거칠게 눈가를 비벼 댔다. 어디 가서 머리라도 식히고 들어가야 하나. 복도를 빠져나와 막 건물 모퉁이를 돌았을 때였다.

"!"

맞은편 벽면에 기대어 있는 익숙한 실루엣이 무심코 들어 올린 시선 끝에 잡혔다. 반사적으로 걸음이 멈췄다. 느리게 몸을 바로 세운 남자가 예의 무표정한 얼굴로 그녀 쪽을 돌아보았다. 민정우다.

그는 마치 기다리기라도 한 것처럼 태연히 시은을 응시하고 있었다. 그리고 그 모습에 그녀는 직감할 수 있었다. 아마도 석준과의 대화를 다 들은 걸 테지.

모퉁이 앞에 굳은 듯이 서 있던 그녀는 이내 마주친 눈길을 외면하며 걸음을 옮겼다. 무시하고 지나쳐 가려는데 돌연 손이 붙잡혔다. 날 선 눈초리가 신경질적으로 옆을 향했다.

"그런 얼굴로 사무실에 들어가시면 사람들이 눈치챌 것 같은데."

빤한 시선이 눈물 자국이 채 가시지 않은 얼굴 위로 닿아 있었다. 시은의 입에서 짜증 섞인 한숨이 새어 나왔다. 붙잡힌 손을 불쾌한 듯 내려다보던 그녀가 곧 매섭게 팔을 털어 냈다.

"참견이 지나치네요, 민정우 씨. 한낱 후임 주제에."

한껏 날을 세운 투로 차갑게 대꾸한 뒤 고개를 돌렸다. 하지만 미처 한 걸음을 더 내딛기도 전, 기민하게 뻗어 온 팔이 종전보다 더욱 단단하게 손목을 붙잡아 당겼다.

"안 봤다면 모를까."

강한 악력과 함께 순식간에 몸이 당겨졌다.

"보고도 못 본 척은 못 하겠어서요."

남자의 얼굴이 바로 코끝에서 멈추었다. 낮게 내리뜬 검은 눈동자가 젖은 눈가를 쓸었다. 고작 눈길 하나 스친 것뿐인데 시은은 눈언저리가 불에 덴 양 화끈거렸다.

마주한 거리가 지나치게 가깝다. 내쉬는 호흡이 고스란히 서로에게 느껴질 정도였다. 뒤늦게 손목을 빼내려 힘을 주었으나 소용없는 짓이었다. 오히려 손목 위로 감긴 단단한 손이 올가미처럼 조여 오는 결과만 낳았을 뿐.

"뭐 하는 거예요, 지금?"

시은이 당혹감을 감추지 못한 얼굴로 사납게 쏘아붙였다.

"참견하는 거죠, 한낱 후임 주제에."

남자가 받은 말을 고스란히 되갚았다. 집착처럼 조여 오는 악력에선 놓아줄 기미 같은 게 엿보이지 않았다. 그 모습을 기가 찬 듯 노려보던 등 뒤에서 문득 문소리가 들려왔다. 시은이 등 뒤를 의식했다. 김석준이 나오고 있는 모양이다. 이 모습을 보이기라도 했다간 오해받기 십상이었다.

"이거 놔요."

초조한 얼굴로 붙잡힌 손목을 비틀었다. 하지만 사태 파악이 덜 된 건지 남자는 꼼짝도 하지 않았다. 시은이 조바심이 난 얼굴로 재촉했다.

"곧 김 대리도 나올 거예요."

"그게 어때서요?"

태연히 물은 남자가 좀 더 낮게 고개를 숙여 시은에게로 밀착해 왔다. 달싹이는 입술 위로 더운 숨결이 나른하게 훑고 지나갔다.

"우리 둘이 있는 모습을 김 대리가 보면 안 될 이유라도 있습니까? 윤 주임님 말대로, 난 그저 한낱 후임일 뿐인데."

한낱 후임, 이라는 호칭을 반복하는 입술 끝에 비릿한 조소가 걸렸다. 그 말이 꽤 거슬렸다 이건가? 생각 외로 발칙한 구석이 있다 생각하며, 뭐라 한마디 뱉으려던 찰나였다.

"이봐요, 민정우 씨."

비상계단 문이 여닫히는 마찰음 뒤로 시은이 밟고 온 동선을 따라 가까워지는 발걸음 소리가 들렸다. 시은이 긴장한 표정으로 뒤를 살폈다. 석준임이 분명했다. 이대로 있다간 정말이지 최악의 상황이 벌어질지도 몰랐다.

"따라오세요."

따라오긴 어딜, 이라고 되물을 새도 없이 손이 당겨졌다. 당혹감을 품고 커다래진 눈이 다급히 정우에게로 가닿았다.

"지금 뭐."

"안심하셔도 됩니다. 잡아먹진 않을 테니까."

붙잡은 손목을 이끌며 그가 말했다. 그렇게 말한 남자의 얼굴엔 소년과 같은 천진한 미소가 걸려 있었다. 그 미소에 잠시 넋이 나간 사이, 몸이 그대로 그의 손에 이끌려 갔다.

의지와는 상관없이 몸이 나아갔다. 한 발 두 발 빠르게 내딛는 걸음에 맞춰 심장도 같이 뛰었다. 그 또한 의지와는 별개인 반응이었다. 그리고 그것이, 그녀는 그닥 탐탁지 않았다.

* * *

구내식당 아래층으로 시은을 이끌고 온 남자는 선뜻 발을 들이기 꺼려질 정도로 어두컴컴한 곳으로 앞장서서 걸어 들어갔다.

"들어오세요."

시은에겐 낯설기 그지없는 공간에 익숙하게 들어선 그가 자연스레 손을 들어 벽면 스위치를 켰다. 어둡던 공간에 불이 환하게 밝혀졌다. 시은은 두 눈을 휘둥그렇게 뜬 채 눈앞에 펼쳐진 낯선 공간을 바라보았다.

"얼마 전에 남은 사무 용품들 옮겨 놓다가 발견한 곳이에요. 귀중품이 없어서 따로 잠금장치는 없지만, 오가는 인적은 극히 드물죠. 먼지가 많은 게 흠이긴 한데, 피곤하거나 혼자이고 싶을 때 가끔 와서 쉬기엔 여기만 한 곳이 없어요."

그의 손에 이끌려 온 곳에는 일명 폐품에 해당되는 것들이나 선뜻 버리긴 아까운 오래된 사무 용품과 가구들이 부서 사무실 하나정도 되는 공간에 빽빽하게 들어차 있었다.

4년 가까이 근무하면서도 이런 곳은 처음 와 보았다. 불필요한 사무 용품들을 내다 놓는 일은 주로 힘 센 남직원들의 몫이라 그런 걸지도 몰랐다.

"앉으세요."

멀뚱히 서서 주변을 두리번거리는 시은에게로 그가 의자 하나를 내어 주었다. 엉겁결에 정우의 손에 이끌려 들어온 시은은 그제야 저도 모르는 사이 그의 페이스에 휘말렸음을 깨달았다.

인적이 드문 밀폐된 공간에 남자와 그녀, 단둘뿐인 상황.

게다가 이 남자는 비록 후임이긴 하지만 도통 그 속을 알 수 없는 음험한 분위기를 자아내고 있다.

뒤늦게 상황을 인지한 시은이 선을 긋듯 말했다.

"내가 굳이 여기 앉을 것까진 없을 것 같은데."

"윤 주임님 눈 아직 빨개요."

어느 틈에 다가온 남자가 시은의 눈가를 지그시 들여다보았다.

"그 상태로 가면 아침에 쿨한 척한 거 다 들통날 텐데. 그래도 괜찮으시겠어요?"

시은은 잠시 숨을 멈춘 채 그를 올려다보았다. 둘의 거리가 좀 전만큼은 아니지만 필요 이상으로 가까워진 상태였다.

함께일 때마다 묘한 분위기를 조장하는 남자. 경계하라 말해 놓고 정작 자신은 보란 듯이 그 선을 넘어오는 남자.

그 빤한 속내를 눈치채지 못할 만큼, 시은은 순진하지도 둔하지도 않았다.

"민정우 씨, 혹시 나한테 관심 있어요?"

시종일관 무표정하던 눈매 위로 언뜻 동요가 스쳤다. 정우가 흥미롭다는 듯 희미하게 입가를 당기며 몸을 바로 세웠다.

"생각보다 직구 스타일이시네요, 윤 주임님."

"물었어요. 관심 있냐고."

"있다면요."

이번엔 시은의 얼굴에 동요가 일었다. 직선으로 뻗어 오는 검은 눈동자가 시야를 삼켰다. 시은은 들뜬 호흡을 잠시 가라앉히고 마주한 눈매에 힘을 실었다.

"미안하지만, 정말 내게 관심을 갖고 있는 거라면 그쯤에서 그 관심 꺼 줬으면 해요. 내가 왜 그러는지는, 정우 씨가 더 잘 알죠?"

마치 준비된 답지를 읊듯, 간결하고 단호한 어조였다. 정우가 그런 그녀를 대꾸 없이 응시했다.

"그럼 더는 껄끄러울 일 없을 거라 생각하고 이만 가 볼게요."

빤히 내리닫는 시선을 애써 무시하며 시은이 몸을 돌렸다.

"왜 제 관심이 껄끄러우시죠?"

반쯤 돌아선 몸이 다시금 멈춰 세워졌다.

"그걸, 설마 정말 몰라서 묻는 거예요?"

"네."

시은은 매섭게 미간을 구겼다. 너무도 무성의한 대답에 황당함을 넘어서 화가 나려 했다. 왜 그의 관심이 껄끄럽다는 건지, 진정 몰라서 저러는 것일 리가 없었다.

"이봐요, 민정우 씨. 내가 우스워요?"

차분한 어조로 입을 연 시은이 이내 두 눈을 앙칼지게 치떴다.

"엊그제 그런 꼴로 잠시 마주쳤더니, 내가 부쩍 우스워졌나?"

누군가 자신을 얕잡아 보는 걸 무엇보다 견디지 못하는 그녀였다. 한데, 석준과의 이별로 인해 정우에게 그럴 만한 빌미를 제공한 것만 같아 시은은 수치심과 함께 화가 솟구쳤다.

"남친이랑 헤어지기 무섭게 소개팅 자리 나간 걸 보니 남자에 환장한 년이다 싶어 쉬워 보여요?"

"정말로 우습고 쉬워 보였다면."

날 선 음성 사이로 그의 목소리가 나직하게 파고들었다.

"그날 밤, 그 집에서, 그렇게 아무 짓도 안 하고 나오진 않았겠죠."

그렇게 말하는 남자의 눈은 마치 집어삼킬 것처럼 시은을 응시하고 있었다. 순간, 심장이 발작처럼 오그라들었다. 무표정한 얼굴과 대비되는 뜨거운 시선에 맞닿은 눈동자가 화끈거렸다. 눈앞의 그녀를 샅샅이 훑어 내리는 적나라한 시선 아래서 시은은 온몸이 녹아내릴 것만 같았다.

"그날."

굳게 다물어져 있던 입술 새로 탁한 음성이 흘러나왔다. 미처 자각하지 못하는 사이, 그가 다가와 둘 사이의 간격을 좁혔다.

"제가 무슨 짓이라도 했다면 윤 주임님은 어떻게 하셨을 건데요?"

검게 일렁이는 눈동자가 연약한 시야를 뜨겁게 점령했다. 호흡이 빠르게 목구멍 속으로 빨려 들어갔다. 시은은 마른침을 삼키며 한 걸음 뒤로 물러섰다. 형용할 수 없는 긴장감이 그녀의 목을 조여 왔다.

"그길로……."

떨렸지만, 온 힘을 다해 긴장감을 억누르며 시은이 덧붙였다.

"민정우 씬 아웃이었겠죠. 물론 지금도 마찬가지구요."

검은 구덩이처럼 짙고 아득한 눈동자가 애써 강단 있게 올려다보는 눈을 소리 없이 굽어보았다. 시은은 자꾸만 뒤로 물러서려는 발을 어렵사리 붙든 채 꿋꿋이 남자를 바라보았다. 둘 사이에 머물고 있는 공기가 팽창하다 못해 터져 버릴 것만 같았다. 한참 동안 말없이 그녀를 내려다보고 있던 그가 이윽고 희미하게 웃었다.

"걱정 마세요. 윤 주임님 허락 없인 아무 짓도 하지 않을 테니까."

비스듬히 당겨 올라간 입매의 선이 비릿했다. 그가 뱉은 말을 실행에 옮기기라도 하듯 한 걸음 뒤로 물러섰다.

둘 사이의 간격이 넉넉해지고, 비로소 멈췄던 호흡이 터졌다. 자신도 모르는 사이 숨을 참고 있던 시은이 한숨처럼 길게 숨을 뱉었다.

"그런데 완전히 관심을 끊지는 못할 것 같네요."

막 평정을 되찾으려던 눈이 다시금 휘둥그레졌다.

"겨우 틈이 보였는데, 아무것도 안 해 보고 그냥 포기할 순 없으니까."

나른한 미소가 시야를 훑는다. 긴장을 놓을 틈이 없는 얼굴 위로 당혹감이 번졌다.

　"이봐요, 민정우 씨."

　"그게 싫으시면 윤 주임님은 그냥 절 무시하세요."

　느긋하게 선 남자가 유려한 입매 끝을 부드럽게 말아 올렸다.

　"말씀드렸다시피 제 감정을 강제로 밀어붙일 생각은 없어요. 하지만 조금의 동요라도 보인다면."

　잠시 말을 멈춘 그가 다시 천천히 다가왔다.

　"참지 않을 겁니다."

　더운 호흡이 이마 위를 간질였다. 그의 짙은 눈동자가 경계 어린 그녀의 시선을 뭉근하게 쓸었다. 문득, 어지럼증이 일었다.

　"그러니까 잘 붙잡으세요. 더 이상 불편해지지 않으시려면."

　의미심장한 미소를 끝으로, 남자가 시은의 옆을 스쳐 지나갔다. 작은 마찰음 뒤로 문이 닫히고, 주변에 맴돌던 짙은 향취 또한 자취를 감추었다.

　그제야 시은은 제 손을 내려다보았다. 뼈마디가 도드라질 정도로 주먹을 쥔 손이 흔들리는 마음을 붙잡듯 움츠러들어 있었다.

　아찔한 혼란이 그녀 안에서 휘몰아쳤다. 여간해선, 이 혼란이 쉽게 잦아들지 않을 것 같았다.

시원한 물줄기를 쏟아 내던 샤워기마저 꺼진 집 안은 적막할 정
도로 고요했다.

간편한 트레이닝 복장으로 갈아입은 정우는 젖은 머리카락을 수
건으로 털어 내며 냉장고로 다가갔다. 맥주 한 캔을 꺼내어 들고
재색 카우치에 몸을 뉘었다. 블라인드가 걷힌 창밖 하늘이 아득할
정도로 검다. 그 아래 어지럽게 펼쳐진 도시의 불빛들이 시야에서
화마처럼 넘실댔다. 정우는 맥주 캔을 든 팔을 협탁에 비스듬히 기
댄 채 잠시 지그시 두 눈을 감았다.

'미안하지만, 정말 내게 관심을 갖고 있는 거라면 그쯤에서 그
관심 꺼 줬으면 해요. 내가 왜 그러는지는, 정우 씨가 더 잘 알
죠?'

이미 예상은 했었지만 생각 이상으로 매몰찬 반응이었다. 시기
로 보나 상황으로 보나, 그녀가 호락호락하게 자신을 받아들이지

않을 것이라는 건 그도 알고 있었다. 그래서 그 칼 같은 반응에 대
고도 태연히 제 의사를 밝힐 수 있었던 것이다. 하지만 뱉은 말과
달리 입 안으로 씁쓸한 맛이 번져 가는 건 어쩔 수 없었다.

감은 눈을 뜨고 맥주를 벌컥 들이켰다. 쓰디쓴 입 안으로 시원
한 기포가 날카롭게 휩쓸고 지나갔다.

자신을 마주한 채 혼란을 감추지 못하고 흔들리던 연약한 눈동
자가 떠올랐다. 조금만 힘을 주어도 맥없이 바스라질 것 같던 얇고
가는 손목. 꿀을 삼킨 듯 달콤하던 숨결. 잔인한 말을 내뱉는 주제
에 집어삼키고 싶을 정도로 어여쁘던 입술.

마주하는 내내 여유로운 듯이 굴어 놓고, 실상은 허기진 짐승처
럼 찰나에 스친 지난 감각이나 되새김질하는 꼴이라니.

물기가 가시지 않은 머리카락을 쓸어 올리며 정우는 느른하게
고개를 젖혔다. 창밖의 어둠처럼 검게 가라앉은 눈동자가 초점 없
이 허공을 겨눈다.

어디서부터 어떻게 시작된 것인지 알 수 없는 감정이 그의 머릿
속을, 심장을 야금야금 좀먹어 갔다.

쉬이 잠들기 어려운 밤이었다.

* * *

발 없는 말은 순식간에 회사 전체를 휩쓸었다.

시은이 시종일관 태연한 얼굴로 회사 생활에 임한 덕에 사람들
은 그녀에게 선뜻 석준과 관련된 이야기를 묻지는 못했다. 하지만
그런 와중에도 소문은 돌고 있는지, 복도를 지날 때마다, 구내식당
에서 밥을 먹을 때마다 수군대는 소리와 흘깃대는 시선들이 적나

라하게 시은에게로 향해 왔다.

듣자 하니 석준의 방탕한 밤 생활에 대해 익히 알고 있었던 남직원들 덕에 헤어짐의 원인과 관련한 추측성 얘기들도 이미 여기저기 떠돌고 있는 듯했다.

이렇듯, 우려하던 상황이 현실이 되기까지는 그리 오랜 시간이 걸리지 않았다.

"시은 씨, 괜찮아?"

1층 구내식당에서 마주 앉아 식사 중이던 동료 윤희가 조심스럽게 말문을 열었다. 동시에 같이 앉아 눈치만 살피던 다른 직원들의 시선도 함께 시은에게로 몰려왔다. 시은은 젓가락으로 나물 사이를 뒤적이며 무덤덤하게 대꾸했다.

"뭐가?"

"아니, 사람들 수군대는 것도 그렇고. 들리는 얘기도 그렇고. 속이 편치 않을 것 같아서."

걱정하는 투로 말하고 있지만 실은 정말 들리는 소문이 사실인 건지 추궁하는 의도가 담겨 있음을 그녀는 알고 있었다. 아마도 둘의 관계를 아는 대부분의 사람이 이런 심리일 것이다. 시은은 태연히 입매를 당기며 고개를 들었다.

"신경 쓰지 마, 윤희 씨. 나도 딱히 신경 안 쓰이니까."

유심히 낯빛을 살피려 드는 가증스런 얼굴에 대고 시은은 태연하게 웃어 보였다. 그러고는 부러 씩씩하게 식사에 임하기 시작했다. 깨작대던 젓가락질에 힘을 싣고 밥도 크게 한 술 푹 떠서 야무지게 삼켰다.

아무도 측은한 시선 따위로 자신을 바라볼 수 없도록. 실연당한 여자라며 감히 불쌍한 듯 취급하지 않도록.

초연한 얼굴 뒤로 쓰디쓴 속마음을 삼켜 넣듯이 시은은 그렇게 음식들을 하나둘 욱여넣었다.

그리고 결국 식당에서 나오기 무섭게, 화장실로 달려 나가 먹은 음식들을 모두 게워 내고 말았다.

먹은 것을 다 토하고도 쉽사리 체기가 가시질 않아, 한참을 화장실에 쪼그려 앉아 있었다.

더는 게워 낼 게 없어 신물만이 넘어오는데도 여전히 머릿속이 어지러웠다. 시은은 숙취와는 비할 수 없는 두통을 경험하며 힘겹게 복도를 따라 걸었다. 혹시나 누가 볼까 봐 부서와 멀찌감치 떨어진 화장실로 다녀왔더니 돌아가는 길이 구만리 같았다.

6개월 사내 연애의 뒷감당이 참 혹독하다.

쓰린 속과 지끈대는 머리를 이고 가까스로 걸음을 옮기던 그녀는 앞을 막아서는 인영에 발을 멈추었다. 시은의 미간이 또다시 구겨졌다. 눈앞을 올려다보는 시선이 날카롭게 바뀌었다. 짙은 한숨이 새어 나왔다.

"소화제예요."

시은은 눈앞에 내밀어진 약봉지를 받아 들지 않은 채 날 선 눈동자로 눈앞의 남자를 응시했다. 그녀를 가로막고 서서 약봉지를 건네고 있는 이는 다름 아닌 민정우였다. 불편한 관심은 그쯤 해 두라 그토록 일렀건만 남자는 여전했다. 뭐, 그렇겐 못 하겠다며 대놓고 천연스럽게 대꾸했었으니 아주 예상치 못한 바도 아니었다.

"좀 전에 밥을 좀 급하게 드시는 것 같아서요."

그새 그걸 또 봤나.

시은은 지끈거리는 이마를 쓸며 정우에게서 시선을 거뒀다. 다른 때라면 정색하며 무안이라도 줬을 텐데 오늘은 그마저도 여력이 없었다. 물론 상대가 그런다고 무색해할 인물도 아니었지만.

"됐어요."

힘겨운 목소리로 대꾸한 뒤 정우를 피해 옆으로 비켜 지나갔다.

"낯빛이 창백합니다."

손목을 붙잡아 올린 그가 그녀의 손에 약봉지를 쥐여 줬다.

"괜한 오기 부리지 말고 드세요."

시은은 낮게 한숨지으며 고개를 들었다. 항상 속을 알 수 없이 무감하던 눈빛에 믿기 힘들게도 희미하게나마 걱정스런 빛이 어려 있었다. 뻔한 수작으로 건네는 호의는 아닌 것 같았다.

"민정우 씨, 나 뭐 하나만 물을게요."

정우에게로 향한 경계를 한결 누그러트리며 시은이 나긋한 음성으로 물었다.

"내가 갑자기 왜 좋아기?"

정우는 바로 대꾸하지 않고 시은을 바라보기만 했다. 좀 뜬금없는 질문일 수도 있겠지만, 어찌 보면 이 불편한 상황이 시작되고부터 가장 궁금했던 근원적인 질문이기도 했다.

"아니, 아무리 생각을 해 봐도 도무지 모르겠어서. 내가 우스워서 이러는 건 아니랬고 그럼 정말 내게 호감이 있단 소린데. 내 입장에선 그게 좀 갑작스럽고 황당해서요. 아무래도 그렇잖아요. 지금껏 딱히 관심 있는 것 같지도 않더니 김 대리랑 헤어지기 무섭게 나한테 이런다는 게."

"갑자기가 아니라면요?"

의구심을 품고 쏟아 내던 말이 문득 멈추었다.

"그전부터 줄곧, 윤 주임님을 보고 있었다면요?"

시은은 선뜻 답을 하지 못한 채 굳은 듯이 정우를 바라보았다.

칠흑같이 검은 눈동자가 질기고 빼곡하게 시야를 앗아 갔다.

왜인지, 이 눈동자를 마주할 때면 그녀는 자꾸 목이 조여 오는 것만 같은 착각이 들었다. 별것 아닌 말 한마디와 그저 빤히 닿아 오는 눈빛만으로도 그가 제게 품은 집념이 적나라하게 전해져 오는 듯했다. 그게 두려우면서도, 한편으론 묘한 자극과 흥분감을 선사하기도 했다.

흥분감이라. 미쳤나 보다.

시은은 끈질기게 따라붙는 시선을 피해 고개를 돌렸다. 그제야 겨우 숨통이 좀 트이는 것 같았다.

"괜한 걸 물었네, 내가. 대답 듣고 받아 줄 것도 아니면서."

그새 체기가 가셨는지 냉기가 사라진 손을 들어 긴 머리카락을 쓸어 올렸다. 차마 정우를 바라보지 못하고 허공을 향하고 있는 눈에 난감한 기색이 어렸다.

이렇게 본전도 못 찾을 질문은 왜 한 것인지.

하지만 그 와중에 하나 얻은 것이 있다면, 민정우가 적어도 저를 쉽게 보고 접근한 것은 아니라는 사실을 알게 되었다는 것이다. 석준으로 인해 상처받은 자존심이 그로서 조금이나마 회복되는 것 같달까.

피식, 다문 잇새로 문득 조소가 흘러나온다. 쉽게 보지 않았다는 사실 하나로 그의 관심이 달가워지고, 상처가 희미하게나마 상쇄되다니. 인간이라는 게 이렇듯 간사한 동물이었다.

"지난번에 너무 매몰차게 말한 경향이 있어서 다시 얘기하는 건데, 민정우 씨가 나 좋게 봐 준 건 진심으로 고맙게 생각해요."

시은은 천천히 말문을 열며 허공으로 향해 있던 시선을 정우에게로 옮겼다. 지난 고백에 섣불리 상대의 의도를 단정 짓고 날을 세웠던 실수를 뒤늦게나마 사과해야 할 것 같았다. 그리고……

"근데."

이렇게 된 이상 거절도, 더욱 정중하게 해야 할 것 같았다.

"보다시피 내가 지금 누굴 다시 만나고 연애를 하고 그럴 상황이 못 돼요. 그럴 만한 마음의 여유도 없구요. 거기에 그 상대가 하필 다른 누구도 아닌 같은 부서 사람이라면, 결과는 뻔하죠."

시은은 다소 냉소적인 표정으로, 시종일관 제게서 시선을 거두지 못하는 정우를 빤히 마주 보았다. 무슨 말을 할지 듣지 않아도 뻔한 멘트들을 귀에 담으며, 그는 무표정한 얼굴로 그렇게 서 있었다.

"민정우 씨 매력적이에요. 의식하지 않을 땐 몰랐는데, 요 며칠 간 의식하고 겪어 보니 그렇더라고. 젊고 잘생기고 키도 훤칠하고 은근 섹시한 구석도 있고. 그런 남자가 꽤 오랜 시간 나한테 관심이 있었다니, 순간 혹하기도 해요."

정우와 접점이 생겼던 그날부터 알게 모르게 흔들렸던 마음을, 시은은 이렇듯 담담히 그에게 읊어 냈다. 쉬운 여자로 내비칠까 봐 부정하고 싶지만 사실이었다.

그녀는 충분히 정우에게 흔들렸다. 생각지 못한 그의 관심이 당혹스럽고 부담스러우면서도, 한편으론 설레기도 했었다. 아마 제 상황이 이렇지 않았다면, 그가 뻗은 손을 미친 척 붙잡았을지도 몰랐을 일이다.

"하지만, 딱 거기까지예요."

잠자코 시은의 말을 듣고 있던 정우의 표정이 돌처럼 굳었다.

"지금 눈앞에 닥친 상황을 감당하는 것만으로도 난 충분히 벅차고 힘들어요. 그런데 이 이상을 감당해야 하는 연애라니. 그걸 해

낼 자신이 내겐 아직 없네요. 그러니까 부탁인데."

그녀가 간절한 어조로 정우를 향해 말했다.

"나 흔들지 말아요. 민정우 씨에게도, 다른 누군가에게도, 더는
흔들리지 않을 거예요, 나."

단단한 목소리로 그녀가 그를 향해 명확하게 선을 그었다. 그리
고 그 선이 날카로운 칼날이 되어 그의 심장도 함께 베어 나갔다.

✳ ✳ ✳

— 밥은 잘 챙겨 먹고 다니는 거야?

전화를 받기 무섭게 걱정 어린 목소리가 들려왔다. 시은은 서늘
한 벽에 등을 기대고 선 채 괜스레 발끝으로 바닥을 툭툭 찼다.

"잘 챙겨 먹고 다닌다니까. 얼마나 잘 먹는지 저렇게 먹어 대는
데도 살이 안 찐다며 다들 부러워한다고."

— 아이고, 뼈만 앙상하게 남아서 삐쩍 마른 게 뭐 그리 좋은
거라고.

"날씬해야 대접받는 시대에 좋은 거지, 그럼. 다들 예쁘다는데
혼자만 그래. 엄마 혹시 딸 상대로 질투해?"

시은이 우스갯소리 하듯 말했다. 수화기 너머에서 엄마가 혀를
끌끌 찬다. 계집애가 서울로 가더니 괜한 공주병만 생겼다고 쓴소
리도 덧붙였다. 실없이 웃자, 문득 엄마가 화제를 전환했다.

— 그나저나 조만간 집에 온다더니 왜 여태 소식이 없어? 만나
는 사람 있다며. 언제 소개시켜 줄 거야?

바닥을 툭툭 차 대던 발이 우뚝 멈춰 섰다. 시은은 지그시 입술
을 말아 물었다가 망설인 끝에 말문을 열었다.

"아, 그 사람 요즘 바빠서 당분간은 좀 힘들 것 같아."

— 같은 회사라며. 그 사람 바쁘면 너도 바쁜 거 아니야?

"바쁘지. 그러니까 나 보고 싶어도 좀 참아. 다 먹고사느라 그런 거니까."

— 알았어. 언제 오든 상관없으니까, 밥이나 잘 챙겨 먹고 다녀.

"알았어."

간결한 통화를 끝으로 휴대폰을 귀에서 떼어 냈다. 잊고 있었는데, 김석준 얘기를 엄마에게 했었던 모양이다. 며칠 새 상황이 이리될 줄은 모르고. 씁쓸한 웃음이 입가에 번져 나갔다.

시은은 안팎으로 휘몰아치는 연애의 후폭풍에 온몸이 노곤해졌다. 다 때려치우고 어디론가 잠적해 버리고 싶은데, 목구멍이 포도청이라 그럴 수도 없었다.

대학교 때부터 서울로 상경해 이른바 대기업이라 일컬어지는 회사에 취직하기까지 엄마는 그야말로 물심양면으로 그녀를 뒷바라지했다. 홀어머니 아래서 자랐어도 이렇듯 반듯하게 자랐다고, 엄마는 항상 그녀를 자랑스럽게 여겼다. 그러면서 입에 닳도록 했던 말이, 이제 남은 건 좋은 사람 만나 행복하게 네 가정 꾸리고 사는 것뿐이라는 것이었다.

예전이야 여자 팔자는 뒤웅박 팔자라며 남자 잘 만나면 그길로 인생이 펴는 것이라 생각했지만 요즘은 달랐다. 여자 스스로 자신의 가치를 높일 만한 능력을 갖추지 못하면 그만한 남자를 만나는 것도 쉽지 않았다.

인생의 목표가 고작 좋은 사람 만나 화목한 가정을 꾸리는 것이라니. 어찌 보면 꽤나 소박하게 느껴질지 모르나 살아 보니 그처럼 어려운 것도 없었다.

엄마만 봐도 그랬다. 하루가 멀다 하고 술만 찾던 아버지는 노름빚에 엄마가 어렵게 번 돈을 탕진하곤 했었다. 술이 안 들어갔을 땐 그나마 멀쩡하다가도 술만 마셨다 하면 엄마를 때리고 폭언을 일삼았다. 엄마는 살기 위해 결국 아버지를 등진 채 자식들만 데리고 빈손으로 뛰쳐나오는 길을 선택할 수밖에 없었다.

그래서 그녀는 그 '평범'이라는 것이 어찌 보면 가장 얻기 힘든 특별한 것임을 익히 알고 있었다.

그런데 잠시나마 김석준이 그녀에게 그런 평범한 행복을 안겨 줄 것이라 확신했었다니.

참으로 우습기 짝이 없었다.

시은은 자조하듯 한쪽 입가를 당기다가 사무실 쪽으로 발걸음을 옮겼다.

오후 6시. 사람들은 그새 썰물처럼 사무실을 빠져나가고, 횅한 공기만이 그녀를 반겼다.

회식이 있어 퇴근이 30분쯤 당겨졌다고 했던가.

하필 이런 시점에 회식이 있을 건 뭔지.

눈치 없이 회식 자리를 운운하던 친목 담당에게 밀린 업무가 많아 오늘은 힘들 것 같다고 말한 그녀는 뱉은 말은 또 지켜야 했기에 노곤한 몸을 이끌고 책상 앞에 앉았다.

정작 고개를 처박고 다녀야 할 놈은 뻔뻔하게 회식 자리에 따라간 것 같던데.

회식 참여 여부를 묻는 종이에 버젓이 동그라미가 쳐 있던 석준의 이름을 떠올리며 시은은 낮게 실소했다.

남 탓할 것 없었다. 모든 게 제 아둔한 판단에서 비롯된 결과니까.

숨을 훅 몰아쉬며 컴퓨터 모니터를 켰다. 책상에 꽂아 놓은 차트 하나를 꺼내 들려다 무심코 향한 시선 끝에서 그 앞에 덩그러니 놓인 약봉지를 발견했다.

제 단호한 거절을 듣고 아무 대답도 하지 않던 무표정한 얼굴이 머릿속에 떠올랐다. 먼저 스쳐 지나가는 그녀를 더 이상 붙잡지 않던 무력한 손도. 모퉁이 너머로 그녀가 완전히 사라질 때까지 미동조차 없던 뒷모습도.

문득, 마음이 복잡해졌다. 시은은 약봉지에 머무르던 시선을 어렵사리 거둬 내며 손에 잡은 차트를 마저 꺼내 들었다. 그러고는 맥없이 두 눈을 깜박이다 이내 모니터를 바라보았다.

다 끝난 일이다. 물론, 시작조차 한 적 없던 관계지만.

차게 식은 커피가 담긴 잔을 들어 가만히 입가에 기울였다. 오늘따라 커피 맛이 유독 썼다.

✳ ✳ ✳

사람이란 타인의 상처에 대해 눈앞에선 한없이 다정한 듯 굴고서도 돌아서면 둘도 없이 냉혹해지는 존재였다.

한 사무실에서 근무하던 커플의 이별이 바로 엊그제 사무실을 그토록 떠들썩하게 했음에도, 누구도 그들을 생각하며 회식 여부를 고려하지 않았다.

말단 사원인 정우야 선택 여부가 없어 함구했지만, 평소 시은과 친하게 지내는 듯싶던 여직원들마저 그녀를 제외하곤 전원이 회식 자리에 빠짐없이 자리를 채우고 있었다. 얼마 전 특진한 김 과장을 축하하는 회식이라 빠지기도 애매했을 터였다.

하기야 납작 엎드리고 다녀도 모자랄 판에 보란 듯이 술판에 끼어들어 제가 특진자라도 되는 양 희희낙락거리는 자식도 있는 판에.

정우는 굳게 다문 입술을 싸늘하게 비튼 채 석준을 바라보았다.

엊그제까지만 해도 시은에게 그토록 비굴하게 매달리더니, 석준은 물 만난 고기처럼 회식 자리를 즐기고 있었다. 한데 더 어이가 없는 건 그런 석준에게 그 누구도 비난을 하지 않는다는 사실이었다.

등 뒤에선 수군댈지언정 면상에 대곤 같이 하하호호 하는, 속 다르고 겉 다른 방관자들. 그들 덕에 저런 쓰레기도 인간이랍시고 고개를 쳐들고 다니는 거겠지.

상사만 아니었다면 멱살을 쥐고 끌고 나가 시멘트에 머리통을 처박아 버리고 싶은 걸, 정우는 초인적인 인내로 가까스로 눌러 삼켰다.

밀린 일이 있다며 책상으로 돌아가 앉던 시은의 뒷모습이 떠올랐다. 그는 테이블 위에 놓인 소주 한 잔을 들어 말없이 입 안에 털어 넣었다. 쓰디쓴 알코올 향이 마른입 안을 뜨겁게 뒤덮었다. 옆에 세워진 소주병을 들어 잔을 채우려다 불현듯 귓가로 찾아든 환청에 손이 멈추었다.

'나 흔들지 말아요.'

허공을 담아낸 두 눈이 짙게 가라앉았다. 왼쪽 가슴이 욱신거린다. 그 순간조차 예뻐서 더 잔인했던 입술이 시야를 흐트러뜨렸다.

정우는 어금니를 악문 채 멈춘 손을 움직여 마저 잔을 채웠다. 잔이 채워지기 무섭게 술잔을 입에 털었다. 한 잔, 두 잔, 더해지면 희미해질까 싶어 있는 대로 술을 들이부어 보지만 쉽사리 그녀가 머릿속에서 떨쳐지질 않았다.

"어이, 민정우. 술 고팠어? 무슨 술을 그렇게 급히 마시나?"

보다 못한 신 과장이 의아한 얼굴로 정우를 향해 물었다. 정우는 눈앞에 놓인 잔을 입 안에 깔끔하게 비워 낸 뒤 마침내 술병을 내려놓았다. 도저히 이대로 넋 놓고 자리를 지키고 있을 수가 없었다.

"저 먼저 일어나 보겠습니다."

주변 눈치를 살필 것도 없이 소지품을 챙기고 자리에서 일어났다. 밖으로 나서기 무섭게 부쩍 싸늘해진 바람이 날카롭게 몸을 스쳤다. 어둠 너머 희미하게 반짝이는 건물에 시선을 둔 그가 굳게 입을 다문 채 망설이지 않고 걸음을 옮겼다.

늦은 시간, 어둠이 내려앉은 건물 안은 쥐 죽은 듯 고요했다.

정우는 오는 길에 산 죽을 한 손에 든 채 사무실 쪽으로 걸어갔다. 어두컴컴한 복도로 희미한 불빛을 내보내는 한 곳이 시선 끝에 잡혔다. 마케팅팀 사무실. 바로 시은이 있는 곳이다.

그는 낮게 숨을 뱉어 낸 뒤 천천히 발걸음을 옮겨 갔다. 사위가 어둠인 사무실의 중앙부에서 흐릿한 빛이 새 나왔다. 입사하고 매일같이 지켜봤던 책상이니 굳이 누구의 것인지 확인치 않아도 알 수 있었다.

조심스레 다가가자 화면 보호기가 뜬 모니터 앞에서 엎드린 채 잠들어 있는 여린 등이 눈에 들어왔다.

파티션을 사이에 두고 잠시 걸음을 멈춘 정우는 망설이던 끝에 한 걸음 더 가까이 그녀에게로 다가섰다. 얇은 블라우스 차림의 가냘픈 어깨가 어쩐지 시려 보였다. 들고 온 죽을 책상 위에 내려 두고 입고 있던 재킷을 벗었다. 조심스런 손길로 그녀의 시린 등을 덮어 주었다.

생각보다 깊은 잠에 빠진 듯, 그녀는 아무런 인기척도 느끼지 못한 채 새근새근 숨을 내쉬고 있었다. 모니터에서 흘러나온 희미한 불빛이 두 팔을 괴고 잠든 가지런한 옆얼굴을 흐릿하게 비추었다.

잔머리가 귀엽게 난 동그랗고 작은 이마에서 음영이 지도록 길게 늘어진 속눈썹으로. 유려하게 뻗은 콧날을 지나 지그시 다물어진 채 색색 가는 숨을 내쉬는 무방비한 입술로. 그의 시선이 고요한 물처럼 소리 없이 따라 흘렀다.

6개월이라는 긴 시간 동안 지켜봐 왔지만 이토록 가까운 곳에서, 이토록 자세히 그녀의 얼굴을 보는 것은 처음 있는 일이었다.

그녀를 이루는 선 하나하나를 시야에 아로새기듯 담아내던 두 눈이 점점 더 짙게 가라앉아 갔다. 정우는 저도 모르게 시은의 얼굴로 손을 뻗었다. 그녀의 희미한 체온이 손끝에 감겨 올 정도로 거리가 가까워지자, 비로소 정신을 차리고 손을 멈추었다.

불현듯 왼쪽 가슴이 옥죄어 온다. 머릿속이 일렁였다. 술기운 탓인지, 아니면 손만 뻗으면 닿을 거리에서 잠들어 있는 여자 탓인지.

굳게 닫힌 입 안에서 힘주어 문 어금니가 꽉 악물어졌다. 턱 끝으로 경련이 인다. 시은의 가는 숨결이 간질이듯 닿아 오는 손가락을 뒤늦게 거둬들이며 정우는 절제되지 않는 마음을 다스리듯 그녀에게서 한 발자국 물러섰다.

"시시하죠?"

6개월 전, 입사를 하고 얼마 지나지 않았던 시기에 신입 사원 환영회란 명목으로 벌어지는 요란한 술판을 권태로운 표정으로 바라보고 있을 때였다. 웬 여자가 다가와 그에게 말했었다.

"치열한 경쟁률 뚫고 입사했더니 일이랍시고 시키는 것들은 허드렛일에 가까운 잡다한 것뿐이고, 같이 일한다는 인간들은 상사며 동기며 하나같이 시시해 보이는데 그런 비생산적인 인간관계를 회사 밖에서까지 이어 가야 한다니. 시시하고 무료하기도 하겠지."

말없이 앉아 술자리를 관조하던 그의 냉소적인 시선을 읽어 내기라도 한 듯 여자는 조곤조곤한 목소리로 나름 분석적인 말을 늘어놓았다. 뜬금없이 다가와 그렇게 다 안다는 듯이 말을 붙이는 상대가 썩 탐탁지 않아 그는 희미하게 미간을 구겼다. 앳된 얼굴의 여자가 그런 그를 마주 보고 씨익 웃었다.

"그런 눈으로 쳐다볼 것 없어요. 나도 몇 년 전에 비슷한 생각을 했던 터라 공감돼서 하는 말이니까."

몇 년 전이라고? 기껏해야 내 나이 또래로밖엔 보이지 않는데.

의구심이 깃든 눈동자로 바라보자 여자가 뒤늦게 생각이 난 듯 말을 덧붙였다.

"아, 인사가 늦었네요. 난 윤시은이에요. 직급은 주임이구요. 이따가 신입들 상대로 상사 이름이랑 직급 맞추기 게임 할 텐데, 술 마시기 싫으면 미리 잘 알아 두라구요. 아, 그리고."

시원스레 통성명을 마치고 자리에서 일어서려던 여자는 미처 다하지 못한 말이 있는 듯 움직임을 멈추었다. 그러고는 기다란 눈매 끝을 엷게 휘었다.

"사람 사는 거 뭐 별거 없어요. 난 시시하지 않은 것 같고, 나한텐 별게 있을 것 같지만 몇 년 사회생활 하다 보면 알게 되더라고요. 나도 결국엔 그 시시한 구성원 중의 한 명이라는걸."

그러니 그렇게 오만하게 앉아, 넌 뭐 특별한 게 있다는 듯이 사람들을 평가하고 바라보지 말아라 이건가.

그녀의 말을 잠자코 들으며 의중을 파악 중이던 그때.

"뭐, 그냥 그렇다고요."

여자가 청량하게 웃었다. 티 없이 맑은 얼굴에서 반달처럼 휘어지는 얇은 눈매가 묘하게 마음을 건드렸다. 무심한 듯 그렇게 마지막 말을 덧붙인 뒤 여자는 비로소 완전히 돌아섰다.

조용히 앉아 있던 제게 갑작스레 다가와 말을 붙이더니 또 그렇듯 홀연히 자리를 뜨는 여자를 보며 정우는 혹시 저 여자가 이제 갓 들어온 남자 신입을 상대로 추파를 던지는 건가 생각하기도 했다.

만약 그런 거라면, 아주 실패한 건 아니네.

잔상처럼 남는 여자의 미소를 떠올리며 그렇게 생각하고 있던 무렵, 갑자기 주변에서 환호와 박수가 터졌다.

"김석준 대단하다!"

"2년 짝사랑 끝에 결국 해냈네!"

또 무슨 시시껄렁한 놀이들인가 싶어 소란 속에 시선을 두었다. 방금 전 자신의 옆자리를 스치고 지나간 여자가 동료들의 환호 속에 서 있었다.

자신도 한낱 시시한 구성원 중 하나라 칭했던 여자는 정말이지 시시해 보이는 웬 놈 옆에 서서 수줍은 듯이 미소를 짓고 있었다.

아마도, 그때부터였을 것이다. 그녀가 눈에 들어오기 시작한 것이. 평생을 타인에게 무관심한 채로 살아왔던 그의 일상에 윤시은이라는 존재가 침입한 날.

처음엔 그저 찰나의 관심에 지나지 않는다고 생각했었다. 의외로운 첫인상이 남긴 잔상 정도라고. 그랬던 감정은 점점 그 몸집을 불려 가더니 종국에는 걷잡을 수 없는 크기가 되어 그를 완전히 집어삼켜 버렸다.

차라리 같은 회사가 아니었더라면.

하다못해 같은 부서라도 아니면 좋겠다고 생각했던 날들이 헤아릴 수 없이 많았다.

어째서 넌 내가 보는 앞에서 다른 남자를 눈에 담은 채 웃는 거냐고 외치고 싶던 날도 하루 이틀이 아니었다.

하지만 어차피 닿지 못할 마음이기에 접어야겠다 생각했었다.

그러니 당신이 아무리 눈앞에서 내 시야를 흐려도, 마음을 흔들어도, 그냥 못 본 척 지나치자고.

하지만 이젠 알 것 같았다. 그렇듯 쉽게 접어질 마음이 아니라는 것을.

겨우 빈 그 옆자리에 또다시 자신이 아닌 다른 이가 서는 걸 상상하는 것만으로 피가 거꾸로 솟는 이 상황에, 두 눈 뜨고 지켜본다는 것이 가능할 리 없다는 사실을.

정우는 아무것도 모른 채 무방비한 모습으로 곤히 잠들어 있는 시은에게로 가만히 손을 뻗었다.

'부탁인데, 나 흔들지 말아요.'

그녀의 목소리가 또 한 번 환청처럼 귓가를 떠돈다. 차마 닿지 못한 손끝을 거둬들이며 그는 주먹을 꽉 움켜쥐었다.

부탁한다고 말했다. 제발 흔들지 말아 달라고. 아직은 감당할 자신이 없다고. 그녀는 분명 제게 그렇게 말했었다. 하지만.

아니.

정우는 조금 전 시은을 마주한 채로 차마 하지 못했던 말을 단호히 마음속으로 읊조렸다.

흔들 것이다. 미안하지만, 흔들어야겠다.

넌 잠시지만 흔들렸다고 내게 말했고, 그걸 다 알고 있는 마당에 멈출 수는 없었다.

이 관계에 감당해야 할 것이 생긴다면, 그녀가 아닌 제가 대신 감당하면 될 일이다.

그러니 조금이라도 균열을 보인다면 결코 그 기회를 놓치지 않을 것이다.

정우는 시은의 이마 위에 흐트러져 있는 머리카락을 귀 뒤로 조심스럽게 넘겨 주었다. 윤기 도는 갈색 머리카락이 손가락 끝에 부드럽게 휘감긴다. 그대로 손을 들어 올려, 정우는 가만히 입술을 묻었다. 시리게 빛나는 은빛 안경테 아래서 그녀를 곧게 내려다보는 눈동자가 더욱더 무겁게 가라앉아 갔다.

"당신, 이대로 포기 못 해요. 난."

낮은 속삭임에 시은의 속눈썹 끝이 파르르 떨렸다. 감긴 눈꺼풀이 옅은 파동이 인 눈동자를 감추려는 듯 더욱 질끈 감겨졌다.

모처럼 야근을 했더니 머리가 무지근했다.

시은은 두 눈을 반쯤 감은 채 블라우스 단추를 하나둘 채워 올렸다. 고개를 뒤로 젖히고 둥글게 돌려 보지만 목 뒤를 짓누르는 뻐근함은 쉽사리 가시질 않았다.

마지막 단추를 채운 뒤 눈을 바로 떠 거울을 보았다. 석준과 이별하고 처음으로 맞이했던 월요일에 온몸을 둘렀던 그 비장함은 더 이상 그녀에게서 찾아보기 힘들었다. 사람들의 수군거림에 지칠 대로 지친 무기력함만이 피곤한 얼굴 위로 나른하게 감돌 뿐이다.

사람들은 둘이 이별하게 된 데에 석준의 방탕한 행실이 원인이 되었음을 알면서도 누구 하나 그를 비난하지 않았다. 시은의 앞에서는 안되었다, 그런 쓰레기 만나 속상했겠다, 하면서도 막상 그 앞에 서면 대부분 언제 그랬냐는 듯 농담을 주고받고 평소와 다를 바 없이 대했다. 남녀 간의 일은 어차피 둘이 알아서 해결할 문제였고 굳이 자신들까지 나서서 껄끄러워질 필요는 없다, 그렇게 판단을 내렸기 때문일 테다.

이렇게 될 걸 아주 몰랐던 것도 아닌데, 새삼스레 씁쓸할 건 또 뭔지.

시은은 막힌 숨을 후— 뱉어 낸 뒤 옷장 앞으로 걸어가 검은색 트렌치코트를 꺼내 입었다. 핸드백을 마저 집어 들고 무심코 방을 나서려다, 옷장에 걸린 남자 옷에서 잠시 시선이 붙잡혔다. 지난밤, 그녀의 어깨를 덮어 주었던 민정우의 재킷이었다.

'당신, 이대로 포기 못 해요. 난.'

귓바퀴를 쓸며 파고들던 진중한 음성과 머리카락 위로 진하게 내려앉던 열기. 눈을 감고 있음에도 생생하게 느껴지던 더운 시선. 그리고 감싸 쥘 듯 뻗어 왔다가 몇 번이나 움츠러들기를 반복하던 조심스런 손길까지.

어제의 일들을 떠올리기 무섭게 호흡이 흐트러졌다. 마치 현재처럼 선명한 감각들에 그녀는 잠시 몸서리를 쳤다. 간신히 잠재워 놓은 가슴이 다시금 멀미하듯 일렁인다.

흔들지 마라 해 놓고. 그 누구에게도 흔들리지 않겠다, 단언해 놓고. 마음은 그가 일으킨 한낱 미풍에도 이처럼 맥없이 동요하고 있었다.

떨리는 손끝이 꽉 조여들었다. 미동 없이 서서 옷장에 걸린 재킷을 바라보던 그녀는 잠시 후 그것을 고이 접어 종이 가방에 집어넣었다.

여전히 혼란이 가시지 않은 얼굴로 시은이 현관문을 나섰다.

✳ ✳ ✳

사무실로 발을 들이기 무섭게 가장 달갑지 않은 존재와 눈이 마주쳤다. 김석준이었다.

뻔뻔함엔 한계라는 게 없는 듯했다. 그녀를 알아보기 무섭게 석준이 또 반색하며 다가서려 들었다. 시은은 마주친 눈동자에 불쾌한 기색을 역력히 내비쳤다. 그제야 석준이 걸음을 멈추고 마지못해 몸을 돌렸다.

비상계단에서 죽을죄를 지었다는 그의 말에 차라리 죽어 버리라 소리를 지른 후로도, 석준은 여전히 시은을 가만히 내버려 두지 않았다.

사람들 앞에선 데면데면하다가도 틈만 보인다 싶으면 다가와 추근거렸다. 그 정도 독설을 들었으면 이제 그만할 법도 한데, 도대체 포기란 걸 모르는 인간이었다. 이렇게 끝낸다는 게 자존심이 상해서인지 아니면 다른 이유가 있는 것인지, 석준의 속을 도무지 알 수 없었다. 굳이 알고 싶지도 않았고.

차라리 다른 부서로 전보 신청을 해야 하나. 어디 파견 갈 곳은 없는지 알아볼까. 고민할 때가 하루 이틀이 아니었다. 하지만 안 그래도 남 얘기 옮기기 좋아하는 사람들에게 괜한 억측을 제공하고 싶진 않았다.

수군대더라도 듣는 앞에서 수군대는 편이 나았다. 잘못된 소문이 돈다면 대응이라도 할 수 있을 테니까.

시은은 회의감과 무력감이 만연한 얼굴로 자리로 돌아가 앉았다. 입고 온 트렌치코트를 벗어 의자에 걸고 핸드백과 종이 가방을 책상 안쪽에 내려놓았다. 여전히 뻐근한 뒷목을 손으로 주물거리다가 습관처럼 창 쪽으로 시선을 향했다. 때마침 동료들과 커피를 마시던 민정우가 보였다.

한 올의 흐트러짐도 없이 시원하게 쓸어 넘긴 머리카락과 창으로 새들어 오는 햇빛을 따갑게 튕겨 내는 은색 안경테. 동료들과 얘기하는 내내 무심하게 허공을 응시하는 눈동자가 그 특유의 서늘한 분위기를 한층 돋보이게 만들고 있었다.

시은은 소리 없이 그를 직시한 채 스커트 위로 내려앉은 손끝에 가만히 힘을 주었다. 불현듯 머릿속에 책상 안쪽 깊숙한 곳에 넣어 둔 종이 가방이 떠올랐다.

이건 또 어떻게 한다.

차라리 누구의 것인지 몰랐다면 좋았을 것을. 그 인기척에 깨지 않았다면 좋았을 것을.

시은은 더운 이마를 손바닥으로 짚으며 지그시 두 눈을 감았다. 어지러운 머릿속이 쉽사리 정제되질 않는다.

요즘 그녀에게 회사란, 매일이 지뢰밭이었다.

＊ ＊ ＊

오전 내내 재킷이 든 종이 가방을 두고 어찌하면 좋을지 고민하던 끝에 시은은 사원 메신저 창을 열었다. 키보드 위에 손을 올려 두고도 한참을 망설이다가 결국 저지르듯 메시지를 보냈다.

[돌려줄 게 있어요. 점심시간에 그때 그 창고에서 잠깐 봐요.]

전송 버튼을 누르기 무섭게 후회가 밀려들었다.

그냥 모른 척했어야 했나. 머리가 지끈거렸다.

누구의 것인지 주인을 모르는 것도 아니고, 돌려주긴 돌려줘야겠는데 도무지 방법을 떠올릴 수 없어 저지른 일이었다.

사람들 눈치 봐서 몰래 자리에 가져다 놓을까도 생각했으나 오늘따라 그조차도 틈이 나질 않았다. 그렇다고 몇 날 며칠 책상 안에 넣어 놓자니 또 온종일 그리로만 신경이 쓰일 것 같았다. 성격상 모르는 척은 불가능하니, 어떻게든 이 찝찝한 구석을 털어 버리고 싶었다.

이미 저질러 버린 일에 후회 따윈 않기로 마음먹으며 힐끔 민정우의 자리를 바라보았다. 부장에게 서류를 검토받고 때마침 자리로 돌아온 그가 안경 너머로 모니터를 바라보고 있었다. 필시 메시지를 읽고 있을 테다. 발끝이 오그라드는 기분에 얼굴을 붉히고 있을 때, 모니터에 박혀 있던 그의 시선이 불현듯 시은이 있는 쪽으로 향했다.

황급히 고개를 숙여 시선의 마주침을 피했다. 숨어들듯 파티션 아래에 움츠린 정수리로 더운 눈빛이 따갑게 박혀 오는 게 느껴졌다. 딱히 죄를 지은 것도 아닌데, 가슴이 둥둥거렸다.

지금도 이러면서 얼굴을 맞대고는 어떻게 동요를 감추려고.

저지른 일에 후회 따윈 말자 해 놓고도, 시은은 돌아서기 무섭게 후회가 밀려들었다.

✳ ✳ ✳

점심 식사를 마치고 어두컴컴한 지하로 내려와 창고 문을 열었다. 환한 불빛이 따갑게 눈을 찌르고 들어왔다. 불 켜진 창고 안에 이미 그가 먼저 와 있었다.

정우는 고고하게 서서 창고 벽면을 응시하고 있었다. 안쪽으로 발을 들여놓기도 전에, 알 수 없는 긴장감이 그녀의 몸 주변을 꽉 옭아맸다. 아마도 이곳에서 있었던 며칠 전의 일 때문일 것이다.

닿을 듯 가깝게 간격을 좁혀 오던 발걸음. 입술 위를 나른하게 훑고 지나간 숨결. 눈가를 뭉근하게 쓸던 눈동자. 흔들겠다, 다짐처럼 되뇌던 탁한 음성까지.

시은은 선명하게 떠오르는 그날의 감각들을 애써 뿌리친 채 태연한 표정으로 안으로 들어섰다. 또각또각, 청량한 구두 굽 소리가 울려 퍼지자 남자가 그제야 그녀 쪽을 돌아보았다.

"이거 받아요. 민정우 씨 재킷이에요."

시은이 정우 앞에 대뜸 종이 가방을 내밀었다.

"그냥 모른 척할까 했는데. 주인 있는 옷을 아무 데나 버리는 것도 좀 그렇고, 그렇다고 여자 혼자 사는 집에 남자 재킷을 계속 두기도 껄끄러워서요. 고민 끝에 돌려주는 거예요."

잠자코 있던 민정우가 나직이 입을 열었다.

"이 재킷의 주인이 저라는 건 어떻게 아셨어요?"

"그건……."

당황한 얼굴로 잠시 대답하길 망설이다가, 시은이 이내 어색하게 입술을 달싹였다.

"현재로선 내게 이런 호의를 베풀 사람이 민정우 씨뿐이잖아요."

실은 당신이 내 옆으로 다가온 그때 이미 깨어 있었다고, 그녀는 차마 말할 수가 없었다. 그 말을 입 밖으로 꺼내는 순간, 그 당시 흔들렸던 제 마음을 정우에게 들켜 버릴 것만 같아 두려웠다.

"고마워요. 소화제도 죽도, 이 재킷도. 이 신세는 언젠가, 서로가 좀 더 편하게 마주 볼 수 있게 되면, 그때 꼭 갚을게요."

서둘러 인사를 건네고 몸을 돌렸다. 용무를 마쳤으니 더 이상 애매한 상황이 연출되지 않게 다급히 자리를 마무리 짓는 편이 좋겠다고 생각했다. 하지만 등 뒤에서 넘어온 목소리가 그녀의 발목을 붙잡았다.

"서로가 좀 더 편하게 마주 볼 수 있게 되면, 이라는 게 어떤 의미죠?"

반쯤 몸을 돌린 시은의 입에서 긴 숨이 빠져나왔다.

"민정우 씨가 나에 대한 관심을 접는 거요."

"관심을 접는다라."

비릿하게 웃은 그가 재킷이 든 종이 가방을 들고 시은에게로 다가섰다.

"정말 그러길 바라신 거라면, 이 재킷도 굳이 돌려주지 않으셨어야 하는 거 아닌가요?"

그녀를 마주 보는 시선에 냉소적인 기운이 어려 있었다. 그게 무슨 뜻이냐고 되물으려던 찰나, 그가 덧붙였다.

"이런 식으로 절 불러내고, 또 편한 사이가 되자 종용하고 돌아서는 건, 제가 윤 주임님께 향한 관심을 끊는 데 전혀 도움이 되지 않는다는 걸 알고 계실 텐데요. 그보단 차라리 무시가 답이죠. 저란 놈 따위 신경조차 쓰이지 않는다는 듯이."

순간 말문이 막혔다. 어젯밤 그가 제게 다녀간 뒤로 이것저것 변명을 붙여 가며 정당화했던 진짜 속마음을 그에게 들킨 것만 같아 무색했다. 물론 그에게 여지를 줄 의도가 있어 불러냈던 건 아니지만, 듣고 보니 아주 아니었다고 부정할 수도 없었다.

"그건, 그런 뜻이 아니라, 좀 전에도 말했지만 누구 건지 알고서도 버리는 건 경우가 아닌 것 같아서."

"그건 그냥 핑계죠."

서둘러 변명을 덧붙이는 말 가운데로 단호한 목소리가 파고들었다.

"자기 어장 관리를 두둔하고픈 핑계."

부드러운 선을 유지하던 시은의 눈매가 찌릿하게 구겨졌다.

어장 관리라니. 시은이 기가 찬 표정으로 정우를 바라보았다. 어이가 없어진 나머지 뭐라 받아칠 의욕조차 나질 않았다. 기막힌 듯 헛웃음을 짓고 있는데, 그 순간 그가 홀연히 그녀의 옆을 스치고 지나갔다.

"이봐요, 민정우 씨."

다급히 몸을 돌려 정우를 불러 세웠다. 하지만 그조차 무시한 남자는 차갑게 창고 밖으로 나가 버렸다.

"야, 민정우!"

기막힘을 싣고 뻗어 나간 목소리가 홀로 남은 창고 안을 뒤흔들었다. 날카롭게 휘어 올라간 눈매가 굳게 닫힌 문을 매섭게 노려보았다.

뭐 이런 경우가 다 있어?

이마가 뜨끈해지며 화가 솟구쳤다.

어장 관리라고?

"후임 주제에, 저게 진짜 보자 보자 하니까."

약이 바짝 오른 눈으로 애꿎은 문만을 노려보는 눈이 앙큼하게 빛났다. 생각지 못한 도발에 머리가 지끈댄다.

아무래도 당분간은, 저 발칙한 후임에게서 신경을 끄기 힘들 것 같았다.

✻ ✻ ✻

퇴근 시간이 가까워졌을 즈음, 혜영에게서 전화가 걸려 왔다.

— 사내 연애 끝내고 좀 어때? 그 후폭풍은 감당할 만해?

"지천이 지뢰밭이다."

마감 전에 마쳐야 할 서류를 손보며 시은이 답했다.

— 왜 아니겠니. 내가 너라면 한동안 연가 쓰고 회사 안 나갔다.

"분기 마감 닥쳐서 지금 연가 쓰면 그냥 회사 나가라고 할걸."

— 목구멍이 포도청이지. 그나저나 불금인데 뭐 해? 집에 처박혀 있지 말고 나와. 기분 전환이나 하자.

만나 봐야 엊그제 하다 만 김석준 욕이나 마저 이어서 하게 될 테고. 그럼 또 기분이 더러워지겠지.

"딱히 기분 전환 될 것 같진 않은데."

심드렁하게 대꾸하다가, 그래도 생각한답시고 기껏 먼저 연락까지 줬는데 매몰차게 거절하는 것도 예의가 아닌 것 같아 시은은 잠시 대답을 망설였다.

— 그래서, 오늘 그냥 집에 있으려고?

혜영이 아쉬운 목소리로 채근하듯 물었다. 서류를 보며 동그란 이마를 손끝으로 문지르던 시은이 결국 마지못해 답했다.

"어디서 볼 건데?"

✻ ✻ ✻

친구라고 해서, 다 취향이 같은 건 아니었다.

"꼭 불금을 이런 정신 사나운 데서 보내야 돼?"

고막을 찢을 듯이 쿵쿵거리는 요란한 사운드에 시은이 양 귀를 틀어막으며 외쳤다.

"불금이 괜히 불금이니! 몸과 마음을 불사르는 금요일이니까 불금인 거지!"

작정이라도 한 듯 몸에 딱 달라붙는 화려한 의상으로 갖춰 입은 혜영이 클럽 안으로 당당하게 걸음을 옮겼다. 고등학교 때부터 분명 둘도 없이 친한 친구이긴 한데, 어찌 된 것이 남자 보는 눈도 노는 취향도 전혀 달랐다.

시은은 클럽으로 들어온 지 5분도 채 되지 않아 벌써부터 골이 울리는 것 같았다.

"요즘 여기 물이 그렇게 좋대!"

혜영이 바(bar)에서 병맥주를 가지고 와 시은에게 건네었다.

"그 물 좋은 애들이 우릴 좋아하기나 하고?"

"우리가 어때서? 너나 나나 동안에 쭉쭉빵빵인데."

깔끔한 H라인 스커트에 단정한 블라우스 차림임에도 단연 돋보이는 시은의 늘씬한 몸매를 쭉 훑어 내리며 혜영이 경쾌하게 말했다.

"그거 보고 여자 고르는 애들이 퍽이나 쓸 만한 놈들이겠다."

시은은 염세적인 말투로 중얼거리며 손에 든 맥주병을 입가에 기울였다.

화려한 조명으로 번쩍이는 클럽 안은, 조금 전 혜영이 한 말처럼 오늘 밤 제 몸을 불사르기로 작정한 이들로 인산인해를 이루고 있었다.

저렇게 머리 돌리고 몸 돌리다가 탈진하는 건 아닌지.

노파심이 담긴 시선으로 사람들을 바라보았다. 그러면서 이런 생각을 하는 제가 꼭 늙은이 같아, 한편으론 웃음이 나오기도 했다.

"그나저나 바빠서 못 물어봤는데 그때 그 남잔 뭐야?"

시끄러운 소음 사이로 혜영의 목소리가 닿았다. 잘 들리지 않아, 시은이 눈살을 구기며 혜영의 입 앞에 귀를 가져다 댔다.

"뭐?"

"왜, 너 데려다주겠다고 나섰던 후임이란 남자 말이야!"

혜영이 한층 더 목소리를 높여 외쳤다. 시은은 그제야 질문의 뜻을 이해하고 "아." 소리를 내뱉었다.

"말 그대로 후임이야. 다른 거 없어."

"그래?"

의심 어린 눈초리가 뻗어 왔지만 무시하고 마저 맥주를 들이켰다. 괜한 대답을 덧붙여 봤자 성가신 호기심만 부추길 게 뻔했다.

재킷을 돌려준 시은에게 어장 관리 하는 거 아니냐, 당돌하게 되물었던 후임은 무슨 심경의 변화에선지 온종일 싸늘한 표정을 짓고 있었다. 간밤에 사무실까지 찾아와 이대론 포기 못 한다고 다짐할 땐 언제고. 대한민국 남자들은 하나같이 변덕이 죽 끓듯 하는 건가.

귀찮은 관심 따위 제발 좀 꺼 주라고 말한 건 저였으면서 막상 정우의 태도가 바뀌자 시은은 알 수 없는 씁쓸함이 밀려들었다.

씁쓸해? 뭐가 그렇게 씁쓸한데? 설마, 같은 부서 후임을 상대로 진짜 어장 관리라도 하고 싶었던 거니? 정신 차려, 윤시은. 너 김석준이랑 사내 연애 좋 낸 게 바로 일주일 전이야. 상대는 새파랗게 어린, 같은 부서 후임이라고!

밀당 같지도 않은 밀당에 팔랑이는 자신이 우스워서 시은이 스스로를 향해 날 선 비난을 쏟아 냈다. 근래 스트레스받을 일투성이라 정신이 어떻게 되었나. 술 먹고 속이나 차리자 싶어 차가운 맥주를 벌컥벌컥 들이켰다.

"뭐야? 너 웬 술을 그렇게 마셔?"

"속이 좀 타서. 나 맥주 한 병만 더 갖다 줘."

그새 비워 버린 맥주병을 혜영에게 들이밀며, 시은은 무심코 스테이지 쪽으로 눈길을 돌렸다. 묘하게 낯익은 얼굴에서 잠시 시선이 멈추었다가 이내 눈매가 굳어 버리고 말았다. 이건 또 무슨 시추에이션인지. 문득 헛숨이 터졌다.

"야, 뭐로 마실 건데? 호가든? 버드?"

굳은 듯이 한곳을 바라보고 있는 시은의 어깨를 혜영이 눈치 없이 툭 건드렸다. 시은은 아무런 대꾸도 하지 못하고 눈앞에서 라이브로 벌어지는 장면을 관람하고 있었다.

무심히 지나치려던 시선을 사로잡은 건 바로 김석준이었다. 그가 웬 어린 여자애의 허리에 손을 두른 채 은밀하게 귓속말을 주고받고 있었다. 경멸 어린 시선으로 정색하는 저에게 아침까지도 샐샐거렸던 그 얼굴로 지금은 다른 여자를 마주 보며 추파를 날리고 있었다.

활자로 봤을 때도 기막히던 광경이 영상이 되어 눈앞에 펼쳐지자, 시은은 기가 차다 못해 분노가 치밀었다. 도대체가 최소한의 양심이란 게 없는 놈이었다. 어지러운 조명 사이로 잠시 시선을 옮겼다가 시은이 그만 자조하듯 웃고 말았다.

지금 그녀를 잠식한 감정은 질투가 아니었다. 기막힘과 억울함, 그리고 분노였다.

뭘 새삼스럽게 기막히고 그래. 다 알고 끝낸 거잖아. 저런 새끼인 거.

여태껏 스스로를 다독여 왔던 대로, 또 한 번 감정을 억누르며 입술을 꾹 다물었다. 그럼에도 일어서는 분노와 자괴감이 석준에게로 향한 눈동자 안에 어지럽게 뒤엉켰다.

내 안목이 모자랐던 거다. 남잔 다 똑같은 놈이다. 그러니 그냥 똥 밟은 셈 치고 신경 끄자. 아무리 스스로를 다스려 봐도 화가 나는 건 어찌할 수가 없었다.

뭐, 저딴 쓰레기 같은 게.

"윤시은, 뭐 마실 거냐니까?"

혜영이 채근하듯 물었다. 차갑게 가라앉은 눈동자로 석준을 응시한 채, 시은이 말했다.

"여기 양주는 안 파니?"

생각에도 없던 술이 갑자기 확 당긴다. 진짜 어떻게든 돼 버리고 싶은 밤이다.

✳ ✳ ✳

금요일 밤만 되면 휴대폰은 몸살이 났다. 늦은 시간까지 근처에서 술판을 벌이고 있는 친구들에게서 돌아가며 전화가 왔기 때문이다.

이제 막 사회생활에 뛰어들어 돈도 벌기 시작했겠다, 아직 혈기는 왕성하고. 그 왕성한 혈기와 돈을 어디다 풀어야 될지 모르겠는 녀석들은 주말이면 모여서 여자를 끼고 술판을 벌였다.

어쩌면 이 나이에 그렇게 사는 친구들이 지극히 정상인 걸지도 몰랐다. 웬만한 것엔 흥미를 느끼지 못하는 본인이 오히려 비정상이지.

정우는 지루한 얼굴로 누워 침대 헤드에 머리를 기대었다. 요즘 불면증이 계속되는 것 같아 일부러 운동도 평소보다 고강도로 하고 왔음에도, 쉽사리 잠이 오질 않았다. 눈을 감고 있으면 자연스레 잠이 들까 싶어 그렇게도 해 보지만 소용없는 짓이다. 눈꺼풀이 내려앉은 까만 시야로 요 며칠간 지독하게 그를 괴롭히는 한 얼굴만 떠오를 뿐.

정우는 지그시 감았던 눈꺼풀을 다시금 들어 올렸다. 의식 사이로 자그마한 공간이라도 생겼다 치면, 여지없이 머릿속엔 그녀가 떠올랐다.

유일하게 제 흥미를 당기는 여자. 윤시은.

정우는 '어장 관리' 냐는 제 말에 발끈하던 새하얀 얼굴을 기억 속에서 가만히 끄집어내었다. 분해서인지, 억울해서인지, 온종일 분주하게 자신을 쫓아다니던 다갈색빛 눈동자도.

누군 간밤에 자기 때문에 홧김에 술을 잔뜩 마셨더니 속이 타 죽을 지경인데, 기껏 불러내서 한단 소리가 '편하게' 라니. 욱하는 마음에 다소 저돌적으로 쏘아붙이긴 했지만, 거기에 당혹감을 감추지 못하고 발끈하던 얼굴이 귀여워 그는 어쩐지 웃음이 나 버렸다. 무표정하게 입매가 느른하게 풀린다.

시은을 떠올리며 웃고 있는데, 문득 휴대폰이 울렸다. 사색에서 벗어나 벽에 걸린 시계를 확인했다. 시침이 숫자 1을 향하는 중이었다.

친구 녀석들이 전화 오기엔 너무 늦은 시간 같은데.

석연치 않은 표정으로 자리에서 일어나 테이블 위에 둔 휴대폰을 집어 들어 발신인을 확인했다. 동시에 그는 잠시 제 눈을 의심했다.

윤……시은.

왼편 가슴이 발작처럼 조여들었다.

"여보세요."

현실인지 꿈인지를 가늠하다 느지막이 휴대폰을 귀에 붙였다.

— 어? 받았네. 나 윤시은이에요.

회선 너머에서 들려온 달콤한 목소리에 잠시 모든 감각들이 정지했다. 지그시 입술을 깨물었다 놓은 그가 나직한 음성으로 답했다.

"알아요."

— 내 번호도 알고 있었어요? 난 정우 씨 번호 몰라서 지갑에 있는 비상 연락망 뒤져 봤는데.

그녀답지 않게 약간은 어눌한 음성이었다.

이 시간에 무슨 일이냐고. 왜 연락망까지 뒤져 가며 제게 전화를 건 거냐고. 목소리가 평소와 다른데 혹시 술이라도 마신 거냐고. 묻고 싶은 말은 많았지만 정우는 선뜻 입이 떨어지질 않았다. 그때, 무방비한 틈을 뚫고 귓속을 파고든 그녀의 말이 그의 심장을 발밑까지 끌어 내렸다.

— 혹시 별일 없으면, 나 좀 데리러 와 줄래요?

그나마도 희미하던 잠기운이 뜨겁게 뛰는 심장 소리에 완전히 종적을 감추었다.

* * *

단출한 옷차림으로 갈아입고 서둘러 집을 빠져나왔다. 그새 날이 추워졌는지 시린 바람이 가볍게 걸치고 나선 외투를 뚫었다. 마음이 바쁜 탓에 딱히 추위를 느끼지 못하고 차에 올라탔다. 액셀러레이터를 밟는 굳은 표정에는 긴장감과 초조함이 뒤엉켜 있었다.

늦은 시간, 비교적 한산한 도로 위를 질주하듯 내달린 그는 그녀가 말한 술집 앞에 차를 멈춰 두고 발걸음을 재촉했다. 시은을 찾아 두리번거리던 눈동자가 근처 벤치 앞에 쪼그려 앉은 익숙한 인영에서 멈췄다.

"윤 주임님?"

푹 숙이고 있던 고개를 들고 주위를 둘러보던 눈동자가 정우를 발견하곤 유연하게 휘어들었다.

"진짜 와 줬네? 오후에 어장 관리다 뭐다 하도 쏘아 대길래 안 올 줄 알았더니."

전화기 너머에선 그나마 희미하게 느껴지던 술기운이 이번엔 좀 더 분명하게 두 귀로 전해졌다. 가쁜 숨이 목젖까지 치고 올라왔다. 심장이 무섭도록 내달렸다.

"내가 오늘 술을 좀 마셨거든요. 집에 간다니까 나서서 데려다주겠다는 놈들은 많은데, 개중에 어디 믿을 놈이 있어야지."

등 뒤에 있는 벤치를 짚으며 그녀가 천천히 몸을 일으켜 세웠다. 위태롭게 비틀거리는 그녀에게 저도 모르게 손을 뻗으려다 필사적으로 움직임을 멈추었다.

대체 뭐 때문에 그 지경이 되도록 술을 마신 거냐고 윽박지르고픈 마음이 목구멍까지 치달았다. 하지만 한낱 후임일 뿐인 제게 그녀를 추궁할 자격 따윈 없었다. 오히려 이토록 인사불성이 된 순간, 다른 놈이 아닌 저를 불러 준 것만으로도 감사할 일이었으니까.

"그래도 그나마 민정우 씬 믿을 만한 것 같아서."

그녀가 정우를 보며 싱긋 웃었다. 기다란 눈매 끝이 초승달처럼 접혔다. 그 무방비한 미소가 애써 침착하려는 머릿속을 잔뜩 헤집었다.

"내 어디가 믿을 만한데요?"

그의 의미심장한 물음에 그녀의 얼굴에서 잠시 웃음기가 가셨다. 시은이 취한 사람 같지 않은 또렷한 눈으로 정우를 바라보았다. 그러다 입을 열었다.

"자기 입으로 경계하라 말한 사람이니까. 보통 도둑이 제 입으로 도둑이라고 하진 않잖아요."

말을 마친 뒤 시은은 단정한 입매 끝을 당기며 잠시 길게 숨을 뱉어 냈다. 그녀의 새하얀 얼굴 위로 뽀얀 입김이 어지럽게 부서졌다. 그것은 마치 한 치 앞을 알 수 없는 안개처럼 보였다. 나른하게 풀린 눈을 활짝 휘며 그녀가 말했다.

"나 서 있기 힘든데, 그만 차에 타도 되죠?"

달콤한 숨결이 안개처럼 공기 중으로 흩어진다.

당신을 향한 내 마음은, 지금 그 까마득한 안개 속에 서 있다.

✽ ✽ ✽

정우는 복잡한 시선으로 옆자리에 탄 여자를 바라보았다. 회사에서 봤을 때와 같은 옷차림을 한 여자는 그때와 달리 잔뜩 흐트러진 모습으로 잠이 들어 있었다.

불현듯 그녀를 처음 만났던 신입 사원 환영회 날이 떠올랐다.

과열된 분위기에 사람들은 하나둘 눈치를 보고 술자리를 빠져나 갔다. 그 역시 길게 있을 생각은 없었기에 적당히 분위기를 맞추고 술집에서 걸어 나왔다. 딱히 취하진 않았지만 술은 마신 터라 대리 기사를 부르고 차가 있는 쪽으로 이동하려던 찰나, 웬 남자의 목소 리가 귀에 거슬렸다.

"시은아, 힘들어? 이 근처 가서 잠깐만 쉬었다 갈까?"

남자는 술에 잔뜩 취한 여자의 몸을 거의 끌어안듯 부축하고 있 었다.

"아니. 나 잠자리 바뀌면 못 자."

"그럼 내가 집까지 바래다줄게."

어쩐지 낯설지 않은 이름과 목소리에 정우는 좀 더 고개를 기울 여 그들의 얼굴을 확인했다. 윤시은이라 했던 여자와 그의 연인이 었다.

조금 전, 2년이란 끈질긴 대시 끝에 연애에 골인한 커플이라고 여기저기서 러브샷을 강요하던 모습이 떠올랐다. 절인 배추처럼 완전히 늘어진 여자에게 남자는 이때다 싶어 수작을 부리는 중이 었다.

사내새끼가 꼴사납게.

그는 괜스레 불쾌해지는 감정을 뒤로한 채 때마침 걸려 온 대리 기사의 전화를 받고 발걸음을 옮겼다.

"방배동 우성 빌라로 가 주세요."

핸들을 잡은 기사에게 대충 집 위치를 일러 주고 뒷좌석 헤드에 뒷머리를 기대었다. 눈을 감으려다 말고 창밖으로 보이는 희미한 실루엣에 발작처럼 몸을 바로 세웠다. 작은 몸이 횡단보도 옆 가로 수 앞에 쪼그린 채 앉아 있었다. 조금 전 연인과 실랑이 중이었던 윤시은이었다.

"잠깐만요."

기사를 시켜 정우는 잠시 그 앞에 차를 멈추었다. 생각 없이 일단 차에서 내리려다 잠시 멈칫했다.

제가 언제부터 타인에게 이토록 호의적인 존재였다고 가던 차까지 멈춰 세워 오늘 처음 본 여자를 옆에 태우겠다는 것일까. 그것도 버젓이 임자까지 있는 여자를.

스스로가 생각하기에도 주제넘은 오지랖이다 싶어, 정우는 막 일어서려던 몸을 시트에 도로 앉혔다. 베풀어서 득 될 것 없는 호의일 뿐이다. 자꾸만 창밖으로 향하는 주의를 애써 끊어 내던 그때였다.

"기사님, 그냥……."

찰칵, 하고 들려온 마찰음과 함께 차 문이 열렸다. 황당한 듯 돌아본 그의 눈으로 어느새 차로 올라타고 있는 여자의 모습이 들어왔다.

"아저씨, 서교동 케이오피스텔이요."

여자는 마치 택시라도 잡아탄 듯 제집 주소를 읊었다. 대리기사가 당황한 얼굴로 뒤를 돌아보았다. 잠시 말문이 막혀 있던 그가 당황하는 기사를 향해 뒤늦게 그러라 고갯짓을 했다.

만취한 상태의 여자는 차창에 머리를 콩콩 박으면서도 아픈 줄도 모르고 자고 있었다. 자꾸 부딪히는 소리가 거슬려서, 보다 못한 그가 손을 뻗어 여자의 머리를 시트에 닿게 바로 세웠다. 그러자 제 몸에 누가 손을 대는 줄도 모르고 여자가 색색거리며 숨을 내쉬었다. 곤히 잠든 얼굴을 보며 정우는 뜻 모를 한숨이 흘러나왔다.

시선을 떼고 창밖을 바라보고 있을 때, 그의 어깨 위로 묵직한 느낌이 내려앉았다. 당황한 얼굴로 옆을 돌아보자 코끝에 희미한 샴푸 향이 부드럽게 감겨 왔다. 여자의 체향이 알코올 향에 섞여 알싸하게 비강을 적신다. 술기운에 젖어 붉어진 입술이 시야를 흐려 왔다. 여자를 처음 본 순간부터 스멀스멀 피어오르던 알 수 없는 충동이 그 순간 울컥 치고 올라왔다.

무슨 생각을 하는 거냐. 임자 있는 여자를 상대로. 그것도 같은 부서 대리란 놈이랑 연애 중이라는 선임을.

빈주먹을 움켜쥐며 정우는 그 정체 모를 충동을 가까스로 눌러 앉혔다. 자꾸만 자제력을 시험하는 여자에게서 시선을 떼곤 차창 밖으로 시선을 던졌다.

사람이 셋이나 타 있지만 쥐 죽은 듯 조용한 차는 그렇게 유유히 도로 위를 달려갔다. 얼마나 취했는지 여자는 옆에 사람이 탄 줄도 모른 채 곤히 잠들어 있었다. 그 와중에 남자 친구를 뿌리치고 온 게 더 용하다 생각하며 나직이 한숨을 뱉었다. 야무진 척하더니 참 여러모로 빈틈이 많은 여자였다.

차가 도착하고, 대리기사에게 대리비를 지불한 뒤 옆에서 세상 모르고 잠들어 있는 그녀를 말없이 내려다보았다. 아무래도 이대로 있다간 날이 새지 싶어 기다리다 못해 어깨를 두드렸다.

"저기."

잠들어 있던 여자가 별안간 몸을 벌떡 세웠다.

"아, 벌써 도착했어요. 아저씨?"

게슴츠레한 눈을 치켜뜨며 여자가 입가를 쓱 훔쳐 냈다. 다른 여자가 했다면 지저분해 보였을 행동이 어째서인지 지저분하다 느껴지지 않았다. 예쁘장한 얼굴 탓인가. 무심코 그 같은 생각을 하다가 정우는 순간 당황하고 말았다.

연인이 있는 여자, 그것도 같은 부서 선임을 상대로 그 같은 생각을 하다니. 취미에도 없는 월급쟁이 행세를 시작하려니 잠시 머리가 어떻게 되었나.

기막힌 듯 자조한 그가 힐끗 뒷좌석을 바라보았다.

"어? 이 차엔 미터기가 없네."

겪을수록 가관이었다. 여전히 취기가 가시지 않은 얼굴로 지갑을 꺼내어 드는 여자를 보며 실소가 터졌다. 차라리 한시라도 빨리 이 여자를 눈앞에서 치워 버리는 편이 정신 건강에 좋을 듯싶다고 정우는 뒤늦게 판단을 내렸다.

"그냥 내리세요."

"정말요? 감사해요, 아저씨."

아무리 술에 취했기로서니 저렇게 앞뒤 분간이 안 되나. 발랄하게 웃는 여자를 한심하다는 듯 바라보고 있을 때, 그녀가 인사를 마친 뒤 차에서 내렸다. 그냥 이쯤에서 신경 꺼 버리자고 생각하며 귀찮은 표정으로 휴대폰을 꺼내어 드는데, 무심코 본 백미러에 위태위태하게 계단을 올라서는 여자의 뒷모습이 비치었다.

"젠장."

낮게 욕설을 뱉은 그가 휴대폰을 두고 서둘러 차에서 내렸다.

"집이 몇 호예요?"

비틀거리는 팔을 잽싸게 부축하며 그가 말했다. 놀란 토끼 눈을 한 채 여자가 옆을 돌아보았다.

"어? 요즘 택시기사들은 집 앞까지 에스코트도 해 줘요?"

어눌하게 뱉어 내는 말에선 여전히 현실감이 느껴지질 않았다.

"술 취한 진상 손님에 한해서요."

"아, 내가 좀 진상이었구나. 오늘."

여자가 헤헤거리며 말했다. 그사이 여자의 집 앞까지 올라왔다. 문을 열려던 그녀가 이내 경계하듯 뒤를 돌아보았다.

"에스코트는 여기까지."

치켜뜬 눈이 딴에는 힘을 주고 있는 것 같았지만, 위협을 주기엔 지나치게 게슴츠레했다.

여태 경계심 없이 굴어 놓고 이제 와 조심하는 건가. 이래서 사람은 첫인상이 전부가 아니라고 하는 거군.

허탈한 표정으로 여자를 바라보다가 정우가 포기하듯 몸을 돌렸을 때였다.

"잠깐만요."

막 계단 하나를 내려선 그의 손목 위로 별안간 체온이 감겨 왔다. 살갗 위로 예고 없이 닿은 낯선 체온에 불현듯 주먹이 쥐어졌다. 등 뒤로 고개를 돌리자 여자의 얼굴이 바로 코앞에 있었다. 뜨거워진 피가 혈관을 타고 빠르게 급류했다.

"이건 팁이에요."

그의 양복 윗 포켓에 만 원짜리 한 장을 찔러 넣으며 그녀가 웃었다. 그리고 그 무방미한 미소는 몇 날 며칠 정우의 머릿속에 남아 그를 잠 못 이루게 만들었다.

돌이켜 보면 황당한 일이었지만, 당시엔 그 무엇 하나 내키는 것 없는 여자를 상대로 느낀 감정들이 그저 생소하고 당혹스러웠었다.

첫인상도 두 번째 인상도 그다지 평범하진 않았던 여자. 물론 정작 당사자는 아무것도 기억하지 못한다는 사실이 못내 씁쓸했지만.

어쩌면 오늘 일도 당신은 기억하지 못할 테지. 낮게 한숨을 쉬며 정우는 옆자리에 앉아 처음 본 그날과 마찬가지로 세상모르고 잠들어 있는 여자를 물끄러미 내려다보았다.

어느덧 차는 시은의 집 앞에 도착했다. 생각보다 깊게 잠들진 않았던 건지, 차가 멈추자 여자는 자동적으로 눈을 떴다. 그게 또 아쉬웠다면, 정말이지 구질구질한 놈 같겠지.

"고마워요. 늦은 시간에 와 준 것도, 그리고 집까지 바래다준 것도."

여자가 흐트러진 옷매무새를 가다듬으며 말했다.

정우는 잠시 아무 말도 하지 않고 시은을 바라보기만 했다. 그런 정우의 시선을 역시나 말없이 받아들이고 있던 그녀가 조심스럽게 입술을 떼었다.

"왜 날 그런 눈으로 봐요?"

정우는 여전히 아무 말도 하지 않았다. 술기운 탓인지 한층 나른해진 여자의 미소는 애써 붙잡고 있는 충동을 자꾸만 흩트려 놓는다.

"내가 또 어장 관리 하는 것처럼 보여요?"

여자의 목소리는 좀 전에 비해 사뭇 또렷하게 돌아와 있었다. 잠자코 그녀를 바라보고만 있던 정우가 드디어 입을 열었다.

"아니에요?"

날이 그새 추워졌는지 창 위로 성에가 끼었다. 그와 그녀의 주변이 점점 더 뿌옇게 변해 갔다.

"이건 어장 관리 아니에요."

여자의 입술이 유혹적인 선을 그리며 천천히 움직였다.

"흔드는 거예요, 내가 정우 씨를."

그는 잠시 숨을 멈추고 여자를 바라보았다. 올곧은 연갈색의 눈동자가 또렷하게 그를 직시하고 있었다. 자꾸만 주변으로 안개가 자욱하게 몰려드는 것만 같은 착각이 들었다. 무너지는 이성처럼 눈앞이 흐릿해졌다.

당신을 볼 때면, 나는 종종 자욱한 안개 속에 서 있는 느낌이 들었다.

당신을 향한 이 감정이 정확히 무엇인지 아직은 알지 못한다. 눈앞을 드리운 이 안개 밖으로 한 걸음만 내디디면 분명해질 것 같은데, 두려움에 감히 그럴 수도 없었다. 정면으로 감정을 맞닥뜨린 순간, 정말로 걷잡을 수 없게 될까 봐.

항상 입버릇처럼 했던 경계하란 말은, 사실 당신이 아닌 나 스스로에게 하고 있던 말일지도 모른다.

정우는 동요하는 마음을 감추려 이를 악물었다.

그녀는 취한 상태였고, 그런 상태로 하는 말에 동조하는 건 구차한 짓이었다. 이런 전개를 바란 것이 아니다. 흔들리느니 차라리 외면하는 쪽을 택하며 그가 냉정하게 말했다.

"많이 취하신 것 같은데 그만 들어가시죠."

"응. 나 취했어요."

애써 여자를 외면한 눈이 다시금 빠르게 그녀에게로 돌아갔다. 취한 듯, 취하지 않은 얼굴로 여자는 그를 빤히 응시하고 있었다. 어렵사리 다잡은 이성이 또 한 번 흐트러졌다.

"그래서 아마 내일이면 기억 못 할지도 몰라요. 없던 일로 치자고 할 수도 있고, 일방적으로 정우 씨를 피할 수도 있어요."

조곤조곤하게 현실을 얘기하는 물기 어린 입술이 유혹적이고도 잔인했다.

"그래도 괜찮으면."

잠시 말을 멈춘 여자가 가만히 호흡을 가다듬었다. 차창엔 어느 새 희뿌연 성에가 자욱하게 끼어 있었다. 안개에 휩싸인 것처럼 속이 들여다보이지 않는 표정으로, 여자가 그를 향해 말했다.

"나한테 흔들려 볼래요. 오늘?"

6

남자에게선 한참 동안이나 말이 없었다. 차 안을 그득하게 채운 더운 공기에 시은은 조금씩 안구가 뻑뻑해졌다. 빤히 바라보는 시선을 말없이 마주 보던 그녀가 희미하게 입꼬리를 올렸다.

"왜 대답이 없어요?"

남자의 얼굴은 어쩐지 무표정했다. 아니, 경직되어 있다 해야 맞았다. 당황스러워하는 것 같기도 어쩌면 난처해하는 것 같기도 했다. 정우의 표정을 살피며 그 안에 담긴 감정을 가늠하던 그녀는 뒤늦게 낭패감을 느꼈다.

미쳤어, 윤시은. 취한 걸 핑계로 대체 무슨 말을 지껄인 거니, 너.

마주한 시선을 외면하고 허공을 바라보았다. 때늦은 후회가 밀려왔다. 이 민망한 상황을 어찌 수습할지 생각하다가 시은이 애써 감정을 감춘 채 어설프게 볼을 당겼다.

"내가 예상치 못 하게 나와서 민정우 씨, 긴장했나 봐요. 그렇게 심각해질 거 없어요. 그냥 궁금해서 한번 해 본 소리니까."

쌉싸래한 웃음이 입가를 차지했다. 그녀는 뺨을 가린 머리카락을 느리게 쓸어 넘기며 자조 섞인 목소리로 말했다.

"나더러 대놓고 어장 관리란 말까지 했는데, 이 늦은 시간에 내 전화를 받고 날 데리러 나왔을 땐 분명 무슨 꿍꿍이가 있지 않을까 생각했었거든요. 근데 생각 외로 사람이 너무 젠틀하잖아. 괜히 오기 나게 시리."

부러 쿨한 뉘앙스로 뱉어 내는 말들이 스스로가 생각하기에도 참 구차했다. 그렇게 한다 해서 뱉은 말이 주워 담아지는 것도 아닌데.

시은은 실소를 뱉은 뒤 안전벨트를 풀었다. 그의 시선을 피한 채 주섬주섬 제 핸드백과 트렌치코트를 챙겼다. 더 이상 우스운 꼴을 보이기 전에 서둘러 차에서 내리는 편이 좋겠다고 생각했다.

"고마워요. 그럼 조심히."

끝까지 그를 돌아보지 못하고 차 문손잡이로 막 손을 뻗었을 때였다.

"젠틀하지 않았으면 어떻게 했어야 하는 건데요?"

낮은 목소리가 건조한 공기를 가르고 귓속을 파고들었다. 미처 고개를 되돌리기도 전, 기민하게 뻗어 온 팔이 오른뺨을 스치고 와 차창 턱을 짚었다. 화등잔만 해진 눈동자가 반사적으로 왼편을 향했다.

그사이 코앞까지 다가온 얼굴이 비스듬히 꺾여 그녀의 콧날을 스치고 들어왔다. 시야를 점령하는 검은 눈동자. 순간, 호흡이 멎었다. 핸드백을 쥔 손이 꽉 조여들었다. 닿을 듯 말 듯 아슬아슬한 거리에서 가까스로 멈춰진 입술 새로 이윽고 탁한 음성이 흘러나왔다.

"이렇게라도 해야 됐던 겁니까?"

델 듯 뜨거운 입김이 입술 위로 훑듯이 번졌다. 미처 다물지 못한 입술 사이로 그의 호흡이 파고 들어와 혀끝을 더듬는다. 그 적나라한 감각에 얼굴이 확 붉어졌다.

시은은 뒤늦게 입술을 다물며 창 쪽으로 시선을 떨구었다. 팽팽한 긴장감이 가깝게 밀착한 둘 주변을 빼곡히 채웠다. 조그만 미동에도 입술이 닿을 것만 같은 거리에서, 그가 나지막이 읊조렸다.

"자꾸 그런 식으로 자극하지 마세요. 막상 닥치면, 감당도 못 할 거면서."

낮게 으르렁거리는 목소리는 어쩐지 화가 난 것처럼 느껴졌다. 저돌적으로 시야를 압도하던 남자가 천천히 뻗은 팔을 거둬들였다. 몸 주변을 가득 휘돌던 짙은 체온이 멀어지자 시은은 그제야 숨통이 좀 트였다.

막힌 숨을 뱉어 내며 망설이듯 옆을 돌아봤다. 냉기가 도는 표정으로 정면을 응시하고 있는 정우의 얼굴이 보였다. 방금과는 또 다른 의미로 얼굴이 붉어졌다. 제가 상황을 갈무리하겠답시고 예의 없이 뱉었던 말의 결과를 보며 창피함이 몰려들었다. 지금 그는 잔뜩 화가 나 있었다. 화를 내는 게 당연했다. 핸드백을 쥐고 있는 시은의 손끝에 바짝 힘이 실렸다.

"안 내리······."

"감당하겠다면?"

정우가 하던 말을 멈추고 그녀를 돌아보았다.

"감당하겠다면, 어떡할 건데요?"

짙게 가라앉아 있는 눈동자가 흔들렸다. 시은은 길게 숨을 뱉으며 호흡을 가다듬었다. 마주친 눈을 차 앞유리로 향하고 자세를 단정하게 바로잡았다.

"실은 나 그렇게까지 취하지 않았어요."

차분한 음성이 밀폐된 공간에 옅은 파동을 일으켰다.

"아니, 오히려 말짱해요."

정우의 눈매에 서린 날이 무뎌지며 표정에 동요가 비쳤다.

"분명히 많이 마신 건 맞는데, 이상하게 안 취하더라고. 왜, 그런 날 있잖아요. 엉망진창으로 취하고 싶은데, 그래서 마시는 건데. 마셔도 마셔도 안 취하는 날. 오늘이 딱 그랬어요."

성에가 잔뜩 낀 앞유리를 공허하게 응시하며 그녀는 조곤조곤 말을 이었다.

"친구 따라 간 클럽에서 김석준을 봤거든. 웬 여자랑 붙어서 시시덕거리고 있더라고요."

시은은 석준의 이름을 올리는 입술을 일순 싸늘하게 굳혔다.

"아침까지만 해도 얼굴 마주칠 때마다 짜증 날 정도로 추근거려 놓고, 또 거기선 그러고 있는 걸 보니까 열이 받더라고요. 미련이 남거나 질투가 나는 건 절대 아닌데, 화가 났어요. 그런 쓰레기를 여태 몰라보고 감쪽같이 속은 나 자신한테. 그래서 홧김에 술이나 왕창 마시고 망가져 버리자 했던 건데."

몰아친 감정을 토해 내듯 뱉다가 잠시 입술을 멈췄다. 줄곧 허공 어딘가를 바라보고 있던 시선을 초조하게 깍지 낀 손끝으로 떨구었다. 그러곤 한숨처럼 말했다.

"우습게도, 민정우 씨가 생각났어요."

왈칵, 솟구친 감정이 목젖까지 치고 올라왔다. 떨리는 손가락이 맞잡은 손의 사이사이로 더욱더 단단하게 얽어 들었다.

"왠지 모르겠는데, 정우 씨가 떠올랐어. 그냥…… 그래서."

두서없이 빠져나오는 말들을 입 밖으로 옮기다가 시은은 또 한 번 말을 멈추었다.

믿기 힘들지만, 인정하기 싫지만 사실이었다. 그토록 흔들리지 않겠다 해 놓고, 어장 관리 따위가 아니라 단언해 놓고, 어째서인지 그가 생각이 났다.

클럽에서 역겹게 추근거리는 남자들을 상대하면서도, 건너편에서 새파랗게 어린 계집애를 상대로 수작을 부리는 김석준을 보면서도, 시종일관 머릿속엔 민정우가 떠올랐다.

왜인지는 모르지만, 그냥 그랬다. 흔들리는 건지, 홧김에 피어오른 단순한 충동인지. 무엇 하나 명확히 정의 내릴 수 없었다. 그래서 연락을 취했다. 술을 핑계로 미친 척 부딪쳐 보고 싶었다. 이 알 수 없는 감정에.

하지만 차마 이 사실을 말할 수 없어 같잖게 재는 척을 했다. 상대의 진심을 손안에 쥐고 교만을 떨었다. 제 진심을 농락한 김석준에게 그토록 분노해 놓고, 제가 정우를 상대로 그 짓을 반복하고 있었다. 그러다 깨달았다. 제 존심을 지킬 것이 아니라 예의부터 차려야 되는 것임을.

시은은 가식이 한 꺼풀 벗겨진 눈으로 정우를 마주 보았다. 그에게 제대로 사과를 하는 방법은 보다 더 솔직해지는 것뿐이었다.

"아마도 확인하고 싶었던 것 같아요. 내가 이 상황에 민정우 씨를 떠올린 이유가 뭔지. 흔들린 건지. 만약 그런 거라면……. 내가 흔들린 게 김석준 때문인지 아니면 민정우 씨 때문인지. 확인이 필요했어요."

시은은 담담한 목소리로 제 마음을 진솔하게 털어놓은 뒤 정우를 바라보았다. 입술을 굳게 다문 채 말없이 그녀를 응시하고 있는 남자의 눈동자는 어쩐지 복잡해 보였다. 시은이 조금은 홀가분해진 낯으로 유하게 입매를 당겼다.

"황당했겠지만, 조금 전에 한 말. 농담 아니었어요. 뒷감당에 대한 책임만 회피할 수 있다면, 그렇게 해서라도 확인해 보고 싶었거든. 물론 정우 씨에겐 그 역시 무책임한 소리로 들리겠지만."

잠시였지만 혼란을 핑계로 상대의 진심을 농락하려 했던 스스로가 한심하고 역겨웠다. 제까짓 게 뭐라고. 시은은 자조하듯 웃은 뒤 다시금 몸을 바로 했다.

까마득한 어둠에 잠식당한 창밖은 그의 차에서 뻗어 나간 헤드라이트를 제외하곤 사위가 어둠이었다. 내일 일교차가 클 모양인지, 희뿌연 안개가 대기를 떠다니고 있었다. 시은의 공허한 눈동자가 회색빛 안개 속을 들여다보았다.

하루의 기온 차가 클수록 유독 짙어지는 안개.

그를 외면해야 함을 아는 이성과 그럼에도 속수무책으로 이끌리고 있는 감정의 괴리가 만든 저 까마득한 안개 속에서, 나는 어쩌면 갈피를 못 잡고 헤매고 있는 건지도 모른다.

"미안해요. 괜한 소리로 기분 나쁘게 해서."

시은은 어지럽게 떠도는 생각들을 차분히 가라앉히고 나직이 입술을 뗐다.

"그리고 고마워요. 늦은 시간에 한달음에 달려와 준 것도."

마지막 인사를 끝으로, 시은이 문을 열고 차에서 내렸다. 안개 속을 지나 건물 안으로 사라지는 시은의 뒷모습을 보며 정우는 한동안 말없이 붙박인 듯 앉아 있었다.

자동차 핸들을 쥔 손아귀에 힘이 실렸다. 단단한 손목 위로 푸른 힘줄이 선명하게 돋아났다. 핸들을 움켜쥔 손을 내려 그대로 기어를 바꾸려다가, 그는 또다시 움직임을 멈추었다. 시은이 떠나고 그 자리에 남은 잔향이 그의 오감을 마비시키고 기어이 머릿속을 헤집어 놓았다. 날 선 욕망과 그것을 비호하고픈 합리화들이 그의 안에서 어지럽게 존재감을 내세운다.

저를 상대로 그녀가 품었다는 감정의 정체가 결국은 순간적인 충동에 지나지 않은 것일지도 모른다. 아침이면 깰 꿈일 수도, 그리고 그 짧은 꿈의 잔상 때문에 어쩌면 더 오랜 시간을 고통스러워해야 할 수도 있다. 하지만.

정우는 망설임을 뿌리치듯 차의 시동을 껐다. 조바심 어린 발이 뛰어내리듯 문밖으로 내디뎌졌다.

어떤 결과가 기다린대도, 혹여 이게 지독한 후유증을 불러일으킬 잔인한 새벽의 악몽이래도, 도저히 이대로 발길을 돌릴 수는 없었다.

그는 짙게 낀 안개 밖으로 망설임 없이 발걸음을 옮겼다.

✳ ✳ ✳

"하……."

현관으로 발을 들여놓기 무섭게 다리에 힘이 풀렸다. 시은은 차마 걸음을 옮기지 못하고 닫힌 문 앞에 쓰러지듯 등을 기댔다.

아직 불이 켜지지 않은 어두컴컴한 오피스텔. 겨우 희미하게 불이 들어온 노란색 센서등이 복잡한 머리 위를 부옇게 비추었다.

술기운이 가신 머리가 깨질 것처럼 지끈거린다. 아픈 이마를 손바닥으로 쓸며 시은은 지그시 눈을 감았다.

대체 무슨 말을 지껄이고 들어온 건지. 되새길수록 기가 찼다.

무슨 배짱으로 흔들려 보겠냐며 호기롭게 말하고, 또 무슨 생각으로 취한 게 아니었다고 그에게 털어놓은 건지. 거기서 김석준 얘기는 왜 한 건지. 실은 너에게 흔들린 거라고, 하나 마나 한 소리들은 또 왜 지껄인 건지. 정녕 안 취한 건 맞는 건지. 이젠 스스로도 헷갈릴 지경이었다.

시은은 지끈거리는 이마를 두 손으로 움켜쥐다가 가까스로 눈을 떴다. 차라리 정신이라도 덜 또렷했으면 좋겠는데, 불행히도 머릿속은 제가 한 말이 토씨 하나 빠지지 않고 되새겨질 정도로 명료했다.

어쩌면 질려 버렸을지도 모른다, 그는. 저라도 질렸을 것이다. 제 입으로 뱉은 말을 저 스스로 뒤엎고 반박한, 변덕이 죽 끓듯 한 이 쉬운 여자에게, 질리지 않는다는 것이 더 이상한 일이었다.

차라리 잘된 건가. 이로써 그도 더는 제게 관심을 두지 않을 테니. 그렇다면 더 이상 흔들릴 일 따위도 없을 테니까.

시은은 씁쓸하게 웃었다. 씁쓸하다니. 그게 또 기가 차 싸늘히 자조했다.

미련 좀 그만 떨자. 바람피운 남친한테도 쿨하게 돌아섰던 년이잖아, 너. 시작조차 한 적 없는 관계에 안 어울리게 자꾸 미련 두지 마.

하나부터 열까지 한심하기 짝이 없는 스스로를 향해 일갈하며 시은은 바닥에 늘어진 핸드백의 손잡이를 고쳐 쥐었다.

다 잊고, 이 이후론 정말 편해지는 거다.

포기하듯 마음을 다독이고 집 안으로 걸음을 옮기려던 그때였다.

딩동.

날카로운 초인종 소리가 공허한 방 안을 울렸다. 커진 눈이 빠르게 등 뒤로 향했다. 혹시 잘못 들은 건가 싶어 잠시 미동을 멈춘 사이, 또 한 번 벨이 울렸다. 동시에 신호탄이라도 들은 양 심장이 뛰기 시작했다.

달마저 기울어진 늦은 시간. 지금 이 집의 벨을 누를 사람은 그녀가 알고 있는 단 한 사람뿐이었다.

마른침이 목구멍을 쓸고 넘어갔다. 손끝이 바들바들 떨렸다. 그 사이 벨은 몇 번을 더 울렸고, 떨리는 손은 망설이면서도 어느새 문고리에 닿아 있었다.

가슴이 크게 부풀었다 꺼지기를 반복했다. 흔들리는 눈동자로 한참 동안 제 손을 바라보던 시은이 이내 결심한 듯 잡은 문고리를 돌렸다.

찰칵.

문이 열리고, 열린 틈으로 예상하는 이의 얼굴이 보였다. 곧게 직시해 오는 검은 눈동자에는 결연한 빛이 감돌고 있었다. 심장이 마구잡이로 날뛰었다.

"갑자기 왜……."

생각과는 다른 말이 망설이는 입술 새로 비집고 흘러나왔다. 차마 활짝 열지 못한 문을 정우의 커다란 손이 단단하게 붙잡아 벌렸다. 짙게 가라앉은 눈동자가 보다 더 가까워졌다.

"확인하고 싶었다면서요. 누구 때문인지."

물러설 기세가 엿보이지 않는 얼굴로 열린 문을 붙잡고 선 그가 이내 허락도 구하지 않고 그 안으로 발을 들였다. 시은이 주저하듯 뒤로 물러섰다. 문을 연 순간, 이미 그의 방문을 허락한 것과 다름 없었음에도 성큼 가까워지는 그를 보자 여지없이 망설임이 일었다. 하지만 남자는 이미 결정을 마친 듯 보였고, 역시나 일말의 머뭇거림도 없이 그녀에게로 다가왔다.

먹잇감을 노리며 범위를 좁혀 오는 육식동물처럼 정우는 느린 걸음으로 조금씩 시은과의 간격을 좁혀 왔다. 반사적으로 뒷걸음질을 치던 그녀의 발뒤꿈치가 현관 턱에 닿았다. 움직임을 멈추고 발 아래를 살피려는 시은을 정우가 민첩하게 손을 뻗어 붙잡았다.

"!"

눈 깜짝할 새 없이 손이 당겨지며 쥐고 있던 핸드백이 바닥으로 떨어졌다. 풍선처럼 부푼 두 눈에 정우의 단호한 얼굴이 오롯이 들어찼다.

"확인해 보자구요, 그럼."

"무슨."

정우는 그 말을 끝으로 주저 없이 입술을 내렸다. 뺨을 감싸 쥔 손바닥이 델 듯 뜨거웠다. 그 뜨거움에 정신이 팔려 멍해져 있던 사이, 입술이 닿고 혀가 파고들었다. 미처 다물지 못한 입술 새로 남자의 호흡이 끈끈하게 밀려들었다.

"읍!"

시은은 예고 없는 침입에 놀란 숨을 들이켜며 뒤늦게 입술을 다물었다. 방어하듯 다급히 양손을 뻗어 그의 가슴팍을 밀어냈지만, 자신의 결정 앞에 단호한 남자는 그녀가 저항하는 것을 허락지 않았다. 단숨에 한 손으로 제압한 남자가 그녀를 보다 더 품 안에 깊숙이 가두며 경직된 아랫입술을 아릿하게 깨물어 벌렸다.

"아……!"

빠르게 파고든 혀끝이 망설이는 그녀의 것을 단단하게 감아 당겼다. 가쁜 호흡이 뱉어지기 무섭게 그의 입으로 빨려 들어갔다. 그를 이겨 내지 못한 몸이 순식간에 벽으로 떠밀렸다. 뺨을 쥐던 손이 목 뒤로 옮겨와 뒷목을 감싼다. 보다 완강해진 손길이 그녀를 깊게 끌어당겼다.

머리카락 사이로 파고드는 손의 감각이 소름 끼치도록 부드러웠다. 더듬듯 뒷목을 쓸어내리며 그가 더 진하게 입술을 빨아들였다. 오랜 시간 허기져 있었던 맹수처럼, 남자는 가녀린 그녀의 숨을 난폭하게 갈취했다.

그는 흡사 폭염 같았다. 찌는 듯한 더위로 몸과 마음을 무기력하게 만드는 폭염. 그 안에서 시은은 조금씩 저항할 의욕을 잃고 무너지고 있었다.

집착처럼 조여 오는 손아귀에 붙잡힌 채 바르작대던 손에서 천천히 힘이 풀리기 시작했다. 더운 입술이 경계가 풀린 입 안을 욕심껏 유린했다. 가지런한 치아를 더듬고 들어와 혀끝을 휘감고 빤다. 물러설 곳 없는 몸이 그에게로 무너졌다. 저항하길 포기한 손이 이내 남자의 옷깃 안쪽을 꽉 그러쥐었다.

순응하듯 안겨 오는 몸을 품에 가둔 채, 그가 느리고 진득하게 입술을 빨아 당겼다. 팔을 붙잡고 있던 손을 내려 가느다란 허리를 바짝 안아 당겼다.

부드럽게 물어 당기고 핥아 내리는 입맞춤에 머릿속이 새하얘지고 있었다. 시은은 떼었다 다가오길 반복하는 그의 입술을 저항 없이 받아들이며 무방비한 상태로 그의 품에 안겼다.

으스러트릴 듯 그녀를 안은 채 한참 동안 입을 맞추던 남자가 두 눈을 낮게 뜨며 천천히 입술을 떼었다. 가쁜 호흡이 좁은 간격 사이로 어지럽게 흩어졌다. 시은이 거칠어진 숨을 길게 뱉어 내며 시선을 아래로 떨구었다.

어떤 얼굴로 그를 마주 봐야 하는 것인지, 어떤 말을 해야 하는 것인지, 백지처럼 하얘진 머리론 아무 생각도 할 수가 없었다.

확인하고 싶다 했던 것도 저였고, 흔들려 보겠냐 했던 것도 저였다. 그런데 어째서인지 확인이 되기는커녕 오히려 더 갈피를 잃게 되고, 제가 되레 흔들리고 있었다.

정말 괜찮은 걸까. 이대로, 이렇게, 그와……

혼란스러운 눈으로 불안하게 허공을 바라보고 있던 어느 순간, 턱 끝이 붙잡혔다. 고개가 들리며, 애써 그를 외면하고 있던 눈동자가 여백 없이 그와 맞닿았다.

"망설여져요?"

어지럽게 요동치는 다갈색빛 눈동자를 깊게 들여다보며 남자가 물었다. 시은은 잠시 숨을 삼켰다. 그의 열기에 노곤해진 몸이 바르르 떨려 왔다.

"그렇다고 하면, 그만둘 거예요?"

"아니요."

단호한 대답이 묻기 무섭게 그녀에게 돌아왔다. 짙어진 그의 눈동자가 뜨겁게 입술 위를 스쳤다.

"좀 전에 그러셨죠."

턱을 쥔 엄지 끝으로 그가 시은의 입술 위를 지그시 눌렀다. 겨우 손끝 하나 닿았을 뿐인데 맞닿은 살갗이 타들어 가는 것만 같았다. 미처 다물지 못한 입술이 절로 벌어졌다.

"그나마 내가 제일 믿을 만한 놈인 것 같아 연락했다고."

한 마디 한 마디, 씹어 뱉듯 내뱉는 음성이 거칠게 공기를 흔들었다. 칠흑 같은 눈동자가 마주한 시선을 집어삼켰다. 아랫입술을 누르던 손끝을 옮겨, 남자가 목 뒤를 휘감았다. 부러질 듯 가는 목덜미가 더운 손아귀에 갇혔다.

"그건 윤 주임님 착각이에요."

덜컥 내려앉는 심장. 정우는 그대로 고개를 숙여 시은의 귓불에 입술을 눌렀다. 다시금 찾아든 뜨거운 열기에 시은의 몸이 파르르 경련했다.

"당신 주변에 있는 놈들 중에서 최우선으로 경계해야 될 놈이."

목덜미에 닿은 손이 선을 긋듯이 내려와 이윽고 움푹 파인 그녀의 쇄골에 닿았다.

"바로 나라구요."

손끝에 촉수라도 돋아 있는 것처럼, 닿은 부분이 따끔거렸다. 동그란 귓불을 질근 깨물며, 그가 쇄골에 내려앉아 있던 손을 그녀의 블라우스 맨 위 단추로 옮겼다. 동그란 단추가 그의 가벼운 손짓 한 번에 톡— 풀어졌다. 호흡이 파르르 떨렸다. 급히 들이마신 숨에 그의 향기가 묻어나 있었다. 콧속에서 수컷의 향취가 아찔하게 진동했다. 발정 난 암컷을 유혹하듯, 그의 향기는 점점 더 진하게 콧속을 파고들어 그녀의 감각들을 하나, 둘 마비시켜 갔다.

서슴없이 옮겨 닿는 손길 아래서 단추들이 연이어 풀어져 나갔다. 시선을 빤히 마주한 채 블라우스 단추를 풀고 있는 그를 보면서도, 시은은 아무런 저항도 할 수가 없었다. 맞닿은 눈동자가 그어떤 술기운보다도 지독하게 그녀의 이성을 좀먹었다.

옷깃이 벌어진 틈으로 새하얀 살결과 속옷이 조금씩 모습을 드러냈다. 그의 손길을 따라 조금씩 벌어지는 옷깃 사이로, 남자의 시선이 파고들 듯 닿아 왔다. 애가 탈 정도로 느긋하고 나른한 손길에 시은은 숨이 멎을 것만 같았다.

"예의 따위 지키지 않을 겁니다."

드디어 마지막 단추마저 풀어지고, 정우가 주저 없이 옷깃을 거머쥐었다.

"내가 얼마나 무례한 놈인지, 지금부터 똑똑히 보세요."

완전히 벌어진 블라우스가 부드러운 살결을 타고 맥없이 떨어졌다.

✱ ✱ ✱

그는 예상했던 것 이상으로 뜨겁고, 거침이 없었다.

성마른 입술이 갈급한 짐승처럼 시은의 것을 덮쳤다. 오랜 시간 탐한 덕에 말랑해질대로 말랑해진 살갗에 제 것을 비비고 또 핥아 냈다. 달콤한 숨결이 망설이면서도 어쩌지 못한 채 그의 입 안으로 딸려 들어왔다.

거칠게 다가서는 그를 지탱하기 위해 손을 뻗었다. 손바닥에 그의 단단하고 매끄러운 가슴이 닿았다. 맨살 위로 와 닿는 시은의 체온에 단단한 근육이 경련하듯 움직거렸다. 꺼졌다 켜지기를 반복하는 미등 아래서 새하얀 살결이 눈부시게 빛났다. 오목하게 팬 척추를 거슬러 올라가듯 그가 느릿하게 손을 옮겼다. 그 끝에 걸린 거추장스러운 한 조각이 망설임 없는 손길 한 번에 툭— 풀려 나갔다. 시은이 깊게 숨을 들이켰다.

"잠깐."

그녀가 고개를 비틀었다. 가쁘게 내뱉은 숨결이 젖은 입술을 타고 정신없이 오르내렸다. 후크가 풀린 브래지어 아래로 봉긋한 가슴이 적나라하게 드러나 있었다. 뺨이 화끈댔다.

시은은 양팔을 서둘러 가슴 앞으로 모았다. 이 모든 게 미처 현관 앞을 벗어나기도 전에 벌어진 일이었다. 부지불식간에 펼쳐진 상황에 당혹감이 덮쳐 왔다.

"정우 씨, 우리 여기서 이러지 말고……."

채 말을 마치기도 전에 그가 팔을 잡아당겼다. 허락 없이 떨어져 나간 입술을 정우가 지체치 않고 머금었다. 부딪쳤다 떨어지길 반복하는 입술 사이로 진한 타액과 정제되지 않은 호흡이 한데 뒤엉켰다.

어느 틈에 손을 움직인 남자는 브래지어 아래 감춰진 동그란 젖무덤을 망설임 없이 움켜쥐었다. 유두 끝을 짓이길 듯 문지르는 손바닥 아래서 자극당한 돌기가 조금씩 딱딱해졌다. 크고 더운 손안에 가슴을 한껏 그러쥔 채, 정우가 끈질기게 탐하던 입술을 떼어 그녀의 귓가로 옮겼다. 젖은 입김이 시은의 귓바퀴로 쏟아졌다.

"지금 장소를 가릴 여유가 있나 봐요."

날 선 이로 말랑한 귓불을 잘근 씹으며 그가 속삭였다.

"난 아닌데."

말을 마친 입술이 순식간에 쇄골을 스쳐 내려와 가슴을 삼켰다. 소름 끼치도록 더운 감각에 몸이 휘었다. 딱딱하게 선 유두 끝에 까슬한 혀가 뜨겁게 감겼다.

"아!"

차마 그를 밀어내지 못한 몸이 왈칵, 앞으로 접혔다. 반사적으

로 뻗어 나간 손이 그의 성긴 머리카락 속으로 파고들었다. 저도
모르게 힘이 실린 손끝에서 남자의 단정한 머리가 잔뜩 흐트려졌
다.

그가 가슴을 터뜨릴 것처럼 쥐며, 손가락 사이로 뾰족하게 튀어
나온 예민한 돌기 끝을 혀로 부드럽게 핥아 올렸다. 달콤한 사탕을
맛보듯 살살 굴리며 탐닉하는 혀가 있는 대로 애를 태웠다.

흐읏, 흐느끼는 신음이 목울대를 울렸다. 그의 입술이 닿은 곳
으로 피가 몰리는 것만 같았다. 경직된 근육들이 끊어질 듯 조여든
다. 공허하게 가라앉은 공기 중으로 유독 그녀의 목소리만이 크게
울려 퍼졌다.

과연 이대로 이렇게, 그에게 안겨도 되는 것인지.

머릿속엔 아직도 결정을 내리지 못한 생각들이 어지럽게 떠돌고
있었다. 하지만 생각할 틈을 주지 않고 몰아붙이는 남자로 인해,
망설임은 어느새 휘발되어 자취를 감추었다. 그리고 그 자리로 까
마득한 열기가 짙게 잠식했다. 온몸을 태울 듯한 그 지독한 열감은
이내 최소한의 이성마저 좀먹었다. 원초적인 본능만이 일어섰다.

이제와 망설여 본들 더는 돌이킬 수 없었다. 제 선택이고, 제가
자초한 결과였다. 최악의 결과가 기다린대도 더는 이 상황을 뿌리
칠 수가 없었다.

결심이 선 손이 남자의 머리를 꽉 끌어안았다. 애타는 흥분감에
여린 입술을 질끈 깨물자, 집요하게 빨고 흡입하던 가슴을 놓으며
남자가 다시금 입술을 삼켰다.

혓바늘이 서도록 그녀의 입 안을 유린하며 그가 감은 두 눈을
낮게 내리떴다. 무엇을 참는 중인지 필사적으로 감고 있는 여자의
속눈썹 끝이 가늘게 떨리고 있었다. 맨살인 채로 벽에 닿은 탓에

냉기가 감도는 앙상한 등을 그가 제게로 바싹 당겨 안았다. 그러고
는 말랑하게 풀린 입술을 혀끝으로 부드럽게 핥았다.

깊게 흡입한 입술에서는 흐릿한 피 냄새가 났다. 얼마나 세게
깨문 건지 생채기가 난 살갗이 혀끝에 비릿하게 닿아 왔다.

마치 허기진 뱀파이어처럼, 그녀의 피 맛이 입 안에 감돌자 그
는 그것만으로도 흥분감이 몰려왔다. 그 원초적인 흥분은 꼭 제
가 이 여자를 상대로 지닌 정체불명의 감정과 그 모습이 닮아 있
다.

날 서고, 뜨겁고, 모나고, 흉포한. 그래서 더 주체할 수 없는. 단
순한 애정이라 치부하기엔 너무나 아득하고 지독한.

이 밤을 통해 확인해야 할 것은, 어쩌면 시은이 흔들린 이유가
아닌 제 감정의 정체일지도 몰랐다.

상처 난 입술 위를 어루만지듯 핥던 정우가 돌연 시은의 몸을
벽 쪽으로 추켜세웠다. 정제되지 않은 흥분이 그의 안을 불쏘시개
처럼 마구잡이로 들쑤셨다. 정우는 순식간에 그녀의 스커트를 밀
어 올리고 스타킹의 밴드 사이로 손을 집어넣었다.

"잠!"

시은이 화들짝 놀라며 정우의 팔을 붙잡았다. 하지만 그 또한
의미 없는 저항으로 끝나고 말았다. 단호히 뻗어 온 손이 시은의
오른팔을 붙잡아 벽에 붙였다. 마주친 눈동자엔 집어삼킬 듯한 흥
분이 들끓고 있었다.

"말했던 것 같은데요. 무례하게 굴 거라고."

먹잇감 앞에서 여유가 사라진 짐승처럼 거칠게 읊조린 남자가
다시금 입술을 겹쳤다. 예의 따윈 찾아볼 수 없는 손이 그를 방해
하는 마지막 조각들을 단숨에 끌어 내렸다. 그녀가 미처 다리를 오

르릴 새도 없이, 축축하게 젖은 곳으로 남자의 손끝이 기민하게 파고들었다.

"훗!"

시은은 짜릿한 흥분감과 두려움을 동시에 느끼며 파르르 떨었다. 길고 곧은 손가락이 늪지처럼 젖은 곳을 느릿하게 배회했다. 더운 속살을 적나라하게 파헤치는 그의 손에 끈끈한 애액이 잔뜩 엉겨 붙었다. 미끈하게 감기는 감촉을 여유롭게 탐닉하듯, 그의 손은 질척이는 음모 속에 자리한 은밀한 입구 주변을 감질나게 건드리고 있었다.

소리를 참아 내느라 경직된 시은의 아랫입술을 살짝 물어 당기며, 남자는 금방이라도 찌르고 들어올 듯이, 하지만 조바심은 내비치지 않은 채, 손끝으로 천천히 원을 그렸다.

의도적이었는지 우연인 건지, 곧은 손끝이 그 위에 자리한 작은 돌기를 스치자 찌릿한 감각에 몸이 경련했다.

"느껴져요? 지금 얼마나 젖었는지."

정우가 쏟아져 나온 애액으로 마찰음을 만들어 내며 짓궂게 속삭였다. 수치심을 조장하는 그 음성에 순간 얼굴이 확 붉어졌다. 견디다 못해 뿌리치듯 몸을 비틀자, 그가 더욱 단단하게 그녀를 벽 쪽으로 몰아세웠다.

날카로운 이가 가슴 끝을 물어뜯었다. 아릿한 통증이 쾌감이 되어 번졌다. 넓은 손바닥 전체가 젖은 입구를 적나라하게 쓸고 문질렀다. 미끈한 애액이 맞붙은 그의 손에 제멋대로 비벼지고 또 옮겨 붙었다. 지금 그녀가 얼마나 흥분한 상태인지를 인식시켜 주듯 미끈미끈한 음부를 보란듯 문질러 오는 손길에 시은은 온몸이 달아오르다 못해 타들어 갈 것만 같았다.

"밤이면……."

한층 더 낮게 가라앉은 목소리가 귓전에서 탁하게 부서졌다.

"하루에도 몇 번씩, 당신을 상대로 이런 상상을 했어요."

나른한 속삭임과 함께 그가 줄곧 입구 근처를 맴돌던 손끝에 돌연 힘을 실었다. 마디 굵은 손이 잔인하게 아래를 꿰뚫었다.

"아!"

"지난번 당신 집에 방문한 이후로."

더운 숨결이 목 언저리를 축축하게 적셔 온다.

"그 상상은 더 횟수가 빈번해지고 수위도 높아졌죠."

찌걱대는 소리가 다리 사이에서 음란하게 울려 퍼졌다.

"가질 수 없다 생각할 때와 가질 수 있을지도 모른다 생각할 때의 상상의 폭은, 완전히 달라요."

조여드는 배 아래에서, 커다란 뱀이 꿈틀대고 있는 것만 같았다. 가녀린 목덜미를 생채기가 날 정도로 거세게 빨며 그가 좀 더 적나라하게 손끝을 움직였다. 높게 빠져나오려는 신음을 참아 내려 힘주어 깨물고 있는 입 안으로 비릿한 피 맛이 터져 나갔다. 짜릿한 열감이 다리 사이로 맹렬하게 몰려들었다. 힘주어 문 턱 끝이 달달 떨렸다.

"혼자가 된 당신은 내 머릿속에서 수도 없이 안기고 또 무너져요."

거침없이 깊은 곳을 유린하는 손길에 가는 허리가 몸서리치듯 비틀렸다. 멀미라도 하는 것처럼 몸과 머리가 울렁거렸다. 가까스로 세운 발끝에 힘이 빠지고 자꾸만 다리가 무너지려 했다. 까마득한 곳에서부터 피어난 감각이 터질 듯 그 몸집을 불려 간다.

더운 숨이 목젖을 간헐적으로 치고 올라왔다. 다리 사이가 타들어 가는 것만 같은 뜨거움. 이렇게 허무하게 절정을 맞이하는 건가 싶었을 그때.

"이래도."

마디 굵은 손이 빼곡이 들어차 있던 곳으로 불현듯 허전함이 느껴졌다. 집요하게 유린하던 손을 빼내고 짓씹던 목덜미마저 놓아준 그가 한 발자국 뒤로 물러섰다.

갑작스레 사라진 남자의 열기에 젖은 살갗이 시렸다. 수치심과 그것을 상쇄하고도 남을 쾌감에 달뜬 몸이 차갑게 식었다.

시은은 필사적으로 감고 있던 눈을 떠 정면을 바라보았다. 검게 일렁이는 시선이 쾌락에 젖어 촉촉해진 눈동자에 여백 없이 부딪혀 왔다. 마주한 눈은 어쩐지 복잡스러워 보였다.

"이래도 내가, 아직도 믿을 만한 놈이에요?"

그토록 매섭게 몰아붙이던 남자는 어디로 가고, 절제되지 않는 욕정 앞에서 혼란스러운 눈빛을 한 얼굴만이 시야를 파고들었다.

굳은 입매와 대비되는 혼란스러운 검은 눈동자. 그 안에 깃든 욕망과 고뇌가 고스란히 시은에게도 전해졌다.

그가 오랜 시간 그녀를 상대로 품었던 욕정을 제 앞에 드러내는 저의가 무엇인지. 시은은 어쩐지 굳이 묻지 않아도 알 것 같았다.

혹여 이 밤의 일이 그녀에게 후회로 남을까 봐. 밀어붙이면서도 또 한편으로는 자꾸만 뒤로 물러서게 되는 것일 테지.

혼란에 휩싸인 눈동자를 마주하며 시은은 어느 정도 확신할 수 있었다. 정우가 그녀를 상대로 품고 있는 감정은 결코 가볍지 않다는 것을. 하룻밤 자고 나면 끝날 배출욕 같은 것이 아님을.

눈앞에 있는 남자는 비록 어릴지 몰라도 충분히 진중하고 무거운 마음으로 그녀를 대하고 있었다. 언제까지 그 무게가 유지될지는 모를 일이지만, 지금 이 순간만큼은 분명 그러했다. 그리고 그 것이 시종일관 망설임을 뿌리치지 못하던 결정을 부추겼다.

"어차피 세상엔 못 믿을 사람이 대부분이에요."

시은이 정우의 눈동자를 빤히 직시한 채 나긋하게 입을 열었다.

"그렇다면 차라리, 제 입으로 믿지 말라 말하는 정우 씨 같은 사람이 오히려 믿을 만한 걸지도 모르지. 적어도, 뒤통수는 치지 않을 테니까."

혼란을 잠재우는 차분한 음성에 정우의 눈이 커졌다.

"그러니까 그만 망설이고 날 안아요."

시은이 이내 단호한 표정으로 말을 뱉으며 그의 얼굴로 손을 뻗 었다. 굳은 뺨을 부드럽게 쓰다듬는 달콤한 체온에 정우의 턱이 악 물렸다. 뺨을 매만지던 손이 천천히 옮겨가 그의 단단한 목 뒤로 휘감겼다. 시은이 입술을 밀착하며 나른하게 속삭였다.

"정우 씨가 몰아붙인 게 아니라, 내가 흔든 거야."

동시에 가까스로 붙잡고 있던 자제력이 툭 끊어졌다. 정우가 거 칠게 시은을 당겨 입술을 집어삼켰다. 여유를 잃은 입술은 그녀의 마지막 숨 한 모금까지 앗을 기세로 입 안을 헤집었다. 망설임을 벗어던진 둘이 보다 더 외설적이고 격렬하게 서로의 입술을 물고 탐했다.

폭풍우처럼 몰아치는 타인의 숨결을 삼키며, 둘의 팔이 어지럽 게 뒤엉켰다. 몸 주변을 휘도는 그의 열기가 뜨거워, 시은은 벽에 닿은 몸이 시린 줄도 몰랐다.

정우의 손이 새하얀 가슴을 생채기가 날 만큼 거머쥐었다. 움켜 쥔 가슴을 손바닥 안에서 밀어 올리며 그가 그녀의 쇄골 위에 입 술을 묻었다.

"아……."

시은이 낮게 신음하며 뒷머리를 벽에 기대었다. 매달리듯, 보다 더 단단하게 그의 목을 끌어안았다. 성긴 머리카락 속으로 깊게 파고든 가는 손이 그의 머리카락을 잔뜩 헤집어 놓는다. 가녀린 등허리를 쓸고 내려온 더운 손이 조그맣고 탄력적인 엉덩이를 힘주어 움켜쥐었다. 더는 참을 수가 없었다. 여유 없는 손길로 바지와 드로즈를 끌어 내린 그가 순식간에 그녀의 안으로 몸을 파묻었다.

"훗!"

젖은 살 속을 미끈하게 밀고 들어온 그의 페니스가 배 속을 흉포하게 찔렀다. 손가락과는 비교도 할 수 없는 열기와 부피감이 순식간에 다리 사이를 채웠다. 그의 단단한 허벅지에 기대어 가까스로 지탱하고 있는 다리가 후들거려 왔다. 시은이 그의 목을 꽉 끌어안은 채로 깊게 숨을 당겼다. 쇄골에 묻어 있던 정우의 입술이 귓불로 옮겨 와 여린 살을 씹었다. 귓속을 파고드는 숨소리가 거칠다. 가슴을 쥐던 손을 내려 가느다란 허리를 꽉 끌어안고, 그가 또 한 번 허리를 튕겨 올렸다.

"하아!"

아래를 치받는 거센 몸짓에 얄팍한 등이 벽을 쓸고 수없이 밀려 올라갔다. 정우에게 감긴 팔에 더욱 힘이 실렸다.

"흐으……."

시은이 울 듯한 소리를 내뱉으며 그의 목덜미에 얼굴을 묻었다. 그사이 몸이 또 한 번 덜컹, 흔들렸다. 흡사 세상이 흔들리는 것과 같은 충격이었다.

정우는 엉덩이를 움켜쥐던 손을 옮겨 그녀의 뒷머리를 감싸 쥐었다. 습관처럼 깨물려 있는 입술을 혀끝으로 핥고 부드럽게 빨아 당겼다. 그녀가 절박하게 매달리며 숨결을 뱉어 왔다. 젖은 살 속에 깊게 파묻힌 욕망이 점점 더 터질 것처럼 부풀었다. 끓는 듯한 신음이 그의 입에서도 흘러나왔다. 배려하고 싶은데, 자꾸만 충동이 일었다.

신음하게 하고 싶고, 울리고 싶고, 몰아붙이고 싶다.

그녀의 머릿속에 오로지 그만이 가득 차도록 만들고 싶었다. 무엇 때문에 그가 떠오른 것인지, 무엇이 그녀를 흔든 것인지, 아무것도 생각하지 못하고 그에게 매달리게 만들고 싶었다.

당신은 모른다. 내가 당신을 어떤 눈으로 바라보는지. 당신에게 품은 이 감정이 얼마나 지독한지. 내가 소유하고픈 건 하룻밤 유희하고 말 이 몸이 아니라, 당신 그 자체라는걸. 그걸 모르기 때문에 그토록 순순히, 그리고 겁 없이, 이 밤에 응할 수 있는 것이다.

정우는 뾰족하게 선 유두 끝을 잘근 씹으며 보다 거칠게 허리를 움직였다. 교태 어린 고양이의 그것처럼 앙탈 섞인 신음이 맞붙은 입술 사이로 쉴 새 없이 흘러나온다. 그녀의 안에 파고들면 파고들수록, 젖은 속살은 뜨겁게 그의 것을 휘감고 조여 온다. 질척이는 마찰 소리가 어두운 방 안에 음란하게 울려 퍼졌다. 몰아치는 쾌감에 흥건해진 애액이 단단하게 선 페니스를 휘감고 흘러 그의 다리 사이마저 적셨다.

"아……."

시은은 집어 삼킬 듯 가슴을 빠는 입술에 제 것을 맡긴 채 그와 빈틈없이 맞닿은 곳을 본능적으로 흔들었다. 찰박거리는 소리가 대기를 울렸다. 다리 아래로 그의 것을 꽉 물고 자신을 비벼 댔다. 더욱 거세지는 몸놀림 아래서 아찔한 쾌감이 맹렬하게 다리 사이로 몰려들었다.

숨 쉴 틈 없이 입을 맞추던 그가 가는 목덜미로 이를 박았다. 물어뜯을 듯이 여린 살을 짓씹으며 그가 무서울 정도로 몰아붙여 왔다. 아득한 열기에 점점 머릿속이 하얘지고 척추가 타들어 가는 것처럼 뜨거워졌다. 교성에 가까운 신음이 동그랗게 벌어진 입 밖으로 애타게 흘러나왔다.

어떤 고민이 지금껏 그녀를 망설이게 했는지. 어떤 충동이 자신들을 이토록 몰아붙인 건지. 정우에게 매달려 있는 이 순간, 시은은 아무 생각도 나질 않았다. 그저 이 단단하고 넓고 따뜻한 품에서, 속절없이 무너지고 싶을 뿐.

몸이 난파하는 배처럼 흔들렸다. 거친 그의 몸짓에 그녀는 곧 부서질 것만 같았다. 그만, 이란 말이 생각을 거치지 않고 흘러나왔다. 이 이상은 도저히 견딜 수 없을 것 같아 본능적으로 내뱉은 말이나, 남자는 소용없다는 듯 다시금 그녀의 입술을 삼켰다.

이미 오래전부터 허공에 떠 있던 다리 한쪽을 그의 허리에 걸치며, 그가 더 깊숙하고 빠르게 파고들었다. 가차 없는 허릿짓에 시야가 뭉그러졌다. 타는 듯한 열기가 교합된 부위로 맹렬히 몰려들었다. 견디다 못한 그녀가 그의 허리에 감긴 다리를 확 당겼다.

"아아!"

날카로운 쾌감이 허리 아래를 가로질렀다. 뭉그러진 시야 속에서 새하얀 빛이 어지럽게 부서져 내렸다. 낮게 억눌린 신음 소리가 거칠게 그의 입술을 빠져나왔다. 정우가 으스러트릴 듯 시은을 끌어안은 채 잘게 경련했다. 젖은 숨소리가 서로의 어깨 위로 부옇게 흩어졌다.

빠르게 뛰는 심장 박동 소리가 젖은 마찰음이 소거된 공기 중으로 둔중하게 울려 퍼졌다. 머리 위를 비추던 노란 센서등이 꺼지고 가쁜 숨이 조금씩 가라앉아 간다.

뜨거운 열기가 사그라지며 까마득한 어둠이 그들을 에워쌌다.

* * *

시은은 감은 눈꺼풀 위로 희미하게 내려앉는 빛의 잔상에 천천히 눈을 떴다. 반쯤 쳐 놓은 커튼 사이로 아침 햇살이 쏟아지고 있었다. 눈꺼풀을 나른하게 떴다 감기를 반복하다가 무심코 떠오른 생각에 옆자리를 돌아보았다. 지난밤, 지독하게 그녀를 몰아붙였던 남자가 곤한 얼굴로 잠들어 있었다.

시은은 소리 없이 한숨을 뱉으며 천천히 몸을 일으켰다. 하지만 미처 반도 일으키지 못하고 도로 침대 위에 눕고 말았다. 고장 난 기계처럼, 밤새 혹사당한 몸의 마디마디가 삐걱거렸다.

현관 앞에서 한 차례 치른 정사 끝에 무너지듯 안긴 시은을 안아 들고, 정우는 침실로 들어와 또 한 번 그녀를 안았다.

배가 난파하는 걸 보면서도 냉혹하게 휘몰아치는 풍랑처럼, 그는 자신에게 떠밀려 속절없이 무너지는 시은을 기어이 부술 듯이 몰아붙였다. 그러면서도 얼굴을 쓰다듬는 손길과 깊게 입을 맞춰 오는 입술은 이질적일 정도로 부드러워서, 시은은 애타는 전율에 온몸을 떨어야 했다.

지독하다, 라는 말이 딱 어울릴 정도로 정우는 집요했고 또한 음란했다. 젖은 속살을 혀끝으로 핥아 애액째로 모조리 삼키고, 그 위 동그랗게 부푼 여린 살점을 자극적으로 짓씹어 굴렸다. 제발,

139

이란 말과 그만, 이란 말이 번갈아 몇 번을 그녀의 입술 위로 오르 내렸는지. 시은은 간밤의 일임에도 기억조차 나지 않았다.

항상 차가운 표정으로 일관하던 이의 손길이 그토록 뜨거울 것 이라고, 시은은 감히 생각해 보질 못했다. 어쩌면 그것이 뒤통수를 친 것과 맞먹는 배신감을 주는 것 같기도 했다.

무례할 거라던 남자는 그렇게 뱉은 말처럼 무례하기도, 한편으 론 녹아내릴 정도로 다정하기도 한 모습으로 그녀의 밤을 지배했 다.

불과 몇 시간 전까지도 그래 놓고, 또 이렇게 순진한 소년 같은 얼굴로 자고 있는 모습이라니.

시은은 다른 사람인가 싶을 정도로 낯선 얼굴을 내려다보며 피 식 웃었다. 티 없는 피부가 희미하게 들이치는 햇살 아래서 하얗게 빛난다. 그 얼굴을 말없이 감상하다가 문득 가슴이 답답해졌다.

이제 어떻게 하면 좋을지.

밤이 지나고 아침이 오자 현실을 돌아보지 않을 수 없었다. 술 에 취하지 않았다 제 입으로 말했으니, 기억나지 않는다고 시치미 를 뗄 수도 없다.

하룻밤 꿈으로 치부하자니, 밤새 들여다본 그의 진심에 이미 제 마음도 가벼워지지 않은 상태였다. 하지만 이대로 그와 새로운 시 작을 하기엔, 그도 자신도 감당해야 할 것들이 너무 많았다.

불륜을 하는 것도 아니고, 금기를 어긴 것도 아니다. 그럼에도 지금 그와 제 주변을 두른 상황들은 그들이 편히 마음을 주고받기 엔 다소 장애물이 많은 상태였다.

복잡한 감정을 감추지 못한 눈이 짙게 가라앉은 채 정우를 내려 다보았다. 부어오르도록 숨결을 주고받았던 입술과 주저하는 그녀를 옭아맬 것처럼 뻗어 오던 눈동자. 밤이 새도록 으스러트릴 듯 안아 오던 더운 감촉이 머리와 몸에서 쉬이 떨쳐질 것 같지 않았다.

선뜻 결정을 내리지 못한 채 그를 바라보고 있을 때, 불현듯 정우가 눈을 떴다. 갑작스레 마주친 시선에 시은이 당황한 듯 두 눈을 크게 떴다. 이미 오래전부터 깨어 있었던 듯, 그는 잠기운이 가신 또렷한 눈으로 그녀를 마주 보며 입을 열었다.

"왜 날, 그런 눈으로 보고 있어요?"

아침이라 그런지 남자의 목소리는 더없이 낮게 가라앉아 있었다. 곧게 부딪혀 오는 눈동자가 꼭 속을 꿰뚫을 것만 같아, 시은은 눈길을 피했다.

밤새 그의 품에서 흔들리다가 기절하듯 잠이 든 바람에 몸은 아무것도 걸치지 않은 상태였다. 물빛 시트를 당겨 뒤늦게 가슴 부근을 가리며 시은이 누운 몸을 일으켜 세웠다.

"그냥. 생각이 좀 많아서."

흐트러진 머리카락을 가만히 뒤로 쓸어 넘겼다. 정우가 따라서 몸을 일으켰다.

"무슨 생각을 하고 있었는데요?"

"뻔하잖아요. 무슨 생각을 했을지는."

간밤의 온기 따윈 찾아보기 힘든 서늘한 대꾸에 시은을 바라보는 정우의 얼굴이 천천히 굳었다.

시은은 조심스럽게 침대에서 내려와 주섬주섬 옷가지들을 챙겼다. 밤새 탐했던 굴곡진 나신을 시야에 담은 채로도, 정우는 조금도 만족감을 느낄 수가 없었다. 불안한 시선이 시은을 따라 움직였다. 가벼운 티와 반바지로 대충 챙겨 입은 그녀는 화장대 앞으로 다가가 헝클어진 머리카락을 하나로 올려 묶었다.

"씻고 나와요. 아침밥은 먹고 가야지."

그렇게 말하며 희미하게 짓는 시은의 미소가 어쩐지 정우의 마음을 서늘케 했다.

* * *

"왜, 입에 맞는 반찬이 없어요?"

소박하긴 하지만 정성껏 차린 밥상을 내려다보면서도 도통 젓가락을 들 생각이 없어 보이는 정우를 보며 시은이 물었다.

정우는 아무런 대꾸도 하지 않고 굳은 얼굴로 식탁 위만 바라보았다. 그러다 시은의 시선에 마지못해 젓가락을 손에 쥐었다. 하지만 이 상태론 차마 밥이 목구멍으로 넘어갈 것 같지 않아 결국 다시 내려놓았다.

"왜 그래요?"

"시간이 일러서 그런지 밥이 잘 안 먹혀서요."

옆에 놓인 물 잔을 들며 정우가 말했다. 시은은 그런 그를 빤히 바라보다가 제가 차린 반찬 위로 천천히 젓가락을 움직였다.

"그래도 좀 먹어 보지. 차린 정성이 있는데."

시은이 씩 웃으며 말했다. 물을 들이켜고 있던 정우가 발끈한 얼굴로 고개를 들었다.

"혹시 사람 애타는 거 즐겨요?"

"좀 즐기면 어때서?"

시은이 천연스런 얼굴로 대꾸했다.

"정우 씨도 요 며칠 내 애간장 다 녹여 놓고. 난 좀 그러면 안 되나? 가만있는 사람 들쑤시고, 흔들리지 않겠다는 걸 기어이 무너트리고, 안 해도 될 고민하게 만들었으면 그 정도 애타는 거야 감수해야지."

매섭게 치켜 올라간 정우의 눈매가 불퉁스런 시은의 말에 천천히 누그러졌다. 뱉는 말투가 어딘지 모르게 짓궂었다. 무슨 뜻인가 싶어, 두 눈을 가늘게 뜨던 그가 이내 조심스레 입을 열었다.

"결론, 내린 거예요?"

"응."

향긋한 참기름 향이 올라오는 시금치나물 한 가닥을 입에 넣으며 시은이 말했다. 애달픈 눈으로 말없이 바라보는 정우의 시선을 방치한 채로 그녀가 천천히 음식을 씹어 삼켰다. 기다리다 못한 정우가 채근하듯 물었다.

"뭔데요, 그 결론이라는 게."

입에 있는 음식을 완전히 삼킨 시은이 그제야 젓가락을 내려놓고 고개를 들었다.

"사실 결론은 어젯밤에 이미 나 있었어요."

정우의 눈빛에 초조한 기색이 어렸다. 어젯밤부터 이미 나있었다는 그 결론이 대체 뭔지, 듣고 싶은 한 편 듣고 싶지 않기도 했다. 혹시 그가 바라는 대답이 아니면 어쩌나, 마음이 불안해졌다. 그냥 묻지 말았어야 했나. 뒤늦은 후회를 하던 그 때, 시은이 말했다.

"말했죠. 정우 씨가 날 흔든 게 아니라, 내가 정우 씨를 흔든 거라고. 그거면 말 다 한 거지. 더 이상 책임 회피는 할 수 없게 된 거니까."

그렇게 말한 시은의 표정이 한결 느른하게 풀렸다. 정우는 아직은 뭔가 모호한 그녀의 대답에 여전히 불안한 빛을 감추지 못하고 그녀를 들여다보았다.

앞에 놓인 물 잔을 들어 입술을 축이곤 시은이 조심스럽게 잔을 내려놓았다. 여리고 가지런한 손끝이 투명한 유리잔 위를 느릿하게 매만졌다.

"남들처럼 터놓고 연애할 순 없을 거예요. 데이트를 할 때도 항상 주변 눈치를 살펴야 할 테고, 사내에서 눈빛 하나 주고받는 것도 조심스러울 거예요. 언제까지 그런 상태로 연애를 해야 될지 정확히 알 수 없고, 만약 사람들이 이 관계를 알게 된다면 그 끝이 좋지 않을 수도 있어요. 뭔가 완전하지 못한 연애가 될지도 몰라요. 그래도 괜찮다면."

유리잔 위에서 시선을 떼고 시은이 고개를 바로 들었다. 절박한 빛으로 빤히 닿아 오는 눈을 더는 피하지 않고 똑바로 마주했다. 단정한 입술이 희미하게 당겨졌다.

"한번 시작해 봐요. 우리."

눈을 뜬 이후로 줄곧 굳어 있던 정우의 입매가 동시에 툭 풀렸다. 항상 여유 있고 저돌적이던 남자가 조금은 어설픈 표정으로 그녀를 바라보고 있었다.

저토록 보란 듯이 진심을 내보이는데, 그 앞에서 간밤의 일을 없던 걸로 치자는 잔인한 말 따위를 할 수 있을 리가 없었다. 시은은 선뜻 입을 열지 못하고 그녀를 바라보고 있는 남자를 향해 피식 웃으며 장난스럽게 물었다.

"왜 대답이 없어요? 안 괜찮다, 이거예요?"

"아니요. 아닙니다."

남자가 바쁘게 답했다. 그게 또 귀여워, 시은은 웃음이 났다. 그녀가 눈에 띄게 경직된 정우를 보며 쿡쿡거리고 있자 그가 뒤늦게 창피한 듯 물 잔을 들었다.

간밤에 짐승처럼 달려들던 그 남자가 맞나 싶어, 시은은 자꾸 웃음이 났다. 이제야 좀 나이다워 보이네. 귀엽다는 생각을 하며 정우를 따라 물 잔을 들어 올렸을 때, 그가 문득 말했다.

"만약 이 관계로 인해 감당해야 될 것들이 생긴다면, 그건 제가 다 책임질게요."

유려하게 당겨진 입가에 물 잔을 기울이던 시은이 잠시 손을 멈추고 그를 보았다. 강직한 얼굴로 눈을 맞추는 남자에게서 결연함이 느껴졌다. 뱉은 말처럼 모든 걸 제가 짊어지리라는 맹목적인 패기. 말없이 응시하고 있던 시은이 곧 굳은 얼굴로 잔을 내렸다.

"정우 씨가 뭔가 착각하는 것 같은데."

둔탁한 소리가 식탁을 울렸다. 비장함이 어린 정우의 표정 위로 언뜻 긴장감이 스쳤다. 시은이 올곧은 눈으로 직시한 채 단호히 입을 열었다.

"내 몫은 내가 감당해요. 정우 씨가 일방적으로 밀어붙인 것도 아니고 쌍방이 원해서 벌어진 일이에요. 이 관계에서 감당해야 할 것들이 생긴다면, 내게 할당된 무게만큼의 책임은 정우 씨가 아니라 내가 질 거예요."

그렇게 말하는 시은의 얼굴엔 굳은 강단이 어려 있었다. 어제까지만 해도 그 무엇도 감당할 자신이 없다 했던 여자는 어느새 그 누구보다 단단한 얼굴로 그를 마주 보고 있었다.

그 무엇도 그에게 떠넘기지 않고, 제 결정이 주는 책임을 흔쾌히 감내하기로 마음먹으며 시은은 둘의 관계 앞에 떳떳하게 섰다.

밤새 여린 얼굴로 안겨 오던, 그 부서질 것처럼 가녀린 여자의 모습은 어디에서도 찾아볼 수 없었다. 그것이 만족스러우면서도, 또 한편으로는 왠지 모르게 마음을 불안케 했다.

"그러니까 투정 그만 부리고 얼른 먹어요. 입맛에 맞을지는 모르겠지만."

시은이 희미한 미소와 함께 쿨하게 대화를 마무리 지은 뒤 젓가락을 들었다. 그녀를 따라 반찬 위로 젓가락을 옮기려다가 정우는 잠시 손을 멈추었다.

시작부터 감당할 것들을 생각지 않을 수 없는 이 관계에 문득 마음 한구석이 무거워졌다.

정우는 살짝 고개를 들어 시은을 바라보았다. 방금 전 희미한 미소를 지은 채 고개를 숙였던 그녀는 그새 옅은 그늘이 진 얼굴로 초점 없이 젓가락 사이를 바라보고 있었다. 무표정하지만 어딘가 복잡해 보이는 그녀를 보며 그가 손아귀에 가만히 힘을 실었다.

괜찮다고 하면서도, 본인이 스스로 감내하겠다고 하면서도, 어쩔 수 없이 걱정이 되는 거겠지. 이 시작부터 부담스러운 연애에.

무거운 한숨이 입술을 타고 흐른다. 시은을 담은 검은 눈이 짙게 가라앉았다.

무언가를 감당할 일 따위, 애초에 만들지 않으면 될 일이었다. 제 몫은 제가 감당하겠다는 여자에게 그런 걱정 같은 건 할 필요 없도록 해 주면 될 일이다.

단호함이 어린 정우의 시선이 시은의 얼굴을 뜨겁게 쓸어내렸다.

* * *

이른 아침. 엘리베이터는 항상 복잡했다.

콩나물시루처럼 들어선 사람들과 여기저기 몸을 치대며 하루를 시작하는 건 어찌 보면 당연하지만, 적응될 만큼 유쾌하지는 않은 일이었다.

시은은 엘리베이터 앞에 대기하고 선 사람들을 지루한 눈으로 살피다 계기판을 올려다보았다. 빠르게 바뀌는 숫자를 보며 멍하니 서 있는데 불현듯 옆자리에서 익숙한 체향이 느껴졌다. 돌아보자 이젠 낯설게 느껴지는 은색 안경테가 먼저 눈에 들어왔다.

"안녕하세요."

그가 무뚝뚝한 얼굴로 인사를 건네었다. 시은은 무표정한 얼굴로 정우와 간단한 눈인사를 주고받은 뒤 때마침 도착한 엘리베이터로 말없이 올라탔다.

엘리베이터 안으로 발을 들이기 무섭게 밀물처럼 들어차는 사람들로 인해 몸이 자꾸만 뒤로 밀려났다. 수차례 경험하고도 쉬이 익숙해지지 않는 부딪힘에 눈살을 찌푸리고 있을 그때, 커다란 등이 그녀 앞을 가로막았다.

단단한 등을 가진 남자가 시은과 일정한 공간을 둔 채 서 있었다. 마치 그녀에게 다가오는 타인의 접촉을 일체 차단하기라도 하듯.

구기고 있던 눈매를 풀고 익숙한 등을 바라보던 시은이 설핏 웃음 지으며 고개를 숙였다. 남자는 엘리베이터에 탄 사람들이 어느 정도 내릴 때까지, 그대로 한참을 우직하게 서 있었다.

비좁던 엘리베이터에 공간이 생기고, 남자가 시은의 옆으로 자리를 잡았다. 사람들의 시선을 피해 과감하게 뻗어 온 손이 가만히 늘어져 있던 손가락 사이로 단단하게 얽어 든다.

다소 놀란 눈으로 옆을 돌아본 그녀는 잠시 주저하는 듯했지만 결국 맞잡아 오는 손을 뿌리치지 못했다. 정우의 엄지 끝이 시은의 얇은 손바닥을 은밀하게 문지른다. 나른한 간지러움이 손바닥을 타고 온몸으로 퍼져 나갔다.

비스듬히 올려다본 시선 끝에서 남자의 입매가 장난스럽게 당겨 올려져 있었다. 둘만 아는 웃음이 서로의 입가로 야릇하게 번진다.

그렇게, 어딘가 불편하고도 불완전한 연애가 시작되었다.

"시은 씨."

점심을 먹고 사무실로 돌아와 믹스커피를 잔에 털어 넣고 있을 때였다. 한 대리가 살가운 인상으로 다가와 말했다.

"커피 타는 중이지? 나도 한 잔만 부탁해도 될까?"

"아, 그러세요."

"고마워."

어려운 일도 아니기에 흔쾌히 답하자 한 대리가 유쾌한 음성으로 말하며 탕비실 밖으로 나갔다. 시은은 종이컵과 믹스커피 봉지를 하나 더 꺼내어 들고 정수기 앞에 섰다. 뜨끈하게 김이 올라오는 커피를 들고 탕비실을 나서자 부서 여직원들이 중앙 테이블에 모여 도란도란 이야기를 나누고 있었다.

"여기요, 한 대리님."

"고마워, 시은 씨."

한 대리에게 잔을 건네고 돌아서려는데, 그녀가 시은의 손목을 붙잡았다.

"아직 점심시간 남았는데 바로 자리로 가려고?"

"아, 오늘 퇴근 전까지 마감해야 되는 서류가 있어서요."

"그러지 말고 자기도 여기 앉아 배 좀 꺼트리고 가. 바로 책상 앞에 앉아 그러고 있음 체한다."

저렇게까지 말하는데 무턱대고 거절하기도 민망했다. 잠시 난처한 표정을 짓던 시은이 마지못해 한 대리의 옆에 앉았다.

"요즘도 김 대리가 귀찮게 굴어?"

소란한 여직원들 틈에서 조심스레 물어 오는 말에 시은은 잔을 기울이다 말고 한 대리를 바라보았다. 순간 실수했다 싶었는지, 한 대리가 서둘러 사과를 덧붙였다.

"아, 불편한 질문이었다면 미안해. 시은 씨. 별다른 뜻은 없었고, 그냥 김 대리 하는 짓을 보니까 같은 사무실에서 자기도 어지간히 힘들겠다 싶어서."

"괜찮아요."

시은은 입매를 슬쩍 당겨 올리며 간결하게 대꾸했다.

한 대리는 시은이 입사하던 당시 그녀를 담당했던 사수로, 아주 친밀하진 않지만 그래도 사무실에서 그녀를 진심으로 걱정하는 몇 안 되는 사람 중 한 명이었다. 그런 한 대리이기에 석준에 대한 그 질문에도 딱히 악의는 없었다는 것을 그녀는 알고 있었다. 때문에 굳이 불편한 기색을 비칠 필요는 없었다. 대수롭지 않은 듯 대화를 넘기자 한 대리 쪽에서 되레 겸연쩍은 표정을 지어 보인다.

석준과 헤어진 지 벌써 한 달이 지났지만, 그는 여전히 회사 사람들마저 불편해할 정도로 시은에게 추근거리고 있었다. 어찌나 난처할 정도로 저자세로 나오는지, 몇몇 이들 입에서는 저쯤 했으면 용서해 줄 때도 되지 않았냐는 말까지 나올 정도였다, 하지만 시은의 반응은 여전히 냉담했고, 때문에 석준도 어느 날부턴가 다른 쪽으로 태도를 바꾸어 왔다. 싫든 좋든 한 사무실에서 근무해야 할 사이니 전처럼 편하게 지내자는 것이었다.

말만 다를 뿐, 결국엔 시은의 틈을 노리려 드는 수작임을 그녀를 포함한 주변인들조차 모두 알고 있었다. 헤어질 당시만 해도 쉬쉬하던 회사 사람들도 그의 그렇듯 어처구니없는 태도에 이젠 대놓고 혀를 찰 정도였다. 그리고 그들 사이에 섞여 말없이 이 상황을 관망하고 있는 또 다른 누군가도, 아마 겉으론 내색하지 못한 채 그녀 이상으로 속이 타들어 가고 있을 터였다.

그를 떠올리자, 시은은 괜스레 마음이 아래로 가라앉았다.

"민정우 씨 말이에요."

쓴 얼굴로 커피를 마시고 있는데, 티타임을 갖는 중이던 여직원들 사이로 민선이 툭 하니 화두를 던졌다. 문득 귀를 가로채는 이름에 시은은 잔에서 입을 떼곤 천천히 고개를 들었다.

"매번 느끼는 거지만 외모는 참 바람직한데 인상은 너무 차갑지 않아요?"

"인상만 차가워? 성격도 차디차잖아. 어쩌다 업무 때문에 대화할 일이라도 생기면 말 한마디 붙이기도 어찌나 조심스러워지는지. 후임인데도 왜 자꾸 선임인 내가 눈치를 보게 되는지 몰라."

평소 고지식하기로 유명한 박 대리가 탐탁지 않은 말투로 받아쳤다.

정우를 알기 전 아니, 알고 나서도 회사 내에서 그가 풍기는 인상에 대해서는 그녀도 부서 사람들과 같은 생각을 갖고 있는지라 시은은 그저 말없이 커피 잔을 기울였다.

"그래도 오더 내리면 군말 없이 잘해 오지 않아요?"

"일 처리야 빠릿빠릿하지. 그래도 후임이면 좀 후임답게 적당히 사근사근한 맛도 있어야 될 거 아니야. 애가 뻣뻣해도 너무 뻣뻣해."

"좋게 말하면 시크하고 나쁘게 말하면 좀 건방지고. 그쵸?"

옆에 있던 여직원들이 하나둘 박 대리의 의견을 거들었다. 여자들의 입에 오르내리는 친밀한 이름에 시은은 괜스레 겸연쩍어졌다.

만나는 남자에 대해 다른 이들이 이렇다 저렇다 떠드는 걸 모른 척 듣고 있는 것은 참으로 마음 한구석이 뜨끔해지는 일이었다. 공연히 목이 깔깔해, 큼 하고 목을 가다듬었다.

인상만 두고 보았을 때, 정우는 확실히 차가운 사람이었다.

아주 가끔 장난스럽게 휘어질 때를 제외하곤 딱히 표정이랄 게 없는 입매라든지. 시종일관 억양의 고저 없이 단조로운 낮은 음성이라든지. 감정의 동요 없이 무덤덤하게 상대를 응시하는 눈동자와 그 눈을 더욱 서늘해 보이게 만드는 은테 안경까지.

그를 이루고 있는 모든 것은 그처럼 한결같이 차고 딱딱했다.

그중에서도 안경에 가로막힌 검고 공허한 눈동자는 쉽사리 그 속이 읽히질 않아서 마주하는 이로 하여금 그를 한없이 차가운 사람처럼 느껴지게 만들었다.

한 달 남짓 연애를 하며 시은이 알게 된 사적인 모습의 정우도 사실 기존에 알고 있던 것들과 크게 다르지는 않았다.

회사에서와 마찬가지로 그는 여전히 과묵했고, 또 여전히 무표정했다. 그것은 부러 꾸민 것이 아닌 그 자체에서 나오는 타고난 분위기인 듯했다.

군이 다른 점을 한 가지 꼽자면, 그가 생각처럼 차갑지만은 않다는 사실이었다. 그렇다고 따뜻하냐고 묻는다면 그것도 아니다. 정확히 따지자면, 그는 뜨거웠다. 한마디로 중도가 없었다. 여차하면 델 것처럼. 그러다 어느 순간, 모조리 녹여 삼켜 버릴 것처럼 그는 맹렬하고 거칠었다. 정우는 항상 그렇게 시은을 갈급한 짐승의 눈으로 바라보았다.

그가 그녀를 어떤 심정으로 바라보는 것인지, 시은은 정확히 그 속을 알지 못했다. 그는 과묵했고, 누구처럼 듣기 좋은 말들로 그녀를 현혹시키려 들지도 않았다. 그저 몸으로, 마주치는 눈빛으로, 열 마디의 말들을 대신할 뿐이었다.

물론, 직접 듣지 못한 남자의 감정을 마치 다 안다는 양 확언할 수는 없었다. 다만 한 가지 확신하는 것은 시은을 상대로 그가 품고 있는 감정의 무게가 그리 가볍진 않다는 사실이었다.

절절한 애정이 아니래도, 그것이 호기심과 호승심에서 비롯된 충동적인 감정이라 하더라도, 그녀를 가벼이 여기지 않았다는 사실만으로 시은은 이미 그와 연애를 할 이유가 충분했다. 애초에 저 또한 대단한 마음으로, 대단한 욕심을 가지고 시작한 관계는 아니었으니까.

"딱히 건방진 줄은 모르겠던데. 좀 무표정해서 그렇지."

"그게 건방진 거지. 선임이 말하는데 어디서 후임이 무표정으로 일관해?"

"좀 있는 집 자식이란 말도 있던데요?"

이어지는 정우와 관련된 이야기에 시은은 무심한 표정으로 앉아 소리 없이 경청했다.

"다른 부서에 민정우 씨랑 같은 학교 나왔다는 직원이 있는데, 민정우 씨 아버지가 우리 회사 주요 부품 납품하는 중소기업 사장님이라고 귀띔하더라고요. 왜, 아시죠? DK인더스트리."

"아, 민정우 씨가 DK 사장 아들이었어?"

"네. 왜, 거기 하청으로 시작해서 지금은 거의 준재벌급으로 성장했잖아요. 자회사 상품도 계발해서 정식 출시 시작했고. 그래서 회사에서 마주치고 좀 의외였다고 하더라고요. 당연히 후계자 수업 받을 줄 알았는데."

그러고 보면 하고 다니는 것들이나 타고 다니는 차 등이 그 나이대엔 안 맞게 비싼 것들이긴 했지.

처음 듣는 사실이라 좀 의외였을 뿐 딱히 큰 흥미를 느끼진 못하며 시은이 무심히 시선을 거뒀다.

"그래서 애가 윗사람들 눈치를 안 보나? 역시 시크한 게 아니라 건방진 거였어."

"근데 그 정도면 건방질 만하지 않아요? 얼굴 잘생겨, 똑똑해, 돈 많아, 나이도 어려. 건방져도 충분히 용서되지."

"아니, 왜 용서가 돼? 막말로 내가 데리고 살 것도 아닌데, 왜 그런 요건들로 후임이 건방진 걸 용서해야 되니? 안 그래, 윤 주임?"

한 대리가 뜬금없이 시은에게로 대화의 바통을 넘겨 왔다. 소란스런 대화에도 좀처럼 동조하지 않던 시은이 조금은 당황한 표정으로 고개를 들었다. 그러다 어서 제 의견에 힘을 실으라는 듯 두 눈에 힘을 주는 한 대리를 보며 어설픈 웃음과 함께 마지못해 답을 했다.

"뭐, 그건 그렇죠."

"봐, 윤 주임도 그렇다잖아!"

한 대리가 테이블을 탁 내려치며 기세등등하게 말했다. 옆에 있던 다른 직원이 "대리님, 근데 그 말은 대리님이 데리고 살 수 있으면 좀 건방져도 용서한다는 말 아니에요?" 하고 우스갯소리처럼 물었다. 그러자 한 대리가 고민하는 기색도 없이 "그것도 그렇지!" 하고 답을 한다. 덕분에 민정우에 대한 뒷담화로 시작된 대화는 그렇듯 뒷담화도 칭찬도 아닌 채로 화기애애하게 마무리가 되었다.

시은은 시시덕거리는 사람들 틈에서 잠시 고개를 돌려 창 쪽을 바라보았다. 사람들이 험담하는 그 무표정한 얼굴로 무리들 속에 서 있는 한 남자가 보였다.

우연인지, 때마침 고개를 든 정우와 시선이 마주쳤다. 결코 차갑지만은 않은, 오히려 열대야의 느낌에 가까운 짙고 검은 눈동자.

그 눈동자는 꽤 먼 거리에 있음에도, 마치 집어삼킬 것처럼 빤하게 그녀를 응시해 오고 있었다. 침대에서 몰아붙일 때와 꼭 닮은 빛이다. 문득 다리 사이가 조여 왔다.

대체, 저 눈의 어디가 차갑다는 건지.

시은은 적나라하게 뻗어 오는 시선을 뒤로한 채 다시금 커피 잔 위로 눈을 떨구었다. 달달한 커피를 한 모금 머금은 입술이 컵 아래서 부드럽게 호를 그렸다.

* * *

"이건 어디에 넣어 둘까요?"

근처 마트에서 함께 장 봐 온 물건들을 하나, 둘 정리하며 정우가 물었다.

"아, 그건 싱크대 위 선반에 올려 줘."

냉장고에 넣어야 할 것들 위주로 상자에서 꺼내며 시은이 대꾸했다. 모처럼 장을 봤더니 이것저것 정리해야 할 것들이 상당했다. 당장 다 정리를 할 수는 없고, 일단 급하게 쓸 것들 위주로 빼놓고 나머지는 빈 서랍에 넣어 두었다. 정우는 새로 사 온 물품들을 선반에 올려 둔 뒤 이젠 꽤나 익숙한 모습으로 집 안을 돌아다니며 그녀를 거들었다.

냉장고에 식료품을 넣어 두고 식탁 쪽으로 돌아오던 시은은 물건을 정리하다 말고 힐끔 정우를 바라보았다.

정우와 처음 밤을 함께한 이후로 한 달 정도의 시간이 흘렀다. 그날을 기점으로 그들은 이른바 비밀 연애라는 것을 하는 중이었다. 비밀인 만큼, 남들의 시선으로부터 자유로울 수 없는 노릇이기에 만남은 주로 이렇게 시은의 오피스텔에서 이루어졌다.

주말이면 근처 마트에서 장을 보고 집으로 들어와 음식을 해 먹는다. 그러고는 함께 누워 TV를 보다가, 당기는 영화가 있으면 영화를 보고, 그렇게 어느새 함께 잠이 들곤 한다. 평일이라고 크게 다를 바는 없었다. 쳇바퀴 굴러가듯 반복되는 일과이지만, 둘은 딱히 지루함을 느끼지 못한 채 그 시간들을 공유했다.

덕분에 그다지 길지 않은 시일 내에 정우는 시은의 집에 어느 정도 적응을 마쳤다. 그리고 시은 또한 그가 함께하는 이 집에서의 일상에 언제부턴가 불편함을 느끼지 못하게 되었다.

가끔, 부지불식간에 익숙해져 버린 이 관계가 두려워질 때도 있었다. 지난 연애처럼 하루아침 사이에 이 관계가 무너졌을 때 어떻게 해야 할지 막막해지기도 했다.

석준이 그녀의 회사 생활에 어느 정도의 파급력을 지니고 있었다면, 정우는 그와 다르게 그녀의 지극히 일상적인 것들에 있어서 파급력을 지니게 되었다. 석준과의 이별의 여파야 회사 밖을 벗어나면 충분히 자유로워질 수 있는 것이었지만, 정우와의 이별은 오히려 그녀가 홀로 고립되었을 때 더욱 막대한 영향력을 행사할 것임이 분명했다. 어찌 보면 그것이 훨씬 무서운 일일지도 몰랐다.

그럼에도, 시은은 딱히 이 관계를 멈추고 싶진 않았다. 애초에 다 알고서 시작한 관계였으니까. 남들의 구설수로부터 자유로운 만큼, 그녀 홀로 감당해야 할 것들이 많아지는 것은 당연한 일이었다. 그러니 혹시나 이 관계가 잘못되더라도, 그로 인해 혼자인 시간조차 남겨진 그의 흔적들로 괴로워지더라도, 그 역시 그녀가 감내해야 할 문제였다.

"박스는 일단 다용도실에 내다 놓을게요."

깊게 잠겨 있는 의식 사이로, 불현듯 정우의 목소리가 끼어들었다. 시은은 잠시 넋을 놓고 있다가 뒤늦게 그러라고 답을 했다. 낮게 침잠한 시선이 다시금 물건들 위로 내려앉았다.

이따금씩 불안한 생각들이 머릿속을 잠식하긴 하지만, 그렇다 하여 딱히 정우가 시은을 불안케 만드는 것은 아니었다. 틈만 나면 이런 생각에 사로잡히는 그녀를 그가 오히려 더 불안해하고 있을지도 모른다.

저 차갑고 냉철해 보이는 남자가 나로 인해 불안을 느낀다라……

문득, 오후에 여직원들이 정우를 상대로 했던 말들이 머릿속에 떠올랐다. 외모는 준수한데 반해 인상은 차갑다 했었던. 무엇이 그렇게 그를 차갑게 보이게 만드는 걸까. 생각하며 시은은 정우의 얼굴을 남몰래 관찰했다. 그러다 그의 안경에서 잠시 눈길이 멈추었다.

"정우 씨, 나 전부터 궁금한 게 있었는데."

정우가 장 본 물품들에서 나온 쓰레기를 차곡차곡 쌓아 올리며 단조롭게 대꾸했다.

"뭔데요?"

시은은 그런 그의 얼굴을 유심히 들여다보다가 호기심 어린 눈으로 한 발자국 다가섰다. 집에 들어온 내내 무표정한 얼굴로 정리를 돕고 있던 정우가 그제야 시은을 바로 보았다.

"안경은 왜 쓰는 거야?"

이젠 오히려 어색해진 그의 안경을 손끝으로 슬쩍 벗겨 내리며, 시은이 물었다.

"회사 밖에선 안 쓰는 걸 보면 딱히 눈이 나빠서 쓰는 건 아닌 것 같은데."

그는 그녀와 단둘이 있을 때면 항상 안경을 벗고 있었다. 그 덕에 얼마 전까지만 해도 익숙했던 안경이 이젠 되레 어색하게 느껴질 정도였다.

시은이 안경을 손에 든 채 의구심이 깃든 눈으로 바라보자, 그가 그녀의 손끝에 걸쳐진 것을 가만히 제 손으로 옮겨 받았다.

"스무 살 때 라식을 하기 전까진 눈이 나빠서 안경을 썼었어요. 그게 습관이 돼서 그런지 사람들을 대할 땐 안경을 쓰는 편이 익숙하더라고요."

정우의 답변에도 시은이 쉽사리 의구심을 거두지 않은 채 그를 응시했다. 정말 그게 전부냐는 듯한 눈초리였다. 안경다리를 접어 식탁 위에 내려놓던 정우가 이내 마지못해 말을 덧붙였다.

"안경을 쓰면 인상이 더 차가워 보인다는 말을 자주 듣긴 해요. 근데 그게 편하더라구요. 그 덕에 이 사람 저 사람 귀찮게 치대지 않는 것 같아서. 그러다 보니 사적인 관계를 제외하곤 안경을 쓰게 된 거고."

그랬다. 안경은 오랜 시간 써 왔기에 익숙해서 쓰는 것이기도 했지만, 솔직히 말하자면 타인에게 무심한 그가 좀 더 편하게 남의 시선 뒤로 숨을 수 있는 일종의 도구 같은 것이었다. 안경을 쓰기 전이나 지금이나, 불필요한 인간관계에 매이고 싶지 않은 건 마찬가지였으니까.

"이제 궁금증 좀 풀렸어요?"

정우가 백기를 들듯 답을 하곤 시은을 바라보았다.

"그렇구나."

그제야 시은이 한결 홀가분해진 얼굴로 웃으며 말한다. 정우의 입술 새로 낮은 한숨이 흘러나와 식탁 위로 퍼져 나갔다.

그다지 타인에게 스스로를 오픈하지 않는 스타일인데, 어찌 된 것인지 시은의 앞에만 서면 자꾸 밑바닥까지 내보이는 것만 같은 기분이 들었다. 시은 또한 제 앞에서 그러했다면 이토록 손해 보는 마음은 들지 않았을 텐데.

정우가 마땅치 않은 얼굴로 서서 시은을 바라보았다.

"왜 그렇게 보고 있어?"

"그냥요."

무뚝뚝한 대답에 시은이 식탁에 비스듬히 등을 기대며 정우의 표정을 들여다보았다. 토라진 아이처럼 불퉁스런 얼굴이 어쩐지 귀여웠다. 안경이 벗겨진 그의 눈언저리를 바라보다가 그녀가 갑자기 손을 뻗었다. 가느다란 손끝이 구겨진 미간에 닿자 굳은 표정 위로 일순 파문이 일었다. 문득 공기가 가라앉았다. 먹빛을 띤 눈동자가 미간을 스쳐 굳은 눈매를 매만지는 손길을 따라 천천히 움직였다. 시은이 싱긋 웃더니 이내 손길을 거두었다.

"안경 안 쓴 쪽이 확실히 내 취향이긴 해."

그녀를 마주 보는 눈동자가 그은 숯처럼 검어졌다.

"그럼 앞으론 그냥 안경 벗을까요?"

무표정한 얼굴로 마주 보며 정우가 말했다. 시은은 잠시 웃음을 멈추고 눈을 크게 떴다.

설마, 나 때문에 안경을 벗겠다는 건가?

그 같은 생각이 들자 시은은 눈앞의 남자가 또 한 번 귀엽게 느껴졌다. 느른하게 풀린 입매가 절로 당겨 올라갔다.

시종일관 무뚝뚝하고 연하답지 않은 남자가 때때로 이렇듯 말잘 듣는 강아지처럼 굴 때면, 그녀는 저도 모르게 으쓱해지고 가슴한편이 간질거리곤 했다. 쉬이 길들여지지 않는 맹수를 조련하는 기분이 바로 이러할까. 싱긋 웃으며 시은이 대꾸했다.

"아니."

이번엔 정우의 표정에 의아함이 스쳤다.

"왜요? 벗는 쪽이 더 취향이라면서."

"벗은 게 취향이긴 한데."

시은은 잠시 말을 멈추곤 장난스럽게 정우를 돌아보았다.

"남들은 안 보여 주고 나만 보려고."

정우의 무표정한 얼굴 위로 언뜻 동요가 스쳤다. 굳은 입매 끝이 살짝 휘어지는 것 같았다. 시은은 뭉근하게 따라붙는 시선을 뒤로한 채 냉장고 쪽으로 다가갔다.

"무슨 뜻이에요, 그건? 설마 다른 여자들 꼬일까 봐 경계하는 거예요?"

"알아서 생각해."

저녁 식사 상에 올릴 재료들을 꺼내어 들고 대충 정리를 마친 싱크대 앞으로 걸어갔다. 두루뭉술하게 답했지만 이미 그 뜻을 간파한 정우가 흡족한 표정으로 식탁 쪽에 등을 기대었다. 표정이란 걸 보기 드문 입매가 모처럼 느른하게 말려 올라가 있다.

"어차피 답은 뻔한데, 어떻게 된 게 한 번을 쉽게 얘기해 주는 법이 없네요."

"쉬우면……."

쏴아아, 쏟아지는 물이 볼 안에 든 야채들을 가득 잠기어 온다.

"그만큼 쉽게 질리니까."

시은은 간결하게 답하며 깨끗한 물에 야채들을 헹궈 냈다. 그녀의 입을 빠져나온 다소 냉소적인 대답에 직전까지만 해도 비스듬히 휘어졌던 정우의 입매가 도로 굳어졌다.

"왜 그렇게 생각해요?"

헹군 야채의 물기를 털고 채반에 옮겨 담던 손이 잠시 멈칫했다. 무의식적으로 한 말이었는데 뱉고 보니 아주 의미가 없는 말은 아니었다. 차갑게 손등을 두드리는 물을 골똘한 얼굴로 내려다보다가, 시은이 이내 단조롭게 대꾸했다.

"그냥. 살아 보니 그렇더라고."

등을 보이고 선 시은과 그런 그녀를 바라보는 정우의 시선 사이로 어색한 침묵이 맴돌았다. 짙게 가라앉은 눈이 시은의 뒷모습을 말없이 응시했다.

심각할 것 없는 대화임을 알고 있다. 그저 생각 없이 꺼낸 말이라는 것도. 그럼에도 맘속 깊은 곳에서 일어난 치졸한 감정은 어느 틈엔가 볼썽사납게 고개를 쳐들고 있었다.

아이 같고, 옹졸한. 알면서도 쉬이 억눌러지지가 않는 통제 불가능한 감정.

"자꾸 그런 식으로 대답 회피하면."

정우가 비스듬히 기대어 있던 몸을 천천히 바로 세웠다.

"나 또 괜히 심술부리고 싶어지는데."

"어떻게 심술부릴 건데?"

야채를 채반에 옮겨 담은 뒤 시은이 물기 묻은 손을 타월에 닦아 내며 우스갯소리 하듯 물었다. 그러다 불현듯 귀 끝을 간질여 오는 더운 숨에 하던 것을 멈추고 뒤를 돌아보았다. 어느 틈에 가까워진 정우의 얼굴이 바로 코앞에 있었다.

"이렇게요."

낮게 잠긴 목소리가 귓속을 파고듦과 동시에 입술이 겹쳐졌다. 그의 품에 갇힌 몸이 식탁이 있는 쪽으로 주춤 밀려났다. 입술을 가르고 들어와 부드럽게 얽어 오는 혀에 입 안이 금세 더워진다. 젖은 호흡이 광포하게 입 안을 휩쓸었다.

시은은 갑작스레 다가온 그를 밀어내지 않고 기꺼이 눈을 감았다. 단단한 몸이 입 속을 파고드는 혀처럼 그녀의 다리 사이로 기민하게 자리를 잡는다.

아랫입술을 아릿하게 깨물어 당긴 그가 목덜미 아래서 뜨겁게 뛰는 맥 위로 입술을 내렸다. 까슬하고 더운 혀가 여린 살갗을 진하게 핥고 또 흡입했다. 그 위로 붉은 흔적이 화인처럼 점점이 일어났다.

"정우 씨……."

나른해진 음성이 고요한 공기 중으로 부옇게 흩어졌다. 식탁 위로 꺾이려는 낭창한 허리를 그의 커다란 손이 단단하게 받쳐 안았다. 넘어트릴 것처럼 완고하게 파고드는 그의 목 뒤로 시은이 매달리듯 팔을 감았다.

더운 손이 낙낙한 니트를 들추고 들어와 등허리를 쓸었다. 크고 다부진 몸이 보다 더 깊숙하게 그녀의 다리 사이로 포개어 온다.

조금씩 열기가 오르기 시작한 다리 틈으로 그의 바지 앞섶 아래서 단단하게 솟아 있던 열정이 찌를 듯 닿아 왔다. 그것을 인식하기 무섭게 무지근한 통증이 배 아래를 죄었다. 귓불을 집요하게 깨물어 핥는 정우의 너른 등을 당겨 안으며, 시은이 낮게 속삭였다.

"언제 또 이렇게 된 거야?"

귓전에 닿는 호흡이 좀 더 거칠어졌다. 정우의 손은 어느새 그녀의 등허리를 쓸고 올라와 브래지어 속으로 파고들었다. 거추장스런 한 겹을 밀어 올리고 커다란 손으로 동그랗게 부푼 젖가슴을 움켜쥐었다. 뾰족하게 선 유두를 희롱하듯 굴리고 손안에 든 가슴을 생채기가 지도록 주물렀다.

경직된 허벅지 안쪽으로 조금씩 긴장감이 스몄다. 입을 맞춘 이후로 아무 말도 하지 않고 파고드는 정우의 두 뺨을 시은이 가만히 감싸 쥐어 올렸다.

"심술은 핑계고, 실은 그냥 날 안고 싶어서 이러는 거 아니야?"

진한 흥분감에 달뜬 볼은 붉게 상기되었고 초점이 흐려진 혼탁한 눈은 나른하게 풀려 있었다. 그럼에도 여자는 그의 타액에 촉촉하게 젖은 입술 끝을 당기며 그렇듯 여유로운 얼굴로 얄밉게 물어 왔다.

뺨 위로 감긴 손의 감촉이 차다. 그것이 꼭 시은이 그에게 지닌 마음의 온도 같아, 별거 아닌 것에도 정우는 서운해지고 또 심술이 났다.

내가 이토록 옹졸한 놈이었다는 사실을, 나는 당신을 만나고서 야 뒤늦게 깨닫고 있다.

"아마도요."

간결한 대답과 함께 정우가 다리 아래로 몸을 숙였다. 단숨에 바지와 팬티를 벗겨 내리고 그 사이로 입술을 묻었다.

"아……!"

가느다란 손이 그의 뒷머리를 꽉 움켜쥐었다. 혀끝을 내밀어 앙 증맞게 선 정점을 쓱 핥아 올렸다. 쫀득한 젤리를 탐하듯 빨아 당 기자 아찔한 쾌감을 견디다 못한 몸이 충격으로 덜컹거렸다. 애액 이 쏟아졌다. 붉게 충혈된 틈으로 혀를 넣어 안쪽 깊은 곳까지 살 살이 헤집고 핥았다.

"하웃……."

탐스러운 엉덩이가 채근하듯 비틀렸다. 오금이 저리는지 고개를 젖힌 채 달달 떠는 여자가 도망치듯 엉덩이를 물렸다. 하지만 그럴 수록 더욱 집요해지는 남자는 오므라드는 가랑이를 벌리며, 더욱 탐욕스럽게 음부를 핥아 올렸다.

"으응……!"

아이 같은 칭얼거림이 앙다문 입술 새로 흘러나왔다.

더 괴롭히고 싶고, 더 매달리게 하고 싶었다. 그녀가 의지할 곳 이 이 순간 그 하나뿐임을, 그녀의 몸 가장 깊은 곳에 각인시키고 싶었다. 그래서 더 짓궂고 거칠어졌다. 완벽히 손안에 잡혀 있는 이 몸과는 달리 온전하게 소유되지 않는 그녀의 마음 탓에 속이 뒤틀렸다.

있는 대로 짓씹혀져 붉어진 살점을 혀끝으로 할짝 핥아 올린 남자가 가만히 고개를 들었다.

"그만해요?"

그의 짓궂은 물음에 열락에 젖은 눈이 원망하듯 그를 노려보았다. 매혹적인 갈색 눈을 마주한 채 그가 기다란 손가락을 그녀의 다리 사이로 푹 찔러 넣었다.

"아!"

가늘고 새하얀 몸이 무너지듯 반으로 접혔다.

"그러니까 말해 봐요. 어떻게 해 줘야 좋을지."

남자가 보다 깊숙이 손을 찔러 넣곤 얄밉게 속살거렸다.

"넣어……."

"뭐라구요?"

젖은 살 위로 더운 숨이 간헐적으로 스쳤다.

"넣어…… 줘."

흡족한 미소가 사악하게 휜 입가를 차지했다. 순식간에 바지의 버클을 풀어낸 남자가 거침없이 그녀 안으로 몸을 파묻었다.

"훗!"

가늘고 새하얀 여체가 딱딱한 식탁 위에서 덜컥 흔들렸다. 매끄럽게 그를 받아들인 속살이 흉포하게 일어선 욕망을 아플 정도로 조여 온다. 빨갛게 달아 오른 뺨을 붙잡아 그를 보게 하고, 색색 숨을 몰아쉬는 젖은 입술을 난폭하게 빨아 당겼다.

삐걱거리는 나무 소리가 젖은 마찰음 사이로 울려 퍼졌다. 얄팍한 등허리를 받쳐 안은 채 거세게 허리를 쳐올리자, 식탁 위로 넓게 펼쳐진 길고 풍성한 머리카락이 그를 따라 어지럽게 출렁였다.

그는 애타게 신음을 흘려 내는 입술을 그의 것으로 가로막은 채 때론 느리고 또 때론 빠르게 그녀를 잠식해 갔다. 자꾸만 뒤로 물러나는 작은 엉덩이를 손안에 바짝 안아 당기고, 마른 등을 안아 세워 여백 없이 몸을 맞물렸다. 뜨겁게 비벼 대는 마찰 덕에 음부 위로 도톰하게 부어올라 있는 살점을 한계까지 자극시켰다.

그만하라는 말이 막힌 입술 새로 빠져나올 때까지, 그는 짓궂을 만큼 집요하게 그녀의 안을 헤집었다. 가쁘게 흘러나오는 숨결 하나하나까지, 그녀의 것이라면 그 무엇도 남기지 않고 모조리 집어삼켰다.

향긋한 샴푸 향이 너울거리는 머리카락을 타고 흩어져 코끝에서 어지러이 진동한다. 마디 굵은 손끝에 길고 부드러운 머리카락을 휘감아 짙게 입술을 묻었다. 시은의 머리카락 한 올 한 올까지 완벽히 소유하고픈 지독한 이기심에 몸이 점점 여유를 잃고 그녀를 몰아세워 갔다. 그리고 그럴수록, 그녀는 더욱 절박하게 그에게 매달려 왔다.

아득한 열기가 끈끈하게 맞물린 부위로 맹렬하게 몰려들었다. 그녀가 허리를 비틀며 더욱 애타게 흐느꼈다.

식탁이 삐걱대는 소리가 그녀의 신음과 함께 습한 공기를 진동시켰다. 젖은 살이 거칠게 마찰했다. 까마득한 정염에 점점 더 눈앞이 어둑해져 왔다.

당신이 쉬워졌으면 좋겠다. 아무것도 생각하지 않고 내 품에서 엉망으로 무너져 버렸으면 좋겠다. 그렇게 그녀의 몸과 마음이 온전히 제게로 귀속되어 버렸으면 좋겠다.

쉬운 만큼 쉽게 질린다는 말은 어쩌면 정우에게 해당되는 말인지도 모른다. 하지만 어째서인지 그 생각이 시은에게만큼은 적용

이 되질 않았다. 만약 그녀가 쉬워진다면, 그는 처음으로 쉬운 게 좋아질 것 같았다. 왜 시은을 상대로 이런 마음을 갖게 되는 것인지, 그 이유를 명확히 알 수는 없었다. 안개 밖을 나와도 그녀를 향한 감정의 정체는 여전히 사위가 어둠에 휩싸인 듯 까마득했다.

내게 있어 당신이란 존재는 그렇게 풀고 또 풀어도 풀리지 않는, 세상 가장 난해한 숙제다.

거칠게 몰아세운 몸짓 끝에서 시은이 결국 아이처럼 흐느꼈다. 그의 품에서 새하얗게 부서지는 시은을 내려다보면서도, 정우는 여전히 애가 타고 또 여전히 목이 말랐다.

시은의 존재가 정우의 속에서 그 크기를 키워 갈수록, 그의 마음은 자꾸만 더 비좁아지고 옹졸해져 간다.

그런 자신이 싫으면서도, 정우는 도저히 제 안에서 그녀를 밀어낼 수가 없었다.

* * *

불편하고 피하고 싶은 인연일수록 자꾸 꼬이게 되는 것이 인간사의 법칙이었다.

"아, 김 과장은 하나 해치우기 무섭게 또 바로 일거리를 물어와서 사람을 피곤하게 해."

귓전을 스치는 것만으로도 절로 신경이 곤두서는 달갑지 않은 음성에, 정우는 애써 감정을 거둔 눈을 서류 위로 박고 있었다. 신 대리와 함께 막 미팅 룸으로 발을 들인 석준이 고개를 기울여 정우의 옆얼굴을 비스듬히 들여다보았다.

"어라? 먼저 와 있었네, 민정우?"

살갑게 알은척하는 목소리에도 정우는 굳은 표정을 굳이 풀지 않았다. 무표정하게 묵례를 하자 석준이 씩 웃으며 맞은편으로 와 앉았다.

"김 과장이 불렀구나. 그러고 보니 자료 조사 담당으로 정우 씨도 같이 한댔지?"

"네."

정우가 다시 서류 위로 시선을 두며 말했다. 후임이 선임을 대하는 태도라 치기엔 다소 건방진 면이 있었지만 석준은 딱히 불쾌한 기색을 보이지 않았다.

평소 석준은 사내에서 남자답고 호방한 성격으로 정평이 나 있었다. 일적으로 봤을 때, 정우도 시은의 일이 아니었다면 굳이 불쾌한 감정 따위를 갖지 않았을 인물이었다. 하지만 겉으로 드러나는 성격과 내면의 인성은 또 다른 문제였다.

"중요한 프로젝트래서 긴장한 거야? 표정이 왜 이렇게 딱딱해?"

"새삼스레 뭘 물어? 원래 그렇잖아."

"아. 마케팅 1팀 사이보그랬던가."

옆에 있던 신 대리의 말에 석준이 씩 입꼬리를 올리며 시답잖은 농담을 던졌다. 겸연쩍어하는 후임을 상대로 선임들이 자주 하는 짓이다. 하지만 정우는 그런 것에 동요를 보이는 인물이 아니었다. 적당한 선에서 농담을 마무리 지은 석준이 머쓱한 듯 말했다.

"웬만하면 좀 웃기도 하고 그래. 주변에서 민 사원 너무 까칠하다고 말들이 많아."

"주변에서 말 많은 거야 요즘 김 대리를 따라올 자가 없지 않나?"

테이블 중앙에 놓인 주간신문을 집어 들며 신 대리가 말했다. 석준이 눈썹 끝을 올리며 옆을 돌아보았다.

"무슨 소리야?"

"윤 주임 일 말이야. 김 대리가 한눈팔아서 헤어진 거 알 사람들은 다 아는데, 왜 아직도 윤시은 근처에 기웃거리는 거냐고 말들이 많잖아."

시종일관 무미건조한 빛으로 서류에 적힌 활자를 훑던 정우가 잠시 시선의 움직임을 멈추었다. 이마를 가린 짙은 머리카락 아래 낮게 내리뜬 눈동자가 서늘했다. 손끝에 쓸린 종이가 서걱, 건조한 소리를 내며 뒤로 넘어갔다.

"사람들도 참. 왜 남의 연애사에 그렇게 관심이 많은지 몰라."

석준이 따분한 표정을 지으며 다리를 꼬고 앉았다.

"많을 만하지. 둘이 사귈 때부터 완전 사내 핫이슈였잖아. 그나저나 나도 궁금해서 묻는 건데. 대체 왜 자꾸 윤시은한테 추근거리는 거야? 나 갖긴 성에 안 차는데 막상 남 주려니 아까운. 뭐 그런 심리야?"

"아니."

서류를 넘기던 손이 멈칫했다. 정우는 천천히 시선을 들어 맞은편에 앉은 이를 바라보았다. 석준이 갖고 들어온 커피 잔을 입가에 기울이며 단조롭게 대꾸했다.

"나도 못 가졌으니까 남도 안 주려는 그런 심리지."

"그게 무슨 소리야?"

신 대리가 흥미롭다는 듯 두 눈을 빛내며 석준의 앞으로 당겨 앉았다. 석준이 미간을 구기며 짜증스런 어조로 말을 이었다.

"윤시은 그게 보다시피 보통내기가 아니잖아. 예쁘장하게 생겨

가지고 성깔도 보통 아니고. 그거 꼬시느라 걸린 시간이 자그마치 2년인 거 알지? 그렇게 애태우다가 드디어 만나 준다기에 옳다구나 넘어왔구나 싶었는데, 이게 만나면서도 보통 도도한 게 아니더라고."

"뭐야. 설마 여태 못 잔 거야?"

"자고 안 자고가 문제가 아니야. 기본적으로 곁을 안 줘."

씁쓸하게 말을 뱉어 내며 커피를 머금는 입술이 초조하게 비틀렸다.

"뭔가 완전히 넘어온 느낌이 안 들더라고. 덕분에 만나는 내내 조마조마하고 안달복달해야 했어."

"윤시은이 보기보다 꽤 애태우는 스타일이었나 보네. 아무튼 그렇게 좋아했는데 잘해 보지, 한눈을 왜 팔았어?"

한심하다는 듯 혀를 차며 신 대리가 물었다. 석준이 뻔뻔스런 얼굴로 거들먹거렸다.

"다 아는 사이에 뭘 물어? 개 버릇 남 못 준 거지."

"아아, 신입 때부터 유명했지. 밤의 황태자 김석준."

넓게 펼쳐 들고 있던 신문을 한 장 더 넘기며 신 대리가 은근하게 비꼬았다. 저를 자칭 개라 칭한 남자는 그렇듯 부끄러운 줄도 모르고 변명도 못 되는 소리를 입 밖에 내놓고 있었다.

"워낙에 도도해서 함부로 나 내키는 대로 굴지도 못하겠고, 그래서 그냥 쉬운 애들 상대로 전전하면서 유희나 즐겼던 건데. 그걸 그렇게 들킬 줄 꿈에나 알았겠어?"

석준이 다 마신 종이컵을 꾸깃꾸깃하게 쥐어 쓰레기통으로 내던지곤 낮게 한숨지었다. 비열하고 더러운 입 위로 시은의 이름이 오르내리는 걸 잠자코 지켜보는 정우의 손에 점점 더 힘이 실렸다.

바늘로 꿰어 올린 듯 휘어진 저 입술을 갈기갈기 찢어 버리고 싶은 충동이 일었다. 그녀의 이름 석 자를 더럽히는 저 혀를 뽑아내어 지근지근 밟아 버리고 싶다. 테이블 아래 감춰진 주먹이 무섭게 치닫는 분노에 선명히 뼈마디를 드러냈다.

"한마디로 함락이 안 돼서 미련이 남는다. 뭐 이거네."

"그래서 남는 미련인지 뭔지는 모르겠고. 아무튼 당분간은 딴 놈한테 넘겨줄 생각 없어. 그러니까 다들 넘보지 말라고. 아직 윤시은은 내 거니까."

차가운 렌즈 안에서 검게 가라앉은 눈동자가 살기로 번뜩였다. 당장에 손을 뻗어 제 주먹을 입에 처넣어 버리고 싶은 걸, 정우는 초인적인 인내로 간신히 버텨 냈다. 신 대리를 보고 우스갯소리 하듯 말한 석준이 고개를 돌려 정우를 바라보았다. 미처 힘을 빼지 못한 두 눈이 석준과 맞닿았다.

"어이, 거기 막내."

주제란 걸 모르는 사내가 마주한 눈에 비친 감정을 알아채지 못한 채 씩 웃었다.

"자네도 명심하라고."

장난스럽게 휘어 올라간 입매가 가까스로 억누른 살의를 또 한 번 자극한다. 공허하게 퇴색된 눈 안에서 석준의 형체가 잿더미처럼 불타올랐다. 굳게 다물고 있는 턱 끝이 잘게 경련했다. 발 밑바닥에서부터 들끓은 열기가 순식간에 머릿속을 점령했다.

신 대리만 아니었다면, 정우는 어쩌면 이 자리에서 곧장 석준의 숨통을 틀어쥐었을지도 모른다.

"그나저나 김 과장은 사람 오라 가라 해 놓고 왜 여태 코빼기도 안 비치는 거야?"

신 대리의 혀 차는 소리를 뒤로하며 석준이 후안무치한 얼굴로 문 쪽을 내다보았다. 푸르게 핏대가 선 주먹을 테이블 아래 둔 채 정우는 석준에게 닿은 살기 뜬 시선을 마지못해 거두어 냈다.

✳ ✳ ✳

　시은은 오전 일찍 근처 대리점에 외근을 갔다가 점심시간이 돼서야 겨우 회사로 돌아왔다. 이것저것 점검할 것들이 많아 매장 곳곳을 체크하고 이 매장 저 매장으로 옮겨 다녔더니 오전 내내 혹사당한 종아리가 뻐근했다.

　이것도 다 평소에 운동 부족인 탓이지.

　먼지 앉은 책상에 살포시 기대어 서서 종아리 안쪽을 주무르고 있는데 불현듯 캔 커피가 눈앞에 들이밀어졌다.

　"왜 그래요?"

　정우다. 딱히 인기척을 못 느꼈던 것 같은데 어느 틈에 창고로 들어왔던 모양이다.

　"밥 일찍 먹었나 보네."

　시은은 종아리를 주무르다 말고 빙긋 웃으며 고개를 들었다.

　"네. 근데 어디 불편해요?"

　그가 건넨 커피를 웃는 낯으로 받아 드는 시은의 다리를 살피며 정우가 물었다. 시은이 정우의 시선이 향한 곳을 확인하곤 뒤늦게 멋쩍은 얼굴로 말했다.

　"아. 힐 신은 다리로 몇 시간 좀 걸어 다녔더니 종아리가 뻐근해서."

　"이리 내 봐요."

들고 있던 커피를 책상 위에 내려놓고 정우가 무릎을 구부렸다. 종아리 안쪽으로 파고드는 더운 손길에 시은이 화들짝 놀라 다리를 뒤로 뺐다.

"아니, 괜찮⋯⋯."

"많이 뭉쳤네. 가만히 있어요."

완고한 손이 자꾸만 뒤로 물러서려는 가는 다리를 단단히 붙잡아 당겼다. 억센 뼈마디와 어울리지 않는 부드러운 손길로 정우가 뭉친 부위를 가만히 주물렀다. 그저 뻐근한 근육을 풀어 주는 동작일 뿐인데도, 시은은 이상하게 기분이 야릇해졌다. 무릎 안쪽에 닿은 손끝의 체온이 뜨겁다. 그 온도에 몸이 노곤해지는 듯했다. 흐트러진 머리카락 아래 낮게 잠겨 있는 눈동자가 어쩐지 가슴 한편을 간질여 왔다. 참으로 기이한 반응이다.

둘은 가끔 이렇게 사람들의 눈을 피해 회사에서 따로 볼 때면, 정우가 이전부터 애용했던 이 창고에서 몰래 만남을 가져 오곤 했다. 처음 정우를 따라 이곳에 왔을 때만 해도 괜스레 긴장감이 들고 마음이 불편했었는데, 언제부턴가 이곳은 시은에게 있어 회사에서 가장 편한 아지트 같은 곳이 되고 말았다.

이래서야, 오피스텔뿐만이 아니라 회사에서마저 그의 흔적을 떨쳐 내긴 힘들어질 것 같았다.

"점심은 어떻게 했어요?"

여전히 한쪽 무릎을 꿇고 앉은 채 정우가 시은의 종아리 안쪽을 주무르며 물었다. 그녀는 그제야 상념에서 벗어나 태연하게 대꾸했다.

"같이 외근 나간 사람들끼리 매장에서 김밥으로 간단하게 때웠어."

"그걸로 끼니가 돼요?"

"몰라서 그렇지 나 김밥 좋아해. 가끔 먹고 싶을 때, 혼자 집 앞 분식집 가서 김밥 포장해서 오기도 하는걸. 근데 아무리 맛있다는 집 가 봐도, 어렸을 때 엄마가 말아 준 김밥이랑은 도저히 비교가 안 되더라."

"그래요."

다소 무미건조한 대답에 시은이 고개를 갸웃했다.

"정우 씬 아니야?"

"글쎄요. 어머니가 손수 말아 준 김밥을 먹어 본 기억이 없어서."

"응?"

엄마가 어렸을 적부터 꽤 바쁘셨나. 무덤덤하게 답하는 그를 보며 남몰래 그런 생각하고 있을 때였다.

"이혼하셨거든요. 제가 김밥이란 걸 먹어 보기도 전에."

아.

차마 뱉지 못한 탄식이 목 아래로 급히 삼켜졌다. 시은은 동요 없이 숙여져 있는 단정한 정수리를 난처한 시선으로 내려다보았다.

딱히 상처받은 목소린 아니지만 괜스레 마음 한구석이 알싸했다. 그에게로 내려앉은 눈동자가 흔들린다.

시은은 잠시 아무 말도 뱉지 못한 채 정우를 바라보았다. 그 또한 아무 말 없이 묵묵히 그녀의 다리를 매만져 주고 있었다.

정우와는 반대이긴 했지만 시은 또한 부모님이 어렸을 때 이혼하고 어머니와 따로 살아온지라 부모 한쪽이 부재한 이의 마음을 잘 알고 있었다. 부모와 쌓아 온 추억의 양과 성질에 따라 그리움과 애틋함이 더하고 덜할 순 있겠지만, 분명 자신도 모르는 상처가 마음 깊숙이 존재하고 있을 터였다. 그리고 그 상처는 일종의 트라우마로 변모하여 삶의 순간순간 스스로를 움츠러들게 만들기도 한다.

시은도 그 같은 상황을 겪은 바가 있기에 정우의 저렇듯 무덤덤한 반응에도 어쩐지 마음을 놓을 수가 없었다. 그렇다 하여 이제와 미처 몰랐었다, 미안하다 말한들 그에게 크게 위로가 될 것 같진 않았다. 그녀는 한참을 묵묵부답인 채로 있다가, 고민 끝에 입을 열었다.

"그럼 조만간 집에서 김밥 한번 만들어 먹자."

어색한 침묵이 감도는 중에도 묵묵히 그녀의 다리를 주무르고 있던 정우가 천천히 고개를 들었다. 시은은 굳어 있던 표정을 느른하게 풀며 정우를 향해 웃었다.

"내가 울 엄마 닮아서 또 요리를 꽤 하잖아."

마주 올려다보고 있는 눈매가 잠시 일렁이는 듯했다. 무표정한 얼굴 위로 뭐라 설명키 힘든 감정이 엷게 감돌았다. 잠시 말이 없던 그가 이내 피식 입꼬리를 올리며 다시금 고개를 숙였다.

"겨우 김밥 하나 만드는 데 굳이 솜씨랄 게 필요해요?"

"이거 왜 이래? 정우 씨가 몰라서 그러는데 김밥이 은근 맛있게 만들기가 어려워. 간도 적당히 해야 되고, 말 때도 옆구리 안 터지게 얼마나 조심스럽게 말아야 되는 줄 알아?"

"그렇구나."

숙인 고개 아래 보이는 입매 끝이 유연하게 당겨져 있었다. 덩달아 마음이 따뜻해진 시은이 부러 기세등등한 표정을 지으며 장난스럽게 말했다.

"두고 봐. 기억에 길이길이 남을 인생 김밥을 만들어 주고 말 테니까."

"기대할게요."

그가 고개를 들고 비긋이 웃었다. 워낙 표정이 없는 얼굴이라 그런지, 가끔 이렇듯 희미한 미소를 짓는 것만으로도 사람이 다르게 보였다. 이 웃음이 그나마도 그녀를 마주할 때만 보이는 거란 사실에, 시은은 가끔 남모르게 의기양양해지곤 했다. 이렇듯 여자란 참으로 쉽고 간사한 존재다.

"다리 좀 괜찮아졌어요?"

"아, 덕분에."

정우가 시은의 다리를 조심스럽게 바닥에 내려놓고 몸을 일으켰다. 책상에 놓아둔 캔 커피를 손에 들며 그녀의 옆자리에 가만히 기대어 섰다. 그의 손길에 그새 뻐근함이 가신 종아리를 느끼며 시은이 비긋이 옆을 올려다보았다. 다정한 손길과는 다르게 무뚝뚝하게 서서 말없이 커피를 마시는 그의 얼굴로 시선이 뭉근하게 향했다.

"그러고 보면 정우 씨, 생각보다 꽤 다정하단 말이야."

그가 커피를 마시다 말고 시은을 바라보았다.

"팀 식구들이 알면 놀라겠어. 사귀면, 원래 이렇게 다정해져?"

잠시 말이 없던 그가 다시금 캔을 입가에 기울이며 말했다.

"원래 이렇진 않아요. 윤 주임님 한정이지."

딱히 특별할 것 없는 대답인데, 어쩐지 가슴이 두근거렸다. 어쩜 저리도 여자가 원하는 답만 툭툭 내뱉는 걸까. 그것도 저토록 무감한 얼굴로. 괜스레 할 말이 없어진 시은이 큼, 헛기침을 하며 화두를 돌렸다.

"그나저나 그 호칭 좀 어떻게 해야겠다. 윤 주임님이 뭐니? 윤 주임님이. 꼭 내가 순진한 후임 꼬셔서 억지로 연애 중인 것 같잖아."

실은 그 반대이면서.

시은은 부러 불퉁한 표정을 지으며 뒤늦게 캔 커피를 따 입에 기울였다.

"그럼 뭐라고 해요?"

정우가 비스듬히 그녀를 내려다보며 물었다.

"호칭이야 많지 않나? 시은 씨, 라든가. 자기야, 라든가. 아, 그건 좀 간지럽겠구나. 정 뭐하면…… 시은이 누나도 괜찮고."

이런저런 호칭들을 늘어놓다가 끝에서 장난스럽게 덧붙였다. 좀처럼 연하 같지 않은 남자가 어떤 반응을 보일지 기대하며 고개를 들었을 때였다.

"시은아, 는?"

"뭐?"

시은이 당황한 얼굴로 두 눈을 크게 떴다.

"왜요? 시은이 누나보다야 시은아가 훨씬 연애하는 기분 날 것 같은데."

정우가 씩 입꼬리를 당기며 마저 커피를 마셨다. 시은이 가늘어진 눈초리로 정우의 얼굴을 쓱 흘겨보았다.

"이거 봐라. 지금 은근슬쩍 나랑 맞먹겠다, 이거야?"

"어차피 침대 위에선, 항상 내 아래에 있잖아요."

그렇게 말하며 정우가 검게 가라앉은 먹색 눈으로 그녀를 내려다보았다. 순간 대꾸할 말이 생각나지 않으며 얼굴이 달아올랐다. 창피한 마음에 시은이 재빨리 눈을 피했다.

"어쩜, 그런 말을 그렇게 안색 하나 안 변하고 하니?"

"시은아."

낮게 가라앉은 허스키한 음성이 머리 위를 스쳤다. 고개를 들자, 어느새 몸을 움직인 정우가 그녀의 양옆을 손으로 짚으며 두 눈을 맞춰 왔다. 호흡이 급히 가슴 아래로 당겨졌다.

"윤시은."

동굴 속에 있는 것처럼, 낮고 울림이 큰 목소리에 단전 아래가 간질거렸다. 아슬아슬한 거리에서 코끝을 두드리는 숨결이 뜨거웠다. 눈이 차마 그를 뿌리치지 못한 채 어지럽게 흔들렸다. 가슴이 두근거렸다.

"어때요? 이렇게 부르니까?"

은근한 목소리로 물으며 그가 짓궂은 소년처럼 웃었다. 화끈한 뺨을 숨기기가 어려웠다.

"존댓말이나 말든지."

머쓱한 얼굴로 애써 무뚝뚝하게 대꾸하곤 그를 피해 고개를 돌렸다. 양옆을 짚고 있던 팔을 살짝 구부리며 남자가 좀 더 낮게 몸을 숙여 왔다.

"그럼 이 기회에 말 놓을까?"

귓전을 건드리는 장난스런 음성에 시은의 반듯한 미간이 찌릿 구겨졌다.

"민정우. 은근 건방진 거 알지?"

심기가 거슬린 얼굴로 다시금 정우를 바라보았을 그때.

"그게 내 매력 아니었어요?"

순식간에 턱 끝이 쥐어지며 입술이 닿았다. 어찌 된 것인지 인지할 틈도 없이 입술과 입술이 겹쳐졌다. 젖은 혀가 더운 기운을 몰고 입 안을 더듬었다. 미처 감지 못한 눈이 뒤늦게 스르르 감기었다. 말은 한없이 싸늘하게 뱉어 놓고서도, 그와 체온이 닿는 순간 몸은 어느새 그의 열기에 전도된 듯 더워졌다.

"아……."

깊게 머금은 입술을 그가 아릿하게 깨물어 핥았다. 달고 향긋한 커피 향이 입 안을 흠뻑 적셔 온다. 직전까지만 해도 책상 위를 짚고 있던 손이 어느새 치마 속으로 파고들고 있었다. 덥고 습해진 손이 보드라운 허벅지를 뜨겁게 쓸었다. 입술을 오가는 숨결이 거칠어졌다. 입 안에서 어지럽게 뒤엉킨 타액이 맞붙었다 떨어지길 반복하는 입술을 따라 좀 더 적나라한 소리를 냈다. 배꼽 아래가 땅땅하게 뭉치는 기분이었다. 목 뒤로 파고들어 부드럽게 감겨 오는 손의 감각이 어쩐지 은밀한 곳을 더듬듯 외설스럽다. 캔을 꽉 그러쥔 손끝이 점차 파리해졌다. 허벅지를 쓰다듬던 더운 손이 점점 더 다리 안쪽으로 파고드는 걸 느낀 순간, 시은이 황급히 고개를 비틀었다.

"정우 씨."

그만하라는 말 대신 그의 이름을 불렀다. 짙게 변한 눈이 그녀의 가슴 위로 머물렀다. 목 뒤를 감아 당기던 손이 미끄러지듯 돌아와 그녀의 블라우스 단추 위에 닿았다.

"여기서……."

더운 숨이 목 언저리를 스쳤다. 그의 숨결이 닿은 살갗 위로 오스스 소름이 일었다. 그녀를 탐할 때처럼 진득한 손길로 단추 위를 만지작거리며, 그가 고개를 들었다.

"하면 안 되겠죠?"

단추를 쥔 손가락 끝이 금방이라도 그것을 풀어 버릴 듯했다.

밀폐된 창고 안에 부유하는 공기가 터질 것만 같았다. 이마를 드리운 짙은 머리카락 아래서 검게 가라앉은 눈동자가 지나치게 선정적이다. 심장이 마구잡이로 흔들렸다. 손끝 발끝이 저릿했다. 최소한의 윤리 의식마저 뒤흔드는 뇌쇄적인 눈빛. 배 아래가 타는 듯한 감각에 혀끝이 바짝 말랐다. 아슬아슬하게 단추 위를 만지는 손을 떼어 내며, 시은이 그를 밀어냈다.

"될 리가 없잖아. 지금 이것도 남들이 알면 충분히 풍기 문란인데."

진땀이 확 났다. 캔을 쥔 손안이 그새 축축해졌다. 그 빨려 들듯한 눈동자를 계속 보고 있다간, 그대로 그를 안아 버릴 것만 같아서 시은은 뿌리치듯 시선을 돌렸다. 대체 무슨 정신인지. 스스로에게 이성이 있긴 한 건지, 순간 의심이 될 지경이었다.

"이제 그만 가자. 이러다 점심시간 끝나겠어."

비스듬히 기대고 있던 몸을 바로 세우고 그의 옆을 스쳐 지나려던 몸이 갑작스럽게 당겨졌다. 돌아선 등 뒤에서 그가 왈칵 몸을 끌어안았다. 단단하고 긴 팔이 올가미처럼 그녀의 어깨와 허리를 감쌌다. 숨이 멎을 것 같았다.

"당신, 내 거죠?"

탁한 음성이 부서지는 숨결과 함께 목 언저리를 스쳤다. 굳은 듯이 서서 허공을 바라보던 시은이 멈춘 숨을 천천히 입 밖으로 내쉬었다. 몸으로 휘감긴 팔의 힘이 필사적일 만큼 억셌다. 차마 뿌리치지 못한 그녀가 차분해진 음성으로 그를 향해 물었다.

"갑자기 무슨 소리야?"

"아무도 몰라도."

목에 얼굴을 묻은 채 속삭이는 목소리가 좀 더 낮게 가라앉았다.

"비록 우리 둘만 아는 연애라도."

그녀를 안은 손아귀가 꽉 조여 왔다.

"윤시은, 지금 이 순간만큼은 내 거인 거 맞지?"

탁하게 잠긴 목소리가 어딘지 모르게 위태로웠다. 방금 전 그녀가 그를 뿌리쳤기 때문에 보이는 모습이 아님을, 그녀는 본능적으로 직감할 수 있었다.

"정우 씨, 오늘 회사에서 무슨 일……."

감긴 팔을 풀어내리는데 정우가 돌연 그녀를 벽으로 밀어붙였다.

"대답해요."

집어삼킬 듯한 소유욕이 맞닿은 눈 안에서 거칠게 들끓었다. 구겨진 눈매 속에서 어지럽게 일렁이는 시선이 하염없이 불안했다. 하지만 대체 왜 그러는 거냐고 걱정하듯 물어도, 지금 이 순간 그를 잠식한 짙은 불안감은 쉬이 가라앉을 것 같지 않아 보였다. 잠시 말없이 그의 눈을 들여다보던 시은이 낮게 숨을 내쉬며 그를 향해 답했다.

"맞아. 적어도 지금은, 완벽히 민정우 소유야."

그 순간 정우의 눈 안에 들끓던 열기가 한숨처럼 가라앉았다. 정우는 시은을 매섭게 몰아붙이던 손을 거두어 내고 잠시 두 눈을 감았다.

조르듯이 재촉한 끝에 받아 낸 대답이었다. 그럼에도 어쩐지, 가슴 깊이 똬리를 튼 불안감은 쉽게 사라지질 않았다.

시은에게 석준과 관련된 남은 감정 따윈 없다는 걸, 그도 알고 있었다. 김석준이 제아무리 시은을 쥐고 흔들어 보려 해도 그녀는 결코 석준에게 돌아가지 않을 거라는 사실을 그도 충분히 확신하고 있었다. 그럼에도 그녀가 제 것이라는 걸 명확히 확인하고픈 볼썽사나운 치기가 일었다.

그 누구의 것도 아닌 바로 나 민정우의 것이라고. 비록 비밀스런 관계지만, 사실은 그러하다고. 그러니 김석준 너 같은 쓰레기는 더 이상 그녀를 흔들 수 없다고. 그녀를 상대로 더러운 생각을 품을 자격조차 없다고. 멱살을 쥐고 주먹을 휘두르며 똑똑히 알려 주고 싶었다.

하지만 시은과의 관계는 처음부터 철저히 비밀을 전제로 시작된 것이었다. 지금 이 상황에서 그 약속을 깬다면, 시은은 아마 그녀에게 닥칠 힐난을 견디지 못하고 그를 뿌리칠 터였다.

때문에 그는 차마 말할 수가 없었다. 김석준이 그 구역질 나는 입에 시은의 이름을 올리는 걸 두 눈 뜨고 지켜보면서도, 한 마디도 할 수가 없었다. 그것이 그를 치욕스럽게 만들고 자괴하게 만들었다.

두려웠다. 시은과의 관계를 바라보는 주변의 부정적인 시선이 아닌, 그 시선을 통해 상처받고 그를 밀어낼 시은의 모습이.

그래서 정확히 해 두고 싶었다. 그녀가 누구의 것인지. 그녀의 입으로나마 그렇게 확답을 받고 싶었던 거였다. 그런데…….

"기왕 대답하는 거 적어도라는 말은 좀 빼 주지."

그 기한 한정적인 말에, 막연하던 두려움은 더욱 현실감을 얻게 되었다.

정우가 피식 웃으며 몸을 반듯이 세웠다. 어쩐지 여전히 불안해 보이는 그를 보며 시은이 걱정스런 눈으로 그를 좇았다.

"정우 씨. 정말, 아무 일도 없었던 거 맞아?"

"없었어요. 아무 일도."

단호한 대답이 굳게 다물린 입술 사이로 나직이 빠져나왔다.

그를 잠식하는 불안은 여전했지만 내색할 수 없었다. 네가 비밀이라는 말로 애써 외면하는 두려움이 오히려 나로 인해 들춰질 수도 있는 거니까.

정우는 한결 차분해진 눈으로 시은을 응시했다. 늘어져 있는 시은의 손을 가만히 맞잡으며 그가 다짐하듯 말했다.

"없을 거예요. 앞으로도."

널 잃게 되는 일 따윈. 네가 내게서 벗어날 빌미 따윈. 절대 만들지 않을 테니까.

8

매달 마지막 주 금요일엔 부서 회식이 잡혀 있었다. 말이 회식이지 술 좋아하는 몇몇의 주도하에 벌어지는 공식적인 술판이나 다름없었다.

시은은 회식을 즐기는 타입은 아니었지만 불참을 할 수도 없었다. 업무 능력보다도 술자리에서의 친화력을 더 중요하게 여기는 이가 부서의 부장으로 있는지라, 다소 강제성이 있었기 때문이다. 때문에 시은은 그다지 유쾌할 것 없는 기분임에도 입가를 끌어당긴 채 자리를 지키고 있었다.

"오늘 장소 선정 대체 누가 한 거니? 고기가 왜 이렇게 질겨?"

"총무가 돈 먹었나. 음식이 전체적으로 별론데."

시은과 마찬가지로 썩 석연치 않은 기분으로 회식 자리에 참석한 사람들이 그나마도 먹을 것 없는 저녁상에 이런저런 불만들을 늘어놓았다.

시끌벅적한 사람들 틈에서 이렇다 할 동조 없이 마네킹처럼 앉아 있던 시은은 오른쪽 사선 방향으로 시선을 움직였다. 무표정한 얼굴로 과장이 건네는 잔을 받고 있는 정우가 그녀의 눈에 오롯이 들어왔다.

'당신, 내 거죠?'

점심시간의 끝 무렵. 등 뒤에서 그녀를 꽉 안은 채 그가 뱉어 냈던 말이 온종일 귓속을 어지럽게 맴돌았다.

그는 분명 아무 일도 아니라고 답했지만 정말 아무 일도 없었던 것이 아님을 시은은 충분히 짐작할 수 있었다. 시은은 마른손으로 더운 이마를 느릿하게 문질렀다. 정우에게 닿은 복잡한 눈동자를 애써 테이블 위로 거두어 냈다.

그녀와 함께일 때에도 정우는 항상 어딘지 모르게 초조해 보였다. 수없이 그의 품에 안겨도, 매섭게 몰아붙이는 그를 군말 없이 받아들여도, 그는 종종 그렇듯 불안한 시선으로 그녀를 바라보곤 했다.

시은도 정우가 무엇을 그토록 불안해하는 것인지 아주 모르지는 않았다.

확신 없이 시작한 관계 앞에서, 그녀의 마음이 어떤 방향으로 흐르고 있는지 매순간 걱정되고 그래서 또 확인코자 하는 것임을. 그럼에도 그가 이렇듯 드러내 놓고 불안감을 표출한 일은 또 처음 있는 일인지라, 시은은 새삼 근심이 몰려왔다.

사실, 정우의 불안감을 덜어 줄 수 있는 최선책이 자신의 확실한 태도임을 누구보다 잘 알고 있었다. 무슨 일이 있건 자신만 그에게 확신을 보여 준다면 그가 이토록 불안해하지 않을 것이라는 걸.

하지만 시은은 선뜻 확신을 보일 수가 없었다. 겁이 났다. 확신을 준 순간, 그가 변할까 봐. 그가 되레 자신에게 질려 버릴까 봐. 이미 한 번 겪어 보지 않았던가. 사람의 감정이란 것이 얼마나 변덕스럽고 가변적인 것인지.

2년을 한결같이 구애했던 석준도 결국 6개월을 채우지 못하고 변심했다. 하물며 정우는 그녀를 알게 된 것이 고작해야 6개월 남짓이었다. 시간으로 감정의 깊이와 진정성을 가늠할 수 있는 건 아니라지만 그렇다고 그것을 아주 무시할 수도 없었다.

정우는 마치 늪과 같았다. 방심하고 발을 헛디딘 순간, 눈 깜짝할 사이에 머리끝까지 집어삼킬 지독하고 위험한 늪.

무표정한 눈매 안에 자리한 짙고 검은 눈동자는 항상 깊이를 알수 없는 우물 안에 그녀를 잠길 듯이 바라보았다. 그 안에 자리한 숨 막히는 갈망이 때때로 그녀의 숨통을 조여 왔다.

체에 걸러지지 않은 듯 투박하고 날 선 감정.

그것이 직구로 가슴을 파고들 때면, 시은은 사랑받고 있다는 짜릿함에 아찔한 전율을 느끼곤 했다. 그리고 동시에 두려워졌다. 이렇듯 아무런 방어 태세도 갖추지 않은 채 그를 받아들였다가, 어느 순간 헤어 나올 수 없게 되어 버릴까 봐.

그래서 시은은 그가 제 마음속에 더 깊게 접근해 올수록 자꾸만 의식적으로 선을 긋게 되었다. 마치 일종의 방어기제처럼.

하지만 뒤늦게 경계 해 본들, 내면으로는 그를 받아들인 지 오래였다. '적어도'라는 말로 애써 둘의 관계에 한정을 두어 보지만 정우를 향해 그은 경계선은 이미 오래전에 그에게 짓밟혀 형체를 잃어버렸다.

시은은 다시금 고개를 들어 정우를 바라보았다. 둘밖에 모르는 관계지만, 이렇게 많은 사람들 속에서도 언제부턴가 그녀의 눈엔 그만이 보였다. 아무리 거리가 멀어도, 눈이 마주치지 않아도, 그의 숨소리와 체온과 손길이 고스란히 느껴지는 듯했다. 그녀 주변을 떠다니는 공기가 마치 온통 그인 것만 같았다.

이미 이렇게 돼 버렸는데, 과연 나는 너의 존재감이 내 안에 잠식하는 걸 막을 수 있을까.

시은은 정우에게서 시선을 거두며 빈 유리잔에 물을 따랐다. 물이 파도처럼 크게 출렁이며 부지불식간에 잔 안을 채운다. 그녀의 안을 가득 채운, 그의 존재처럼.

이렇게 이 연애는 점점, 아무도 모르지만 그럼에도 더 이상 아무렇지 않을 수 없도록 되어 가고 있었다.

✻ ✻ ✻

시은은 술잔이 오가는 자리를 피해 잠시 식당 화장실로 갔다. 정우의 생각으로 왠지 모르게 심란한 마음을 잠재우기 위한 것도 있었다.

쏟아지는 물에 양손을 담갔다. 티슈로 물기를 닦고 차게 식은 손으로 더운 이마를 쓸었다. 적당히 눈도장도 찍은 것 같으니 이제 그만 술자리에서 빠질까 싶었다. 하지만 상사들의 술을 거절치 못하고 앉아 있던 정우가 어쩐지 눈에 밟혔다. 딱히 취한 것 같진 않았으나 왠지 그를 두고 혼자 가고 싶지 않았다. 같이 나간다 해도 어차피 사람들 눈을 살피느라 불편할 텐데, 금요일 저녁이면 항상 그와 함께했던 것이 어느새 습관이 되어 버린 탓이다.

이래서 인간은 적응의 동물이라 하는 건가. 하필 그런 것에 적응해서.

홀로 자조하며 시은은 화장실을 빠져나왔다. 무심코 걸음을 옮기다가 홀 방향의 좁은 길목에 서 있던 검은 형체에 잠시 발을 멈추었다. 천천히 고개를 들어 그녀 쪽을 돌아보는 얼굴을 확인하기 무섭게 불쾌함이 밀려들었다. 시은의 표정이 싸늘하게 굳었다.

"여어, 웬일로 회식 자리에 늦은 시간까지 남아 있네?"

석준이 혀가 반쯤은 풀린 어눌한 투로 웅얼거렸다. 안 그래도 요란스레 떠들며 술자리를 주도하는가 싶더니 꽤 취한 모양이었다. 아니면 괜히 취한 척하는 걸 수도 있다. 술을 핑계로 또 치대보려고. 수가 뻔히 보이는 그 모습에 시은이 마땅찮은 기색을 숨기지 않은 채 그의 앞을 스쳐 지나갔다.

"우리 잠깐 얘기 좀 하자."

손목이 붙잡혔다. 석준의 체온이 닿기 무섭게 시은이 발작처럼 잡힌 손을 털어 냈다. 야멸찬 손길에 석준이 무색한 표정으로 그녀를 바라보았다. 짙은 술 냄새가 역겹게 코를 찔러 왔다.

"술주정도 사람 봐 가면서 하는 거야. 성추행으로 신고당하기 싫으면 두 번 다시 내 몸에 손대지 마."

싸늘히 뱉은 음성에는 확연한 적의가 품어져 있었다.

참으로 지긋지긋한 인간이었다. 할 말 따윈 없다고 그토록 귀에 딱지가 앉도록 말했음에도 한 달이나 지난 이 시점까지 또 할 말 타령이라니.

날 세워 대꾸해 봤자 괜히 제 기분만 더 더러워질 것 같아 시은이 이내 무시하듯 석준에게서 벗어났다.

"나 너 진심으로 사랑했다."

미처 한 발을 떼지 못했을 때, 기막힘이 발목을 잡았다.

"아니. 지금도 사랑한다, 시은아."

움직임을 멈추고 흐릿한 천장 조명만을 응시하고 있는 밤색 눈동자가 한없이 공허했다. 사랑이란 단어에 이토록 감흥이 없기도 처음이었다. 시은은 설핏 웃음을 흘렸다.

"비록 내가 너 두고 잠깐 한눈은 팔았지만, 그래도 내 마음은 항상 너한테 있었다?"

멘트가 하나같이 어디서 들어 본 듯 식상했다. 남자들이 외도를 한 후 뱉는 베스트 핑곗거리를 어쩜 저렇게 토씨 하나 안 빠트리고 똑같이 말하는지. 남자란 족속의 일관성 있는 대처 방식에 새삼 감탄을 금할 수 없었다.

"하. 고맙다고 해야 되나. 그나마 마음이라도 있어 줘서."

시은이 흐릿하게 눈매를 휘며 석준을 돌아보았다.

"그럼 이제 할 말 다 한 거지?"

"시은아."

"부디 그게."

잠시 웃는가 싶던 표정이 이내 시리게 굳었다.

"네가 나한테 못 했다던 남은 말의 전부이길 바랄게. 더는 할 말 타령 따윈 들을 일 없게. 그럼 먼저 들어간다."

시은이 완전히 석준을 등지고 돌아섰다. 사랑이란 단어가 파고든 두 귓속을 락스로 씻어 내고 싶었다. 그 말이 이토록 구질구질하고 역겹게 들릴 수가 있다니.

시은은 서릿발처럼 차가운 표정으로 통로를 따라 걸어갔다. 빨리 석준과 함께하는 공간에서 벗어나고 싶었다. 모퉁이를 향해 걸음을 옮기고 있던 그때, 석준의 손이 시은을 붙잡아 돌렸다. 시선을 강탈한 눈에 붉게 핏발이 서 있었다. 매섭게 쏘아보며 그가 외쳤다.

"바람피운 거 사실 따지고 보면 네 잘못도 있었잖아!"

흥분감을 감추지 못한 음성이 차가운 대리석 벽을 치고 쩌렁쩌렁하게 울려 퍼졌다. 팔을 거머쥔 손이 뼈마디를 부러트릴 듯이 조여 왔다. 술기운에 젖어 초점이 명확치 않은 눈에는 그럼에도 날선 오기가 일렁이고 있었다.

"네가 너무 곁을 안 줘서 그런 거잖아! 내가 좋다고 따라다니니까 마지못해 만나 주는 것 같고, 그래서 내가 자꾸 서운하고 맘이 허해서 이렇게 된 거 아니야!"

언젠 죽을죄를 지었다더니, 이젠 외도의 원인이 결국 저란다. 책임을 전가하는데도 정도가 있는 것이지. 기막힘이 한계를 넘어선 나머지 시은은 더 이상 웃음조차 나오질 않았다.

"그래서."

잔뜩 흥분한 석준과는 대조되는 차분한 음성이 낮게 공기를 가로질렀다.

"뭘 어쩌자는 건데, 지금?"

참으로 냉소적인 질문이었다. 처지 분간 못 하고 날뛰려던 석준이 뒤늦게 당혹스런 표정을 지었다. 그런 그를 시은이 벌레 보듯 바라보았다. 잠시 할 말을 잃은 석준이 마지못해 손을 거두었다.

"뭘 어쩌자는 게 아니야. 난 그냥, 네가 내 진심을 너무 모르는 것 같아서. 그래서 네가 더 상처받고 힘들어하는 건가 싶어서."

"누가 상처받았대?"

석준이 또 한 번 대꾸하지 못하고 시은을 바라보았다.

"대체 누가 너 따위 때문에 상처받고 힘들어했냐고."

시은이 기막히다는 듯 웃으며 냉소적으로 말했다.

"착각하지 마. 너, 나한테 그 정도도 못 돼."

"너도 나 좋아했잖아."

석준이 확신에 찬 음성으로 시은의 말을 단호히 되받아쳤다. 분명 주어가 저인데, 너무도 뻔뻔한 발언에 시은은 할 말을 잃고 그를 올려다보았다. 미쳤냐, 는 소리가 목젖까지 치고 올라왔다.

"이 상황에 이렇게 말하면 네 입장에선 내가 존나 미친놈 같겠지만, 사실 나 그날 네가 화내 줘서 기뻤다. 네 맘에 내가 아주 없었던 건 아니었다는 걸 확인받은 것 같아서, 내심 기뻤다고."

석준에게로 향해 있는 시은의 눈동자가 텅 빈 유리병처럼 허했다.

"넌 자꾸 아닌 척하지만 너도 실은 힘들잖아. 나한테 미련 남잖아. 지난 일은 진짜 미안해. 네 마음 의심하고, 그 핑계로 한눈팔고. 진짜 내가 인간 말종이고 쓰레기였어. 하지만 이 일로 네 마음 확인했으니까, 이제라도 우리 다시 잘해 보면 안 될까?"

줄곧 표정이 없던 시은이 잠시 고개를 떨구며 비스듬히 한쪽 입꼬리를 올렸다. 어디까지 하는지 궁금해 잠자코 듣고 있었더니, 들을수록 가관이었다. 하지만 제 할 말 뱉기에 바쁜 석준은 앞에서 보란 듯 비웃고 있는 그녀의 얼굴이 전혀 눈에 들어오지 않는 듯했다. 아니, 어쩌면 침묵으로 일관하는 시은이 제 말에 동요하는 것이라 착각하고 있는지도 몰랐다.

"내가 정말 잘할게. 앞으로 절대 한눈팔지 않고, 너한테 잘할 테니까."

"이봐요, 김 대리님."

낮고 단조로운 음성이 석준의 말문을 막았다.

"뭔가 굉장히 큰 착각을 하고 있는 것 같은데."

시은이 비릿하게 올라간 입매를 숨기지 않은 채 고개를 들었다.

"나 댁한테 남은 미련 같은 거 없어요."

구구절절 기막힌 소리를 쏟아 내던 석준의 입이 잠시 멈췄다. 시은이 두 눈을 마주친 채 휘어진 입술 끝에 명백한 조소를 띠었다.

"아까 그랬지? 네가 바람피운 이유가 결국 나 때문이라고. 그래, 인정할게. 나 너 마지못해 만난 거 맞거든."

찬찬히 시은의 말을 귀에 담던 그의 표정이 점점 더 돌처럼 굳어져 갔다.

"날 만나는 동안 네가 느낀 감정. 그거 착각 아니야. 사실이야. 나 너 별로 안 좋아했어. 네가 하도 쫓아다니면서 한 번만 만나 달라고 애걸복걸하기에 귀찮아서 그냥 만나 준 거야."

"야, 윤시은."

석준의 굳은 얼굴 위로 수치심과 모멸감이 몰려들었다.

"아, 물론 너 만나는 동안 좋게 생각했을 때도 분명 있었겠지."

시은이 그처럼 말하며 좀 더 선명하게 웃었다. 그 미소가 오늘만큼 잔인하게 보였을 때가 없었다. 석준의 자존심을 보는 앞에서 있는 대로 밟아 내리면서도, 그녀는 담담하기 그지없는 투로 꿋꿋하게 제 할 말을 이어 갔다.

"적어도 그땐 네 마음이 진심인 줄 알았거든. 자그마치 2년을 쫓아다닌 사람이니까, 그런 너에게 티끌만큼의 애정이라도 가져야 그 절절한 진심에 보답하는 거라고. 그렇게 생각했거든. 애초에 진심 같은 건 가져 본 적도 없는 쓰레기인 줄은 모르고."

줄곧 웃고 있던 얼굴에서 그 순간 싸늘하게 표정이 사라졌다. 아무리 착각은 자유라지만, 염치와 분수를 모르고 부리는 착각은 어느 정도 그 싹을 잘라 줄 필요가 있었다.

"혹시나 해서 하는 말인데 나 네 옆에 어떤 년이 서 있어도, 네가 그년이랑 심지어 내 눈앞에서 벌거벗고 뒹굴어도. 이제 눈 하나 깜빡 안 해. 그러니까 너, 이제 마음 놓고 이년 저년이랑 몸 굴려도 돼."

온기 따윈 느껴지지 않는 눈으로 석준을 바라보았다. 술기운이 더 이상 느껴지지 않는 얼굴은 한마디로 처참했다. 그 표정을 냉소적인 시선으로 샅샅이 훑어 내리며 시은이 또 한 번 분명하게 말했다.

"어때? 이 정도면, 내가 정말 너한테 남은 미련 따위 없다는 거 확인된 거지?"

석준은 대꾸할 의지를 잃은 듯했다. 좀 심한가 싶은 생각도 들었지만, 그렇게 호되게 뿌리쳤음에도 끈질기게 사람을 괴롭힌 대가라 생각하기로 했다. 시은은 입을 꾹 다문 채 파들거리고 있는 석준을 차갑게 외면하며 그에게서 몸을 돌렸다. 이로써 제발 제 모자란 선택의 지긋지긋한 후폭풍도 막을 내리기를 바랐다.

시은은 착잡한 얼굴로 허공을 보며 발걸음을 옮겼다. 마지막에 제 눈에 담겼던 석준의 표정을 떠올리며, 지난 인연을 꼭 이런 식으로 마무리 지어야 되는 건지 문득 회의감이 밀려들었다.

아름다운 이별을 바란 건 아니지만, 그냥 어느 정도 선에서 피차 불편하지 않은 방향으로 적당히 마무리 지어지길 바랐는데……. 사람 간의 일이란 무엇 하나 마음대로 되는 법이 없었다.

낮게 한숨을 뱉으며 좁은 길을 빠져나와 홀 쪽으로 연결되는 문을 통과하려던 때였다. 더운 체온이 갑작스레 손목 위로 휘감겼다. 황급히 옆을 돌아보자, 낯익은 얼굴이 새겨 들어왔다.

"정우……."

붙잡힌 손목이 거칠게 당겨졌다. 잔뜩 굳은 얼굴의 정우가 시은을 이끌고 식당 후문 쪽으로 걸어 나갔다. 언뜻 비친 옆얼굴이 이루 말할 수 없이 서늘했다. 경황없는 표정으로 주변을 살피는 그녀를 정우가 다짜고짜 끌고 나와 인적이 드문 벽 쪽으로 몰아세웠다.

"정우 씨, 갑자기."

"김 대리랑 무슨 얘기 한 거예요?"

정우의 낯빛을 살피던 시은이 하던 말을 잇지 못하고 눈을 들었다. 검푸른 안광이 섬뜩했다. 옅은 알코올 향이 코끝에 닿았으나 뱉는 음성도 뻗어 오는 시선도, 취한 사람이라 치기엔 너무나 멀쩡했다.

"아, 그게……."

화장실에서 이어지는 통로가 길어 미처 몰랐는데, 정우가 그 너머에서 둘을 지켜보고 있었던 모양이었다. 시은이 사뭇 당황한 얼굴로 선뜻 말을 뱉지 못하고 입술만 뻐끔댔다. 석준과 어떤 부정한 행동을 한 건 아니었지만, 단둘이 있는 상황을 정우가 보았다는 사실만으로도 마음이 불편해졌다.

그때, 정우의 팔이 시은의 양옆으로 뻗어 왔다. 시은이 놀란 눈으로 그를 바라보았다. 벽과 그 사이에 그녀를 가둔 채 정우가 위협적인 기세로 코앞까지 얼굴을 붙였다.

"무슨 얘기 한 거냐고, 물었어요."

마치 치미는 불덩이를 혀 안에 뭉개어 뱉는 듯한 음성이었다. 마주한 눈동자가 검은 먼지 더미처럼 탁했다. 눈을 마주치고 있기 버거울 정도의 화기에 시은은 저도 모르게 시선을 피했다.

그는 지금 굉장히 화가 난 상태였다. 괜한 소리로 자극했다간, 자칫 잘못하면 터져 버릴지도 몰랐다. 크게 숨을 들이마신 시은이 애써 평정심을 되찾으며 차분히 입을 열었다.

"별거 없어. 그냥 얘기 좀 하자고 또 붙잡고 늘어지기에 평소처럼 거절하고 나온 것뿐이야."

"그래서."

턱 끝이 들렸다. 여린 턱을 쥔 채 가만히 시야를 앗아 오는 검은 눈동자가 냉혹했다.

"김 대리는 앞으로 어떡하겠다고 하던가요? 그만 질척거리겠대요?"

말투 자체는 충분히 정중했음에도, 시은은 왠지 모르게 등골이 서늘해졌다. 평소의 그가 아니었다. 저도 모르게 뒷걸음질을 쳤으나 닿는 건 오로지 차디찬 벽뿐이었다.

입 안이 바싹 마르고 조갈이 밀려든다. 턱에 닿은 정우의 손을 지그시 붙잡아 내리며, 시은이 애써 태연하게 말했다.

"모르지, 그야. 아무리 매몰차게 굴어도 또 좀 지나면 철면피처럼 뻔뻔스럽게 나오는 게 그 인간 특기잖아."

정우에게선 잠시 말이 없었다. 낮의 일도 그렇고. 하필 그가 예민한 날에 이런 모습을 보인 것이, 제 탓이 아님에도 시은은 마음이 불편했다. 기분 상했을 그를 이해하기에 충분히 다독여 주고 싶지만, 딱히 이렇다 할 위로의 방법이 떠오르질 않았다. 차라리 별일 아니라는 듯 무던하게 굴면 그가 신경이 덜 쓰일까 싶었다.

"그냥 신경 쓰지 마, 정우 씨. 저 인간 저러는 거 하루 이틀 일도 아니고. 충분히 알아듣게 얘기했으니까, 혹시 또 치근대더라도 그냥 전처럼 무시하면."

"하루 이틀 일이 아니니까, 문제인 거잖아요."

낮게 으르렁거리는 음성에서 가까스로 억누르고 있는 분노가 느껴졌다. 하루 이틀 일이 아니라……. 틀린 말은 아니었기에 뭐라 해야 할지 시은은 난감해졌다. 그때, 그다지 멀지 않은 곳에서 귀에 익은 목소리들이 들려왔다.

"아, 자리가 당최 끝날 생각이 없어 보이네."

"한창 흥 오른 것 같은데 쉽게 끝내려고 하겠어요? 보아하니 2차 갈 것 같던데, 그때 적당히 눈치 봐서 빠지죠. 뭐."

회사 사람들이 바람을 쐬러 잠시 밖으로 나온 모양이었다. 잊고 있던 사실이 문득 인지되며 마음이 초조해졌다.

"정우 씨. 기분 안 좋은 건 잘 알겠는데 우리 나머지는 집에 가서 얘기하자."

시은이 정우의 팔을 붙잡아 끌며 달래듯이 말했다. 다행히 장소가 외져서 저들 눈에 띄지는 않는 것 같았지만, 이런 상태로 누굴 마주치기라도 했다간 다음 날 구설수를 피하기 힘들 터였다.

"이러다 둘이 같이 있는 거 누가 보기라도 하면."

"대체 언제까지 다른 사람들 눈치 봐 가면서 만나야 돼요?"

건조한 음성이 시은의 말을 가로막았다. 초조하게 주변을 살피고 있던 시은의 표정이 굳었다.

"그게 무슨 소리야, 지금?"

"대체 언제까지."

매섭게 구겨진 눈동자가 그 순간 사납게 시야를 관통했다.

"다른 사람들 시선 때문에 그 자식이 당신한테 치근대는 꼴을 보고만 있어야 하냐구요!"

목구멍을 긋고 거칠게 빠져나온 음성이 차갑게 얼어붙은 공기를 뒤흔들었다.

시은의 잘못이 아니라는 걸, 정우도 알고 있었다. 그녀는 충분히 할 만큼 하고 있다는 사실 또한 안다. 그럼에도 오전에 이어 회식 장소에서까지 김석준이 하는 그 구역질 나는 짓을 지켜만 봐야 하는 심정은 한마디로 참담했다. 피가 거꾸로 솟는 것만 같았다.

"언젠간 그만두겠지. 원래 그런 인간이니까, 우리가 참아야지. 사람들 보는 눈이 있으니까 비밀로 해야지. 알려지면 곤란하니까 숨겨야지! 대체 언제까지!"

원망할 상대를 목전에 두고도 차마 쏟아 내지 못한 분노가 애꿎은 그녀에게로 날아가 꽂혔다.

"다 참고, 두고 보고 있어야 되는 거냐구요."

질투에 눈이 멀어 일어난 치기 어린 마음이 그렇듯 다듬어지지 못한 상태로 날을 세웠다. 맹렬하게 들끓는 화기가 목젖까지 치고 올라왔다. 가까스로 눌러 삼킨 울화가 쓰린 속을 까맣게 태워 간다. 새까만 어둠 속에서 검푸르게 빛나는 눈동자가 잿더미가 되어 스러져 버릴 것처럼 위태위태했다.

차갑게 마주 선 둘 사이로 바람이 지나갔다. 분노에 멀어 있던 두 눈동자에 파리한 얼굴의 그녀가 비쳤다. 뒤늦게 눈에 들어온 낯빛이 차디찼다. 문득 심장이 오그라들었다. 시은의 탓으로 돌리고자 했던 건 아닌데. 시은을 몰아세우고 싶었던 건 아닌데. 자신도 모르는 사이, 모든 원망을 그녀에게 돌린 꼴이 된 것 같아 때늦은 후회가 밀려왔다.

"윤⋯⋯."

"다 알고서 시작한 거잖아."

습관처럼 호칭을 뱉던 말 위로 시은이 차갑게 뇌까렸다.

"이럴 줄 다 알면서, 그래도 괜찮으니까, 나랑 시작한 거 아니었어?"

마주한 눈빛이 공허했다. 잊고 있던 사실이 떠오르며 정우는 순간 말문이 막혔다. 사리문 잇새로 낮은 한숨이 흘렀다.

"그랬죠. 그랬었죠. 하지만."

"정우 씨가 화나는 건 얼마든지 이해해. 나 같아도 화날 거야. 하지만."

시은이 지친 눈으로 그를 올려다보았다.

"회사 내에선 아직도 난 김석준 전 여자 친구고 이 시점에 우리 관계가 밝혀져 봤자 좋을 거 없다는 거. 정우 씨도 뻔히 잘 알잖아."

뱉는 음성이 권태롭기 그지없었다. 정우는 잠시 아무 말도 하지 못하고 빤히 그녀를 바라만 보았다.

알고 있다. 당사자들에겐 이미 끝난 관계라도 타인들에겐 여전히 그 이별조차 현재 진행형임을. 하지만 그들 때문에 시은이 석준에게 시달리는 걸 보고만 있어야 하는 정우의 심정은 뭐라 설명할 수 없이 비참했다.

제 여자였다, 시은은. 김석준이 아니라, 민정우의 여자였다.

그러나 그녀는 그 사실이 남들에게 알려지길 원치 않아 했다. 그 마음이 납득이 되면서도, 한편으론 서운하고 숨길 수 없이 화가 났다.

"그럼, 계속 이렇게 그 자식이 하는 꼴을 말없이 지켜보고만 있어요?"

"물론 쉽진 않겠지. 하지만 어쩔 거야? 사람들한테 우리 둘 사귀는 사이라고 알릴 순 없잖아. 게다가, 내가 아무 말 없이 김 대리를 받아 주고 있는 것도 아니고 나 나름대로도 지금 할 만큼 하는 중인데. 그런데도 통제되지 않는 범위까지 문제 삼아 이렇게 나한테 화를 내면."

시은이 잠시 하던 말을 멈추고 이마를 쓸더니 곧 냉정한 어조로
덧붙였다.

"그건 결국 나랑 끝내자는 것밖에 안 돼."

그가 화난 이유야 그녀도 충분히 이해했다. 하지만, 매번 똑같
은 문제로 충돌이 생긴다면 머지않아 둘의 관계엔 균열이 생길 게
뻔했다.

싸늘한 침묵이 내려앉으며, 외면하듯 돌아선 얼굴로 빤한 시선
이 닿는 게 느껴졌다. 상대가 상처받았을 수도 있다는 걸 알았지
만, 석준과의 실랑이로 지친 상태에서 정우마저 날을 세우고 달려
들자 급격히 피곤감이 몰려들었다.

설득하고 달래고자 하는 의지조차 바닥이 났다. 어째서 석준으
로 인해 서로가 반목해야 하는 것인지. 이 불필요한 감정 소모가
그저 답답하고 짜증 났다. 서로 좀 감정이 상하더라도 이로써 이
결론 없는 싸움을 그칠 수만 있다면, 차라리 그 편이 낫겠다는 생
각이 들었다.

"그 말이."

무심히 허공을 담던 눈동자가 나직이 귓바퀴를 도는 음성을 따
라 정면으로 향했다. 상처 입은 짐승처럼 창백한 시선이 눈앞을 드
리웠다.

"끝내자는 말이."

불필요한 감정 소모일 뿐이라고. 그러니 명쾌한 결말을 위해 약
간의 상처쯤이야 필수불가결한 것이라고 되뇌던 마음이 마주친 눈
동자에 의해 송두리째 부서져 내렸다.

"그렇게 쉽게 나와요?"

냉정함으로 무장돼 있던 시은의 얼굴이 삽시간에 흐트러졌다.

"그게 아니라, 정우 씨. 예를 들면 그렇다는."

"당신은 그걸."

늦가을의 밤바람보다도 더 서늘한 목소리로 그가 말했다.

"그렇게 아무렇지 않게 예로 들고, 또 아무렇지 않게 입 밖으로 뱉을 수가 있구나."

공허하게 퇴색된 눈이 아프게 시야를 찌른다. 왼쪽 가슴이 욱신, 죄어 왔다. 심장이 뜯겨 나간 짐승처럼 상처로 얼룩진 눈으로 그녀를 바라보는 정우를 보고서야 시은은 뒤늦게 깨달았다.

제가 방금 무슨 짓을 한 것인지. 더 사랑받는 자의 이기심과 교만함으로, 그에게 어떤 흉기를 휘두른 건지.

"먼저 가 볼게요."

"정우 씨."

딱딱한 인사말을 끝으로 돌아서는 그를 시은이 다급히 불렀다. 하지만 이미 돌아서 버린 그는 한번 보인 등을 쉽게 되돌리지 않았다.

식당 안쪽으로 들어서는 뒷모습이 두터운 얼음벽에 휩싸인 듯 시렸다. 그가 먼저 제게 등을 보인 것도, 저토록 싸늘하게 돌아서 버린 것도 처음 있는 일이라 당혹스러웠다. 지금이라도 그를 불러 세워 실수였다고 사과를 해야 하나 고민하던 찰나.

"정우……."

"윤 주임?"

막 그를 향해 뻗어 나가려던 발걸음이 그 자리에 우뚝 섰다. 돌아보자, 막 화장실에서 나오던 한 대리가 식당 후문으로 들어서는 시은을 보곤 의아한 표정을 짓고 있었다.

"잠깐 화장실 좀 다녀오겠다더니 여태 어디서 뭐 하고 있었어?"

"아. 저 잠깐 바람 좀 쐬느라."

"바람? 자기 아까 보니까 술도 거의 안 마시는 것 같던데, 어디 아픈 거야?"

"그런 건 아니고요. 한 대리님, 저 잠깐만."

서둘러 대꾸를 마치곤 그녀는 초조한 눈초리로 홀 쪽을 바라보았다. 어느새 정우의 뒷모습이 더 이상 눈에 들어오지 않았다. 입구 쪽에서 흘러든 차가운 밤바람이 온몸을 싸늘하게 훑고 지나갔다. 왼쪽 가슴으로 한기가 스미는 것 같았다. 마지막으로 눈에 담았던 시린 등이 날카로운 파편처럼 갈빗대를 찔러 들어왔다.

대체 무슨 짓을 한 거니, 윤시은.

두 눈이 매섭게 구겨져 감겼다. 뒤늦게 밀려드는 후회에 시은은 아무 말도 하지 못하고 제 못난 입술만 질끈 깨물었다.

✳ ✳ ✳

유독 공허했던 주말이 지나고 월요일이 돌아왔다.

주말 동안, 정우에게선 아무런 연락도 오질 않았다. 먼저 전화를 걸어 볼까도 싶었지만 무슨 말로 입을 열어야 될지 생각이 나질 않아 차마 그러지도 못했다. 사무실에서 몇 번 눈이 마주치고도 보는 눈이 많아 다가가 말을 걸 수도 없었다.

점심시간, 지하 구내식당에서 식사를 하면서도 시은의 주의는 온통 정우에게로 쏠려 있었다. 그녀는 힘없는 손길로 반찬 사이를 뒤적이다가, 식사 중인 사람들 틈에서 살짝 고개를 들었다. 같은 테이블 맞은편 끝에 앉은 정우의 얼굴이 눈에 들어왔다.

그와 만남을 시작하면서 항상 먼저 연락을 취했던 것도, 집에 찾아왔던 것도, 손을 뻗어 온 것도 모두 그랬다. 그래서 시은은 지금 제게 벌어진 이 같은 상황이 그저 막막하기만 했다. 어떻게 그에게 사과를 해야 하는 건지, 어떻게 먼저 손을 뻗어야 하는 건지, 아무것도 생각이 나질 않았다. 항상 받는 것에만 익숙해 왔기 때문이다.

그래도 이 와중에 그나마 다행인 것이 있다면, 석준이 더 이상 그녀에게 다가와 추근거리지 않는다는 것이었다.

지난 금요일 밤의 대화가 적잖게 충격이긴 했는지, 석준은 오늘 아침부터 잔뜩 성이 난 눈으로 시은을 쏘아볼 뿐 더는 그녀에게 말을 붙이지 않았다. 하기야, 그런 말을 듣고도 또 다가와 말을 건다면, 자존심도 뺄도 태초부터 없었던 놈이라 봐야겠지.

석준과의 일이 이렇듯 일단락되었음에도 시은은 어젯밤부터 먹먹한 마음이 쉬이 가시질 않았다. 이젠 정말로 정우의 눈에 거슬릴 일 같은 건 생기지 않을 것 같은데, 그 사실을 허심탄회하게 나눌 이가 곁에 없는 탓이었다.

대체 어떻게 해야 하는 걸까. 어떻게 해야 그의 마음이 풀릴까. 어떤 말로 다가가 이 마음을 전해야 하나.

거의 건드린 것이 없는 식판을 멍하니 바라보며 남모를 한숨을 내뱉고 있을 때였다.

"오늘 다들 시간 좀 어때요? 근처에 맛있는 파스타집 생겼다고 해서 시간 되는 사람들끼리 저녁이나 먹을까 하는데."

옹기종기 모여 앉아 담소를 나누는 틈에서 여직원 하나가 말했다.

"난 별일 없긴 해. 월요병 도져서 안 그래도 의욕 없던 차에 잘

됐네. 모처럼 부서 여직원들 단합 좀 할까?"

"어떡하죠? 전 오늘 집에 일이 있어서 안 되는데."

"그래? 하는 수 없지. 윤 주임은 오늘 끝나고 뭐 해?"

"네?"

사색에 잠겨 힘없이 젓가락을 놀리고 있던 시은이 뒤늦게 고개를 들었다. 한 대리가 살갑게 웃으며 말했다.

"시간 괜찮으면 같이 저녁이나 먹자. 민선 씨가 근처에 맛있는 파스타집 알아 놨대."

"아……."

시은은 선뜻 대답하지 못하고 잠시 정우에게로 시선을 옮겼다. 평일이면 항상, 그와 지하 주차장에서 만나 그의 차를 타고 함께 집으로 가곤 했다. 약속을 한 건 아니지만 언제부턴가 저녁 시간은 그와 함께 퇴근하고 함께 시간을 보내는 것이 당연한 일이 되고 말았다.

현재는 냉전 중이라 오늘 저녁엔 어떻게 될지 알 수 없었지만, 시은은 어쩐지 오늘을 놓치면 어제의 실수를 정말 돌이키기 힘들 것 같다는 예감이 들었다. 더 이상 서툴다는 이유로 둘의 관계에서 도망만 칠 수는 없었다.

"죄송해요. 전 선약이 있어서."

"선약?"

"네."

시은이 앞에 놓인 티슈 통에서 티슈 한 장을 뽑아 입술을 닦았다.

"데이트하기로 했거든요. 남자 친구랑."

"남자 친구?"

생각보다 높게 뻗어 나간 한 대리의 음성에 함께 식사 중이던 주변인들의 시선이 집중되었다. 차분하던 분위기가 한순간에 술렁이는 게 느껴졌다.

시은은 조금은 당황한 얼굴로 주변을 돌아보았다. 이렇게까지 떠들썩하게 만들려던 건 아닌데 상황이 의도와 다르게 돌아가고 말았다. 주변을 살피던 눈이 잠시 한곳에서 정지했다.

다른 테이블에서 식사 중이던 석준도, 같은 테이블 끝에서 말없이 앉아 있던 정우도, 한결같이 시은을 바라보고 있었다. 그녀의 시선은 정우에게서 붙박인 듯 멈췄다.

겨우 이틀밖에 되지 않았는데, 너무나 오랜만에 마주한 것처럼 시선이 닿은 것만으로도 가슴 한구석이 아려 왔다. 이 이상 그를 안 보고 버텨 낼 재간이 없었다.

"뭐야, 윤 주임. 그새 남자 친구 생겼어?"

맞은편에 앉아 있던 박 대리가 기함한 표정으로 물었다. 그새, 라는 말에서 잠시 망설여졌지만 시은은 이내 주저함을 떨치고 단호히 대꾸했다.

"네."

"정말? 대박이다."

잔을 들어 마른 목을 축였다. 여기저기서 웅성거리는 소리가 들려왔다. 소곤거리는 음성들에 귓속이 간지러웠다. 헤어진 지 얼마나 됐다고 그새 남자 친구가 생긴 그녀를 가볍다 욕하는 중일지도 몰랐다. 섣부른 행동이었나. 뱉기 무섭게 후회가 밀려왔지만, 곧 마음을 고쳐먹었다. 이미 물은 쏟아져 버린 후였고, 제가 할 수 있는 일이란 그 물을 책임감 있게 잘 닦아 내는 것뿐이었다.

"잘됐네. 축하해, 시은 씨."

애꿎은 잔 위를 매만지며 더 이상 아무 말도 못 하고 있는 시은의 귀에 생각지 못한 말이 흘러들었다. 시은은 잠시 제 귀를 의심하며 고개를 들었다. 진심으로 기뻐하는 낯의 한 대리가 보였다. 시은의 어깨를 툭 치며 그녀가 소리 높여 말했다.

"안 그래도 웬 똥파리 하나가 들러붙어서 더럽게 안 떨어진다 싶었는데, 정말 잘됐어!"

부러 소리를 높인 듯한 한 대리의 음성에 구내식당 안이 쩌렁쩌렁하게 울렸다. 그렇게 말하는 그녀의 시선은 오른편 다른 테이블에서 매섭게 시은을 겨누고 있는 석준에게로 향하고 있었다. 동시에 한 대리의 축하가 물꼬라도 틔운 듯, 여기저기서 축하한다는 말들이 쏟아져 나왔다.

고작 남자 친구 생겼다는 소식에, 그것도 석준과의 일로 상황이 좋지 않을 때에 이런 반응들이라니. 예상치 못한 결과에 어리벙벙해 있는데, 불현듯 산통 깨는 소리가 들려왔다.

"거 참 밥 먹는데 더럽게 시끄럽네!"

석준이 있는 대로 성을 내며 자리를 박차고 일어섰다. 그런 그의 뒤로 함께 혀를 차며 따라나서는 이들이 보였다. 모든 이들의 반응이 호의적일 거라 생각진 않았기에 시은은 크게 신경 쓰지 않았다. 그보다도, 그녀가 이처럼 용기를 낸 이유의 전부인 단 한 사람의 반응만이 가장 중요했다.

시은은 천천히 고개를 돌려 정우가 있는 쪽을 바라보았다. 그 역시 이미 한참 전부터 그녀를 응시하고 있었던 듯, 시선을 향하기 무섭게 눈이 마주쳤다. 줄곧 경직되어 있던 그녀가 그를 보며 먼저 입가를 당겼다.

나 잘했지?

시은이 조금은 애교 있게 고개를 갸웃하며 그를 보고 웃었다. 마주한 얼굴은 여전히 무표정했지만, 그에게선 더 이상 냉기가 느껴지지 않았다. 오히려 뜨겁고 정제되지 않은 열감이 맞닿은 시선을 타고 고스란히 전해져 왔다.

비로소 마주 본 눈동자 위로 굳이 말하지 않아도 통하는 진심이 피어났다. 시은이 처음으로, 먼저 정우에게 손을 내민 순간이었다.

✱ ✱ ✱

식사 시간은 시은의 연애 이야기로 잔뜩 소란스러워졌다. 떠들썩한 분위기가 부담스러워, 그녀는 일행들보다 좀 더 일찍 식사를 마무리 짓고 그 자리를 벗어났다.

부담스런 분위기 속에서 밥을 먹어 그런지 좀처럼 소화가 안 되는 것 같았다. 화장실에 들러 양치를 하고 자리에서 동전 지갑을 들고 나왔다. 탄산음료라도 하나 마셔야 속이 좀 개운해질까 싶어 동전 몇 개를 꺼내어 들고 자판기로 다가갔다.

그나저나 그 정도면 화가 풀린 거겠지?

식당에서 마주쳤던 정우의 눈빛을 떠올리며 시은은 그의 마음을 가늠해 보았다. 눈빛으론 분명 풀린 것 같은데 아직 확인되지 않은 상황이라 여전히 신경이 쓰였다. 이따가 메시지라도 보내 볼까 생각하고 있던 그때, 돌연 손목이 붙잡혔다. 시은이 놀란 얼굴로 옆을 돌아보았다. 정우였다.

"정우……."

무어라 말을 더할 틈도 없이 손이 당겨졌다. 갑작스런 그의 행동에 시은이 서둘러 주변을 살폈다. 누군가와 새롭게 연애 중인 사실이 막 사람들에게 알려진 참이라 조마조마하지 않을 수 없었다.

분명 화가 난 것 같진 않은데. 갑자기 무슨 일이지?

시은이 초조한 얼굴로 주변을 살폈다. 차마 그를 뿌리치지 못하고 이끌리다시피 걸어가자 정우가 비상계단 안으로 들어갔다. 쾅, 하는 굉음과 함께 문이 닫혔다.

"잠깐만, 누가 보기라…… 읍!"

순식간에 입술이 가로막혔다. 뜨거운 호흡이 거칠게 입 안을 밀고 들어왔다. 여유 없는 혀끝이 그녀의 치열을 샅샅이 훑고 숨결을 앗아 갔다. 벽 쪽으로 시은을 몰아붙인 채 정우가 찰나의 틈도 주지 않고 입술을 부딪쳤다.

"아…… 정……."

짤랑— 들고 있던 동전 몇 개가 손으로부터 이탈해 바닥을 나뒹굴었다. 숨 쉴 겨를도 없이 몰아치는 입맞춤에 호흡이 가빠졌다. 불길처럼 뜨거운 손이 그녀의 뒷목과 허리를 바싹 안아 당겼다. 폭염 같은 열기에 몸이 흘러내릴 것 같았다.

혀끼리 난잡하게 엉키었다 풀리는 소리가 밀폐된 공간을 질척하게 울렸다. 그의 더운 체온이 그녀의 몸마저 흠뻑 적셨다. 소나기처럼 퍼붓는 키스에 머릿속이 멍했다. 집요하게 물고 빨고 핥으며, 그가 그녀의 오감 곳곳을 잠식했다. 파르르 떨리는 손끝이 그의 옷깃을 꽉 움켜쥔다. 아슬아슬한 긴장감이 흥분감을 극강까지 고조시켰다. 그 감각에 이성마저 흐려져, 이대로 그의 품에 안겨 녹아 버렸으면 좋겠다는 배덕한 마음마저 들었다. 하지만 그러기엔 장소가 너무나 오픈되어 있는 상태. 높게 연결된 곳의 어딘가에서 전해진 희미한 인기척에 시은이 뒤늦게 정신을 차리고 다급히 그를 밀어냈다.

"자, 잠깐."

그의 옷깃을 거머쥔 손이 타는 듯한 긴장감을 품고 파들거렸다. 붉게 상기된 얼굴에서 가쁜 호흡이 터져 나왔다. 직전의 입맞춤이 얼마나 격렬했는지 알려주듯, 젖은 입술이 따끔거렸다. 심장이 터질 것처럼 뛴다. 그 소리가 비상계단 안에서 메아리쳐 울리는 것만 같았다.

"이러다 사람들이라도 들어오면."

"그럼 다른 데로 갈래요?"

"뭐?"

시은이 당혹스런 얼굴로 고개를 들었다. 그런 그녀의 눈앞에 정우가 바싹 얼굴을 붙여 왔다.

"나 지금, 키스만으로는 도저히 못 끝낼 것 같은데."

뜨겁게 쏟아져 나온 거친 숨결이 젖은 입술 위로 탁하게 부서졌다. 단정한 안경 너머에서 뻗어 나오는 시선의 빛이 포식자의 그것처럼 노골적이다.

"어떡할까요?"

눈빛과는 어울리지 않는 정중한 어투로 그가 물었다.

"뭘……."

어떡하자는 거냐고 반문하려는 입술 사이로, 그의 손가락이 기민하게 파고들었다. 벌어진 입술 안쪽으로 밀려드는 더운 호흡에 얼굴이 화르륵 달아올랐다. 고작해야 호흡일 뿐인데 그의 혀가 탐할 때보다도 더 적나라하고 야릇한 느낌이 들었다.

"무슨 뜻인지, 몰라서 묻는 거 아니잖아요."

아랫입술을 지그시 눌러 벌리며 그가 또 한 번 입술을 밀착해 왔다. 문득 배 아래가 뻐근해졌다.

"당신도 허락 없이 나 흔들었으니까."

아슬아슬하게 벌어진 입술 안쪽으로 그가 혀를 내밀어 할짝 핥아 냈다.

"나도 허락 따윈 안 구할 거예요."

마주한 시선을 꽉 옭아맨 채, 정우가 입술에 닿았던 손을 내려 시은의 손목을 붙잡았다. 마디 굵은 손이 가느다란 손가락 사이사이로 치밀하게 얽혀 들었다. 눈이 마주치고, 그가 말했다.

"따라와요."

붙잡힌 손이 당겨지며 비상계단의 문이 또 한 번 닫혔다.

9

미처 불을 켜지 못한 밀실은 어두웠다. 좁게 난 창 사이로 들어오는 희미한 빛을 따라 부연 먼지가 떠다녔다. 평소라면 들어오자마자 전등 스위치를 켜고 환기부터 시켰을 텐데, 오늘 시은에겐 그럴 여유조차 주어지질 않았다.

"정······!"

다급한 음성이 터져 나오기 무섭게 어둠 속으로 사라졌다. 아니, 정확히는 정우의 입 안이다. 망설임을 뱉는 입술 새로 파고든 혀가 시은의 숨결을 거칠게 앗아 갔다. 가쁜 숨소리가 적막한 공기를 거칠게 뒤흔든다. 불안한 가운데서도 야릇하게 퍼져 나가는 감각들에 심장이 터져 버릴 것만 같았다.

시은을 이끌고 비상계단을 빠져나온 정우는 사람들의 눈을 피해 기어이 창고로 들어왔다. '설마' 하는 생각은 망설이는 사이 '역시'가 되어 버렸고 저항할 기회를 놓친 그녀에게 선택권 따윈 주어지지 않았다.

"하아, 정우…… 흡."

무자비하게 헤집고 들어오는 혀를 타고 뜨거운 숨이 흘러들었다. 여유 따윈 느껴지지 않는 손이 품에 갇힌 낭창한 실루엣을 더듬었다. 입 안을 헤집고 들어와 집요하게 당기어 가는 힘에 혀뿌리가 얼얼할 지경이다.

벽으로 그녀를 밀친 채 정우는 여유 없이 그녀를 탐했다. 뜨겁게 훑어 내리는 손안에 몸 곳곳이 새겨지는 것만 같았다. 열기에 잠식당한 의식이 조금씩 멍해졌다. 그가 입술을 옮겨 목덜미에 이를 박았다. 아릿한 통증이 쾌감이 되어 번진다. 아— 하고 앓는 소리가 새 나갔다. 그사이, 민첩한 손이 단단하게 채워져 있던 셔츠 원피스의 단추를 툭 풀었다. 시은이 화들짝 놀라 그를 밀쳐 냈다.

"뭐, 뭐 하려는 거야? 지금?"

뒤늦게 경계 태세를 갖추며 붉게 상기된 얼굴로 그를 바라보았다. 창고로 끌고 올 때부터 어렴풋이 예상은 했지만 정말 여기서 이런 일이 벌어질 줄은 몰랐다. 아니, 그보다도 자신마저 이성을 잃고 그에게 휘말릴 거라곤 예상치 못했다고 하는 편이 옳았다.

미쳤어, 윤시은.

당혹스런 얼굴로 흐트러진 옷매무새를 다급히 추스르려는데 손이 붙잡혔다.

"미리 경고했잖아요. 키스만으론 못 끝낼 것 같다고."

그렇게 말한 뒤 그가 또다시 입술을 밀착했다.

"더는 안 돼."

닿기 직전에 손을 뻗은 시은이 그의 입술을 간신히 막아 냈다. 완고한 얼굴을 한 채 그녀가 말했다.

211

"아무리 급해도 그렇지 어떻게 여기서."

상상만으로도 얼굴이 달아올랐다. 아무리 아슬아슬한 게 사내 연애의 묘미라지만, 이 이상은 무리였다.

"그러니까 일단 진정하고."

민망함에 애써 돌리고 있는 고개 끝이 그의 손길에 붙잡혀 정면을 향했다.

"진정길 바라는 사람이 사람들 다 있는 앞에서 그런 말을 해요?"

검게 가라앉은 시선이 시야를 드리웠다. 턱을 쥔 손의 온도가 델 것처럼 뜨겁다. 시은이 떨리는 숨결을 참고 입을 열었다.

"내가 뭐라고 했는데?"

"남자 친구."

귀 끝을 스치는 간지러운 단어에 숨이 훅 들이켜졌다. 뺨이 불길이 스친 듯 화끈거렸다.

"그, 그건 사람들을 거절할 만한 마땅한 이유가 생각이 나질 않아서……."

"정말 그게 전부예요?"

정우를 밀어내고 있던 시은의 손이 그의 손에 되레 붙잡혀 당겨졌다. 붙잡아 올린 손끝에 가만히 입을 맞추며 그가 두 눈을 들어 똑바로 시선을 맞추었다.

더운 숨이 야릇하게 손끝을 간질인다. 심해처럼 짙고 검은 눈동자가 창피함에 숨어드는 의식을 치밀하게 관통했다. 깊숙이 숨겨 놓았던 진심이 그 무자비한 시선 아래서 바닥까지 들춰지더니 결국 더는 숨지 못하고 그의 코앞까지 딸려 나왔다.

지난 주말 동안, 시은은 그가 참을 수 없이 그리웠다. 이젠 제 것처럼 익숙해져 버린 체온과 숨결이, 안락한 안식처처럼 그녀를 감싸 주는 너른 품이, 마주할 때면 오롯이 저만을 바라보는 짙은 눈동자가 온종일 머릿속을 지배했다. 그리고 비로소 깨달았다. 애써 선을 긋고 경계해 봤자 이미 늦어 버렸다는 걸. 더는 적당히, 어느 선까지만. 그렇게 한계를 두고 그를 받아들일 수 없다는 사실을.

아마도 그 또한 그걸 알고 있을 테지. 자신을 이렇게 만든 것이 바로 그였으니까.

시은은 결심 어린 눈으로 그를 바라보았다. 더는 어중간하게 발을 빼고 싶지 않았다. 쌍방이 느끼는 이 끌림을 더 이상 부정하는 건 승패가 결정 난 줄다리기의 끈을 놓지 못하고 있는 것과 같은 짓이었다.

"아니."

무의미한 반항 따윈 그만둔 채 시은이 그의 뺨을 감싸 쥐었다.

"화해하고 싶었어. 그리고……."

작은 손바닥으로 매끄러운 턱을 쓸며 진심 어린 눈으로 그를 올려다보았다.

"보고 싶었어. 떨어져 있는 시간 내내."

그 순간, 정우는 마지막 남은 이성이 송두리째 휘발되었다. 더는 참지 못한 그가 거칠게 입술을 부딪쳤다. 흥분감에 젖은 입술이 탐욕스럽게 그녀의 것을 빨아 당겼다. 뜨거운 혀가 말랑한 입술을 비집고 들어와 샅샅이 핥았다. 그의 목 뒤로 두 팔을 감으며, 시은이 무겁게 밀려드는 더운 숨을 기꺼이 삼켜 냈다.

유치했다. 그토록 화가 나고 서운해했으면서, 그의 존재를 인정하는 단어 하나에 이렇듯 주체할 수 없는 열기에 휩싸여 버린 스스로가 너무나도 유치했다. 하지만 굳이 이 마음을 참고 싶지는 않았다. 가까스로 확인한 그녀의 진심을 만끽하고 뼛속까지 되새기고 싶었다. 그녀의 몸 곳곳에 제 존재감을 새겨 넣고 이 관계를 견고히 하고 싶었다. 사랑을 하면 유치해진다는 말은 비단 다른 이들에게 해당되는 말만은 아니었다.

정우는 가느다란 허리를 부러트릴 듯 안아 당기며 그녀의 원피스 단추 위로 손을 옮겼다. 순식간에 단추 두어 개를 풀어낸 손이 옷깃을 들추고 서슴없이 그 안으로 파고들었다. 더운 손이 쇄골을 스치고 지나와 속옷 안으로 침범했다. 손끝에 바늘이라도 박힌 듯 그가 스치는 곳마다 따끔한 감각이 일어났다. 손안에 가득 차오르는 가슴을 보란 듯 주물거리며 그가 움푹 파인 쇄골 위로 입술을 묻었다.

"아……."

촉촉하게 젖은 입술 사이로 낮게 앓는 소리가 새어 나왔다. 앙상하게 도드라진 뼈 위를 그가 뜨겁게 흡입했다. 잘근 씹혀진 여린 살갗에 붉은 흔적이 생겼다. 아릿한 통증이 형용할 수 없는 야릇함으로 변모하여 전신으로 퍼졌다. 그에게 길들여진 몸이 그가 주는 자극 하나하나에 예민하게 반응했다.

단추가 풀린 원피스가 그녀의 어깨를 타고 흘러내린다. 어둡고 습한 밀실에서 제 손길을 따라 엉망진창으로 흐트러지는 시은의 모습이 정우는 참을 수 없이 고혹적이었다.

풍만한 젖가슴을 조이고 있는 속옷의 여밈을 풀고 느슨해진 브래지어 끈을 이 끝으로 물어 내렸다. 촉촉, 잘게 부서지는 입맞춤에 그녀가 나른한 한숨을 뱉으며 그의 머리카락 사이로 손을 집어넣었다.

머리카락으로 손을 파고드는 건 그녀가 흥분하고 있음을 나타내는 신호이자 습관이었다. 뒷머리를 감싸 당기는 힘이 강해질수록 흥분감도 함께 고조되고 있음을 의미했다. 그래서 그는 가느다란 손가락이 뒷머리를 감싸 오는 이 감촉이 좋았다. 시은이 그를 더 원하고 갈망하고 있음을 보여 주는 것 같아 흥분됐다.

정우는 잠시 고개를 들고 갑갑하게 매어진 넥타이를 느슨하게 풀어 당겼다. 젖은 살갗으로 달려드는 한기에 시은이 양손으로 몸을 감싸며 그를 응시했다. 그가 그녀에게서 한시도 눈을 떼지 않은 채 넥타이를 잡아 빼고 셔츠 단추를 풀었다. 마지막으로 안경마저 벗어 버리자 그 안에 자리한 검은 눈동자가 거칠 것 없이 시은에게로 가 박혔다.

마주한 시선을 올가미처럼 죄어 오는 눈동자에 그녀는 전신이 마비되어 버릴 것만 같았다. 흐트러진 모습이 자아내는 나른한 섹시함에 문득 조갈이 밀려왔다. 혀끝을 내밀어 저도 모르게 입술을 핥는 사이, 그가 벌어진 원피스 깃 사이로 그녀의 가슴 한쪽을 훌렁 꺼냈다.

"아."

시은이 수치심에 다급히 얼굴을 감췄다. 새하얀 젖무덤이 그의 눈앞에 여실히 드러났다. 그것을 터트릴 듯 움켜쥐는가 싶던 남자가 눈을 맞춘 채, 그 위로 지체 없이 입술을 내렸다.

"훗……."

더운 호흡이 부연 공기 위로 흩어졌다. 새하얀 젖가슴을 한껏 삼킨 그가 혀를 내밀어 딱딱해진 유두를 뜨겁게 핥아 올렸다. 다리 사이로 순식간에 습기가 고이는 게 느껴졌다. 배 아래가 팽팽하게 경직되었다. 언제 누가 침입할지 모르는 은밀하지만 오픈된 공간에서 그와 이런 행위를 하고 있다는 사실이 시은은 도무지 믿기지가 않았다.

아아, 말도 안 돼.

시은이 자꾸만 흐느낌이 새어 나오는 입술을 손등으로 틀어막으며 두 눈을 감았다. 사위가 어둠인 밀실 안에 그가 만드는 젖은 소리만이 음란하게 울려 퍼졌다. 그의 어깨를 짚고 있는 손끝에 바들 힘이 실렸다. 말도 안 되는 일이라 생각하면서도 몸은 이렇다 할 저항 없이 능욕적일 만큼 달아오르고 있었다.

허리를 안아 당기던 손이 치맛단을 들추는 게 느껴졌다. 잘 익은 앵두처럼 탱글거리는 유두를 그가 이 끝으로 아득 씹었다. 짜릿한 감각에 몸을 떠는 사이, 그가 팬티스타킹의 밴드 속으로 손을 집어넣었다.

"정우 씨."

시은이 파고든 손을 다급히 붙잡았다. 그가 집요하게 탐하던 가슴 끝을 놓고 고개를 들었다. 심장이 달리는 소리가 컴컴한 창고 안을 뒤흔든다. 가는 목소리 끝이 잘게 떨렸다.

"안 돼, 정말. 여기선 도저히……."

"왜 안 되는데요?"

나른한 속삭임이 말문을 막았다. 가깝게 밀착한 시선에서 단호함이 느껴졌다.

"몰라서 묻는 거야? 여기서 그런 게 가능할……."

"충분히 가능해요."

남자의 팔이 가두듯 그녀의 양 옆을 짚었다. 나약하게 올려다보는 시야에 대고 그가 사악하게 웃었다.

"확인시켜 줘요?"

동시에 반쯤 돌아선 등 뒤로 더운 품이 덮쳤다. 뿌리치려 했지만 그가 더 빨랐다. 그녀를 결박하듯 끌어안은 남자가 순식간에 치맛단을 들추고 밴드 사이로 손을 집어넣었다.

"봐요."

넓은 손바닥이 밀어낼 새도 없이 다리 틈을 파고들었다. 시은이 소스라치게 놀라며 몸을 비틀었다. 하지만 이미 침범해 버린 손은 순식간에 도톰한 살을 헤치고 아래를 꿰뚫었다.

"이렇게나 젖었으면서."

갈고리처럼 세워진 손끝이 애액으로 미끈대는 균열을 적나라하게 가르고 찌른다. 헐떡이는 숨이 가쁘게 입 밖으로 쏟아졌다.

"아직도 불가능하다고 생각해요?"

웃음기 어린 숨결이 진득하게 귓바퀴를 타고 돌았다. 차마 인정할 수 없어 입술을 깨물자, 젖은 거웃 속에 자리한 예민한 살점을 그가 짓궂게 눌렀다.

"아!"

짜릿하게 터져 나가는 쾌감에 다리에 힘이 빠졌다. 몸이 접힐 것처럼 앞으로 숙여졌다.

"이 정도면……."

무너지려는 몸을 단단하게 받쳐 안으며 그가 촉촉하게 젖은 입구로 보다 무자비하게 손을 찔렀다.

"당장 박아도 아무렇지 않겠는데요."

수치심을 자극하는 음성에 귀 끝까지 빨개졌다. 빠르게 아래를 드나드는 손 주변으로 찌걱대는 마찰음이 퍼져 나갔다. 주위가 지나치게 조용한 터라 그 소리는 더없이 생생하게 공기를 진동시켰다. 흐으, 악물린 잇새로 차마 뱉지 못한 신음이 가늘게 흘렀다.

몸이 자꾸만 앞으로 무너졌다. 자극당한 살점 끝으로 전기처럼 퍼지는 쾌감에 다리에서 몇 번이나 힘이 풀렸다. 자칫 잘못했다간 그대로 바닥에 주저앉아 버릴 것만 같아 시은은 옆에 있던 캐비닛으로 다급히 손을 뻗었다.

"그, 만…… 아."

선반을 꽉 틀어쥔 채로 시은이 흐느끼듯 말했다. 젖은 입구를 반복해서 마찰하는 손길에 다리 아래가 타들어 가는 것 같았다. 인정 없는 손길이 갈퀴처럼 내벽을 긁어 댔다. 벗어나려 몸을 뒤틀면 뒤틀수록 그의 손은 보다 집요하게 그녀를 옭아매고 농락했다. 가는 허리가 셀 수 없이 비틀리고 움찔거렸다. 시은의 몸을 캐비닛 쪽으로 더욱 붙여 올리며, 정우가 유두를 손가락 사이로 짓궂게 비틀었다.

"정말 안 되겠어요?"

벌어진 셔츠 원피스 사이로 드러난 가슴이 캐비닛의 서늘한 표면과 맞붙었다.

"이렇게 원하는데?"

이미 오래전부터 뭉뚝하게 솟아 있던 그의 열기가 엉덩이 뒤로 적나라하게 닿아 왔다. 여전히 옷에 감싸져 있는 상태였지만 아래를 찔러 드는 부피감만은 금방이라도 그녀 사이를 꿰뚫을 듯했다.

"넣고 싶어요."

거친 숨결이 젖은 목덜미 위로 탁하게 부서졌다.

"넣게 해 줘요, 여기에."

조르듯 속삭이며 그가 좀 더 자극적으로 허리를 붙였다.

부푼 열기가 엉덩이 사이를 노골적으로 문지른다. 그가 들어오는 순간을 선명히 기억하고 있는 몸이 그 미미한 자극에 반응하듯 움찔거렸다.

뿌리쳐야 함을 알고 있었다. 이미 이것만으로도 충분히 위험 수위임을, 금기를 어긴 것과 다름없음을 안다. 하지만 이미 열락에 잠식당한 머릿속은 이성의 끈을 놓아 버린 지 오래였다.

다리 아래서 생생하게 전해지는 열기에 그나마도 흐릿했던 윤리 의식이 더는 버티지 못하고 추락했다.

"들어……와."

붉은 입술 새로 탄성과도 같은 한마디가 터지며, 그것이 신호탄이라도 된 듯 그녀의 아래를 감싸고 있던 스타킹이 두둑, 뜯겨져 나갔다.

"아!"

몸이 덜컥 쏟아졌다. 충만한 부피감이 다리 사이를 꽉 채웠다. 균열 없이 메워지는 열감에 숨이 멎을 뻔했다. 경직된 등 뒤에서 낮은 숨소리가 흘렀다. 빠듯하게 파고든 그를 받아들인 채 시은이 미동도 하지 못하고 몸을 바르르 떨었다.

대체 무슨 일이 벌어진 것인지. 몸으로, 감각으로, 생생하게 느끼면서도 머릿속은 아무것도 인지하지 못하고 아득해졌다. 그를 품은 다리 사이가 아플 만큼 조여든다. 이미 오래전부터 젖어 있던 곳이 그사이 더욱 흥건해진 애액으로 더없이 미끈해졌다. 잔인하게 뚫고 들어온 뒤로 거친 숨을 뱉던 그가, 어느 순간 숨 고르기를 마친 듯 강하게 허리를 쳐올렸다.

"하아!"

미처 다물지 못한 잇새로 높은 소리가 빠져나왔다. 시은의 손에 붙잡힌 캐비닛이 덜컹 흔들렸다. 그의 것이 보다 더 깊숙이 안으로 파고들었다. 아찔한 쾌감에 눈이 왈칵 감겼다. 골반과 엉덩이가 맞닿았다. 쿵, 깊이를 가늠하듯 또 한 번 밀고 들어오는 거친 허릿짓에 시은이 흐느끼듯 신음했다.

"그렇게 소리 내면."

등 뒤에서 다가온 입술이 말랑한 귓불을 꾹 눌렀다.

"밖에 다 들릴 텐데."

낮은 속삭임 뒤로 때마침 희미한 말소리가 따라붙었다. 시은은 쾌락에 흐릿해진 눈을 들어 문 쪽을 바라보았다. 누군가가 복도를 통행 중인지, 느린 발자국 소리와 함께 사람들의 인기척이 문 앞을 지나고 있었다.

캐비닛을 틀어쥔 손안에 끈끈하게 땀이 배었다. 형용할 수 없는 긴장감에 아랫배가 팽팽하게 조여 왔다.

이런 상황에서 섹스라니. 이미 시작해 버렸으면서도, 시은은 도무지 믿기지가 않았다. 미쳐도 단단히 미쳐 버린 것 같다고 생각하던 그때.

"힘들어도 소리는 좀 참아 줘요."

"……!"

잠시 문밖으로 향한 주의를 되돌리듯, 그의 페니스가 젖은 속살을 거칠게 꿰뚫었다. 시은이 사리문 입 안으로 억눌린 신음을 삼켜 냈다. 흘러내린 원피스 위로 새하얗게 드러난 목과 어깨에 잔키스가 쏟아졌다. 느리게 핥는 혀의 감각에 오싹 소름이 돋았다.

"당신 이런 모습, 다른 놈이 보면 곤란하니까."

참아 달라고 했으면서, 가슴을 농락하는 손길과 다리 틈을 파고드는 몸짓은 인정 하나 없이 무자비했다. 시은이 간헐적으로 치고 올라오는 소리를 참으려 다급히 입술을 틀어막았다. 그러자 마치 어디까지 참아 내는지 시험하듯, 그가 젖은 속살 위에 도도록하게 솟은 살점을 손끝으로 짓궂게 문질렀다.

"흐······."

스파크가 튀듯 빠르게 퍼져 나가는 감각에 울음 같은 소리가 흘러나왔다. 검은색 스타킹이 마구잡이로 뜯겨 나간 다리가 가까스로 바닥을 지탱한 채 바르르 경련하고 있었다. 자꾸만 오므려지는 다리 사이를 그가 넓은 손바닥으로 잡아 벌린 채 안으로, 안으로 반복해서 파고들었다.

퍽퍽, 살이 부딪히는 소리가 귓속을 파고든다. 페니스가 밀고 지나가는 속살 위로 열기가 퍼져 나갔다. 그를 받아들이는 리듬에 맞추어, 캐비닛도 따라서 덜컹거렸다. 끈끈한 열기가 밴 곳에서 생성된 질척이는 소리가 어둑한 밀실을 습하게 울렸다.

거친 몸짓에 떠밀려 무너지려는 몸을 정우가 등 뒤에서 안아 일으켜 세웠다. 시은의 유연한 몸이 정우의 품 안으로 활처럼 휘어졌다. 시린 등이 셔츠에 휩싸인 단단한 가슴과 맞닿았다. 신음을 참으려 힘겹게 깨물고 있는 입술 사이로 그가 손가락을 집어넣었다.

"그렇게 하면 아프니까."

정우가 붉게 상기된 시은의 뺨에 입술을 누르며 엄지로 그녀의 입술을 벌렸다.

"차라리 내 손을 깨물어요. 참기 힘들면."

입술을 쓸고 안쪽으로 파고든 손이 혀끝에 닿았다. 음부 깊숙한 곳을 유린하는 페니스처럼, 그의 손도 그녀의 입 안 곳곳을 그만큼이나 어지럽게 헤집어 놓았다. 두툼한 손가락이 입 안을 파고드는 감각이 생경하면서도 야릇했다. 발끝부터 타고 오르는 아찔한 열기에 머릿속이 혼몽했다.

혼탁해진 눈으로 허공을 응시한 채 시은이 무너지듯 그를 받아들였다. 무섭게 치받는 몸짓에 몸이 속수무책으로 흔들렸다. 캐비닛의 모서리 부분을 쥐고 가까스로 버티고 있는 손끝이 파리했다. 윽윽, 끊어지는 소리가 짐승처럼 박아 오는 몸놀림에 맞춰 공기 중으로 흩어졌다.

가는 허벅지 안쪽을 단단하게 붙든 채로 그가 쉴 새 없이 그녀의 안을 침범했다. 그녀의 입 안에 고인 타액으로 번들번들해진 손을 내려 유두를 굴렸다. 가슴 끝에서 번진 아찔한 자극이 다리 아래를 채우는 열기와 만나 모든 감각들을 지배해 갔다.

"하아…… 훗."

최소한의 윤리 의식도 수치심도, 이 순간 그녀에겐 어느 것 하나 남아 있질 않았다. 배덕한 행위가 주는 흥분감에 잠식당한 몸만 뜨겁게 달아오를 뿐.

흥건하게 흘러나온 애액이 빠르게 치고 빠지는 그의 것으로 잔뜩 엉겨 붙었다. 깊게 결합된 부위가 그의 것을 악문 채 움찔거렸다. 덜컹거리는 소리가 고요한 공간 안에서 외설적으로 퍼졌다. 질 내벽 곳곳에 그의 존재를 새기듯, 정우가 느리고도 강하게 질구를 파고들고 있었다.

"나 봐요."

갑작스레 움직임을 멈춘 그가 돌연 시은을 정면을 보도록 돌려 세웠다. 엉망으로 흐트러진 몸을 캐비닛 쪽으로 몰아붙이며 잠시 떨어졌던 부위를 또다시 교합시켰다. 종전과는 다른 자극으로 아래를 꿰뚫어 오는 선명한 이물감. 웃, 억눌린 신음을 뱉으며 시은이 그의 어깨로 고개를 숙였다. 그를 받아들이느라 젖은 머리카락 사이로 정우가 손을 헤집고 넣어 뒷머리를 당겼다.

쉴 새 없이 신음하는 입술 사이로 깊숙이 혀를 집어넣으며 집요할 만큼 하반신을 밀어 올리고 흔들었다. 달군 인두가 배 속을 헤집는 것만 같은 느낌에 시은이 또다시 필사적으로 그에게 매달렸다.

목 뒤로 감겨 오는 팔을 붙잡아 손끝에 입을 맞추었다. 그녀가 젖은 눈을 크게 떴다. 열기에 탁해진 잿빛 눈동자가 마주한 동공을 마구잡이로 파헤쳤다. 짙은 소유욕에 숨통이 조여 왔다.

"이젠 정말 내 거예요."

탱탱하게 부어오른 아랫입술을 아릿하게 당겨 물며 그가 확인하듯 속삭였다.

"이 손도."

잘게 입 맞춘 손을 부드럽게 얽어 벽으로 붙이고.

"이 몸도."

"하아……."

가쁘게 들썩이는 가슴 위에 살며시 입술을 내린 뒤 새하얀 어깨에 늘어진 갈색 머리카락을 손안 가득 휘감아 당겼다.

"그리고 숨결, 머리카락 하나하나까지 전부 다."

낮게 잠긴 음성이 차마 부정할 수 없을 만큼 강렬했다. 유약하게 흔들리는 시은의 눈동자를 옭아맨 채 정우가 보다 더 강인하게 아래를 뚫고 올라왔다. 쉬지 않고 치받는 몸짓에 몸이 쿵쿵 튀어 올랐다. 시은의 팔이 절박하게 그를 끌어안았다.

작은 엉덩이를 손안 가득 움켜쥐며 그가 입술을 부딪쳤다. 흉포하게 입 안을 헤집고 깨물고 삼켰다. 그 누구에게도 내어 줄 생각 따윈 없다는 듯 지독한 소유욕이 깃든 완고한 입맞춤.

과연 이 관계에서 파생될 결과를 어디까지 감당할 수 있을 것인지. 시은은 여전히 알 수 없고 두려웠다. 하지만 이토록 그녀를 원하고 제 것이라 여겨 주는 그만 있다면, 혹시 모를 주위의 따가운 시선도 냉혹한 말들도 어느 정도 견뎌 낼 수 있을 것만 같았다.

그만 있다면. 정우만 있다면.

시작부터 아득하게 몰려들던 열기가 반복되는 마찰을 따라 그녀 안에서 점점 더 응축되었다. 시은은 매달리듯 그를 끌어안은 채 거칠게 밀려드는 그의 호흡을 목 아래로 삼켰다. 점점 더 휘몰아치는 허릿짓에 몸이 셀 수도 없이 캐비닛에 부딪히고 쓸려 올라갔다.

어두운 밀실 속 부유하는 먼지들과 가쁜 호흡 소리, 은밀한 부위가 타들어 갈 듯 교합하는 젖은 마찰음 속에서 두 몸이 어지럽게 서로에게 뒤엉켰다.

비로소 마주 선 진심을 가슴에 품은 채, 그렇게 둘은 아득하고 끝을 알 수 없는 절정을 향해 맹렬히 치달아 갔다.

* * *

시은은 녹진하게 늘어진 몸을 정우의 품에 기댄 채 눈을 감고 있었다. 점심시간이 얼마 남지 않았는데 도저히 두 발을 움직일 수가 없었다. 짧은 시간 안에 그 어떤 밤보다 혹사당한 몸이 뻐근한 탓이다.

머리를 내리누르는 노곤감에 축 늘어진 어깨 위로 더운 입술이 잘게 쏟아졌다. 시은이 그만하라는 듯 그를 밀어냈다.

"힘들어서 못해 먹겠다, 정말."

약간의 앙탈이 섞인 음성으로 시은이 말했다. 품 안에 무너진 몸을 꽉 조여 안으며 그가 고개를 숙였다. 뜨끈한 이마가 여기저기 붉게 생채기가 진 어깨를 아이처럼 비벼 댄다. 조금은 미안했던지 멋쩍은 기색이 묻어나는 목소리로 낮게 웃으며 그가 말했다.

"경솔하게 헤어짐을 말한 대가라고 생각해요."

잠자코 정우의 말을 듣고 있던 시은이 굳은 안색으로 허리를 세웠다. 줄곧 늘어져 있다가 갑자기 움직임을 보이는 그녀를 느끼곤 그가 고개를 들었다. 천천히 뻗어 온 손이 그의 뺨을 부드럽게 감싸 쥔다. 낮게 침잠한 눈으로 그를 바라보며 시은이 말했다.

"미안해."

정우의 턱이 움찔 굳었다. 장난스럽게 뱉은 말이었으나 돌아오는 반응과 음성은 너무도 무거웠다.

"속상할 만했어. 나라도 화났을 거야. 변명의 여지없이 이번 일은 명백히 내 잘못이었어."

돌이킬수록 후회가 되고 죄책감이 들어서, 시은은 울컥 눈물이 날 것만 같았다. 만나는 내내 일어나지 않은 앞일을 걱정하고 관계에 온전히 몰입하지 못했던 순간이 한스러웠다. 이렇게나 진실되게 부딪쳐 오는 마음을 지난 인연의 흔적으로 인해 밀어내기 급급했던 스스로가 한심했다. 제 몫마저 감당해 주겠다 한 남자인데, 괜한 자존심에 날을 세웠던 것이 이처럼 미안할 수가 없었다.

"쉽게 끝을 말해서 미안해. 자꾸 잊고 싶은 사실을 상기시키는 것 같아서 그렇지만, 그때 내 태도는 일종의 방어기제 같은 거였어. 정우 씨한테 속수무책으로 빠져드는 내가 겁나서, 그래서 괜히 더 냉정하게 군 거야. 상처받지 않으려고, 아무렇지 않다는 듯 오만을 떨었어. 정말로 헤어지는 걸 쉽게 생각해서 한 말은 절대 아니야."

정우는 아무런 대꾸도 하지 않고 가만히 시은의 눈을 들여다보았다. 짐작하고 있던 마음이 그녀의 입을 통해 귀에 닿자 문득 가슴이 조여 왔다.

"나 이상으로 이 관계가 불편하고 힘들 텐데, 자꾸만 지난 일로 힘들게 해서 미안해."

진심을 다해 사과한 그녀가 절박한 시선으로 그를 마주 보았다.

겁이 났다. 석준의 존재로 인해 정우의 마음이 제게서 멀어질까 봐. 상처받고 지쳐서 나가떨어져 버릴까 봐 겁이 났다. 어차피 다 알고 시작한 관계니까 어떻게 되더라도 상관없다고 줄곧 생각해 왔었는데, 더는 밀어낼 수 없는 그의 존재를 인식하자 이젠 되레 그가 멀어질까 봐 두려워졌다. 더 이상 지난 인연으로 인해 그와의 관계에 균열을 일으키고 싶지 않았다.

"김 대리 일은 더 이상 미안해하지 말아요."

뺨에 닿은 손을 붙잡아 끌어 내리며 정우가 입을 열었다.

"다 감수하기로 하고 시작한 거니까. 이렇게 될 거 몰랐던 것도 아닌데, 당신 입장 생각 못 하고 욱한 내가 옹졸한 거예요."

김석준과 함께 있는 시은을 보고 꼭지가 돈 나머지 그녀에게 화를 냈었지만, 그 상황이 그녀 탓이 아님을 그도 알고 있었다. 다만 서운했던 것뿐이다. 너무나 쉽게 헤어짐을 입 밖으로 낸 그녀가. 그리고 두려웠다. 항상 막연히 느껴 왔던 불안감이 그녀의 입술을 타고 현실이 돼 버릴까 봐.

하지만 그것이 그녀의 진심은 아니었음을 눈치챘을 때, 정우는 마음이 뒤틀리며 심술을 부리고 싶어졌다. 그것을 빌미 삼아 그녀의 마음을 견고히 하고 싶었다.

더는 한발을 뺀 채 그를 마주 보지 못하도록. 그녀 스스로 이 관계 안으로 발을 들이게 만들고 싶었다. 그래서 꾀를 썼다. 궁지까지 그녀를 몰아세웠다. 시은이 제 발로 걸어 들어올 수밖에 없게 그녀를 조였다. 그리고 결국 받아 냈다. 그녀의 입을 통해, 직접.

"고마워."

시은이 활짝 미소 지으며 그를 올려다보았다. 그 미소가 마음 한가운데를 마구잡이로 헤집어 놓았다.

그녀를 보고 있을 때면, 정우는 수시로 이성을 놓고 흐트러졌다. 본능만이 존재하는 짐승처럼 그녀를 갖고파서 안달을 냈다. 이런 스스로가 낯설면서도 어쩐지 싫지가 않았다. 무언가에 몰입하고 온 마음으로 열렬히 응할 수 있다는 것이 이렇게나 행복한 것임을 그는 시은을 만나고서야 깨달았다.

"미안해요. 애처럼 굴어서."

정우가 붙잡고 있는 시은의 손을 당겨, 손목 아래서 옅게 뛰는 맥 위에 슬며시 입을 맞추었다. 둥둥, 뛰는 심장 소리가 둘 사이를 타고 흘렀다. 사랑스럽게 붉어진 뺨을 보니, 아마도 그녀의 것인 듯했다. 공허하던 마음이 달이 차오르듯 충만해졌다. 정우가 붙잡은 손을 꽉 얽매며 그녀를 끌어안았다.

"원래 이렇게 어디에 얽매이고 신경 쓰고 두고두고 되새기는 스타일이 아닌데. 어쩐지 당신한텐 그게 잘 안 돼요. 자꾸만 마음이 좁아지고, 작은 것에도 서운하게 돼요. 조르고 싶고 떼쓰고 싶어요. 꼭 어린애 같죠?"

가는 목덜미에 잔잔하게 입을 맞추며 그가 또 한 번 이마를 비벼 왔다. 어쩐지 아이 같은 행동에 시은의 입가에 잔잔한 미소가 어렸다. 그녀가 목 뒤로 손을 뻗어, 격렬한 행위에 흐트러진 짧은 머리카락을 단정하게 쓸어 주었다.

"좋은데? 어린애 같은. 그게 연하를 만나는 재미 아니야? 젊어서 그런지 다소 감당이 안 될 때도 있지만."

그렇게 말하며 시은이 장난스럽게 웃었다. 그러다 무심코 닿은 눈에 엉망인 차림새가 들어왔다. 얼굴에 난감함이 스쳤다.

"그나저나 이걸 어쩔 거야? 스타킹이 다 찢어졌잖아. 이대로 사무실을 어떻게 가니?"

관계 도중 그의 손에 뜯겨 나간 스타킹의 상태가 그야말로 처참했다. 아래가 찢기고 여기저기 올이 나간 모습에 시은은 뒤늦게 얼굴이 달아올랐다. 옷으로 가린다고 가려질 상황이 아니었다. 잠시 잊고 있던 감각이 그걸 보자 불씨 붙듯 되살아나 시은은 뺨이 후끈거렸다.

"나가서 사 올게요."

시은의 말을 따라 그녀의 스타킹을 살피던 정우가 몸을 일으켰다. 시은이 당혹스런 표정을 지었다.

"남자가 이 시간에 가서 여자 스타킹을 사 오겠다고?"

"어때서요? 야한 선임의 심부름인 줄 알겠죠."

야하다니. 누가 할 소리인데. 앉은 몸을 일으키며 불퉁한 얼굴로 정우를 노려보았다. 점심시간이 얼마 남지 않아 바쁘게 몸을 돌리던 그가 잠시 걸음을 멈추고 뒤를 돌아보았다.

"아, 사는 김에 좀 여러 장 사 올까요?"

"여러 장은 왜?"

의아한 표정으로 바라보자, 정우가 뻔뻔하다 싶을 만큼 태연한 얼굴로 창고를 가리키며 대꾸했다.

"종종 여기 이용하게."

"미쳤나 봐!"

시은이 손을 들어 매섭게 그의 팔뚝을 쳤다. 당혹감을 감추지 못한 얼굴이 붉게 달아올랐다. 발그레하게 물든 얼굴이 깨물어 삼키고 싶을 만큼 사랑스러웠다. 정우가 기민하게 손을 뻗어 시은의 팔을 붙잡아 당겼다. 촉, 닿았다 떨어지는 가벼운 입맞춤에 그녀가 두 눈을 크게 떴다.

"금방 가서 사 올게요."

나른하게 미소 지으며 정우가 흐트러진 원피스 자락을 다정하게 가다듬어 주었다.

"늦겠어. 다녀올 거면 빨리 갔다 와."

시은이 날 세우던 눈을 누그러트리며 시선을 피했다. 어색하게 뒤로 넘긴 머리카락 사이로 붉어진 귀 끝이 보였다. 그의 손길 하나하나에, 눈빛 하나하나에, 솔직하게 반응하는 그녀가 그는 너무도 사랑스러웠다.

당신이 사랑스러워질수록 내 마음은 자꾸만 그렇게 더 좁아지고 옹졸해져 간다. 그 옹졸함이, 그 변화가, 그는 조금도 싫지 않았다.

10

정우는 누운 몸을 이리저리 뒤척이다가 습관처럼 옆자리를 더듬
었다. 새벽까지만 해도 느껴지던 온기가 손끝에 닿지 않았다.

눈을 떠 침대 위를 확인했다. 이불이 걷힌 자리에 시은이 보이
지 않았다. 어렴풋하게 머물러 있던 잠기운이 씻은 듯이 가셨다.

주말이라 출근 준비를 하는 건 아닐 텐데.

누운 몸을 일으켜 세웠다. 행거에 어제 시은이 입고 온 코트와
옷들이 그대로 걸려 있었다. 말없이 집을 나선 건 아닌 것 같았다.
뭐지, 생각하고 있을 때 문밖에서 인기척이 들렸다.

둘은 어젯밤 정우의 집 근처 영화관에서 심야 영화 한 편을 보
고 그의 집으로 왔다. 주말이라 바쁠 것도 없었기에 늦게까지 TV
를 보며 맥주 한잔을 했다.

피곤해하는 시은을 건드리다가 결국 짐승이란 소리에 마지못해
손을 거둔 것이 새벽 2시쯤이었던가. 그래서 당연히 옆자리에 누

워 곤히 자고 있을 거라 생각했는데, 이른 시간부터 밖에 나가 뭘 하는 중인건지.

정우는 트레이닝팬츠 위에 가벼운 티 한 장을 걸쳐 입고 방 밖으로 나섰다. 문을 열기 무섭게 집에서는 좀처럼 맡기 힘든 고소한 냄새가 풍겨 왔다.

그 냄새를 따라 이끌리듯 주방 쪽으로 걸음을 옮겼다. 그의 셔츠를 입고 홈 바 앞에 서 있는 익숙한 뒷모습이 눈에 들어왔다. 낙낙한 흰색 셔츠 차림에 앞치마를 두르고 꼼지락대는 시은의 뒷모습을 유심히 바라보았다. 그러다 좀 더 가까이 걸음을 옮겼다.

"뭐 해요?"

"아, 일찍 일어났네?"

시은이 인기척을 느끼곤 뒤를 돌아보았다. 대꾸 없이 옆으로 다가가 그녀의 손 아래를 살폈다. 위생장갑이 씌워진 양손 앞엔 줄지어 늘어진 재료들과 밥알이 넓게 펴진 김이 놓여 있었다. 아침 일찍 몰래 나와 뭘 하는 건가 했더니, 김밥을 싸고 있었던 모양이다.

"이거 하려고 새벽같이 일어나 준비한 거예요?"

"지난번에 약속했잖아. 조만간 김밥 한번 싸 주기로."

시은이 늘씬하게 입꼬리를 말아 당기며 말했다. 넓게 펼쳐 놓은 밥알 위에 재료들을 하나둘 조심스럽게 얹는 시은의 얼굴이 사랑스러웠다. 이른 아침부터 가슴 깊숙한 곳이 나른하게 조여들었다. 가만히 시은을 내려다보던 정우가 양팔을 뻗어 그녀의 몸을 감싸 안았다.

"어, 잠깐만. 나 이제 이거 말아야 된단 말이야."

또 아침부터 왜 이러나 싶어, 시은이 그의 품에서 빠져나오려 몸을 비틀었을 때였다.

"좋은 냄새 나요. 당신한테서."

따뜻한 숨결이 목덜미를 스쳤다. 장갑 낀 손으로 어쩌지 못하고 낑낑대던 시은이 잠시 움직임을 멈추고 옆을 돌아보았다. 정우가 동그랗게 틀어 올린 머리 아래 새하얗게 드러난 목 위로 얼굴을 묻고 있었다.

뭐야, 간지럽게.

나이답지 않게 어른스러운 남자는 간혹 이렇게 애정에 목마른 강아지처럼 굴어서 사람 마음을 이상하게 만들곤 했다. 살갗을 간질이는 더운 숨결에 괜히 또 귀 끝이 빨개졌다. 시은이 태연한 척 김밥을 말며 심드렁한 투로 물었다.

"무슨 냄샌데?"

"참기름 냄새."

"뭐?"

시은이 김샌 표정으로 돌아보았다.

"왜 그래요?"

천연덕스런 질문이었다. 이게 누굴 놀리나. 시은이 말고 있던 김밥을 탁 내려놓더니 정우의 품에서 벗어났다.

"향기도 아니고, 참기름 냄새가 뭐니? 참기름 냄새가."

"그게 뭐 어때서요? 난 정말 좋아서 한 소린데."

정녕 진심이냐는 듯, 의구심이 가득한 눈초리로 쏘아보자 정우가 근사한 입매를 느른하게 당기며 말했다.

"날 위해 요리히느리 니는 냄새잖아요. 그보다 향기로운 게 어디 있어."

한껏 날을 세우고 있던 눈매가 동시에 거짓말처럼 누그러졌다. 시은은 잠시 말문이 막힌 상태로 정우를 바라보았다. 그는 진심으로 행복한 얼굴로 그녀를 마주 보고 있었다. 문득 뺨이 달아오르며 가슴 아래가 뻐근해졌다.

하는 말마다 어쩜 저리 마음속에 들어왔다 나간 듯 예쁜 소리만 골라 하는지. 같이 있다 보면 종종 정신을 차릴 수 없게 되었다. 매번 엄마가 싸 준 김밥만 먹다가 직접 싸려니 보통 일이 아니라서 괜히 시작했나 후회가 되었었는데, 저런 말을 듣자 후회가 썰물 빠지듯 사라지며 호랑이 기운이 샘솟는 듯했다.

이래서 여자의 마음은 갈대라고 하는 건가.

시은은 붉어진 뺨을 감추려 부러 무뚝뚝하게 말했다.

"기다려. 곧 맛있게 말아 줄 테니까."

김을 펼치고 꾹꾹 밥알을 눌러 펴는 시은의 입꼬리가 기분 좋게 말려 올라갔다. 정우가 기다란 눈매 끝을 부드럽게 접으며 팔짱을 끼고 그 모습을 지켜보았다.

창밖에 부는 서늘한 바람도 둘이기에 더 이상 춥지 않은, 훈훈한 늦가을의 아침이었다.

* * *

소파에 앉아 옆구리가 터져 나온 김밥들을 물끄러미 내려다보다가 정우가 물었다.

"정말 어머니 음식 솜씨 제대로 물려받은 거 맞아요?"

호기롭게 말한 것과는 달리 김밥은 대체 여며진 곳이 있긴 한 건가 싶을 정도로 처참한 몰골이었다. 접시에 내온 것만 해서 4줄쯤 되는 것 같은데 어찌 된 게 성한 것이 하나도 없었다. 엉망인 김밥이 담긴 접시를 정우 앞에 건네어 놓고 멀뚱히 서 있던 시은이 머쓱한 얼굴로 입을 열었다.

"맛을 보고 평가해야지, 생긴 거로 음식 솜씨를 논해서야 되겠어? 일단 먹어 보고 말해."

민망한 마음에 다소 까칠한 투로 말하며 시은이 김밥 하나를 집어 들어 정우의 입 앞에 들이밀었다. 잠시 망설이는 기색을 보이던 그가 마지못해 입을 열었다. 느리게 저작하는 그의 턱을 유심히 바라보다가 시은이 성마르게 물었다.

"어때? 별로야?"

한참을 말없이 입을 움직이던 그가 무뚝뚝하게 입을 열었다.

"맛은 있네요."

"그치? 맛있지?"

시은이 안심한 얼굴로 활짝 미소 지으며 정우의 옆자리에 앉았다. 자신 있다 해 놓고도 내심 불안했던 모양이다. 아이처럼 귀여운 반응에 정우가 짓궂은 마음이 일어 부러 심드렁한 투로 말했다.

"뭐, 그럭저럭 먹을 만은 한데 전체적으로 따졌을 땐 실패한 거 아니에요? 보기 좋은 떡이 먹기도 좋다는데. 이건 비주얼이 일단 식욕을 전혀 자극하질 않잖아요."

"이리 내놔."

정색을 한 시은이 일말의 망설임도 없이 접시로 손을 뻗었다. 농담을 못 하겠네. 정우가 다급히 손을 뻗어, 김밥이 든 쟁반을 사수해 냈다.

"뭐야? 식욕이 전—혀 자극되질 않는다며?"

시은이 새초롬한 표정으로 그를 바라보았다. 생각처럼 호락호락한 여자가 아니라는 걸 잠시 깜박했다.

"이미 맛봤잖아요. 맛있는 거 아니까, 비주얼이랑은 상관없이 식욕이 당기지."

정우가 어색하게 입꼬리를 올렸다.

"진즉에 그렇게 나올 것이지."

찌릿, 눈총을 보낸 시은이 짧게 혀를 차곤 뒤늦게 김밥을 맛보
았다.

"뭐, 그런대로 맛있네. 근데 대체 어떡해야 옆구리가 안 터지는
거야?"

맛은 간도 맞고 그럭저럭 흡족한데 정우의 말대로 생긴 게 영
먹음직스럽질 않은지라, 시은이 못내 아쉬운 표정으로 김밥을 요
리조리 살펴보았다. 그런 그녀를 담은 눈이 기분 좋게 휘어든다.

비록 말은 장난스럽게 던졌지만 그녀가 만든 김밥은 맛이나 생
김과는 상관없이 그 자체만으로도 그에겐 한없이 먹음직스러운 것
이었다. 그녀가 해 준 음식을 처음 먹는 건 아니었지만, 오늘 손수
싸 준 이 김밥은 그에게 있어 또 다른 의미로 다가왔다. 항상 해
온 것이 아니라서 서툴렀을 텐데도, 그녀는 오직 그를 위해 이 성
가신 것들을 준비하고 정성 들여 김밥을 싸 주었다.

누군가 나를 생각하며 정성을 다해 만든 음식을 먹는다는 게 바
로 이런 기분이구나.

평생 일밖에 모르고 산 아버지로 인해 너무 어렸을 때 부모님이
이혼하고, 오랜 시간 어머니의 손길을 받지 못하고 자란 정우는 이
런 상황과 이런 기분이 생소하기 그지없었다. 항상 남이 해 주는
대가를 지불하고 먹는 밥에 익숙했다. 그래서인지 연인 사이에 흔
히 있을 수 있는 일임에도 그 느낌이 다르게 와 닿았다. 고작 김밥
몇 줄에 이토록 가슴이 벅차다니. 정우는 스스로의 반응이 유난스
러워 괜히 혼자 민망해졌다.

"실은 나도 부모님이 어렸을 때 이혼하셨어."

이런저런 생각에 잠겨 있는 정우의 두 귀로 문득 시은의 음성이 파고들었다. 정우가 두 눈을 크게 떠 시은을 바라보았다. 그녀는 딱히 표정이랄 게 없는 얼굴로 접시에 담긴 김밥을 내려다보고 있었다.

"아버지가 어렸을 때 그렇게 술만 드시면 엄마를 때리셨어. 물론 술 안 드셨을 때도 그다지 정상은 아니셨지만. 그 덕에 참다못한 엄마가 아마 나 초등학교 때쯤인가. 도망치듯이 집을 뛰쳐나오셨어. 그때부터 엄마랑 단둘이서 살게 된 거고. 서울로 온 건 대학교 입학해서부터고."

허공을 보며 담담히 제 이야기를 읊고 있는 시은의 눈동자는 어쩐지 초연해 보였다. 가정사를 말하는 동안 괴로워하거나 아파하는 기색 같은 건 딱히 비치지 않았지만 그래서인지 더욱 가슴이 시려 오는 듯했다.

"우리 엄마 나 키우느라 고생 많이 하셨어. 무일푼으로 뛰쳐나와서 형편도 좋지 않았는데 내 뒷바라지한다고 밤낮으로 일하시고, 친척들한테 아쉬운 소리도 많이 하시고. 그래서 더 악착같이 공부했어. 그래 봤자 보다시피 평범한 직장인일 뿐이지만, 뭐. 엄마는 그래도 시골 출신이 서울까지 가서 남들 다 아는 대기업에 취직했다고 자랑스러워하시고 그래."

비스듬히 입매를 당기며 시은이 탁자 위에 놓인 물컵으로 손을 뻗었다. 마른 목을 한 모금 축이더니 다시금 입을 열었다.

"피해 의식을 느끼진 않아. 사는 동안 가정환경 들먹이며 무시하거나 홀대한 사람들이 있었던 것도 아니고. 그냥 가끔 허전하고 아쉬움이 드는 정도?"

희미하게 당겨 올라간 입꼬리가 조금은 씁쓸해 보였다.

"나도 정상적인 가정에서 좀 더 제대로 온기를 받고 자랐다면 어땠을까. 적어도 지금보단 살가운 성격이 되었을까. 다른 여자들처럼 사근사근하고 애교 많고, 그래서 사랑스러운, 그런 여자로 자랐을까, 싶은 아쉬움 같은 거 말이야. 왜, 겪어 봤으니까 알 거 아니야. 나 애교 없고 무뚝뚝한 거. 여자는 모름지기 애교가 있어야 하는데."

시은이 털털하게 웃으며 고개를 들었다. 말없이 앉아 그녀를 응시하고 있던 정우와 눈이 마주쳤다. 그다지 심각한 투로 말했던 것 같진 않은데. 정우가 무표정한 얼굴로 앉아 그녀를 보고 있자 문득 민망해졌다.

"왜, 애교 많은 여잔 별로야?"

"있으면 좋긴 하겠죠."

정우가 나직이 답했다. 그러고는 따로 놓인 물컵을 들어 입술을 축이며 덧붙여 말했다.

"근데 그게 윤 주임님이면 아무래도 상관없지만."

정우를 바라보는 시은의 눈동자가 흔들렸다. 뱉는 어조는 단조롭기 그지없었으나, 듣는 마음은 그렇듯 담담하지 못했다.

너라면 아무래도 상관없더라……. 그 말이 왠지 그녀이기에 취향을 넘은 모든 것이 받아들여진다는 것처럼 들렸다. 맹목적인 감정. 두 뺨이 뜨거워졌다.

"정우 씨가 나한텐 꽤 후한 편이구나?"

시은이 두근거리는 마음을 애써 숨기며 장난스럽게 받아쳤다.

"그걸 이제 알았어요?"

들고 있던 컵을 탁자 위에 가만히 내려놓곤 정우가 시은이 있는 쪽으로 몸을 돌렸다. 불현듯 두 눈이 마주쳤다. 커다란 손이 시은의 정수리를 툭툭 두드린다.

"예쁘네요."

흡족한 표정으로 웃으며 그가 말했다. 연하인 남자의 어린아이 다루는 듯한 행동에 시은이 민망한 얼굴로 올려다보았다.

"뭐야, 갑자기?"

"항상 감추고 숨기고, 그런 모습만 보이다가 이렇게 솔직하게 안에 있는 얘길 털어놓는 걸 보니까 어쩐지 더 예뻐서요."

윤이 나는 검은색 눈동자가 잔잔하게 맞닿은 시선을 타고 가슴 깊이 밀고 들어왔다. 시은은 머쓱한 기분이 들어 괜히 물컵을 집어 올렸다.

"내가 뭘 그렇게 감추고 숨겼니? 정우 씨 가끔 은근히 사람 미안하게 만드는 구석이⋯⋯."

"괜한 걱정 같은 거 하지 말아요."

막 입으로 기울려던 컵을 가만히 낚아채며 정우가 시선을 맞추었다.

"애교 같은 거 없어도, 사근사근하지 않아도, 내 눈엔 충분히 사랑스럽고 예쁘니까."

뺨이 더는 숨길 수 없게 붉어졌다. 깃털이 스치고 지나간 듯 가슴 끝이 자르르 떨려 왔다. 그가 은근한 미소를 지으며 더운 시선으로 시은을 바라보았다.

기분이 좋았다. 정우가 저런 눈으로 자신을 바라봐 주는 것이. 항상 갈급한 모습으로 자신을 대하는 것이. 진심으로 사랑받는 것 같아 기뻤다. 그리고 한편으론 또 두렵기도 했다. 이 맹목적인 감정이 어디서부터 어떻게 시작된 것인지 알 수 없어서 항상 의문이 생기고 두려웠다. 무섭게 타오르다가 어느 순간 차갑게 식어 버릴까 봐. 이따금씩 불안해졌다.

"그런 말을 듣고, 왜 그런 표정을 짓는 거예요?"

어느 순간 굳어 버린 시은의 얼굴을 들여다보며 정우가 물었다. 소리 없는 변화였으나 그는 역시나 그 희미한 감정의 동요를 놓치지 않았다. 시은이 나직이 입술을 뗐다.

"궁금한 게 있어서."

"뭔데요?"

"정우 씬 내가 왜 좋아?"

정우가 잠시 고개를 비스듬히 기울이다가 입을 다물었다. 마땅한 답을 생각하느라 입 안쪽을 지그시 무는 것 같더니 천천히 말을 꺼내었다.

"글쎄요. 첫눈에 반했었다 그럼, 믿으려나?"

첫눈이라. 그 순간, 시은은 안타깝게도 석준이 떠올랐다. 석준도 지금 정우의 말처럼 처음 그녀에게 대시할 때 그녀를 보고 첫눈에 반했다고 말했었다. 시은의 단편적인 모습만을 보고 호감을 표했던 그는 얼마 가지 않아 다른 곳으로 눈을 돌리고 말았다. 그런데 그런 석준과, 정우가 똑같은 대답을 하고 있었다.

"첫눈에 반하는 건 별로 좋은 게 아닌데."

급격히 시무룩해진 시은이 허공으로 멍하니 눈길을 돌렸다. 그때, 정우가 말했다.

"외모가 아닌 당신 자체예요."

시은이 무슨 뜻이냐는 듯 두 눈을 크게 떠 정우에게로 향했다.

"매료됐다 해야 맞으려나. 당신은 기억조차 못 하고 있는 짧은 순간에, 짧은 대화에 당신한테 완전히 빠져 버렸었어요. 당시엔 그

게 반한 건지 어쩐 건지도 몰랐는데, 어떻게 된 일인지 집에 돌아
와서도 다음 날이 돼서도 온종일 당신이 머릿속에서 떠나질 않더
라고요."

정말로 그랬었다. 시은은 기억조차 못 하는 짧은 만남이었지만
그것이 뇌리 속에 콱 박혀서, 정우의 눈은 그때부터 줄곧 자성에
이끌리듯 시은만 쫓아다녔다.

연인이 있는 여자라는 걸, 그것도 선임의 여자라는 걸 알면서도,
그 원인 모를 관심은 쉽게 사그라지질 않았다.

"나로서도 처음 겪는 감정이라 처음엔 그저 낯설고 신기해서 일
단은 무작정 따라가 보기로 했었어요. 그러다 문득 돌아보니, 어느
새 당신을 좋아하고 있더라고요. 아니, 어쩌면 어느새가 아니라 당
신과 만난 순간부터였는지도 몰라요."

어느 부분에서 무엇 때문에 그녀에게 끌린 것인지. 정우도 정확
히 설명할 순 없었다. 다만 확신할 수 있는 것은, 김석준이 그녀를
상대로 품은 감정처럼 변덕스럽게 바뀌고 쉽게 잦아들 감정은 아
니라는 사실이었다.

정우의 오랜 짝사랑의 전말을 잠자코 듣고 있던 시은은 잠시 들
었던 불안감이 눈 녹듯 사라진 대신, 문득 의문이 들었다.

그녀가 알지 못하는 짧은 만남, 짧은 대화라.

"근데, 우리 둘 사이에 내가 기억 못 하는 뭔가가 있었어?"

옅은 갈색 눈동자를 동그랗게 뜨며 시은이 물었다. 정우의 입술
새로 나직이 한숨이 새어 나왔다.

이렇게나 무심해서야.

당시에도 기억 못 한 일을 그 말 한마디에 떠올려 주길 바랐던
건 아니지만, 조금 서운한 마음이 들기도 했다. 뭐, 굳이 기억하지

못한데도 별 상관은 없었다.

"몰라도 돼요. 중요한 건 아니니까."

"뭔데? 사람 찜찜하게. 기억 못 하는 거 보니까, 나 혹시 술 취했니? 내가 정우 씨한테 뭐 실수했었어?"

시은이 채근하듯 팔을 당겼다. 정우가 피식 웃으며 말을 돌렸다.

"글쎄, 몰라도 된다고요. 그러는 윤 주임님은 어떤데요?"

"뭐가?"

"나 좋아해요?"

시은이 또 한 번 눈을 동그랗게 떴다.

"나 좋아하냐고요, 당신은."

두 눈을 지그시 들여다보며 정우가 반복해서 물었다. 바로 직전에 제가 정우에게 물었던 질문인데 막상 듣고 보니 어찌나 민망한지. 순간 말문이 턱 막혀 버렸다. 시은이 대답을 피하듯 고개를 돌렸다. 그러자 기민하게 뻗어 온 손이 턱 끝을 붙잡아 되돌렸다.

"대답 안 할 거예요?"

유려하게 그어진 입술 사이로 빠져나오는 음성이 낮게 잠겨 있었다. 어떤 대답이 나올지 이미 알고 있을 테지만, 남자는 제 입으로 직접 실토하기 전까진 좀처럼 물러서 줄 것 같지가 않았다. 항상 한계까지 몰아붙이고 직접 당사자를 통해 확인을 해야 직성이 풀리는 스타일이었으니까. 섹스를 할 때도, 일상적인 상황에서도, 정우는 항상 그러했다.

"정우 씨 눈엔."

시은이 턱을 붙잡고 있는 손을 끌어 내리며 단호히 되물었다.

"내가 좋아하지도 않는 남자랑 밤을 보내고, 다음 날 아침 일찍 일어나 김밥 싸 주고 있을, 그런 여자처럼 보여?"

그제야 남자는 흡족한 듯 미소를 지어 보였다. 시은이 정말 못 말린다며 고개를 절레절레 내둘렀다. 그러자 정우가 또 한 번 정수리를 손바닥으로 비벼 댄다. 자꾸 아이 다루듯 뭐 하는 거냐고 외치자 그가 말했다.

"예쁘네요, 오늘은 정말."

그렇게 말하며 짓는 정우의 미소는 천진하고 해맑았다. 원하는 것을 얻고 마음껏 행복을 만끽하는 아이처럼.

무뚝뚝하기 그지없는 답변이었는데, 거기에 저토록 열렬히 반응하는 그가 시은은 사랑스럽고 또 애틋했다.

"더는."

좋아한다고, 천성이 무뚝뚝한 탓에 에둘러 표현한 것을 만회하듯 시은이 정우의 뺨을 감싸 쥐며 진실되게 속삭였다.

"정우 씨 불안하게 안 할게."

마주 잡은 뺨을 당겨 촉, 하고 짧게 입을 맞추었다. 생각지 못한 반응이었는지 정우의 눈이 커졌다. 그 반응이 재밌어 다시금 입술을 가져다 대자, 정우가 맞붙은 입술을 돌연 깊게 맞물려 왔다. 갑작스레 입술 새로 혀가 침범하자 시은이 재빨리 그의 어깨를 두드렸다. 하지만 그 손마저 붙잡아 제지하며, 그가 시은의 몸을 소파 위로 밀어 넘어뜨렸다.

균열 없이 맞물린 입술을 깊게 흡입하는 숨결. 혀끝으로 부드럽게 얽어 드는 달콤한 열감.

그의 몸에 짓눌려 버둥거리던 시은은 이내 포기하듯 힘을 놓고 눈을 감고 말았다. 아무리 저항해 본들 어차피 그는 그만두지 않을 것이다.

더는 밀어내지 않는 시은의 손을 놓으며, 정우가 하얀 셔츠 아래 매끈하게 뻗은 허벅지로 손을 옮겼다. 그 손은 이젠 너무나 당연하게 다리 안쪽으로 파고들어 그 가운데 덮인 얇은 천 위를 자극적으로 쓰다듬었다.

으음, 야트막한 소리가 맞붙은 입술 새로 흘러나온다. 겨우 손끝 하나 옮겨 닿았을 뿐인데 이후에 벌어질 일들이 영상처럼 머릿속에서 재생되었다. 시은이 단단한 가슴을 살짝 밀어내며 지친 목소리로 말했다.

"일찍 일어났더니 너무 피곤해."

"누가 뭐래요?"

그렇게 말하면서도 남자는 능청스러울 만큼 몸을 붙여 왔다. 귓바퀴를 느릿하게 핥으며 함께 밀착해 오는 그의 하체에서 뭉툭한 부피감이 느껴졌다. 볼록하게 솟은 그의 열기가 허벅지 안쪽을 찔렀다. 그 감촉이 너무도 선연해, 도무지 모른 척할 수가 없었다.

"난 섹스보다 키스가 더 좋은데. 자꾸 이렇게 되면 무서워서 키스를 어떻게 하니?"

"내가 무서워요?"

낮은 웃음소리가 쇄골 위를 두드렸다. 서걱거리는 소리와 함께 셔츠 아래 있는 둥근 젖가슴이 그의 손안에 바스라질 듯 움켜쥐어졌다.

"침대에선 조금?"

목덜미에 스치는 짧은 머리카락이 간지럽다.

"까딱하면, 잡아먹힐 것 같아서."

시은이 나른하게 고개를 젖히며 자연스레 눈을 감았다. 피곤한 것 같기도 몸이 그의 열기에 취해 노곤해진 것 같기도 했다. 짓궂은 엄지가 어느새 굳기 시작한 가슴 끝을 꾹 짓눌렀다.

"정말로 잡아먹어 버리고 싶긴 해요. 머리끝부터 발끝까지, 하나도 남기지 않고 모조리 다."

그렇게 말하며 남자는 셔츠 위로 꼿꼿하게 선 유두 끝을 입 안에 머금었다. 젖은 천을 사이에 두고 뭉근하게 감겨 오는 야릇한 감각에 눈을 뜨자, 그가 보는 앞에서 혀를 내밀어 젖은 돌기 위를 할짝 핥아 올렸다.

반투명해진 셔츠 아래로 분홍빛 유두가 희미하게 비친다. 실로 색정적이고 자극적인 모습이었다. 다리 사이가 바짝 조여듦을 느끼며 시은이 지그시 눈을 감았다.

"야해, 민정우."

"이것도 당신 한정이에요."

뒷머리를 당겨 안는 손길과 함께 또 한 번 입술이 깊게 맞물렸다.

그와 함께일 때면 시은은 수시로 발정기의 암컷이 되어 갔다. 그만하라며 칭얼대 놓고도 몸은 그의 사소한 손길 한 번에 어느새 타오를 듯이 뜨거워졌다. 그리고 곧 머지않은 시점에, 그녀는 그의 목에 매달려 아이처럼 흐느끼게 되었다.

상대에게 품는 감정이 낯설고 생소하기는 시은 또한 마찬가지였다. 항상 어느 정도의 한계를 두고 타인을 대해 왔던 그녀인데, 정우에게만큼은 그것이 생각처럼 되지 않았다.

재고 따지는 것 없이, 가감 없이, 서로를 마주 보고 받아들인다는 게 이런 기분이구나.

항상 어딘가 공허하고 비어 있는 듯했던 마음이 그의 손길에, 그의 체온에 조금씩 온기를 찾고 차오르기 시작했다.

시은은 그의 품에 안겨 마음껏 안심하고 또 흐느끼며, 그 낯선 감정과 과정들에 조금씩 익숙해져 갔다.

* * *

"있잖아요. 요즘 민정우 씨 분위기가 좀 달라지지 않았어요?"

요즘 부쩍 정우에 대한 이야기가 여사원들 사이에서 자주 오고 갔다. 시은은 그들 틈에 말없이 앉아 아닌 척 귀를 기울였다.

"어, 나도 느꼈는데. 지난번에 뒷담화한 걸 들었는지 어쨌는지, 일적으로 대화하거나 마주칠 때 간혹 웃기도 하고 그렇더라고?"

얼마 전에 정우의 태도에 대해 특히 비판적으로 말했던 박 대리가 맞장구를 쳤다.

"그죠? 저만 느낀 거 아니죠?"

"마케팅팀 터미네이터가 드디어 인간미가 생겼나?"

터미네이터라니. 민정우는 과연 제가 저런 별명으로 불린다는 사실을 알고나 있을까. 꾹 사리문 입술 밖으로 웃음이 터지려 했다. 시은은 부드럽게 호를 그린 입매를 컵을 들어 감추었다.

막 정우와 연애를 시작했을 때만 해도 누군가 그의 이름을 거론하는 것만으로도 왠지 모를 양심의 가책을 느끼곤 했다. 하지만 시간이 흐르자 그 또한 점차 익숙해지며, 태연하게 반응할 수 있게 되었다. 아니, 어쩌면 즐기고 있는 것 같기도 했다. 남몰래 하는 비밀 연애의 긴장감과 소소한 재미를.

시은은 사람들의 시선을 피해 정우의 자리로 힐끗 시선을 보냈다. 요즘 부장의 지시로 보조하는 프로젝트의 마감일이 당겨졌다더니, 아침 시간에 한가로이 티타임을 갖는 자신과는 달리 붙박인 듯 책상 앞에 앉아 있는 그가 눈에 들어왔다. 많이 바쁜가.

잠시 시선을 머물렀다가 바로 거두려고 했는데 생각지도 못하게 정우와 눈이 마주쳤다. 찰나의 순간, 미묘한 감정이 오고 갔다. 아무리 익숙해졌다지만 이런 식으로 사람들 몰래 사내에서 시선을 주고받을 때면 묘한 긴장감과 두근거림이 가슴을 조여 오곤 한다.

이후에 사람들이 혹시 이 사실을 알게 되면 이조차 발칙하다 여길지 몰랐지만, 최소한 현재만큼은 둘만 아는 이 연애가 시은에겐 충분히 만족스럽고 행복했다.

"그래서인지 요즘 여기저기서 멋지다고 난리예요. 다른 부서에도 마케팅 1팀 신입이 그렇게 훈남이라고 소문이 자자하더라고요? 솔로인 여직원들 중에서 민정우 씨 노리는 사람들도 꽤 된대요."

"그래?"

사람들이 나누는 대화를 가벼이 흘려들으며 정우에게서 눈길을 거두곤 고개를 들었다. 민선의 입에서 나온 말 중 한 대목이 묘하게 귀에 거슬렸기 때문이다. 민정우를 노리는 여직원들이 있다고? 저도 모르게 미간이 구겨졌다.

"왜, 객관적으로 봐도 잘생기긴 했잖아요. 처음 입사했을 때도 다들 외모 보고는 입을 모아 칭찬했었으니까. 근데 겪어 보니 사람이 너무 폐쇄적이라 좀처럼 친해지기가 힘들어서 관심이 잦아들었던 거지."

"그렇긴 했지. 애인은 없어 보이긴 하던데. 이러다 용기 있는 자가 훈남을 차지하는 거 아니야?"

민선의 말에 한 대리가 우스갯소리로 받아쳤다. 유머감 넘치는 대화에 듣는 이들 대부분이 웃고 있는데 시은만이 그 속에 앉아 무표정을 짓고 있었다. 정확히는 무표정이 아니라 점점 험악해지고 있는 중이다.

용기 있는 자가 훈남을 차지한다라.

한 대리의 말을 못마땅한 듯 곱씹는 입술이 비뚜름하게 휘어졌다.

✻ ✻ ✻

점심시간이 되자 둘은 오늘도 어김없이 창고에서 만남을 가졌다. 웬만해선 사람들의 출입도 드문 데다가 넓은 공간에 워낙에 이것저것 들어차 있는 물건들이 많아서, 혹시 누가 오더라도 몸을 숨기기에 이만큼 적절한 장소가 없었기 때문이다.

가끔 볕을 쬐고 좋은 공기를 마시며 이야기를 나누고 싶을 때도 있었지만, 시은은 이내 현실을 직시했다. 괜한 욕심으로 사람들의 눈에 띄는 것보다는 좀 갑갑하더라도 마음 편히 그와 마주 볼 수 있는 지금이 나았다. 업무적인 곳을 자신들의 밀회 장소로 이용한다는 것이 조금 찝찝한 감이 없지 않아 있긴 했지만.

"요즘 여직원들한테 잘 웃어 줬어?"

시은은 정우가 건네는 따끈한 캔 커피를 받아 들며 다소 뜬금없는 질문을 던졌다. 정우가 의아한 얼굴로 옆으로 다가와 섰다.

"갑자기 무슨 말이에요?"

"아니, 사람들이 요즘 정우 씨 인상이 좀 달라졌다 그러더라고."

"내 인상이 어때서요?"

탁, 하고 경쾌한 소리를 내며 캔의 입구가 오픈되었다. 시은은 못마땅한 기색을 감추지 못한 채 대꾸했다.

"전엔 좀 차갑고 다가서기 힘든 타입이었는데 요샌 많이 유해져 보인다고들 하던데?"

"그래요?"

정우가 피식, 웃었다. 시은이 두 눈을 가늘게 뜨고 그 입매를 바라보았다. 희미하게 말려 올라간 입매의 선이 그녀가 보기에도 꽤 매력적이었다.

설마 저런 식으로 웃었던 건가? 다른 여자들 앞에서?

날카롭게 정우의 입술을 노려보던 시은의 눈동자가 잘생긴 인중과 콧날을 타고 올라가 그의 눈에 머물렀다. 무심코 안경 속에 자리한 눈동자를 응시하다가, 그의 안경테에 잠시 시선이 박혔다. 순간 시은의 눈동자가 예리하게 빛났다.

"그러고 보니 안경 바꿨네?"

항상 차갑게 보이는 은테 안경만 썼던 것 같은데 오늘은 웬일로 진한 뿔테를 착용하고 있었다.

"아, 친구가 근처에 안경점 개업했다고 갈아 달라고 부탁해서요. 쓰던 걸로 하려고 했더니, 기왕 바꾸는 거 다른 스타일도 써 보라고 추천을 하기에."

정우가 어색한 듯 바뀐 안경테를 매만지며 설명했다. 그러다가 새초롬하게 응시하는 시은의 시선을 느꼈는지 멋쩍은 얼굴로 물었다.

"왜, 안 어울려요?"

"아니. 어울려."

시은이 불퉁한 얼굴로 짧게 대꾸했다. 퉁명스레 답하긴 했지만, 사실이었다. 새로 바뀐 안경테는 정우와 꽤 잘 어울렸다. 은테는 그 질감 때문인지 안 그래도 서늘한 인상을 더욱 차가워 보이게 만들었는데, 선이 분명한 뿔테는 오히려 차가움을 누그러뜨려서 인상을 선해 보이게 만들었다.

남들에게 차가워 보이기 위해 안경을 쓴다더니. 이래서야 안경을 쓰는 의미가 없잖아?

시은이 못마땅한 얼굴로 캔 커피를 들이켰다.

"근데, 묘하게 신경질적이네요. 오늘?"

시은의 미묘한 기분 차이를 눈치채지 못했을 리 없는 정우가 그녀의 얼굴을 가만히 들여다보며 말했다. 묘하게 올라간 눈꼬리라든지, 앙다문 입술이라든지, 뾰족하게 날이 선 말투가 어딘지 모르게 날카로웠다.

그의 말에 속이 찔린 시은이 뒤늦게 표정을 가다듬으며 고개를 들었다.

"뭐가?"

"혹시 다른 여직원들이 내 얘기 해서 기분 상했어요?"

정우가 좀 더 구체적으로 질문했다.

"정우 씨 인상 좋아졌다는데 내가 기분 상할 게 뭐 있어? 좋은 게 좋은 거지 뭐."

"나에 대해 한 얘기가 그게 전부예요?"

애써 태연한 척하는 시은을 보며 정우가 미심쩍은 눈길을 보냈다. 아니라는데, 뭘 자꾸 묻는 거야?

"그럼 그게 전부지. 뭔가 더 있길 바래?"

"아니. 그런 건 아니고."

여기서 더 파고들었다간 괜한 불똥이 튈 것을 감지한 정우가 일찌감치 발을 뺐다. 그러고는 삐죽거리는 입으로 캔 커피를 확 들이켜는 시은을 보며 그녀 몰래 희미하게 입가를 당겼다.

뭐가 못마땅해서 저렇게 있는 대로 씩씩대는 건지. 연상의 여자가 저렇게나 귀여워도 되는 건가. 놀리고 싶은 걸 꾹 참으며, 휘어진 입매에 캔을 기울였다.

한편, 조금 전 여직원들이 했던 말이 쉽사리 잊히지 않는 시은은 괜스레 정우마저 밉살맞게 보이고 심통이 났다. 불안한 마음이 드는 건 아니었지만, 다른 이들이 정우를 상대로 그런 생각을 한다는 것 자체만으로도 묘하게 속이 꼬였다.

절대 말해 주지 않을 것이다. 다른 부서 여직원들이 그를 노리고 있다는 사실 따위.

정우는 모르는 오기를 꽁한 표정 안에 잔뜩 품은 채로 시은이 들고 있던 캔 커피를 마저 입에 털었다. 그러다 한두 방울 감질나게 흘러들고 마는 캔 안을 허무한 듯 들여다보았다. 갈증이 나서 한꺼번에 많은 양을 들이켰더니 커피가 그새 동이 난 모양이다. 카페인 중독 수준이라 평소 커피를 입에 달고 사는데 금세 바닥을 보인 캔 안을 보자 아쉬움이 밀려들었다.

"한 잔 더 뽑아 올까요?"

"아니, 됐어. 이따 사무실 가서 믹스커피 한 잔 더 마시지 뭐."

시은이 빈 캔을 옆자리에 내려놓곤 두 팔을 쭉 뻗으며 뻐근한 허리를 양옆으로 비틀었다. 낙낙한 니트가 위로 들리며 그 아래 숨겨져 있던 잘록한 허리 라인이 모습을 드러냈다. 정우가 그 모습을 지그시 바라보다가 입을 열었다.

"그러고 보면 은근히 단 거 좋아하는데 이상하게 살이 안 쪄요."

"나?"

시은이 모르는 소리라는 듯 이내 양손을 저어 가며 부정했다.

"아냐, 나 살 쪘는데. 정우 씨 만나서 벌써 2킬로도 넘게 쪘어."

"그랬나?"

이제 만난 지 두 달이 좀 넘어가는데 그사이 밤마다 정우와 야식을 먹고 맥주를 마시곤 했더니 급격하게 살이 쪘다. 쉽게 살이 붙는 체질이 아니라서 다이어트 걱정 같은 건 해 본 적이 없었는데 요 근래 뱃살이 좀 접히는 것 같아 안 그래도 고민되던 참이었다. 시은이 옷 속에 감춰진 허리 살을 손으로 짚어 가며 정우에게 물었다.

"정우 씬 못 느꼈어?"

"글쎄요. 근래 감기는 그립감이 좀 더 좋아졌던 것 같기도 하고."

묘한 뉘앙스로 대꾸한 정우가 비스듬히 몸을 돌려 시은을 내려다보았다. 어쩐지 음험한 분위기가 풍겨 드는 듯싶어 시은이 경계하는 낯으로 바라보았다. 아니나 다를까 책상 앞에 기대어 선 시은의 양옆으로 가만히 손을 짚으며 정우가 은근한 어조로 속삭였다.

"내친김에 오늘 밤에 제대로 확인해 볼까요? 2킬로의 지방이 어디에 어떻게 붙었는지."

그야말로 능청스런 얼굴로 외설적인 말을 아무렇지 않게 뱉었다. 가끔 이런다면 그녀도 물론 당황했을 테지만 이젠 제법 익숙해진지라 시은은 무감한 얼굴로 그의 말을 되받아쳤다.

"오늘은 친구랑 약속 있다고 그제부터 말했잖아."

"그랬었나? 그럼 지금은 어때요? 지난번에 사 둔 스타킹, 이 책상 서랍 안에 숨겨 뒀는데."

장난기 가득한 표정과 말투에 시은이 두 눈을 가늘게 치켜떴다.

"원래 그 또래 남자들은 다들 이렇게 음란하니?"

"아마도요. 그래도 난 꽤 금욕적인 편이었는데, 당신 만나고 나서 많이 달라지긴 했죠."

"못 산다, 정말. 뭐 걸핏하면 다 내 탓이래."

은근슬쩍 책임을 떠넘기는 정우의 말에 시은이 밉살스럽다는 듯 어깨를 툭 밀쳤다. 물론 반 이상은 농담이겠지만 전적이 있는 인물이라 아주 안심할 수도 없었다. 혹시 모를 사태를 미연에 방지하기 위해 시은이 그의 품에서 빠져나왔다.

"그만 사무실로 들어가자. 요즘 사람들이 점심시간마다 어딜 다녀오는 거냐고 묻고 난리야. 늦기 전에……."

막 그를 밀치고 문 쪽으로 앞서 걸어 나가려던 때였다.

끼이.

"어, 불이 켜져 있네?"

차가운 마찰음과 함께 웬 남자의 목소리가 들려왔다. 시은이 깜짝 놀라 걸음을 멈추었다. 남직원 둘이 문을 열고 안으로 들어오는 중이었다. 아뿔싸. 뒤늦게 상황을 파악한 시은이 서둘러 돌아서 정우를 붙잡고 책상 아래로 숨어들었다. 그러고는 그 앞에 놓인 의자를 당겨 재빨리 앞을 가로막았다.

"누가 들어왔다 나갔나?"

일행 중 하나가 불 켜진 창고 안을 두리번거리며 주변을 살폈다.

"그러게. 그나저나, 그냥 적당히 상태 좋은 걸로 가져가면 되겠지?"

"내가 쓸 거 아니니까 대충 골라 가지, 뭐."

"여기 있네. 문 앞이라 옮기기도 좋고. 그냥 이걸로 하자."

사무실에 책상 하나가 추가로 필요했던 건지, 들기 편한 걸로 갖고 가기로 적당히 합의를 본 남자들이 문 앞에 있는 사무용 책상의 양 끝을 나눠 들었다.

"아, 먼지 좀 봐. 옷에 다 묻겠네, 이거."

책상 표면에 쌓인 먼지에 남자가 인상을 찌푸리며 깔끔한 척 툴 툴거렸다. 정우와 함께 책상 아래 몸을 숨긴 시은은 사색이 된 얼굴로 그 모습을 주시하고 있었다. 문 쪽을 넘어다보는데 가슴이 긴장감에 둥둥 뛰었다. 조금만 더 걸음을 옮겼어도 저들 눈에 꼼짝없이 들켰을지도 몰랐을 상황이었다. 그런 생각이 들자 문득 간담이 서늘해졌다.

"뭘 그렇게 긴장해요?"

"쉿."

사태 파악을 못 한 건지, 아니면 별일 아니라 여긴 것인지. 아무렇지 않게 입을 여는 정우의 입술을 시은이 재빨리 손으로 막았다. 동그란 눈을 치켜뜨며 아직 책상을 나르느라 여념이 없는 남자들 쪽을 눈짓으로 가리켰다. 정우가 심드렁한 시선으로 그들이 있는 쪽을 바라보았다.

시은은 혹시나 싶어 다급히 남자들을 살폈다. 정우의 목소리가 워낙 낮기도 했고 남자들이 힘을 쓰느라 정신이 없는 탓에 그의 음성을 듣진 못한 것 같았다. 다행이다. 정우의 입을 손으로 틀어 막은 채 안도의 한숨을 내쉬고 있을 무렵, 덥고 축축한 기운이 기습적으로 손바닥을 핥고 지나갔다.

"……!"

쿵.

"어?"

시은이 소스라치는 바람에 앞에 놓여 있던 의자가 뒤로 넘어가 버렸다. 문턱 너머에 책상을 내려놓고 잠시 숨을 고르고 있던 남자가 의아한 낯으로 창고 안쪽을 내다보았다. 다급히 문 쪽을 돌아보는 시은의 얼굴이 파리해졌다.

"방금 안에서 무슨 소리 들리지 않았어?"

시은은 숨도 쉬지 못하고 제 입술을 양손으로 틀어막았다. 생각 같아선 당장에 손을 뻗어 의자를 당겨 오고 싶은데 그랬다간 오히려 더 주의를 끄는 꼴만 될 것 같았다.

"뭐가 떨어졌나?"

들키면 어떡하지. 이쪽으로 오기라도 하면.

심장이 세차게 두방망이질을 쳤다. 인기척에 발목이 묶인 남자들이 창고 안쪽을 바라보며 고개를 기웃거리고 있었다. 손안이 축축해졌다. 금방이라도 남자들의 눈에 이 상황을 들킬 것만 같아 심장이 떨려 왔다.

만약 들키면 어떡해야 하는 걸까. 뭐라고 변명을 해야 되려나. 아니, 변명을 한들 과연 먹히긴 할까?

별생각을 다 하며 조마조마하고 있던 그때.

"!"

정우가 손을 뻗어 시은의 어깨를 감싸 안았다. 타인으로부터 그녀를 보호하듯, 품 안에 바짝 안아 당겼다. 시은이 숨죽인 얼굴로 고개를 들어 그를 바라보았다. 단호한 표정으로 밖을 경계하고 있는 정우가 보였다. 몸 주변을 휘도는 그의 열기가 꼭 단단한 방패막이처럼 느껴졌다.

시은은 정우의 품 안에서 잔뜩 웅크린 채 그의 옷깃을 힘주어 쥐었다. 저들 눈에 적발되는 순간, 어떤 변명을 해도 이 상황을 만회하긴 힘들어질 것이다. 아마 소문은 삽시간에 회사 전체로 퍼져 나가 사람들의 입에 오르내리게 되겠지.

죄를 지은 것도 아닌데 비밀이 밝혀질까 봐 전전긍긍하는 스스로가 시은은 한심했다. 무엇 하나 떳떳하지 못할 것 없는 사이인데 제가 왜 이러고 있어야 하는 것인지 짜증이 났다. 만약 그렇게 된다면, 차라리 모든 사람들 앞에서 당당히 연애 사실을 인정하자고 다짐하던 그때.

"몰라. 귀찮은데 그냥 가자."

문득 들려온 남자의 말에 시은이 고개를 돌렸다.

"그래, 뭐. 나중에 누가 와서 정리하겠지."

문 앞에 서 있던 남자가 귀찮음이 섞인 음성으로 대꾸했다. 그리고 이어서 불이 꺼지며 창고 문이 쾅, 하고 닫혔다.

"하……."

무거운 숨소리가 힘없이 놓인 입술 새로 버겁게 흘러나왔다. 책상 아래서 잔뜩 웅크리고 앉아 있던 시은이 털썩, 바닥에 엉덩이를 붙였다. 줄곧 문 쪽을 바라보고 있던 정우가 그제야 걱정스런 얼굴로 시은을 내려다보았다.

"괜찮아요?"

시은에게선 잠시 말이 없었다. 갑자기 사람들이 들이닥치는 바람에 잔뜩 긴장한 얼굴이 귀여워 조금 놀려 주려 했던 것뿐인데, 시은이 이 정도로 마음을 졸일 것이라곤 미처 생각지를 못했다. 미안한 마음에 정우가 조심스레 손을 뻗자, 뒤늦게 정신이 돌아온 시은이 야멸차게 그의 손길을 뿌리쳤다.

"이 상황에 그런 장난이 치고 싶니?"

시은이 턱을 들어 올리며 앙칼지게 외쳤다. 놀란 가슴이 진정되질 않아 아직도 씩씩거렸다. 두 눈을 날카롭게 치뜨며 노려보자 정우가 머쓱한 표정을 지었다.

"미안해요. 그렇게까지 놀랄 줄 모르고."

"그러다 정말 들키기라도 하면 어쩌려고."

맥이 탁 풀리며 온몸에서 힘이 다 빠져 버렸다. 시은은 하려던 말을 대충 끝내며 무겁게 숨을 내쉬었다. 급격히 피곤감이 몰려들었다. 들킬 뻔한 순간이 닥치자 기왕 이렇게 된 거 차라리 당당해지자고 스스로를 다독였었는데, 막상 위기를 모면하고 보자 잊고 있던 불안감이 폐부 깊숙이 엄습해 들었다.

정말 이러다가 머지않은 시일에 회사 사람들에게 들키기라도 하면 어떡하지?

시은은 수심이 가득한 표정으로 한숨을 뱉었다.

만약 그렇게 되었을 때, 사람들은 과연 이 관계를 색안경을 끼지 않고 있는 그대로 받아들여 줄까?

처음 연애를 시작하던 무렵 하루가 멀다 하고 반복했던 근심을 다시 끄집어내며 시은이 착잡한 표정을 지었다. 그때, 마른 뺨 위로 따스하고 커다란 손이 다가와 부드럽게 덮어 내렸다. 고개를 들자 잘못을 반성하는 아이처럼 그녀를 바라보고 있는 정우와 눈이 마주쳤다.

"미안해요. 내가 잘못했어요, 정말."

그러니 이제 그만 안심하고 마음 풀라는 듯, 정우가 시은의 뺨을 잡고 가볍게 입을 맞추었다. 직전까지만 해도 잔뜩 긴장이 되고 불안했었는데, 정우의 온기가 닿자 마음이 거짓말처럼 차분해졌다. 하지만 여전히 정우의 짓궂은 장난에 화가 나긴 했다. 날 세운 시선을 쉽게 누그러트리지 않자 정우가 잔뜩 풀이 죽은 얼굴로 나직이 말했다.

"오늘 밤엔 안 건드릴게요."

농담인지, 진담인지 모를 어처구니없는 대답 앞에서 시은은 기막힌 듯 웃고 말았다.

"어차피 오늘은 친구 만날 거라 먹이라는 짐승한테서 해방이거
든요."

"아."

정우가 멋쩍은 표정을 지었다. 안 어울리게 어리숙해 보이는 모
습에 또 한 번 웃음이 났다. 그러다가 천연스레 눈을 마주치는 그
를 보곤 저조차 결국 그녀의 긴장감을 풀어 주기 위한 고도의 계
략이었음을 눈치챘다.

"못 말린다, 정말."

시은이 새치름한 얼굴로 책상 밖으로 몸을 일으켜 세웠다. 뒤따
라 책상 아래서 빠져나온 정우가 먼지 묻은 시은의 바지를 다정하
게 털어 주었다. 그 손길이 나쁘지 않아 잠자코 서 있자 힙 쪽을
중점적으로 털어 주던 그가 잠시 손을 멈췄다.

"혹시, 숨은 2킬로가 여기 붙었나?"

"야!"

시은은 그길로 손을 뻗어 정우의 팔뚝을 소리 나게 내려쳤다.
여전히 장난기 어린 얼굴로, 정우가 맞은 부위를 살살 문지르며 부
리나케 창고 밖으로 뛰쳐나갔다. 시은이 약이 바짝 오른 얼굴로 씩
씩대며 그 뒤를 쫓아 나간다. 하지만 창고 밖을 나서면 둘은 또 언
제 그랬냐는 듯 데면데면한 태도로 서로를 외면했다.

정우가 저만치 앞서 걸으며 젠틀한 얼굴 위로 익살스런 표정을
지었다. 시은이 멀찌감치 떨어진 거리에서 귀엽게 눈을 흘기었다.

누군가에겐 아슬아슬하고, 누군가에겐 그래서 더욱 짜릿한, 스
릴 넘치는 비밀 연애였다.

* * *

11월이 되면 회사에선 부서별로 워크숍을 진행할 것을 권고했다. 말이 워크숍이지 실은 친목 도모를 목적으로 한 야유회였다. 12월로 들어서면 연말 정산으로 인해 바빠질 것이기 때문에 그 전에 사기 증진 차원으로 다녀오라는 것이었다.

원래 단체 활동에 크게 취미가 없는 데다가 부서 내에 껄끄러운 인물까지 있는지라 시은은 이번 야유회가 유독 마음에 내키지가 않았다. 하지만 회식과 마찬가지로 강제성이 따르는 자리인지라 특별한 사정 없이 빠질 수는 없었다.

"자, 다들 안내문에서 자기가 탈 차량이랑 조 편성 확인 하셨죠? 그럼 이따가 동해휴게소에서 뵙겠습니다. 안전 운행 부탁드립니다!"

친목 담당인 표 대리의 말을 끝으로 사람들이 각자 정해진 차를 찾아 흩어졌다. 부서별 이동인지라 버스를 대절하기에는 인원이 애매해서 야유회 장소까지의 이동은 몇몇 직원들의 차를 조별로 나눠 타는 것으로 결론이 났다.

목적지는 강원도 삼척이었다. 항상 경기 근교에 있는 펜션이나 리조트로 장소를 섭외했었는데, 올해 총무가 바뀌면서 의욕이 넘쳤는지 갖가지 프로그램을 집어넣어 강원도로 야유회 코스를 정하였다. 덕분에 타고 가는 사람이야 그렇다 치지만 운전하는 사람에게 있어선 초장부터 진이 빠지는 야유회가 되고 말았다.

"주세요."

뿔뿔이 흩어지는 사람들을 따라 짐 가방을 가지고 이동하려는데 갑자기 들고 있던 짐이 낚아채어졌다. 시은은 고개를 들어 얼굴을 확인했다.

"제 차로 가실 거잖아요. 들어 드릴게요."

정우가 무표정한 얼굴로 깍듯하게 예의를 갖추어 말한 뒤 그녀의 짐을 들고 앞서 걸어갔다. 공교롭게도 시은이 배정받은 차는 바로 정우의 것이었다. 우연의 일치가 이토록 기분 좋은 결과를 가지고 올 때도 있구나. 피식, 웃으며 시은이 말없이 그의 뒤를 따라 걸었다.

주차장 주변에 높게 선 가로수에서 노란 은행잎이 선선한 바람 끝을 타고 흩날렸다. 시은은 회사에 입사해서 처음으로, 야유회를 가는 길이 설레고 따뜻했다.

11

1박 2일의 일정이라지만 사실상 다음 날은 숙소에서 정리를 마치면 바로 집으로 가는 수순을 밟게 돼 있었다. 때문에 하루에 소화해야 하는 스케줄치고는 코스가 다소 타이트했다.

전망이 좋기로 유명한 동해휴게소에서 잠시 차를 멈추고 휴게소 음식으로 간단하게 요기를 때운 부서원들은 그길로 다시 배정받은 차에 탑승하여 환선굴로 향하였다. 목적지까지 40여 분밖에 남질 않았으나, 배가 차자 노곤해졌는지 사람들은 차에 타기 무섭게 달콤한 잠에 빠져들었다.

그중 시은은 유일하게 두 눈이 말똥말똥한 상태였다. 운전석 바로 뒷자리에 앉아 애써 창밖을 응시하던 그녀는 운전에 집중하고 있는 정우의 뒷모습을 흘긋 바라보았다. 아침부터 내리 두 시간 넘게 운전대를 잡고 있느라 피곤할 법도 한데, 그는 내색 한 번 않고 묵묵히 제 역할을 하고 있었다.

운전하느라 피곤하지 않느냐고 말 한마디 건네고 싶었으나 보는 눈이 있어 그조차도 껄끄러웠다. 운전하는 이도 졸리는 건 마찬가지일 텐데 그 옆자리에 앉아 코까지 골아 가며 숙면 모드에 돌입한 김 과장이 시은은 얄밉기 짝이 없었다.

저 시끄러운 콧구멍에 호두과자라도 하나씩 쳐넣어 버릴까.

위험한 욕구를 억누르고 있을 때, 정우의 목소리가 들렸다.

"윤 주임님도 잠깐 눈 좀 붙이시죠."

"아, 난 괜찮아요."

시은이 어색하게 대꾸했다. 비록 다들 잠든 상황이긴 했지만 사람들이 있는 앞에서 그와 말을 주고받자 괜스레 눈치를 살피게 되었다.

"윤 주임님."

"응. 아니, 네?"

갑작스런 부름에 습관처럼 답하였다가 시은이 다급히 정정했다.

"응. 아니, 네? 무슨 대답이 그래요?"

다 알면서. 이 순간조차 짓궂은 정우가 얄미웠다.

"혹시 뒤에 물 있으면 한 병만 이쪽으로 넘겨주시겠어요?"

시종일관 주변 눈치를 보느라 왠지 모르게 어색한 그녀와는 달리 정우는 믿을 수 없이 차분하고 자연스러웠다. 의식하고자 하지 않으면 저렇듯 포커페이스가 가능한 건가. 자유자재로 스스로를 컨트롤할 수 있는 능력이 그저 부러울 따름이라 생각하며 물병 하나를 운전석 쪽으로 건네었다.

"여기."

내민 손을 거두려는데 손등 위로 어렴풋이 정우의 손이 닿았다. 스친 것이라 여기던 순간 그가 좀 더 노골적으로 손을 감싸 쥐었다. 크고 더운 손이 부드럽게 살갗을 쓸었다. 화끈거리는 얼굴로 시은이 황급히 주변을 살폈다. 다행히도 모두들 잠이 든 상태였다.

"민정우."

다그치듯 속삭이는 말에 그가 설핏 입가를 당겼다. 악랄해. 붙잡힌 손을 잡아 빼는 그녀를 마지못해 놓아주며 그가 물병을 옮겨 받았다.

"고맙습니다."

룸미러로 그녀를 응시하는 눈가가 장난스럽게 접혔다. 시은 역시 룸미러를 통해 그를 바라보며 눈을 흘겼다. 가만 보면 항상 조마조마하는 쪽은 시은이고, 정우는 그 상황을 즐기고 있는 것만 같았다.

얄미워.

그의 열기가 닿았던 손등을 매만지며 시트에 몸을 기대었다. 화끈거리는 두 뺨을 차가운 창 표면에 살포시 갖다 대었다. 뾰로통하게 돌아섰으나 얼굴에서는 어느새 조금씩 웃음이 번져 나갔다.

창밖을 스치는 노랗고 붉은 단풍들이 참으로 따스해 보였다. 차오르는 마음만큼 만물이 무르익는 가을이었다.

✳ ✳ ✳

주말이라 그런지 입구부터 북적이는 게 느껴졌다. 운전자의 속도에 따라 제각기 다르게 주차장으로 집결한 사람들은 의욕 넘치는 친목 담당의 뒤를 따르며 이런저런 불만들을 늘어놓았다.

황금 같은 휴일에 쉬지도 못하고 업무의 연장과 다를 바 없는 야유회에 온 것만으로도 짜증이 나는데 대체 누구 좋으라고 강원도 삼척으로 장소를 정했냐는 것이었다. 강원도 쪽이 고향인 부장의 의견이 꽤 반영된 걸 뻔히 알고 있었지만, 어느 누구도 부장에게 원망의 화살을 돌리진 못했다. 애꿎은 총무의 귀만 따가울 뿐.

모노레일 승강장에 도착해 환선굴 관람 시간이 한 시간 넘게 소요된다는 소리를 듣고는 부서원들의 원성은 더 심해졌다. 그중 다리 라인을 포기할 수 없어 굽이 있는 구두를 신고 온 여직원들의 목소리가 유독 컸다. 여성들의 원성에 귀가 닳을 지경에 이른 총무가 사비로 따끈한 캔 커피를 쏘기로 약속하고서야 겨우 상황은 일단락이 되었다.

"센스 없어, 정말. 놀고먹자는 야유회에 이게 웬 운동 코스야?"

"여긴 그나마 나아요. 이따가 레일바이크 탈 땐 우리가 직접 페달을 돌려야 된다니까요."

"진짜? 오 마이 갓."

"이거 캔 커피 하나로 넘어갈 문제가 아닌데?"

"어이, 정 총무. 우리 부서 여직원들 단체로 다이어트 시키려고 작정하고 코스 짠 거 아니야?"

모노레일이 도착하길 기다리는 동안 짓궂은 여직원 몇이 사람 좋은 총무를 또다시 놀려 댔다. 그 모습을 동조 없이 바라보며 시은은 피식 웃음을 지었다. 그러다 무심코 주변을 돌아보던 시선 끝에서 날카롭게 그녀를 노려보고 있는 눈과 잠시 마주쳤다. 희미하게 당겨져 있던 입매가 천천히 굳어졌다. 석준이었다.

시은이 구내식당에서 남자 친구가 생겼음을 밝힌 뒤로, 그는 그녀를 저렇듯 경멸 어린 눈초리로 바라보았다. 자신이 어째서 저 인간 같지 않은 이에게 그와 같은 시선을 받아야 하는 것인지 때때로 어이가 없었지만, 딱히 그 감정을 바로잡아 주고 싶진 않았다. 석준이 더 이상 자신에게 추근거리지 않는 것만으로도 시은은 다행이라 여겼다. 그나마 남아 있는 불필요한 관심조차 완전히 끊어 준다면 더 좋겠지만.

시은은 노골적으로 박혀 오는 시선을 차갑게 무시했다. 일행들과 나란히 서서 이런저런 이야기를 주고받고 있는데 때마침 모노레일이 승강장에 도착했다. 케이블카와 겉모습이 꽤 흡사한 그것은 가파른 레일을 따라 천천히 운행되었다.

관계자가 도착했음을 알리자 흩어져 있던 사람들이 일사불란하게 모여들었다. 시은은 천천히 안으로 밀려들어 가는 사람들을 따라 모노레일에 올라탔다. 일반 승객을 포함해 서 있는 순서대로 탑승을 하다 보니 40명 인원 제한에 걸린 나머지 부서원들은 함께 타지 못하고 다음 운행을 기다리게 되었다. 개중엔 줄곧 시은을 노려보고 있는 석준도 포함되어 있었다.

쌤통이다.

시은이 나직이 콧방귀를 뀌며 창밖으로 시선을 옮겼다. 덜컹거리는 움직임과 함께 모노레일이 천천히 움직이기 시작했다. 생각했던 것보다 경사가 꽤 가팔라서 밖을 보고 있자니 간담이 서늘했다. 좌석에 앉지 못하고 서 있던 시은이 순간 중심을 잃고 휘청였다. 그 순간 재빠르게 다가온 손이 가녀린 어깨를 단단히 붙잡아 주었다. 코끝으로 스미는 익숙한 향에 시은이 고개를 들어 옆을 돌아보았다.

"조심하세요."

정우가 붙잡고 있던 어깨를 바로잡아 준 뒤 손을 거두었다. 그는 무심한 낯으로 시선을 떼며 시은의 등 뒤에 자리를 잡았다. 시은이 뒤늦게 눈을 거두고 정면을 바라보았다. 어색하게 돌린 시선에 창밖에서 아찔하게 쏟아지고 있는 폭포가 들어왔다.

모노레일의 높이 때문인지, 아니면 등 뒤에 선 정우의 존재 때문인지, 시은은 자꾸만 가슴이 뛰었다.

✳ ✳ ✳

모노레일을 타고 올라가는 동안에도 잦아들지 않던 불만들은 동굴 입구로 들어서 환선굴의 웅장함을 마주하자마자 곧 탄성으로 바뀌어 버렸다. 덕분에 총무가 모처럼 열일 하였다고 칭찬하는 말들이 뒤늦게 쏟아졌다.

환선굴 탐방을 마치고 사람들은 곧장 해양 레일바이크장으로 이동했다. 미리 시간을 예약해 둔 터라 움직이는 시간이 촉박했다.

이렇게 빡센 야유회는 또 처음이라며 다들 한숨을 내쉬었다. 하지만 각박한 서울 땅을 벗어나 모처럼 맑은 공기를 마시자 당초 불만스러웠던 마음들은 눈 녹듯 사그라지고 어느새 다들 어린아이처럼 해맑은 얼굴로 이 여행을 즐기고 있었다.

"사람 진짜 많다."

셔틀버스 승강장에 줄지어 서 있는 사람들을 보며 입이 쩍 벌어졌다. 예약을 해 둔 터라 그나마 다행이라 여기며 대기실로 이동했다. 총무가 매표소에 가서 미리 예약해 둔 티켓을 발권해 왔다. 4인승이라고 적힌 티켓엔 따로 좌석이 정해져 있지 않았다. 줄지어 승강장으로 이동해 친분 있는 사람들끼리 레일바이크에 탑승을 마쳤다.

"이걸 한 시간이나 밟아야 된다고?"

줄곧 시은과 함께 다닌 한 대리가 페달에 발을 올리며 시작부터 녹초가 된 얼굴로 말했다.

"그간 안 한 운동, 정 총무 덕에 제대로 하네요."

시은이 웃는 낯으로 대꾸하며 안전벨트를 착용했다. 항상 펜션에 갇혀 술독만 파는 것에 익숙했던 야유회에 비해 훨씬 알차고 짜임새 있는 코스였다. 조금 피곤하긴 하지만 이런 야유회도 나쁘지 않다 생각하며 의자와 바이크 페달 간의 간격을 조정했다. 그러고는 방송으로 안내되는 안전 수칙을 꼼꼼하게 듣고 있을 때였다.

"어머, 그리고 보니 웬 남녀가 나란히 탔네?"

"어라. 저거 정우 씨랑 수지 씨 아니야?"

주의를 잡아채는 이름에 눈길이 반사적으로 사람들을 따라 옮겨 갔다. 의심할 여지없이 눈에 익은 등이 웬 여자와 나란히 앉아 있었다.

뭐야, 저건?

시은의 미간이 파삭 구겨졌다.

"얼마 전에 수지 씨도 민 사원이 완전 자기 스타일이라면서 호들갑이었는데."

"그럼 설마, 저거 수지 씨가 의도적으로 접근한 거야?"

"맞네. 그런 거."

"젊음이 좋긴 좋구나. 의욕이 넘쳐, 아주."

숙덕이는 말소리와 깔깔거리는 웃음소리가 북적대는 레일바이크장을 가득 울렸다. 다른 부서 여직원들이 민정우를 노린다는 사실이야 얼마 전에 들어 알고 있었지만, 요주의 인물이 같은 부서에도 있을 줄이야! 안전바를 쥐고 있는 시은의 손끝이 파리해졌다.

곧 레일바이크가 출발하고 푸르른 바다와 청량한 소나무 숲길이 차례대로 시은의 주변을 스치고 지나갔으나, 그녀는 도무지 아름다운 경관에 주의를 둘 수가 없었다. 정우를 바라보며 교태 부리듯 웃고 있는 수지의 얼굴만이 시야에 따갑게 박히었다.

마주 보고 웃기만 해 봐, 민정우.

맞물린 이가 으득 갈린다. 즐겁던 야유회가 질투의 장으로 변모하는 순간이었다.

* * *

궁촌역에서 출발한 레일바이크는 초곡휴게소에서 잠시 멈추었다. 용화역까지 한 시간이란 시간 동안 페달을 돌려야 하는 탓에 어느 정도 휴식이 필요했다. 못 견딜 만큼 힘든 건 아니었지만 선선한 바닷바람에도 불구하고 땀이 바짝 날 만큼 꽤 체력 소모가 컸다.

10분 정도 주어진 휴식 시간 동안 사람들은 마른 목을 축이려 매점에 들렀다. 매점에 가 생수 한 병을 사 들고 나온 시은은 가늘게 뜬 눈으로 집요하게 어딘가를 좇았다. 휴식 시간조차 정우 옆을 졸졸 따라다니는 수지를 못마땅한 시선으로 바라보는 중이었다.

민정우 쟤는 귀찮은 내색도 안 하고 뭘 하는 건지.

찌릿, 살기 그득한 시선을 보내고 있을 때 우연찮게 정우와 눈이 마주쳤다. 시은이 뭔가 찔린 얼굴로 뒤늦게 시선을 피했다. 수지를 향해 뭐라고 속닥대는 듯싶던 그가 천천히 시은에게로 다가왔다. 애써 허공을 향하고 있는 눈앞으로 기다란 팔이 캔 커피 하나를 들이밀었다.

"뭐야, 이게?"

주변을 살핀 시은이 마땅찮은 눈길로 그의 손을 쓱 훑어 내렸다.

"수지 씨가 주더라고요."

수지 씨. 미간이 좀 더 좁아졌다.

"근데 이걸 나한테 주면 어떡해?"

"아, 괜찮아요. 같이 차 타고 오는 동안에 윤 주임님한테 도움을 좀 받아서 그런다고, 수지 씨한테 따로 허락받았거든요."

그래서 지금 나더러 너한테 사심 품은 여자가 건넨 커피를 대신 마시라 이거니?

부글부글 끓는 속을 차마 분출하지 못한 시은이 차갑게 그의 손을 외면했다.

"됐어. 생각 없어."

"왜요? 커피 좋아하면서."

"글쎄, 됐다고."

뱉는 말에 오기가 잔뜩 묻어나 있었다. 뾰로통한 얼굴로 생수병에 든 물만 벌컥벌컥 들이켜고 있자 그 모습을 유심히 바라보던 정우가 희미하게 입가를 당겼다.

"또 지난번이랑 같은 표정을 짓네?"

"내 표정이 뭐 어때서?"

"지난번 창고에서 질투하면서도 아닌 척할 때 지었던 표정이랑 딱 닮았는데. 아니에요?"

질투라니. 시은이 달아오른 얼굴을 숨기지 못한 채 숨죽인 목소리로 외쳤다.

"미쳤니? 유치하게 무슨, 그런 걸 가지고 질투를 해!"

"정말 아니에요?"

"아니야!"

정우의 오만한 눈에는 꿰뚫어 볼 것 같은 예리함이 어려 있었다. 아니라 딱 잡아 시치미 떼놓고도 그 눈앞에서 시은은 내심 속이 찔렸다.

저 눈을 마주하고 있다간 어린애를 상대로 품은 이 치기 어린 마음을 들킬 것만 같아, 시은은 도망치듯 시선을 외면했다. 생수병 안에 든 얼마 남지 않은 물을 마저 들이켠 뒤 쓰레기통 속으로 던져 넣었다. 그 묘하게 신경질적인 행동들을 잠자코 지켜보고 있던 정우가 나직이 입술을 떼었다.

"그거 조금 탔다고 목 타나 봐요, 윤 주임님은."

허공을 향하고 있던 눈매가 찌릿하게 구겨져 다시금 정우에게로 향했다. 마주친 눈을 응시한 채 비스듬히 입매를 당기며 정우가 얄밉게 속삭였다.

"수지 씬 어려서 그런지 지치지도 않고 페달 잘 돌리던데."

"너 지금, 나이 드립 친 거야?"

발끈한 표정을 감추지 못한 시은이 두 눈을 날카롭게 치떴다. 감정이 날것 그대로 드러난 얼굴을 보며 정우가 흡족한 미소를 지어 보였다.

"그냥 그렇다고요. 휴식 시간 끝난 것 같으니까 그럼 이만 가 볼게요."

저게 진짜.

불끈 쥐어진 주먹이 차마 향하지 못하고 바르르 떨렸다. 좀 전에 던진 생수병을 휴지통이 아니라 저 뒤통수에 저격했어야 했는데. 때늦은 후회가 물밀듯이 밀려들었다.

시은은 그길로 곧장 제 좌석으로 달려가 앉았다. 출발 신호가

올리기 무섭게 의욕적으로 페달을 밟았다. 어찌나 열심히 밟아 댔는지 옆에 앉아 같이 페달을 밟던 한 대리가 걱정스런 얼굴로 쳐다보았다.

"시은 씨, 너무 무리하는 거 아니야?"

"무리는요. 이 정도야 껌이죠."

이를 악문 채 시은이 오기가 잔뜩 실린 음성으로 대꾸했다. 타오르는 질투심에 시은은 용화역에 도착할 때까지 그렇게, 허벅지에 불이 나도록 페달을 밟아 돌렸다.

바람 끝이 꽤 서늘했으나 어떤 이들에겐 여름만큼이나 더운, 늦가을의 오후였다.

* * *

"시은 씨 괜찮아?"

레일바이크에서 내려 주차장으로 향하는 셔틀버스를 기다리고 있는데 한 대리가 물었다.

"무슨 페달을 그렇게 쉬지도 않고 밟아? 덕분에 동승한 우리야 편하게 오긴 했는데."

이른바 분노의 페달질을 감당해 낸 다리를 뻐근한 듯 주물거리고 있는 손으로 한 대리의 걱정스런 눈빛이 향했다. 반자동으로 움직여 줘서 그다지 힘들 것 없는 코스였음에도, 30분이라는 시간 동안 쉬지 않고 페달을 밟은 것이 평소 운동 부족인 시은에겐 좀 무리가 되었던 모양이었다.

"괜찮아요."

시은이 멋쩍은 얼굴로 웃으며 굽히고 있던 허리를 들었다. 길게 숨을 내쉬며 주변을 스치던 시선 끝에서 정우와 눈이 마주쳤다. 여전히 수지라는 찰거머리를 옆에 붙여 둔 정우가 조금은 굳은 얼굴로 시은을 훑어 내렸다.

치.

시은이 불퉁한 표정으로 정우를 피해 고개를 돌렸다. 질투심에 눈이 먼 나머지 혹사시킨 종아리와 허벅지가 근육통을 호소해 댔다. 겨우 그거 좀 돌렸다고 이 모양 이 꼴이라니. 평소 기초 체력 증진에 소홀했던 것을 이 기회를 삼아 뼈저리게 후회하며, 시은은 셔틀버스에 올라탔다.

레일바이크장을 벗어나 숙소인 쏠비치로 향하는 내내 시은의 볼은 뾰로통하게 부풀어 있었다. 정우는 룸미러에 비치는 새치름한 얼굴을 걱정스런 눈빛으로 바라보았다.

요 근래 들어 답지 않게 질투하는 시은의 모습이 귀여워서 조금 놀려 주려 했던 건데, 아무래도 단단히 화가 난 듯 보였다. 화난 거야 장난이었다며 풀어 주면 될 일이지만, 괜한 도발에 약이 올라 무리한 그녀의 다리가 걱정이었다.

어디라도 삐끗한 건 아니겠지.

룸미러 너머로 그녀의 안색을 살피는 사이, 차가 리조트 주차장 안으로 들어섰다. 정우는 선두 차를 따라 들어가 그 옆에 차를 정차시켰다. 서둘러 차에서 내려 시은이 탄 옆 좌석의 문부터 열어 주었다.

"다리는 좀……."

"수고하셨습니다."

시은이 딱딱하게 인사하고 차에서 내려 정우의 옆을 쌩하니 스쳐 지나갔다. 절뚝절뚝, 불편하게 다리를 옮기는 뒷모습이 자꾸만 주의를 붙잡았다.

하아. 그녀를 좇는 시선 아래로 낮은 한숨이 흘렀다.

* * *

좀 무리해서 뻐근해진 정도라 생각했는데, 아무래도 페달을 밟다가 발목이 살짝 접질렸던 모양이었다. 시은은 들고 온 짐을 숙소 귀퉁이에 대충 내려놓고 아릿하게 쑤셔 오는 복숭아뼈 부근을 매만졌다. 어디가 어떻게 된 건 아니고 근육이 좀 놀란 정도인 것 같았다. 그런대로 참을 만하니 조심하면 나아지겠지.

질투가 불러온 참사 앞에 창피함이 몰려들었다. 시은은 반사적으로 화끈대는 뺨을 손등으로 눌러 가라앉혔다. 질투라니. 그것도 어린 신입 여직원을 상대로. 그것만으로도 모자라 볼썽사납게 페달을 돌려 가며 질투로 온몸을 불살랐던 스스로의 모습이 돌이켜 보자 한없이 한심하고 창피해졌다.

어디 쥐구멍이라도 있음 숨어 들어가고 싶다. 대체 뭐 하는 거니. 나잇값도 못 하고.

모아 앉은 무릎에 달아오른 뺨을 묻은 채 시은이 질겅질겅 아랫입술을 짓씹었다. 그러다 조금 전 민망한 마음에 차 문을 열어 주는 정우를 차마 바로 보지 못하고 도망치듯 지나쳐 버린 것이 머릿속에 떠올랐다.

삐진 줄 알고 괜히 마음 불편해하는 건 아닐까.

뒤늦은 걱정이 밀려들었다. 실은 삐진 게 아니라 창피해서 그랬다고 솔직하게 고백해야 하나 생각하고 있을 무렵 똑똑— 노크 소리가 들렸다.

"잠시만요."

문 근처에서 짐을 풀고 있던 민선이 신속하게 문 앞으로 뛰쳐나
갔다.

"대충 짐 정리들 마치고 바비큐 가든으로 모이라네요."

정 총무로부터 전해 들은 전달 사항을 민선이 대신 전했다. 정
해진 일정이 있는데 언제까지 엉덩이를 붙이고 앉아 다리나 조몰
락거리고 있을 수는 없었다. 시은은 갖고 온 작은 캐리어에서 카디
건을 비롯한 간편한 옷을 꺼내어 재빨리 갈아입었다.

"시은 씨, 준비 다 했어?"

"아, 네."

"민선 씨가 카드키 좀 챙겨 주고. 빨리 내려가자. 안 하던 운동
을 했더니 배고파 죽겠어."

문 앞에서 한 대리가 주린 배를 움켜쥐고 채근 어린 말투로 재
촉했다. 시은이 휴대폰을 챙겨 들고 단출한 차림으로 서둘러 방을
나섰다.

"민정우 씨는요?"

바비큐 가든으로 내려와 한 대리 일행과 함께 예약된 자리에 가
서 앉으려는데, 누군가가 정우의 행방을 묻는 소리가 들렸다. 무심
히 주변을 보던 시은의 시선이 자동적으로 목소리의 근원지로 향
했다. 수지가 정우와 어울려 다니는 남직원에게 그에 대해 묻는 중
이었다.

"어머, 좀 전에 레일바이크 같이 타더니 이젠 아주 대놓고 노골
적으로 챙기네?"

"그러게나 말이에요. 그렇게 안 봤는데, 수지 씨 의외로 적극적
이다."

"이러다 야유회에서 사내 커플 하나 탄생하는 거 아니야?"

남 말 하기 좋아하는 여직원들이 여기저기서 키득거렸다. 시은은 못마땅한 얼굴로 그들을 훑다가 다시금 수지와 남직원이 나누는 대화에 귀를 기울였다.

"글쎄요. 짐 풀기 무섭게 볼일 있다고 급하게 나가던데? 차 갖고 나간 걸 보니 좀 걸릴 것 같네요."

"그래요? 히잉. 같이 앉아서 식사하려고 했는데."

수지가 아쉬움이 잔뜩 묻어난 얼굴로 마지못해 제자리로 돌아가 앉았다. 수지의 삽질이야 제 알 바가 아니었지만, 이 시간에 홀로 사라진 정우의 행방이 시은은 오히려 더 신경 쓰였다.

다들 밥 먹으러 왔는데 혼자 어딜 간 거지?

시은이 무겁게 한숨을 뱉었다. 고민하는 얼굴로 한참 동안 휴대폰을 내려다보다가, 망설인 끝에 메시지를 보냈다.

[어디야, 밥 안 먹어?]

카톡을 보내 놓고 수시로 대화창을 들여다보았으나 보낸 메시지 앞에 뜬 숫자 1은 한동안 사라지질 않았다. 대체 밥도 안 먹고 어딜 간 걸까. 명치가 답답했다.

"시은 씨, 배고플 텐데 뭐 좀 먹어."

허기진 배를 채우던 한 대리가 음식을 앞에 둔 채 미동 없이 앉아 있는 시은을 보고 말을 건넸다. 그제야 뒤늦게 포크를 든 시은이 앞에 놓인 바비큐 한 조각을 입에 넣고 우물거렸다. 입구에서 시선을 거두지 못한 채 지극히 기계적으로 씹고 있는 고기의 질감이 퍽퍽했다.

"와, 여기 공연도 하나 봐."

광장 앞에서 풍부하게 울려 퍼지는 밴드 음악에 사람들이 호기심 어린 얼굴로 귀를 기울였다. 해가 저물어 어둑해진 광장에 형형색색의 불이 들어왔다. 신비롭고 이국적인 분위 속에서 모두들 여행의 노곤함도 잊고 여유 있게 식사를 즐겼다. 하지만 줄곧 입구와 휴대폰을 번갈아 바라보는 시은의 얼굴에선 좀처럼 즐거움이 느껴지질 않았다.

값비싼 음식과 좋은 분위기 속에 있어도 정우가 없이는, 시은은 조금도 흥이 나질 않았다.

밤이 꽤 어둑어둑해졌는데도 정우는 좀처럼 모습을 보이지 않았다. 볼일이 있어 나갔다 했으니 곧 돌아오겠지 싶었는데, 시간이 지나도 연락이 없자 슬슬 걱정이 되기 시작했다.

혹시 무슨 일이 생긴 건 아닐까. 시은은 애가 탄 얼굴로 휴대폰을 바라보다가 결국 더는 참지 못하고 자리에서 일어났다.

"어, 시은 씨. 어디 가게?"

맥주를 마시며 인디밴드의 음악에 취해 있던 한 대리가 의아한 얼굴로 시은을 바라보았다.

"아, 잠깐 화장실 좀 다녀오려고요."

적당히 둘러댄 뒤 그녀는 욱신거리는 다리를 이끌고 곧장 바비큐 가든을 빠져나왔다. 주위 시선으로부터 벗어나기 무섭게 휴대폰을 들어 통화 버튼을 눌렀다. 몇 번의 신호음이 가고, 정우의 목소리가 들렸다.

— 마침 전화하려던 참이었는데.

"대체 어디야?"

마음과는 달리 질책하는 소리가 쏟아져 나왔다. 휴대폰 너머에서 그의 목소리가 들려오자 안도감이 드는 동시에 화가 솟구쳤다.

"카톡 보냈잖아. 나갔다고 한 지가 언젠데 여태 답장이……."

대체 이 시간까지 어디서 뭘 한 거냐고. 무슨 일이라도 생긴 줄 알고 얼마나 걱정했는지 아느냐고. 다그치려던 그때, 돌연 손이 붙잡혔다. 귀에 대고 있던 휴대폰이 떨어지며 몸이 돌려졌다. 커다래진 눈동자에 기다리던 이의 얼굴이 들어찼다. 손목을 거머쥔 손이 뜨거웠다. 그의 등 뒤로 푸른빛의 조명이 어둠마저 묵살시킬 듯 번쩍 빛났다.

"주말이라 약국이 다 문을 닫아서."

땀이 송골송골 맺힌 얼굴로 그 어떤 불빛보다 환하게 미소 지은 남자가 손에 든 비닐봉지를 눈앞에 들어 올렸다. 그러고는 이내 헐떡이는 숨을 뱉으며 천진하게 말한다.

"여기. 운동 부족 여친 약 사 왔어요."

근사하게 휘어진 입매가 시야를 뚫고 들어와 갈빗대 깊숙한 곳을 쑤신다. 푸른 물빛이 넘실대는 아름다운 주변 경관과 잔잔하게 울려 퍼지는 인디밴드 보컬의 음색이 그제야 비로소 시은의 눈과 귀로 온전히 파고들었다.

그를 담은 눈동자 위로 왈칵 더운 열기가 차올랐다. 좀 전까지 욱신대던 다리에서 거짓말처럼 통증이 사라졌다.

"바보."

시은은 괜한 말 뒤로 터질 것 같은 울음을 지그시 삼켜 넣었다. 그게 뭐가 좋다고, 정우는 가쁜 숨을 가라앉히며 눈부시게 웃는다. 그의 이마에 맺힌 땀방울이 번쩍이는 조명을 받아 보석처럼 빛났다.

내겐 네 존재가 바로, 약이다.

＊ ＊ ＊

뒷좌석에 시은을 태운 정우는 그 길로 어디론가 차를 움직였다. 1분 남짓 되는 거리를 이동한 차가 유유히 리조트를 빠져나와 멀지 않은 거리에 있는 공터에서 조용히 정차되었다.

여긴 또 어딘가 싶어 어리둥절한 얼굴로 주위를 두리번거리는 시은을 두고 정우가 차에서 내렸다. 화려하게 반짝이던 쏠비치 리조트완 달리 창밖의 모습은 멀지 않은 거리임에도 마치 다른 세계라 여겨질 만큼 어둡고 적막했다. 창문 표면으로 바싹 갖다 붙인 눈에 높게 난 계단과 그 옆에 선 커다란 동상 같은 것들이 보였다. 동물, 아마도 사자의 형상 같았다.

혹시 리조트 바로 옆에 있다던 이사부 공원의 주차장인가. 근데 대체 여기엔 뭐하러? 하고 뒤늦은 의문을 품고 있을 때, 뒷좌석의 문이 열렸다.

"뭐야. 왜 차를 이런 외진 데에……."

"이리로 와 봐요."

뒷좌석으로 옮겨 탄 정우가 멀뚱하니 앉아 그를 바라보는 시은의 앞으로 바싹 다가왔다.

대체 뭐야? 뭘 하려는 건데?

으슥한 곳에 차를 세워 두고 대뜸 제게로 다가오는 그를 보곤 시은이 경계 어린 시선을 보냈다. 둘일 때면 장소를 불문하고 수시로 음흉해지는 인물인지라 쉽사리 긴장을 놓을 수가 없었다. 이리 오라는 말에도 꿈쩍도 않은 채 앉아 있자 그가 돌연 손을 뻗어 왔다.

"잠깐. 대체 뭘……."

화들짝 놀라 물러서려던 찰나, 그의 기민한 손에 왼쪽 발목이 붙잡혔다. 놀라서 반사적으로 당긴 발목에 남자의 손이 단호히 감겨들었다. 부러질 듯 가는 종아리를 손안에 부드럽게 감아쥐며 그가 엄지 끝으로 복숭아뼈 근처를 슬쩍 눌렀다.

"아……."

"여기죠?"

아릿한 통증에 가지런한 눈썹이 구겨졌다. 그가 나직이 한숨을 뱉으며 들고 온 비닐봉지 안을 뒤적거렸다. 파스를 꺼내어 부어오른 부위에 붙여 놓곤 압박 붕대를 풀어 발목에 감아 주었다.

으슥한 곳까지 차로 끌고 들어와 대체 뭘 하려는 건가 싶었더니, 접질린 발목에 처치를 해 주려 했던 모양이었다. 시은은 잠시나마 그를 경계했던 스스로가 창피해져서 그 모르게 얼굴을 붉혔다.

"사람들 다 보는 앞에서 이렇게 해 줄 순 없잖아요. 그렇다고 약봉지만 들려 주고 말 수도 없고. 적어도 여기선 이 차 안이 시선 피하기에 그나마 제격인 것 같아 데리고 온 건데."

압박 붕대를 고정핀으로 꽂아 단단하게 여미던 정우가 미심쩍은 눈초리로 바라보았다.

"혹시 다른 이상한 상상이라도 한 거예요?"

"큼……."

아니라하기엔 양심에 걸려, 시은은 어색하게 헛기침만 했다. 피식, 하고 바람 같은 소리가 정우의 입술 새로 흘러나왔다. 그 소리에 민망함이 가중된 시은이 원망하듯 그를 바라보았다.

"비웃기 전에 평상시에 정우 씨가 내게 했던 행동들을 하나둘 돌이켜 봐. 그럼 이상한 상상한 내가 십분 이해될 테니까."

"뭐…… 인정."

그렇게 답하며 정우가 비스듬히 입매를 당겼다. 얄밉다는 듯 흘겨보던 시은의 얼굴에도 곧 희미한 미소가 번졌다. 불빛 아래 마주 보고 앉은 둘 사이로 훈훈한 기운이 흘렀다.

운영 시간이 끝난 공원의 주차장은 한산했다. 아니, 고요하다 해야 맞는 표현일 것이다. 사위가 어둠인 채로 인적 따윈 느껴지지 않는 창밖을 내다보다가 시은이 느긋하게 시트에 몸을 기대었다. 파스가 붙은 부위에서 후끈거리는 기운이 느껴졌다. 효과가 좋아 그런 것인지, 그가 붙여 준 것이라 더 뜨겁게 느껴지는 것인지. 요즘 그에게 푹 빠져 버린 그녀로선 알 길이 없었다.

"그나저나 고생했겠네. 주말이라 약국 찾는 게 보통 일이 아니었을 텐데. 못 찾겠으면 그냥 포기하고 오지, 밥도 못 먹고 피곤해서 어떡해."

"나 때문에 이렇게 된 거잖아요."

정우가 남은 파스와 잔여물들을 마저 봉지에 주워 담은 뒤 시은을 향해 말했다.

"내가 괜히 수지 씨 발언해 가며 윤 주임님 도발해서. 아니에요?"

"알긴 아네."

시은이 입매 끝을 실긋거렸다. 예상외로 순순히 인정하는 모습에 정우가 의아한 표정을 지었다.

"뭐예요, 그 순순한 반응은? 질투한 거 아니라고 딱 잡아뗄 줄 알았더니."

"이미 다 들킨 걸 잡아떼서 뭐해. 괜히 아닌 척했다가 고단수 남친한테 낚여서 또 요 모양 요 꼴이나 되게?"

압박 붕대에 감긴 발목을 가리키며 익살스럽게 대꾸하는 시은을 보곤 정우가 또 한 번 피식 웃었다. 단정한 입매 끝에 차마 숨기지 못한 기분 좋은 미소가 번졌다.

"질투했구나. 정말로."

"당연히 질투하지, 그럼 안 하겠어?"

시은이 쿨하게 인정하며 불퉁한 표정으로 덧붙였다.

"가뜩이나 요즘 여기저기서 정우 씨 노린다는 소리에 촉각이 곤두서 있는데 같은 부서 여직원까지 옆에 앉아 그러고 있으니 속이 안 꼬이고 배겨?"

"요즘 누가 날 노린대요?"

"요 근래 자기한테로 유독 시선 쏠리는 거 못 느꼈어?"

"글쎄요."

정우가 심드렁한 표정을 지은 채 손등으로 턱을 문질렀다.

여기저기서 그렇게나 자기 얘기를 떠들어 댔는데. 듣자 하니, 남몰래 자리에 음료수를 갖다 놓고 간 여직원도 있었다던데 정말 몰랐다고?

"둔한 거야, 무심한 거야."

"둘 다일 거예요."

무슨 뜻이냐는 듯 눈을 가늘게 뜨자 정우가 답했다.

"윤시은 이외의 사람들에겐 딱히 민감해지고 싶지도, 관심 두고 싶지도 않거든요."

그 순간, 시은은 불현듯 뺨이 달아올랐다. 그녀 이외엔 민감해지고 싶지도, 관심 두고 싶지도 않다니. 그 어떤 말보다 마음을 안도케 해 주는 대답이었다.

요 며칠 그 모르게 질투심에 휩싸여 있던 치기 어린 마음이 정우가 뱉은 한 문장에 거짓말처럼 차분해졌다. 물론 그가 접근하는 여직원들에게 흔들릴 사람이 아니라는 것은 그녀도 잘 알고 있었다. 다만, 답답했을 뿐이다. 분명 내 남자인데 나서서 내 것이다 영역 표시를 할 수 없는 현실이 답답해 미칠 것 같았다.

임자 있는 남자이니 헛물들 그만 켜고 꿈 깨라고도 말해 주고 싶었지만, 이와 같은 상태로는 그를 향해 소유권을 내세울 만한 명분이 제겐 없었다. 그것이 못내 답답하고 서러워 그토록 나이답지 않게 골을 내고 질투를 했다.

하지만 정우의 입으로 직접 그런 말을 듣고 보니 앞으로 어떤 추근거림이 눈에 띄어도 충분히 참을 수 있을 것 같았다. 그가 예뻐 죽을 것 같았다.

"대체 그런 말들은 어디서 배워 오는 거야? 혹시 따로 공부라도 해? 여심을 녹이는 방법이랄지. 위기를 모면하는 화술이랄지. 뭐 그런 거?"

"어디서 배운 게 아니라 있는 그대로 솔직하게 말하는 거예요."

정우가 융통성 없이 강직한 목소리로 대꾸했다. 그 모습에 괜한 장난기가 발동해서 부러 짓궂은 어투로 물었다.

"흠. 타고나길 선수라는 거구나?"

"하."

기막히다는 듯 터져 나온 한숨이 그의 대답을 대신했다. 시은이 쿡쿡거리며 웃음을 터트렸다.

"농담이야. 꼭 마음속에 들어갔다 나온 것처럼 맘에 드는 말만 골라 하니까 예뻐서 그런 거잖아."

"내가 예뻐요?"

정우가 진지한 표정으로 물었다. 표현이 별로 마음에 안 들어 그러나.

"왜, 예쁘다는 표현은 좀 별로야? 기왕이면 멋있다고 해 줄까?"

"아니."

잠시 말을 멈춘 그가 그 순간 갑자기 시트를 짚고 몸을 숙여 왔다.

"표현이야 아무래도 상관없고……."

렌즈 안으로도 숨겨지지 않는 더운 시선이 올곧게 그녀를 향해 뻗어 왔다.

"예쁘다고 했으면 말뿐이 아니라 행동으로도 좀 보여 주지 그래요."

온종일 장난스런 아이처럼 천진하던 눈동자에서 수컷의 기운이 풍겨 나왔다. 아랫배가 반사적으로 죄어든다. 발끝이 곱아들었다. 가깝게 몸을 밀착하며 그가 속삭였다.

푸른 달빛이 쏟아져 들어오는 어슴푸레한 공간에 묘한 긴장감이 조성되었다. 저도 모르게 뒤로 물러서던 시은이 등 뒤에 닿는 차 문의 감촉을 느끼곤 시선을 바로 들었다. 타는 듯한 열기가 동공을 파헤쳤다. 조금씩 거리를 좁혀 오는 동작이 포식자의 그것처럼 느른하고도 강렬했다.

"어떻……게?"

"이렇게."

간결한 한마디를 끝으로 안경을 벗어 버린 남자가 뜨겁게 입술을 겹쳤다. 넝쿨처럼 엉켜드는 혀의 감촉이 소름이 돋도록 야릇하다. 남자의 혀가 망설임 없이 시은의 것을 옭아맸다.

혓바늘이 서도록 뜨겁게 감아올리고 뽑아낼 것처럼 강렬하게 빨아들이는 입맞춤에 뒷머리가 자꾸만 창 쪽으로 밀려났다. 뺨을 감싸 쥐는 손의 열기가 뜨거웠다. 어쩐지 조금은 색스러운 키스라 망설임이 일었지만, 그와 같은 마음이기에 차마 뿌리치지 못한 손이 정우의 옷깃을 움켜쥐었다.

촉촉, 잦은 마찰음을 내며 떨어졌다 닿는 그의 입술이 도톰한 입술을 감질나게 탐닉했다. 콧날과 콧날이 스치는 감각이 기묘하고도 야릇했다. 균열 없이 맞붙어 파고드는 입맞춤보다 서로의 호흡 소리를 주고받는 지금의 행위가 어째서인지 더욱 야하고 외설적으로 느껴졌다.

시은은 감고 있던 눈을 떠 정우를 바라보았다. 그녀에게로 기울어져 있던 몸을 조금 세우고 말없이 응시해 오는 더운 눈과 시선이 마주쳤다. 어둠 속에서도 선연하게 빛나는 칠흑의 눈동자에 가슴이 두근거렸다.

그녀가 가장 좋아하는 눈빛이었다. 잡아먹고 싶어 안달 난, 굶주린 짐승의 눈빛. 저 눈을 마주하고 있자면 왠지 제가 꽤나 매력적이고 섹시한 여자가 된 것만 같아, 시은은 자신감이 고취되었다.

"야한 짓 같은 건 절대 안 할 것처럼 말하더니."

"이게 야해요?"

그가 열기가 정제되지 않은 시선으로 그녀를 바라보며 말했다.

"더 야한 짓도 하고 싶은 걸 지금 간신히 참아 내는 중인데."

더 야한 짓이라는 게 무엇인지 굳이 듣지 않아도 알 수 있을 만큼, 낮게 억눌린 정우의 목소리는 탁하게 잠기어 있었다. 순간 호흡이 떨렸다. 더 야한 짓이라니. 그런 것이 가능할 리가 없었다.

"말도 안 되는 소리."

시은이 귀 끝을 붉힌 채 마주한 시선을 피했다. 이 이상 마주하고 있다간 말도 안 된다는 그 짓을 또 해 버릴 것만 같았다.

벌어진 카디건의 여밈을 바로 하며, 시은이 긴장한 얼굴로 정면을 응시했다. 타는 듯한 침묵에 마른침이 뜨겁게 목구멍을 타고 넘어갔다.

어떤 말로 이 상황을 모면해야 하나 고민하던 그때, 때마침 울린 휴대폰의 진동음이 공기를 흔들었다. 한 대리다. 조금 전 잠깐 화장실을 다녀오겠다 한 이후로 꽤 오랜 시간이 지나 버린 터라 걱정이 되어 걸려 오는 전화 같았다. 역시, 그만 돌아가는 게 맞았다.

"이제 그만 들어가자, 한 대리님한테서 전화도 오고. 사람들이 기다리겠……."

수신 버튼은 누르지 못한 채 그것을 핑계 삼으려 들던 얼굴이 뺨을 감싸 쥐는 손길을 따라 그에게로 돌려졌다.

"말도 안 된다고 해 놓고."

뜨거운 엄지의 끝이 아랫입술을 지그시 눌렀다.

"정작 표정은 그게 아닌 것 같은데."

소리 없이 휘어 올라가는 입매의 선이 뇌쇄적이었다. 꼭 보는 이의 몸과 마음을 홀리는 유혹적인 악마 같았다. 차마 부정하지 못하고 빨려 들 것처럼 올려다보자, 그가 곧 다시 입술을 내렸다. 하지만 입술이 겹쳐지기 직전에 손을 들어 정우를 막았다.

"누가 보기라도 하면 어쩌려고."

반대쪽으로 돌아선 양 볼이 화끈거렸다. 심장이 무서울 정도로 긴박하게 뛰었다.

지금 입술이 닿으면 절대 가벼운 키스만으로 끝나지 않으리라는 걸, 시은은 본능적으로 직감할 수 있었다. 하지만 이런 소심한 뿌리침이 그 남자에게 먹힐 리가 없었다.

"그런 걸 걱정하는 사람치곤."

단호히 손을 뻗은 남자가 그의 어깨에 닿아 있는 손을 잡아챘다.

"지난번 비품실에서 너무 쉽게 오르지 않았어요?"

들려 있던 휴대폰이 시트 아래로 떨어졌다. 창피함이 솟구친 얼굴이 타들어 갈 것처럼 붉어졌다.

"그때도 정우 씨가!"

"내가 뭐요?"

변명을 뱉기 위해 정면을 향한 얼굴로 그가 낮게 고개를 숙여왔다. 지나치게 가까워진 얼굴에 그만 호흡이 멈췄다. 여전히 그녀의 손을 쥐고 있는 남자가 보는 앞에서 붙잡힌 손끝 하나하나에 차례대로 입을 맞추었다. 자잘한 마찰음이 더운 숨결과 함께 손끝에서 흩어졌다. 그게 뭐라고, 시은은 입술이 닿을 때마다 아랫배가 조여듦을 느꼈다.

"그만해."

"내가 뭘 했는데요."

그의 입술이 닿는 부위 부위마다 성감대가 되어 가는 것 같았다. 촉촉, 입맞춤이 번질 때마다 세포가 움찔거렸다. 질끈 두 눈을 감으며 손을 빼내려 애썼다. 하지만 그러면 그럴수록 남자는 오히려 붙잡은 손에 완고히 힘을 실었다.

빠르게 맥이 뛰는 가는 손목 위에 그의 입술이 내려앉았다. 뜨거운 혀가 얄팍한 살갗 위를 자극적으로 쓸었다.

"훗……."

질끈 깨문 입술 새로 의도치 않은 소리가 흘러나왔다. 시은이 화들짝 놀라 뒤늦게 제 입술을 막았다. 그 순간 민첩하게 뻗어 온 손이 시은의 양손을 모아 쥐곤 창 쪽으로 밀어붙였다.

"봐요, 또. 그만하라고 했으면서 그런 소리나 흘리고."

동공을 파고드는 시선이 뜨겁고 짙었다. 그녀를 결박하지 않은 다른 손이 천천히 목선을 타고 내려와 쇄골에 닿았다.

대체로 말 잘 듣는 충견처럼 나긋하던 남자는 이처럼 욕정이 치밀 때면 고양잇과의 맹수로 돌변하여 그녀를 밀어붙였다. 이질적인 것이 주는 자극이란 꽤 강렬했다. 그래서인지 여간해선 호락호락하게 넘어가는 법이 없는 시은도 잠자리에서만큼은 더 이상 도도하게 굴지 못하고 그에게 완벽히 압도당했다.

"정말 여기선……."

"말론 안 된다고 하면서."

단숨에 목덜미를 집어삼킨 그가 강한 흡입력으로 여린 살갗을 빨았다.

"밀어내는 힘에 그다지 적극성이 없다는 건 본인도 인정하죠?"

나직한 웃음소리가 목을 타고 올라와 귀 끝을 스친다. 시은이 창피함에 질끈 두 눈을 감았다. 남자가 혀를 내밀어 귓바퀴를 느리게 핥았다. 따스한 히터 열이 흘러나오고 있음에도 살갗 위로 일순 소름이 돋았다.

"혹시."

다시 쇄골 위에 안착한 입술이 앙상하게 도드라진 뼈 위에 부드럽게 입술을 비볐다.

"그새 또 젖은 거 아니에요?"

"……!"

뭐라 대꾸할 새도 없이 더운 손이 바지 속으로 쑥 밀고 들어왔다. 놀란 시은이 정우의 손목을 다급히 붙잡았다. 하지만 그는 단호했고 거침이 없었다. 순식간에 깊숙한 곳까지 침범한 그의 손이 손등으로 팬티를 밀어내며 아래를 훑었다. 젖은 살갗의 균열 사이로 이물감이 느껴졌다. 훗, 신음이 흘렀다.

"뭐 하는!"

"역시……."

귓바퀴를 핥는 짓궂은 웃음에 만족스러움이 묻어나 있었다.

"이렇게 젖었는데……."

젖은 감촉을 만끽하던 그가 돌연 손끝에 힘을 실었다.

"모르는 척할 수가 있나."

입구 주변을 찌걱거리던 손이 순식간에 질 내벽으로 파고들었다.

"잠!"

"손으로만 할게요. 질투하는 거 숨기지 않은 상이라고 생각해요."

버둥거리는 몸을 가벼이 제압한 그가 미끄러질 만큼 젖은 질구 사이로 가차 없이 손가락을 밀어 넣었다. 갈고리처럼 끝을 세운 손이 이내 좁고 주름진 틈으로 빨려 들듯 파고들었다.

"훗!"

손의 뿌리까지 완전히 밀어 넣은 채 그 끄트머리를 휜다. 그가 아는 그녀의 가장 예민한 곳을 손끝으로 치밀하게 자극했다. 허리 아래가 아찔했다. 시트와 맞닿은 엉덩이가 격렬하게 들썩이고 비틀렸다. 애타는 신음이 질끈 문 입 안에서 들끓었다.

찌르고, 긁고, 빠져나왔다가 다시 찔러 들고. 뜨거운 꼬챙이가 아래를 헤집는 듯한 감각에 울 것 같은 소리가 쉬지 않고 흘렀다.

안 된다고 그만하라고 말하고 싶은데 그럴 겨를조차 주어지질 않았다. 다리 사이를 잔뜩 헤집는 감각에 온 신경이 마비되었다.

"하응……."

자극적으로 드나드는 빠른 손끝을 따라 찰박찰박, 음란한 마찰음이 더운 공기를 흔들었다. 그의 어깨를 거머쥔 손끝에 핏기가 가셨다. 끊어질 듯 숨을 뱉던 시은이 저도 모르는 사이 엉덩이를 들썩였다.

"이러다 곧 터지겠는데요, 당신."

붉게 달아오른 뺨에 입을 맞추며 그가 더욱 깊숙이 손을 찔러 넣었다. 시은보다 더 그녀의 몸을 잘 알고 있는 남자는 유독 약한 부위만을 예리하게 집어내며 그녀를 애태웠다. 감은 눈꺼풀 위로 하얀 점점이 몰려드는 것만 같았다. 차라리 이대로 터져 버리길. 어느새 팬티마저 제 애액에 흠뻑 젖어 버렸음을 느끼며 시은이 그의 손을 따라 어지럽게 흔들렸다.

"흐응…… 아……."

잡힐 듯 닿지 않는 쾌감에 참다못한 시은이 다급히 손을 뻗어 정우의 목 뒤로 둘렀다. 단단한 목덜미에 고개를 묻고 허리를 비틀었다. 그 어떤 때보다도 색기 어린 소리가 정우의 귓전에서 아찔하게 터져나갔다. 아랫도리가 터질 것처럼 부풀어 오르는 것이 느껴졌다. 이미 오래전부터 단단하게 굳어 있던 페니스가 갑갑하게 조여 오는 앞섶 아래서 고통스러움을 호소했다. 참을 수 없는 충동이 그를 덮쳤다. 정말 손으로만 유린하고 말 생각이었는데, 아무래도 참기 힘들 것 같았다.

"……!"

온갖 자극으로 점철된 곳에서 갑작스레 이물감이 사라졌다. 때 아닌 공허함에 시은이 애욕에 흐려진 눈을 크게 떴다. 그 순간, 입고 있던 청바지의 단추가 풀리며 바지와 팬티가 단숨에 끌어 내려졌다.

외마디 비명과 함께 시은이 반사적으로 두 다리를 모았다. 그녀의 바지를 벗기고 이번엔 제 바지 버클 위로 손을 올리고 있는 남자를 보며 황급히 뒤로 물러났다.

"뭐 하는 거야? 분명히 손으로만 한다고, 앗!"

시트에 붙어 있던 시은의 몸이 확 들어 올려지더니, 이내 어둠 속에 하얗게 드러나 있는 엉덩이가 그의 허벅지 위로 내려앉혀졌다.

"그럴 생각이었는데."

소스라치게 놀라 벗어나려는 엉덩이를 정우가 양손으로 단단하게 붙잡아 당겼다.

"당신 소리가 너무 야해서, 그만 서 버렸어요. 나도."

노골적인 말을 끝으로 살짝 뒤로 빠지는가 싶던 그가 무섭게 일어선 페니스를 젖은 틈새로 날카롭게 꽂았다.

"하윽!"

몸이 덜컹 내려앉으며 그와 그녀가 완전히 교합되었다. 잔뜩 솟구친 페니스가 아찔하게 깊숙한 곳을 찔러 왔다. 묵직한 부피감을 감당하지 못한 몸이 무너지듯 그에게로 쏠렸다. 눈앞이 하얘졌다.

"아아……."

이미 손만으로 절정 근처까지 치달았던 탓에 어떤 때보다도 예민해진 속살이 그의 것을 품고 파르르 떨렸다. 시은은 직접 겪고도 믿을 수 없는 상황에 수치스러운 듯 얼굴을 가렸다. 하지만 단호히 뻗어 온 손이 손목을 붙잡아 내려 그마저도 불가능하게 만들었다.

애초에 그냥 멈출 생각은 없었던 사람처럼 정우는 어느 틈에 시은의 티셔츠와 속옷을 밀어 올리고 젖가슴에 입술을 갖다 댔다. 뜨거운 입 안으로 가슴을 한가득 베어 물고 꼿꼿하게 세운 혀끝으로 발딱 선 유두를 자극했다.

"미쳤……어, 흣."

짜릿하게 터져 나가는 감각에 저항이 무색해진 가는 몸이 그에게로 수없이 무너지고 흔들렸다. 시은이 울 것 같은 얼굴로 원망했다.

"정말 미쳤어, 민정우."

"그걸 이제야 알았어요?"

당신과 있을 때, 난 수시로 미쳐 가는데.

짓궂게 입매를 당긴 남자가 잔뜩 긴장하고 있는 엉덩이를 바싹 잡아당겼다. 천천히 뒤로 빠졌다가 균열 없이 맞붙이길 반복하며, 느리지만 격렬하게 허리를 튕겨 올렸다. 아찔하게 치받는 몸짓에 시은의 카디건이 천천히 팔을 타고 흘러내렸다. 묵직한 불덩이가 젖은 살의 감촉을 음미하듯 빠르게 쓸고 들어왔다가 빠져나가길 반복한다. 둥근 젖무덤을 혀끝으로 샅샅이 핥으며 그가 능숙하게 허리를 돌렸다. 애가 탈 만큼 감질나는 자극에 그와 맞닿은 부위가 채근하듯 비틀어졌다.

"더 빠르게 해 줘요?"

그녀의 귓불에 입술을 붙이며 정우가 유도하듯 물었다. 어쩜 이리도 얄미운지. 시은이 차마 대꾸하지 못하고 그를 노려보기만 했다.

"말 안 하면 안 해 줄 건데."

재촉하듯 유두 끝을 잘근 깨문다.

"흐읏."

낭창한 허리가 그의 품에서 또 한 번 튕겨 올랐다. 방금 전까지도 이런 곳에선 안 된다고 한 저에게 제 입으로 재촉하는 말을 하라니. 정말이지 사악하기가 악마와 버금가는 남자였다.

"끝까지 말 안 할 거예요?"

다리 사이로는 그를 조이면서도 억척스레 입을 다물고 버티는 시은을 보며 정우가 짓궂게 허리를 쳐올렸다. 어디까지 버텨 내는지 보겠다는 듯 이를 악물고 그녀의 안을 찌르고 휘저었다.

견고한 차체가 둘의 움직임을 따라 미미하게 흔들리는 것이 느껴졌다. 그가 거칠게 엉덩이를 들썩였다. 반복적인 마찰에 그녀의 몸 안으로 희미하게 쾌락이 몰려들 즈음, 그가 또다시 허릿짓을 멈추었다.

"윤시은."

열기 어린 눈으로 바라보며 시은의 머리카락을 귀 뒤로 쓸어 넘겼다. 소름 끼치도록 다정한 손길에 살갗 위로 간지러움이 번져 갔다. 머리카락을 넘겨 주고 목 뒤로 파고든 손이 그녀의 뒷머리를 잡아 아래로 당겼다.

"말해 봐요. 뭘 원하는지."

탁하게 부서지는 숨결 뒤로 또 한 번 입술이 겹쳐지고 혀가 엉키었다. 질척이는 소리를 따라 타액이 뒤섞였다. 그가 줄 아찔한 절정을 기억하는 몸이 애타게 흔들렸다.

"제발……."

차마 다 하지 못한 말을 대신하듯 시은이 정우의 목에 양팔을 둘렀다. 서툴게 허리를 움직이며 그를 채근했다.

"제발, 뭐요."

아이같이 칭얼거리는 여자에게 그가 채근하듯 속삭였다. 가슴을

291

손안 가득 그러쥐고 손가락 새로 빠져나온 유두를 할짝 핥았다. 그의 것을 품고 비벼 대는 살갗이 화끈거렸다. 불편한 발목 탓에 다리를 감고 욕심껏 움직일 수 없어 애가 탔다.

"제……발, 빨리……."

시은이 항복하듯 말하며 아쉬운 만큼 더욱 허리를 들썩였다.

"어떻게?"

남자가 짓궂게 웃었다. 조바심을 숨기지 못한 시은이 원망 어린 눈으로 그를 노려본다.

"이렇게?"

그가 한발 물러서듯, 힘 있게 허리를 밀어 올렸다. 몸이 쿵, 하고 튀어 올랐다. 눈앞이 번쩍인다. 남자가 좀 더 휘몰아지듯 속도감을 높였다.

"만족스러워요, 이제?"

커다랗게 부푼 살덩이를 뜨겁게 찔러 올리며 그가 속삭였다. 탁탁, 울려 퍼지는 젖은 마찰음과 함께 짜릿한 쾌감이 불꽃이 튀듯 터져 나갔다.

"훗! 아……!"

그의 위에서 수없이 올라갔다 내려앉기를 반복하는 몸이 멀미처럼 울렁거렸다. 아니, 멀미라 치기엔 아래를 잠식하는 열기가 너무도 뜨겁다. 이 열기가 더 커져 배 속을 집어삼켜 버렸으면 몸이 송두리째 그에게로 먹혀 버렸으면 좋겠다고 생각했다. 그가 맹수라면, 시은은 지금 기꺼이 그의 먹음직스런 먹잇감이 될 수 있었다.

"더…… 아!"

젖꼭지를 잘근 씹는 입술에 한껏 제 가슴을 밀어붙이며 시은이 음란하게 허리를 움직였다. 낮은 차체를 담은 눈이 혼탁한 열기에 촉촉하게 젖어 갔다. 지진이라도 나는 것처럼 시야가 흔들리고 무너지는 건물처럼 몸이 쏟아져 내렸다. 그대로 있다간 정말이지 부서져 버릴 것만 같아, 시은은 뿌연 창 위로 손을 뻗어 안간힘을 다해 몸을 지탱했다.

창에 낀 습기가 그녀의 손바닥에 쓸려 지워지고 뭉개진다. 몸이 쉴 새 없이 위아래로 흔들렸다. 그를 안아 당기는 손끝에 힘이 실리고 발끝이 곱아들었다.

"진짜 엄청 흥분했나 봐요."

남자가 집요하게 물고 빨던 가슴을 놓으며 음란하게 속삭였다.

"너무 흘러서 시트가 다 젖겠어."

왈칵 치솟은 수치심이 그만큼이나 커다란 애욕을 몰고 그녀를 덮쳤다.

"조용히…… 해."

가쁘게 신음을 뱉던 입술로 자꾸 부끄러움을 상기시키는 밉살맞은 입을 막아 버렸다. 그러고는 욕심껏 허리를 들썩였다. 교합된 부위가 아찔하게 조여 왔다. 빠듯할 만큼 좁은 질 안에서 페니스가 터질 듯이 부풀어 갔다. 뜨거운 마찰감에 그 또한 끓는 듯한 신음을 입 안에 삼켰다. 그 역시 못지않게 흥분한 상태였으면서 여유 부리듯 그녀를 농락한 대가가 혹독한 자극이 되어 돌아왔다.

"하……."

참지 못한 탄성이 그의 입 밖으로 흘러나왔다. 요부처럼 조여 오는 그녀를 따라 보기 좋게 여문 젖가슴이 외설스럽게 흔들렸다. 맞붙은 부위를 격렬하게 비벼 대는 속살의 감도가 혼이 나갈 만큼 자극적이다. 시트가 젖을 정도로 쏟아진 애액이 그의 페니스를 휘감고 고환을 거쳐 엉덩이까지 흘러내렸다. 미끈미끈하게 닿겼다 빠지는 감촉에 애가 탔다.

귀두 끝을 품었다가 빠르게 뿌리까지 삼켜 버리는 뜨거운 점막. 흡착판처럼 빨아들이듯 감기는 속살에 그녀 안에 묻은 살덩이가 타들어 갈 것만 같았다. 그녀의 엉덩이를 쥐고 있는 손가락 끝에 힘이 실렸다. 감질나게 몰려드는 쾌감에 허리 아래가 요동을 쳤다. 제길. 견디다 못한 그가 결국 그녀를 번쩍 안아 들어 시트 위로 눕혔다.

"아……!"

그의 것에 잔뜩 헤집어진 가는 사타구니를 활짝 눌러 벌리며, 그가 그 사이로 힘껏 허리를 쳐 밀었다. 그의 것이 빠르게 아래를 꿰뚫는 모습이 시은의 눈에 선명하게 들어왔다. 커다랗고 검붉은 열기가 그녀의 음부 사이로 사라졌다 나타나길 반복했다. 음란하기 짝이 없는 모습에 두 눈이 왈칵 감겼다.

커다란 손이 가는 허벅지를 바짝 잡아 올려 그의 어깨 위로 올린다. 허리가 들리며 잔뜩 젖은 부위가 그의 뜨거운 시선 아래 훤히 드러났다. 지금 그의 눈앞에 놓인 제 모습이 얼마나 음란할지. 굳이 눈을 떠 확인하지 않아도 시은은 알 수 있었다.

"흐으……"

상상만으로도 수치스런 이미지가 감은 눈 안에 떠올랐다. 시은이 부끄러운 듯 입술을 깨물었다. 그의 어깨에 걸린 오른 다리의 무릎 안쪽으로 젖은 혀가 부드럽게 파고드는 것이 느껴졌다. 살이 떨리도록 기묘한 감각.

뒤늦게 눈을 뜬 시은이 정면을 바라보았다. 동시에 그녀 안으로 페니스를 찔러 넣으며 무릎 안쪽을 핥고 있는 그와 시선이 마주쳤다. 색스럽고 자극적인 광경에 그를 받아들이는 질 안쪽이 바짝 조여들었다. 차마 못 보겠어서 고개를 돌려 버리자 그가 불허한다는 듯 턱을 붙잡았다.

"여기 봐요."

더 깊게 그의 것을 박으며 그가 말했다.

"어떻게 가는지, 얼마나 느끼는지…… 이 두 눈으로 똑똑히 봐야겠으니까."

그러면서 정우는 더욱 깊고 강하게 시은의 안으로 찌르고 들어왔다. 제 아래서 엉망으로 흐트러지는 여자의 모습이 어떤 자극보다도 짜릿한 카타르시스를 선사했다. 이 순간만큼은 그녀가 온전히 제 것이 되는 것만 같아 기뻤다. 이 순간뿐이 아니라 그녀의 1분 1초까지 제 것으로 소유하고픈 이기심이 일었다.

탁—탁—탁—, 살과 살이 부딪히는 외설스런 소리가 후덥지근해진 차 안에 음란하게 울려 퍼진다. 더운 호흡이 만든 습기가 차 창 위로 다닥다닥 붙어 부옇게 번져 갔다. 밀폐된 공간 안에 머무는 공기가 폭염의 그것처럼 더워졌다. 참지 못하고 쏟아 내는 교성이 차를 뚫고 바깥으로 흘러 나갔다. 참고 싶지만, 이미 그럴 수 있는 한계를 넘어서 버렸다.

"정……우, 흣!"

작열하는 감각이 맞물린 부위로 빠르게 몰려들었다. 흘러내린 애액에 시트 위로 자국이 새겨졌다. 차체가 흔들리는지 제 몸이 흔들리는지 분간조차 되지 않았다. 시은은 격렬하게 다리 틈을 파고드는 쾌감에 낚싯줄에 꿰어진 물고기처럼 애처롭게 허리를 들썩였다. 시트에 맞닿아 있는 등이 경련하다 이내 활처럼 휘어졌다.

"아……!"

옴폭 파인 등골에 뜨겁고도 서늘한 감각이 빠르게 퍼져 나갔다.

눈앞이 하얗게 번지더니 이내 벼락같은 절정이 들이닥쳤다. 귀가 멀고 시야가 암전 되었다.

쉬지 않고 안을 들쑤셔 들던 그도 힘차게 밀어 올린 허릿짓을 마지막으로 끓는 듯한 신음을 흘렸다. 둥글게 벌어진 붉은 입술에서 비명처럼 빠져나오는 신음을, 정우가 입을 맞춰 모조리 제 안으로 삼켰다.

✳ ✳ ✳

소나기와도 같은 거친 정사를 마치고 차에서 내려선 다리가 후들거렸다. 시은이 휘청이는 몸을 가누려 차 문손잡이를 잡고 가까스로 버텨 냈다. 낮은 한숨이 입술 밖으로 몰아쳤다. 차 문을 잠그고 시은이 있는 쪽으로 건너온 정우가 걱정스런 얼굴로 그녀의 팔을 붙잡았다.

"괜찮아요?"

시은이 신경질적인 몸놀림으로 그의 손을 뿌리쳤다.

"이럴 거면서 약국 가서 약은 왜 사 온 거야!"

"그래서 최대한 조심한다고 하긴 했는데⋯⋯."

본인도 염치가 있는지 정우가 더는 변명하지 못하고 멋쩍게 웃었다. 처음엔 거부했었지만 결국 저도 나중엔 더는 밀어내지 못하고 그에게 응했던지라 계속해서 화를 내기도 사실 민망한 상태였다.

"한 대리님한테서 부재중 전화 세 통이나 와 있는데, 대체 뭐라고 둘러댈 거야."

"아."

암담한 표정으로 휴대폰을 내려다보는 시은을 대신해, 정우가 잠시 고민하는 듯한 표정을 지었다. 그러더니 곧 주먹으로 손바닥을 탁 치며 해결책을 내세웠다.

"아까까진 괜찮았는데 있다 보니 다리가 너무 아파서, 마침 숙소 앞에서 마주친 내 차 빌려 타고 근처 약국 다녀왔다 그럼 되죠."

"아무튼, 임기응변 하나는 인정해 줘야겠다."

시은이 비꼬는 건지 감탄하는 건지 모를 말투로 응수하곤 숙소 쪽으로 발걸음을 옮겼다. 절뚝이며 걷는 그녀 뒤로 정우가 주인 따라 걷는 강아지처럼 졸졸 따라붙었다. 주차장을 가로지르며 아옹다옹하는 두 사람 주변으로 서늘한 바닷바람이 불어왔다. 꽤 쌀쌀한 바람 끝에도 불구하고 둘을 휘도는 분위기는 봄의 것처럼 따뜻했다.

묵고 있던 호실의 베란다로 나와 맥주 캔을 홀짝이고 있던 석준은 어두컴컴한 주차장을 벗어나 숙소로 향하는 익숙한 두 인영을 발견하곤 잠시 시선을 멈추었다. 가늘어진 눈매가 미심쩍은 기색을 품고 둘을 따라붙었다. 미묘한 각도로 얼굴이 드러나며 석준의 눈동자 위로 동요가 스쳤다. 시은이 본 적 없는 환한 미소를 지으며 민정우와 나란히 건물로 걸어 들어오고 있었다.

설마…….

불길한 예감이 등골을 스쳤다. 새로이 연애를 시작했단 소리를 듣긴 했지만 그 상대가 사내에 있을 거라곤 생각해 본 적이 없었다. 그런데…….

설마. 아니겠지? 아닐 거야.

시은과 정우에게로 집요하게 따라붙는 눈동자가 그녀답지 않게 사랑스럽게 웃는 얼굴을 담아내곤 어지럽게 흔들렸다. 옹졸한 소유욕이 가슴 깊은 곳에서 꿈틀거렸다.

아니어야 한다, 절대.

날카로운 시선으로 두 사람을 겨누고 있는 석준의 손안에서 맥주 캔이 바사삭 구겨져 내동댕이쳐졌다.

✳ ✳ ✳

늦은 시간까지 술자리를 즐기느라 다들 피곤했을 텐데도, 여기까지 왔는데 해돋이 정도는 보고 가야 되지 않겠냐며 새벽부터 채근해 대는 정 총무로 인해 사람들은 끌려 나오다시피 촛대바위로 향했다.

평일 출근 시간보다도 이른 새벽. 탐방로를 따라 올라가 전망대 위로 올라서자 붉은 노을이 아름답게 빛나고 있었다. 추위에 떨며 수평선 너머를 응시하고 있는 시선 끝에 드디어 빨간 점 하나가 희미하게 떠올랐다. 서서히 모습을 드러낸 일출의 붉은빛이 이내 바다 위를 짙게 잠식해 들었다.

"와아. 저것 좀 봐."

"여기가 애국가에 나온 그 장소지?"

잠이 덜 깨어 멍해 있던 사람들의 입에서 감탄사가 터져 나왔다.

새해 첫날에도 늦은 시간까지 잠이나 잤지 해돋이 구경 같은 건 생각해 본 적이 없었는데, 한 해의 마지막 달을 앞두고 이렇게 일출을 보게 되는구나.

워낙 감수성이 메마른지라 뭐 엄청난 감동이 밀려오진 않았지만, 시은은 그래도 아주 쓸데없는 시간은 아니라 느끼면서 난생처음 보는 해돋이 풍경을 기분 좋게 눈 안에 담아냈다.

바로 그때, 가만히 늘어져 있던 차가운 손끝에 따스한 온기가 닿았다. 화들짝 놀라 고개를 들자 어느 틈에 옆으로 다가온 정우가 사람들의 눈을 피해 조심스레 손을 잡아 오고 있었다. 주변 시선을 의식한 시은이 재빨리 손을 빼내려 했지만 소용없는 짓이었다.

누가 보기라도 하면 어쩌려고.

난감한 표정을 짓고 있을 때.

"조만간 둘이서."

그가 정면을 향한 채로 나직이 속삭였다.

"둘이서만 다시 놀러 와요."

그에게서 벗어나려 힘을 주던 손끝에 천천히 힘이 빠져나갔다. 다른 사람들 눈치 보지 않고 오롯이 이 행복을 만끽할 수 있게. 정우는 아마도 그런 뜻으로 저 말을 하고 있는 듯싶었다.

"응."

시은이 포기하듯 붙잡힌 손을 가만히 맞잡아 쥐며 조용히 대꾸했다.

저 멀리서 분주하게 바다 위로 몰려드는 고기잡이배들이 보였다. 타오르는 일출과 셀 수 없이 많은 생물과 이곳에서 생업을 이어 가고 있는 사람들을 고요히 품고 있는 이른 새벽의 바다가, 정우와 함께하는 이 순간 시은은 너무나 아름답게 보였다.

자연이란 것이 원래 이토록 아름다운 것인지, 그와 함께라서 유독 아름답게 느껴지는 것인지 정확히 알 수는 없었다. 하지만 한 가지 확실한 것은 이 소소한 순간들이 정우와 함께이기에 행복하다는 사실이었다.

조금씩 높아지는 태양을 두 눈에 담은 채 한곳을 응시하는 둘의 입가로 웃음이 번졌다. 그리고 그 모습을 뒤에서 소리 없이 지켜보고 있던 석준의 입가에는 자잘한 경련이 일고 있었다.

✳ ✳ ✳

회사 앞으로 돌아와 각자 알아서 집으로 해산하기로 했다. 시은은 먼저 주차장을 벗어난 정우의 차가 사람들의 눈을 피해 대기하고 있던 곳으로 가서 그의 차를 타고 집까지 귀가했다.

"오늘은 짐 정리할 것도 많으니까 그만 집에 가."

뒷좌석에서 짐을 꺼내어 내려 주기 무섭게 시은이 명령하듯 말하자 정우가 서운한 표정으로 바라보았다.

"왠지 쫓아내는 느낌인데."

"나도 좀 쉬자."

"나랑 같이 있으면 못 쉬어요?"

"몰라서 물어?"

정우가 조금은 찔리는 얼굴로, 그러면서도 못마땅한 기색을 떨치지 않은 채 그녀를 바라보았다. 귀엽긴. 빙긋 웃으며 시은이 은근슬쩍 눌러앉을 기세를 보이는 정우의 등을 떠밀었다.

"고생했으니까 정우 씨도 빨리 가서 좀 쉬어. 도착해서 전화하고."

"알았어요."

단호한 시은의 태도에 정우가 마지못해 답했다. 그러고는 아쉬운 표정으로 막 발걸음을 돌리려던 그때.

"어이."

어디선가 들어 본 듯한 음성이 둘의 귀를 스쳤다. 마침 몸을 돌리고 있던 정우의 시선이 먼저 목소리가 들려온 쪽으로 향하였다. 동시에 무심하던 눈동자가 싸늘하게 가라앉았다. 뒤이어 공터 쪽으로 눈길을 옮긴 시은의 눈매도 마찬가지로 싸늘히 바뀌었다.

"같은 사무실에 근무하면서도 두 사람이 집까지 바래다줄 만큼 각별한 사이인 줄은 미처 몰랐네."

둘의 시선이 박힌 그곳에는, 석준이 비릿한 표정으로 둘을 응시하며 서 있었다.

12

눈이 건조한 낙엽에 쓸린 듯 서걱거렸다. 손끝 발끝으로 피가
새어 나가는 느낌이었다. 시은은 창백한 얼굴로 후미진 골목 어귀
를 붙박인 듯 바라보고 있었다.

"설마 했었는데."

짧아진 담배꽁초를 퉤, 뱉어 발로 지져 끈 석준이 얼음처럼 굳
어 있는 두 사람 앞으로 천천히 거리를 좁혀 왔다.

"둘이 언제 그렇게 친해진 거야?"

길게 당겨 올라간 입매의 선이 비렸다. 석준이 뾰족하게 날 선
눈매로 정우와 시은의 얼굴을 번갈아 훑으며 야비하게 웃었다. 가
늘어진 눈매 안에 박힌 눈동자의 온도가 선득하다. 약점을 눈치채
고 비열하게 미소 짓는 얼굴은 썩은 고기에 코를 처박고 쿵쿵대는
하이에나와 완벽하게 닮아 있었다.

"어이, 윤시은."

둘에게로 번갈아 닿던 석준의 시선이 정우의 등 뒤에서 멈추었다. 차갑게 얼어붙어 있던 여린 얼굴 위로 미처 감추지 못한 동요가 일었다.

"거기 숨어서 그러고 있지 말고 입이 있으면 말 좀 해 보지 그래? 대체 둘이, 언제 이렇게나 가까워진 건지."

분명 웃고 있지만 서늘한 눈매 위에 지렁이처럼 꿈틀대는 눈썹은 지금 석준이 얼마나 분노한 상태인지를 역력히 대변하고 있었다.

그 뻔뻔한 분노에 시은은 혈관에 도는 피가 식고 심장이 오그라드는 것만 같았다. 두려워서가 아니다. 역겨워서였다. 종지부를 찍은 지 오래인 관계에 끝까지 미련을 버리지 못하고 추궁하려 드는 석준이 시은은 그저 기막히고 경멸스러웠다.

"입 없어? 언제부터냐고 묻잖아!"

석준이 무서운 기세로 시은을 향해 다가섰다. 하지만 미처 두 걸음을 떼기 전, 기민하게 뻗어 온 단단한 손이 석준의 팔을 붙잡아 세웠다.

"뭐야, 넌?"

살기등등한 눈이 무섭게 번득이며 옆으로 향했다. 정우가 석준의 팔 한쪽을 잡은 채 서릿발 선 얼굴로 그를 응시하고 있었다.

"할 얘기가 있으시면 저랑 하시죠, 김 대리님."

"하, 이 새끼가……"

날카롭게 이지러진 석준의 입에서 거친 욕설이 비집고 나왔다. 분노로 허옇게 뜬 눈에 기막힘이 어렸다. 허공을 향해 헛웃음을 날린 석준이 붙잡힌 팔을 거칠게 뿌리치며 정우의 멱살을 움켜쥐었다.

"선임 여자 가로채더니 이젠 아주 눈에 뵈는 게 없지, 네가?"

"그 손 안 놔?"

그 순간, 시은이 둘 사이로 파고들어 정우의 멱살을 쥔 손을 거칠게 떼어 냈다. 앙칼지게 내질러진 음성이 공허한 길 곳곳으로 어지럽게 뻗어 나갔다. 방어하듯 정우의 앞을 막아선 시은의 얼굴 위로 비장함과 경멸감이 함께 흐르고 있었다. 석준이 기막힌 듯 코웃음을 쳤다.

"뭐야, 내 남자한테 손대지 마라. 뭐 이런 거야, 지금?"

"알면서 뭘 자꾸 묻는데?"

부정하지 않는 되물음에 석준이 잠시 두 눈을 감았다. 뻐근한 듯 뒷목을 돌리더니 이내 감은 두 눈을 떠 둘을 응시했다.

"사귄다고? 둘이?"

반쯤 풀린 눈매 속에서 느리게 까닥이는 동공이 녹슨 고철의 움직임처럼 기괴했다. 선뜻 대답하지 못한 채 석준을 마주하고 있자, 그가 이내 섬뜩한 표정으로 입꼬리를 당겼다.

"씨발, 진짜. 설마설마했는데, 사겨? 둘이? 어?"

바싹 움츠러든 손아귀로 삽시간에 땀이 배어들었다. 공허하게 퇴색된 눈동자에서 뿜어져 나오는 광기 어린 집착에 등골이 서늘해졌다.

헤어지고서도 끈질기게 미련을 보이던 석준의 모습들이 시은은 줄곧 우습고 하찮았었다. 한데, 오늘만큼은 그것이 기막힌 걸 떠나 소름이 돋도록 섬뜩했다.

석준이 정우와의 관계를 알고 가만히 있을 인간이 아니라는 건 이미 알고 있었다. 하지만 다 끝난 사이에 이조차 당연하다는 듯 비정상적일 정도로 분노할 줄이야. 광기에 가까운 반응에 시은이 저도 모르게 주춤 걸음을 물러섰을 때였다.

"맞습니다. 사귀는 거."

정수리를 스치는 단단한 음성과 함께 얼음장처럼 차가운 손 위로 따스한 온기가 얽어 들었다. 시은은 놀란 눈으로 옆을 돌아보았다. 말없이 등 뒤에 서 있던 정우가 창백해진 시은의 손을 단단하게 붙잡아 쥐고 있었다.

"사귀고 있습니다, 저희. 뭐 문제라도 있습니까?"

감정을 알 수 없는 태연한 음성으로 정우가 물었다. 얼어붙은 호수처럼 파동 따위 비치지 않는 얼굴은, 그래서 더 서늘하게 느껴지기도 했다. 아슬아슬하게 당겨 올라가 있던 석준의 입매가 정우의 질문에 볼썽사납게 끌려 내려왔다.

"설마하니 문제가 없다고 생각하는 거냐, 지금?"

"김 대리님과 윤 주임님의 지난 관계를 두고 물으시는 거라면, 굳이 대답할 가치도 없는 질문이라고 생각합니다만."

"하……."

석준이 차마 다물지 못한 입술 사이로 짧게 헛숨을 뱉어 냈다.

"살다 살다 이런 뻔뻔하고 건방진 새끼는 처음 봤네. 대답할 가치가 없어? 윤시은이랑 내가 어떤 사이였는지 다 알고 있는 새끼가……."

"헤어진 사이."

저돌적인 기세로 정우에게 다가오던 석준의 걸음이 우뚝 멈춰 섰다.

"아닙니까?"

단조로운 음성이 단호하게 둘 사이를 정의 지었다. 석준이 굳게 다물린 입을 꿈틀거리며 정우를 노려보았다. 보아하니 그 정도로는 주제 파악이 다 안 된 것 같았다. 그가 더욱 잔인한 어조로 남은 미련 위에 쐐기를 박았다.

"한쪽에선 끝난 지 오래지만, 다른 한쪽에선 차마 미련을 못 버려서 꼴사납게 질척대는 사이. 아니냐고요."

"근데 이 새끼가!"

석준이 치미는 분노를 참지 못하고 주먹을 휘둘렀다. 뒤에서 그 모습을 목격한 시은이 깜짝 놀라 둘 사이로 달려들려 했으나, 정우가 더 빨랐다. 제 얼굴을 향해 날아든 주먹을 한 손으로 가벼이 제압해 뿌리친 정우가 재빨리 시은의 앞을 가로막았다.

"나서지 말고 가만히 있어요."

"하지만."

"김 대리랑 내 문제예요. 뒷일은 내가 알아서 해요."

안심하라는 듯 시은을 다독이고 있는 정우에게로 석준이 다시 한번 주먹을 뻗었다. 하지만 가벼운 움직임만으로도 충분히 피해 내는 그에게 석준은 작은 생채기조차 내질 못했다. 흥분해서 내키는 대로 휘둘러 대는 주먹이 수차례 정우를 지나쳐 허공으로 꽂혔다.

"이……!"

바짝 약이 오른 얼굴 위로 독기가 어렸다. 결국 주먹으로 승부하길 포기한 석준이 온몸으로 정우를 향해 달려들었다.

"정우 씨!"

시은의 입에서 외마디 비명이 쏟아졌다. 제 몸을 던지는 기세까지 미처 막아 내지 못한 정우가 석준과 함께 뒤로 쓰러져 버린 것이다. 대낮에 이 무슨 치정 얽힌 난투극인지! 시은은 기막히고 창피한 한편, 때아닌 주먹질에 휘말린 정우가 걱정되어 어찌할 줄을 모르고 동동거렸다.

"건방진 새끼! 잘난 아버지 빽 믿고 고고한 척 굴 때부터 알아
는 봤지만, 어디 위아래도 모르고!"

이때다 싶어진 석준이 정우의 위로 올라타 주먹을 내리꽂았다.
하지만 그조차도 간단하게 제압한 정우가 민첩하게 석준과 위치를
바꿨다. 그는 제 아래 석준을 깔고 앉은 채, 정우가 두 손으로 버
둥대는 석준의 양팔을 단단히 결박했다.

"놔, 이 새끼야! 이거 안 놔?"

석준이 정우에게 붙잡힌 양팔과 깔린 몸을 안간힘을 다해 버둥
거렸다. 죽자고 기를 쓰는 모습이 가엽기 그지없었으나, 이런 인
간 같지도 않은 놈에게 측은지심을 느낄 정도로 정우는 인정이
많은 사람이 아니었다. 마음 같아선 네가 지금 큰소리 칠 주제가
되느냐고 쏘아붙이며 피떡이 되도록 패 주고 싶었다. 하지만 상
대가 상대인 만큼, 공연한 빌미를 제공해선 안 됐다. 애처롭게 버
둥대는 모습을 무감히 내려다보던 정우가 권태로운 목소리로 말
했다.

"그쯤하시죠, 김 대리님."

"그쯤하시죠? 어디서 머리에 피도 안 마른 새끼가 건방지게! 이
거 놓으란 말 안 들려!"

올가미에 걸린 야생 동물처럼 거칠게 파닥거리며 석준이 발악했
다. 정우는 제 아래서 벗어나려 안간힘을 쓰는 사내를 환멸 어린
시선으로 바라보았다.

쉽게 물러나지 않을 인간이란 것은 이미 알고 있던 바였다. 그
래도 제 처지를 주지시키고 차분하게 대응하면 적당히 날뛰다가
나가떨어질 줄 알았더니, 염치와 이성이란 게 존재치 않는 상대에

게 너무 많은 것을 바랐던 모양이다.

가급적이면 조용하게 상황을 마무리하고 싶었는데 이대로라면 그조차 힘들것 같았다. 꼴을 보아하니, 단념하긴커녕 회사까지 발칵 엎으려 들 게 분명했다.

사실 저야 아무래도 상관없는 일이었지만 시은의 입장은 아마 다를 터였다. 내키진 않는 일이지만 차후의 일을 위해서라도 차라리 제가 한 수 접고 예의를 갖춰야 하나. 일단은 말로써 석준의 마음을 누그러트려야 하나. 그런 생각들을 하고 있던 찰나였다.

"그러고 보니까, 너……."

저를 깔고 앉은 정우를 줄곧 날을 세우고 노려보고 있던 석준의 눈이 일순 가늘어졌다. 언젠가의 기억을 더듬고 있는 듯한 눈동자에 불현듯 의구심이 스쳤다. 실랑이 중에 안경이 벗겨져 버린 맨얼굴의 정우를 지난 기억과 오버랩시킨 석준이 곧 두 눈을 부릅떴다.

"그때 그 자식 아니야? 윤시은이랑 같이 집에 들어갔던 그……."

"이리 나와, 정우 씨."

석준이 말을 맺기도 전에 시은이 정우를 붙잡아 일으켰다.

"더 상대할 가치도 없어. 그만 들어가자."

시은은 비장함이 어린 얼굴로 석준을 노려본 뒤 바닥에 떨어진 안경을 주워 들어 정우에게 건네었다. 여기서 더 실랑이를 이어 가 봤자 어차피 결론은 나지 않을 것이다. 왜 자신들이 석준에게 둘의 관계를 납득시켜야 하는 것인지 어처구니가 없었지만, 설명을 한다 한들 그가 시은과의 이별을 받아들이고 둘의 연애를 순순히 인정해 주리란 만무했다.

미친개를 무리해서 잡으려 들었다간 되레 물려서 피를 보기 십 상이었다. 차라리 피하는 편이 현명할지도 몰랐다. 더 이상 상대하 길 포기하며 정우를 이끌고 오피스텔로 들어가려 걸음을 옮기던 그때였다.

"어딜 가! 아직 확인할 게 남아 있는데!"

벌떡 몸을 일으킨 석준이 정우의 팔을 거칠게 붙잡아 돌려세웠 다. 그러고는 막 다시 쓴 안경을 무자비하게 벗겨 던졌다. 날카로 운 눈초리가 안경을 벗고 드러난 정우의 이목구비를 낱낱이 훑어 냈다. 그리고 곧, 확신이 담긴 얼굴로 석준이 괴기스럽게 입가를 당겼다.

"맞네. 그 자식. 나랑 헤어지기로 한 날 집에 들였었던 바로 그 개새끼."

무시하고 돌아서려 했던 시은의 얼굴 위로 동요가 스쳤다. 언젠 가, 괜한 오해만 낳을 불필요한 설명이라 생각해 지나쳐 버린 일이 정우를 알아본 석준의 앞에서 약점이 되어 돌아왔다.

"그건 그때도 설명했지만!"

"하, 그런 거였어?"

약점을 집어 문 포식자의 얼굴로 석준이 기막힌 듯 실소했다.

"나랑 헤어지고 나서 둘이 눈 맞은 게 아니라, 이미 그전부터 뭔가 있었던 사이인 거야?"

"그런 거 아니야. 그날은 그냥 우연히 술집에서 마주친 것뿐이 고, 아무 일도!"

"어쩐지, 이상하게 낯이 익다 했더니."

오해라고, 우리 둘은 누구보다 떳떳하다고 설명하고 싶었으나 비소가 걸린 석준의 얼굴엔 이미 확신만이 그득했다. 정우와 시은에게 번갈아 닿는 시선이 더없이 비릿하다.

"나한텐 이 여자 저 여자 재미 보고 다녔다며 아주 보는 앞에서 대놓고 쓰레기 취급을 하더니. 저는 새파랗게 어린놈이랑 남몰래 양다리를 걸치던 중이셨어?"

"아니라고 했잖아. 정우 씨랑 시작한 건!"

"언제부턴데. 설마 그날이 처음은 아닐 거 아니야. 한 달? 두 달? 아니면 저 새끼 회사에 입사하고부터인가? 나랑 시작과 동시에 저 새끼도 만나고 있었던 거야? 그래서 그렇게 도도했어?"

"오해라고 하지 않았습니까."

제 생각이 마치 사실인 양 매섭게 몰아붙이는 석준의 말 사이로 차분한 음성이 따라붙었다. 숨 막히게 시은을 추궁하던 석준의 시선이 돌연 정우에게로 향했다. 시은의 팔을 당겨 제 등 뒤로 세운 정우가 그녀에게 닿는 석준의 눈길을 차단한 채 단호히 말했다.

"윤 주임님은 추궁받을 행동 따위 한 적 없습니다. 잘못이라면 제가 했죠. 김 대리님과 끝난 거 알고 기회다 싶어 참지 못하고 몰아붙였으니까. 그러니 이 이상 할 얘기가 있으면 윤 주임님이 아니라 저한테 하시라고 말씀드린 겁니다."

"하. 이 새끼 좀 봐라."

석준이 기가 찬 듯 허공을 보며 헛웃음을 뱉었다.

"야, 이 새끼야. 넌 뭐가 그렇게 떳떳한데? 선임 여자한테 껄떡 댄 주제에 뭐가 그렇게 당당하고 떳떳해서 시종일관 가르치는 투로 말하는 건데?"

"말씀은 바로 하셔야죠. 선임 여자가 아니라 제 여자입니다, 이젠. 시작한 시점도 분명히 김 대리님과는 끝난 후였구요."

"이 새끼, 이거 진짜 말이 안 통하는 새끼네."

석준이 싸늘하게 입매를 굳혔다. 크지도 않은 두 눈을 사납게 부라리며, 석준이 윽박질렀다.

"그러니까, 이미 그전부터 윤시은한테 마음 두고 있었다는 거 아니야! 임자 있는 거 알면서도! 이년도 나랑 만나는 주제에 신입인 널 상대로 계속해서 꼬리 친 거고!"

"……."

줄곧 동요 없는 얼굴로 차분히 대꾸를 해 오던 정우의 눈이 검게 가라앉았다. 이미 석준을 마주한 순간부터 본데없는 뻔뻔함에 기막혔었지만, 그런 인간임을 몰랐던 것도 아니기에 어느 정도는 참을 만했다. 한데…….

"말씀은 좀 가려서 하시죠."

시은을 칭하는 말이 두 귀에 박힌 순간 이성이 발 아래로 떨어졌다. 정우가 무섭게 치고 올라온 화를 어렵사리 눌러 삼키며 낮게 경고했다. 동시에 석준이 밉살맞게 입매 끝을 당기었다.

"왜? 네 여자한테 이년 저년 하니까 거슬려?"

정우의 뒤에 서서 두 남자의 실랑이를 초조하게 지켜보고 있던 시은의 가슴으로 긴장감이 흘러들었다. 잠잠한 호수 같던 정우의 눈동자 위로 해일 같은 파장이 비쳤다. 이대로 두고 봐선 안 될 것 같았다. 서서히 조여들기 시작한 핏대 선 손등을 두 눈에 담으며, 다급히 그에게로 손을 뻗었을 때였다.

"정우 씨, 우리 그만하고……."

"지금 빡 돌아서 더한 말도 해 줄 수 있을 것 같은데, 내친김에 어디 한번 해 볼까? 어린 새끼한테 환장한 걸레 같……."

퍽—!

시은이 어찌해 볼 새도 없이 둔탁한 마찰음이 귓속을 훑고 지나갔다. 시은이 비명조차 지르지 못하고 두 손바닥으로 입술을 가렸다. 번쩍이는 속도로 표적을 강타한 손 뒤에서, 석준이 맥없이 나가떨어져 바닥을 뒹굴고 있었다. 무표정한 얼굴로 석준을 향해 또다시 거리를 좁히는 정우를 시은이 재빨리 붙잡아 저지했다.

"정우 씨, 그만해! 이렇게 해 봤자 일만 더!"

"너 이 새끼, 지금 나 쳤냐? 네가 감히 날 쳤!"

"그러게 분명히 경고했지."

터진 입을 손등으로 훔치며 외치는 석준의 말 사이로 감정 따윈 비치지 않는 음성이 낮게 파고들었다.

"뭐, 뭐야."

창백해진 석준의 얼굴 위로 내리 닿는 눈동자가 칠흑만큼이나 검었다. 그 눈빛에 본능적으로 위험을 감지한 석준이 하던 말을 멈추고 주춤 물러섰다.

"설마, 너 또 치……."

시은의 손을 뿌리치고 순식간에 석준에게로 접근한 정우가 먹잇감을 낚아채듯 석준의 멱살을 움켜쥐었다.

"켁! 케, 켁!"

"말 가려서 하라고."

퍽—!

"정우 씨!"

또 한 번 터진 마찰음 뒤로 석준이 꼴사납게 바닥으로 나가떨어졌다. 그거로도 분노가 삭지 않은 정우가 역시나 무표정한 얼굴로 석준을 향해 다가섰다.

"그만해, 정우 씨!"

"윽……!"

시은의 만류에도 불구하고 석준의 멱살을 잡아 일으켜 세운 정우가 인정사정없이 주먹을 내리꽂았다. 퍽, 퍽, 소름 끼치도록 둔중한 소리가 인적 드문 괴괴한 공간에 끊이지 않고 울려 퍼진다. 제대로 저항조차 못 해 보고 매섭게 꽂혀 드는 정우의 주먹질을 속수무책으로 받아 내고 있는 석준의 얼굴에 피가 낭자했다. 눈두덩이가 붓고 입가가 터지고 코피를 흘리는 낯익은 이의 얼굴에 시은은 가슴이 선뜩거렸다.

"안 돼, 정우 씨! 정우 씨……!"

시은이 울 것 같은 얼굴로 정우의 팔을 붙잡았다. 하지만 어느 지점에선가 감정을 제어하는 핀이 나가 버린 정우는 도무지 손을 멈출 생각이 없어 보였다. 아무리 인간 이하의 인성을 가진 사람이라지만 이건 아니었다. 정우에게도 결코 좋을 수 없는 일이다.

"놔요. 이딴 새끼는 입이 걸레가 되도록 맞아야……."

"제발."

보다 못한 시은이 와락 그의 허리를 끌어안았다. 두려움에 왈칵 차오른 눈물이 눈시울을 뜨겁게 적셨다. 어느 순간 움직임을 멈춘 정우의 허리를 필사적으로 끌어안은 채 시은이 간절하게 말했다.

"제발, 이 이상 손 더럽히지 마. 정우 씨. 제발……."

석준의 멱살을 쥔 채 무섭게 조여들던 손에서 천천히 힘이 빠져나갔다. 분노는 여전했으나 등 뒤에서 전해지는 여린 여체의 떨림에 도저히 이 이상 주먹을 휘두를 수가 없었다. 거칠게 씨근거리는 숨을 천천히 뱉어 내며, 정우가 석준의 멱살을 던지듯 놓아 버렸다.

"진짜 완전히 돌았구만?"

허리에 감긴 시은의 팔을 떼어 내며 정우가 막 몸을 돌렸을 때였다. 힘없이 바닥에 누워 있던 석준이 터진 입가를 손등으로 훔쳐 내더니 퍼렇게 부은 눈을 떠 혈흔이 엉겨 붙은 손을 내려다보았다. 그러고는 이내 기괴한 웃음을 지으며 터진 입으로 비아냥거리듯 말했다.

"여자에 환장해서…… 감히, 벌건 대낮에 선임을 상대로 폭력까지 휘두르고. 있는 집 새끼들이 이래서 무섭다니까. 제 아버지 빽 믿고 무서울 게 없으니까 하는 짓도……."

"어. 없어."

막 돌린 발걸음을 다시금 석준에게로 향한 정우가 천천히 그 앞에 한쪽 무릎을 굽혔다.

"그러니까 궁금하면 어디 더 해 봐. 있는 집 새끼의 갑질이 어떤 건지 이 기회에 제대로 보여 줄 테니까."

끝까지 깐족대듯 입을 놀리고 있던 석준이 시야로 파고든 서늘한 눈동자에 일순 말을 멈추었다. 줄곧 표정이랄 게 없던 정우의 입매가 비릿함을 품고 길게 당겨 올라가 있었다. 새파랗게 어린놈이 공허한 눈으로 내려다보며 짓는 미소가 어찌나 섬뜩한지. 석준은 등골이 오싹거렸다. 좀 더 몸을 숙인 정우가 석준의 귀에 대고 낮게 속삭였다.

"너 같은 버러지만도 못한 새끼 이 바닥에 두 번 다신 발도 못 붙이게 하는 거, 네 말대로 아버지 빽 하나 믿고 세상 살아온 나란 놈한텐 지나가는 개미 새끼 하나 밟아 죽이는 것만큼이나 쉬운 일이거든. 어때? 한번 끝까지 가 볼까?"

피범벅이 된 석준의 얼굴 위로 굴욕감이 번져 나갔다. 석준이 어금니를 악문 채 정우를 올려다보고 있었다. 그 모습을 여유로운 시선으로 지켜보고 있던 정우가 길 위에 껌처럼 눌어붙어 있는 석준의 몸을 아량 어린 손길로 천천히 일으켜 세웠다. 그러고는 먼지 투성이가 된 옷을 가만가만한 손으로 툭툭 털어 낸다. 이를 악문 채 두 주먹을 불끈 쥐고 있는 석준의 입가로 파르르 경련이 일었다.

오기만 살아 있을 뿐 무기력하기 짝이 없는 상처투성이 얼굴을 바라보며, 정우가 느른하게 입매를 당겼다.

넌 어떤 걸로도 내게 안 돼. 그러니까 대충 주제 파악 됐으면 그쯤하고 꺼져.

서늘한 미소에서 그 속삭임을 읽어 낸 석준의 얼굴에 패배감이 휩쓸고 지나갔다.

"그만 가요."

복잡한 눈동자로 석준을 바라보고 있는 시은의 손을 붙잡으며 정우가 오피스텔 쪽으로 발걸음을 옮겼다. 살기 어린 눈으로 그 모습을 지켜보는 석준의 두 주먹이 바르르 떨렸다. 조금씩 멀어지다가 완전히 시야에서 벗어나 버린 두 인영을 서늘한 눈동자 안에 아로새긴 채 석준이 비열한 목소리로 중얼거렸다.

"두고 보자고, 어디. 어린놈이 집안 하나 믿고 큰소리친 결과가 어떨지. 날 우습게 보고 저딴 놈이랑 놀아난 대가가 어떤 건지. 머지않아 알게 될 테니까."

분노와 굴욕감을 곱씹으며 천천히 그 자리를 벗어났다. 발끝에 매섭게 차인 마른 낙엽들이 흉하게 바스러져 길 위를 나뒹굴었다.

집으로 발을 들이기 무섭게, 시은은 정우를 화장실로 끌고 들어가 세면대에 물을 틀었다. 그러고는 핏자국이 엉겨 붙은 주먹을 벅벅 문질러 닦았다. 혈흔이 완전히 씻기어 나갈 때까지, 시은은 이를 악물고 억척스럽게 정우의 손을 문질렀다. 그 모습을 한참 말없이 지켜만 보고 있던 정우가 막막한 표정으로 나직이 입을 열었다.

"미안해요. 내가 좀 더 참았어야 했는데."

"참긴 뭘 참아!"

앙칼진 음성이 정우의 말을 막고 화장실 벽에 부딪쳐 울렸다. 정우는 의외라는 듯 그녀를 바라보았다. 비록 석준을 상대로 큰소리는 쳤지만 애초 다짐했던 것과는 달리 수습하기 힘들어져 버린 상황에 알게 모르게 시은의 눈치를 살피던 참이었다. 시은이 핏자국이 가신 손에 마저 비누칠을 하며 당찬 목소리로 말했다.

"잘했어! 그 자식 맞는 거 보니까 내 속이 다 후련하더라! 미친 새끼, 내가 진짜 기가 막혀서. 뭐 눈엔 뭐만 보인다더니, 그때 집 앞에서 정우 씨 본 걸 바로 저 유리한 대로 갖다 붙이는 거 봐. 그런 놈을 상대로 참긴 뭘 참아! 백 대, 아니, 천 대는 더 때려 줘도 모자라!"

거품 묻은 손을 마저 헹구어 내며 시은이 외쳤다. 레버를 돌려 물을 잠근 그녀가 수건 한 장을 꺼내어 정우의 손에 묻은 남은 물기를 닦아 냈다. 얼마나 문질렀는지, 핏자국이 가신 대신에 벌겋게 붉어져 있었다. 정우가 아무런 말도 하지 못하고 고개를 들자, 붉어진 손을 양 손바닥으로 가만히 감싸 쥔 시은이 나직이 덧붙였다.

"더 못 때려 줘서 열 받지만, 그래도 누가 보고 신고라도 하면 골치 아파지니까 그쯤에서 멈춘 건 잘한 거야. 잘했어, 정말."

낮게 침잠한 정우의 눈동자가 제 손등에 감긴 파리한 손 위로 가만히 내려앉았다. 잘했다고 말하면서도, 힘주어 그의 손을 감싸 쥐고 있는 손끝이 미미하게 떨리고 있었다. 그를 피해 낮게 내리뜬 눈동자도 어지러운 파동에 휩싸여 있다. 정우는 가슴 한구석이 무지근해졌다.

"내일이면 사내에 소문이 다 퍼져 있을지도 몰라요."

정우의 손등을 감싸 쥔 손에서 문득 힘이 빠졌다.

"김 대리가 주변인들에게 뭐라고 말할진 모르지만, 우릴 보는 시선이 결코 곱지만은 않을 거예요."

시은은 아무런 대꾸도 없이 정우의 손만 내려다보았다.

"정말, 괜찮겠어요?"

"괜찮지 않으면 뭐 다른 방법 있어?"

차분한 음성이 적요한 공기를 울리며 정우의 귓가에 닿았다.

"언제까지 비밀로 할 수 있는 일도 아니었잖아. 감당하기로 했던 거니까, 내 걱정은 하지 마."

분명 담담하게 뱉어 내곤 있지만, 그 억지스런 담담함이 정우는 어쩐지 더욱 위태롭게 느껴졌다.

두려웠다. 괜찮다고, 걱정하지 말라고 하지만 주말이 지나면 마주해야 되는 곱지 않은 시선 앞에서 그녀가 움츠러들까 봐. 결국 포기하고 돌아설까 봐. 정우는 두려웠다.

비밀스러운 관계를 이어 가는 대신 감내해야 하는 것들로 인해, 그는 시은이 제 여자라는 사실을 다른 이들 앞에 떳떳이 공표할 그날만을 시작부터 갈망해 왔다. 하지만 한편으론 망설여지기도 했다.

시은이 도저히 감당할 수 없다며 떠나 버릴까 봐. 역시 무리였다며, 제 손을 놓아 버릴까 봐.

확신할 수 없는 그녀의 반응들이 못내 두려웠다. 어쩌면 둘의 관계가 알려지는 것을 더 꺼려 한 쪽은 그녀가 아니라 자신이었을지도 모른다.

"걱정하지 말라니까 표정이 왜 그래?"

복잡한 시선으로 시은을 내려다보고 있는 정우와 눈을 맞추며 문득 시은이 물었다.

"설마, 나 못 믿는 거야?"

정우는 선뜻 대꾸하지 못하고 그녀의 시선을 마주했다. 그러자 줄곧 담담한 척 굴던 시은이 나직이 한숨을 뱉어 냈다.

"사실 무섭긴 해."

무거운 기류가 둘 사이를 에워쌌다.

"김석준이 부서에서 가지고 있는 영향력, 정우 씨도 알잖아. 난 봉꾼이라 소문났어도 주변에선 대놓고 질타 한마디 못 할 정도로 자기 패를 꾸리고 있는 인간이야. 그런 인간이 그 뱀 같은 입으로 사람들한테 뭐라고 말하고 다닐지, 듣지 않아도 뻔하니까. 하지만……."

잠시 나약함이 비쳤던 얼굴에 의외의 강단이 흘렀다. 결연한 표정으로 고개를 든 시은이 당당한 목소리로 말했다.

"우리 잘못한 거 없잖아. 정우 씨도 나도, 사람들 앞에 부끄러울 짓 같은 거 한 적 없잖아. 근데 왜 우리가 움츠러들고 눈치를 살펴야 돼?"

석준은 어떻게 생각하고 있는지 모를 일이지만, 사실이 그러했다. 비록 석준과의 관계를 마친 뒤 얼마 되지 않아 정우와 시작하긴 했지만 거기에 석준에게 죄책감을 가질 만한, 떳떳하지 못할 만한 이유 따윈 존재치 않았다. 단지 같은 부서에서 엮였다는 게 조금 껄끄러울 뿐, 둘은 분명 하늘 아래 한 점 부끄러울 것 없는 관계였다.

"유치한 말이지만 정의는 언젠간 승리하게 돼 있어. 잠시 오해하더라도, 색안경 끼고 보더라도, 아마 머지않아 다들 오해 풀고 우리 관계 인정해 줄 거야. 그러니까 괜한 걱정 하지 마."

정우가 무엇을 걱정하고 있는지 알고 있었다. 그는 어떤 시선과 질타가 자신들에게 향한대도 얼마든지 감당할 수 있는 남자였다. 하지만 정우에게 시은은 그렇게 보이지 않을 것이다.

시작부터 사람들의 눈치를 살피며 끝을 염두에 두었던 그녀로 인해, 정우는 관계가 지속되는 내내 그녀를 불안하게 여겨 왔다. 제 마음을 의심하는 게 아니라, 제 마음가짐과 사람들의 시선 앞에서 제가 보일 태도를 불안해하는 것임을 그녀도 알고 있다. 그 불안감을 불식시킬 수 있는 것은 정우로 하여금 그러한 생각을 갖게 만든 시은 자신이라는 것도.

"나…… 주변 시선 감당 못 하겠다고 도망치거나 정우 씨랑 헤어지는 바보 같은 짓 따위 절대 안 해. 정우 씨 향한 내 마음, 그 정도로 나약하지 않아. 충분히 감당할 수 있어. 감당할 거야. 더는 불안해하지 말고 나 좀 믿어. 내가 모든 경계를 허물고 정우 씨 믿는 것처럼, 정우 씨도 그냥 나 믿어 줘."

시은이 단단한 눈으로 정우를 응시했다. 그러고는 어떤 시선들 앞에서도 굴하지 않을 제 마음을 정우 앞에 떳떳하게 내비쳤다.

"우리, 다음 주부턴 당당하게 연애하자."

그렇게 말하며 시은이 눈이 멀 정도로 해사하게 미소 지었다. 한참 동안 말없이 시은의 말을 한 자 한 자 곱씹어 귀에 담던 정우의 얼굴 위에서 이내 불안감이 눈 녹듯 사라져 갔다. 팽팽하게 당겨져 있던 가슴 한구석에 여유가 찾아들며 안도의 한숨이 새 나온다. 찬란하게 웃는 그녀를 따라 굳어 있던 정우의 입 끝으로 희미한 미소가 번져 나갔다.

항상 어딘지 모르게 위태위태했던 관계에 그 긴장의 경계를 허문 것은, 어쩌면 자신이 아닌 시은일지도 몰랐다.

정우의 커다란 손이 시은의 여리고 흰 손등 위로 말없이 포개어졌다.

✳ ✳ ✳

고막이 찢겨져 나갈 듯한 음악 소리가 요란하게 번쩍대는 공간을 시끌벅적하게 채웠다. 석준은 터져서 쓰라린 입가에 쓰디쓴 양주를 병째로 기울이며 스테이지 위에서 현란하게 몸을 놀리는 여자들을 비릿하게 바라보고 있었다.

"야, 대체 무슨 일인데 얼굴이 이 모양이 된 거야?"

석준의 호출을 받고 한달음에 클럽으로 달려 나온 재영이 꼴이 말이 아닌 석준의 얼굴을 바라보며 물었다. 하지만 석준은 아무런 대꾸도 하지 않고 스테이지만 노려보고 있었다.

"누구랑 싸웠냐? 얻어터졌어? 뭔 일인지 말을 해야 너 이렇게 만든 새끼를 찾아서 족치든지 어쩌든지 할 거 아니…… 야! 김석준, 어디 가!"

바(Bar) 앞에 서서 쓰디쓴 술만 들이켜고 있던 석준이 갑자기 스테이지 쪽으로 걸음을 옮겼다. 기분도 영 아닌 것 같은데 저러다 무슨 일이라도 내지 싶어, 재영이 황급히 석준의 뒤로 따라붙었다. 술기운에 절어 중심을 잃고 휘청거리면서도 성큼성큼 스테이지로 다가선 석준이 한창 흥이 올라 몸을 흔들고 있는 여자 앞에서 걸음을 멈추었다. 그러더니 대뜸 손을 뻗어 여자의 손목을 가로챘다.

"뭐 하는 거예요?"

"야…… 너 오늘 나랑 좀 놀자."

혀가 풀려 뭉그러진 발음으로 그렇게 말하며 석준이 여자의 손을 잡아끌었다.

"뭐야, 미쳤나 봐!"

그가 다가선 순간부터 불쾌한 기색을 내비치던 여자가 붙잡힌 손을 차갑게 뿌리쳤다. 경멸하는 시선으로 석준을 위아래로 훑어내린 뒤 자리를 벗어나려는 여자를 석준이 다시 한번 붙잡았다.

"적당히 튕기고 나랑 좀 놀자고."

"진짜 미쳤나! 글쎄, 생각 없다는데 왜 이래?"

"야, 석준아. 너 너무 취했다. 그만 집에……."

말리는 재영의 손마저 뿌리친 석준이 신경질적으로 돌아선 여자의 허리로 손을 감았을 때였다.

"어이, 나랑 좀 놀……."

짝—!

시끄러운 음악 소리에도 불구하고 귓속을 날카롭게 파고든 마찰음과 함께 석준의 고개가 돌아갔다. 주변 상관없이 흐느적거리며 춤을 추고 있던 사람들의 시선이 순식간에 한곳으로 몰려들었다. 석준의 손에서 이탈한 술병이 날카로운 파편을 흩뿌리며 산산조각나 있었다. 석준이 몽롱하게 풀린 눈으로 무기력하게 그 모습을 내려다보았다. 그러다 어느 순간, 섬뜩한 광기를 비치며 그가 천천히 고개를 들었다.

"야, 이 미친놈아. 취했으면 자빠져 잠이나 잘 것이지, 어디서 추태야! 추태가!"

뺨을 후려친 손을 차갑게 거둬 낸 여자가 매서운 눈초리로 그를 훑어 내리며 외쳤다.

"확 성추행으로 고소해 버릴까 보다. 오늘 흥 다 깨졌네. 얘들아, 가……."

"너도 내가 우습냐?"

나직한 음성이 경직된 공기를 섬뜩하게 가로질렀다.

"윤시은 그년이 날 무시하니까, 네깟 년도 날 무시해!"

"석준아!"

흥에 취해 춤을 즐기던 사람들의 입에서 비명 소리가 쏟아져 나왔다. 무섭게 눈을 번뜩이며 옆에 있던 의자 하나를 집어 든 석준이 그길로 스테이지 위로 의자를 내던졌다. 다른 테이블에 있는 술병까지 가로채 마구잡이로 집어 던졌다. 손에 잡히는 것이라면 뭐든 가리지 않고 바닥에 던지며 난동을 부리는 석준으로 인해 클럽 안은 순식간에 아수라장이 되었다. 더 시끄러워지기 전에 황급히 석준을 제지한 재영이 서둘러 그를 클럽 밖으로 끌고 나와 인적이 드문 곳에 내던졌다.

"야, 이 미친 새끼야! 죽고 싶어 환장했냐! 저 클럽 사장이 깡패야, 인마! 죄다 쫓아 나오면 어쩌려고 누울 자리도 안 보고 객기야, 객기가!"

본래 술 마시면 뵈는 게 없어지고 여자라면 환장을 하고 달려드는 놈이긴 했지만, 이렇게 이성을 잃고 깽판을 부린 건 또 처음 있는 일이었다.

"너 대체 무슨 일이 있었는데? 뭔 일이 있었기에 이러는 거야?"

"가만 안 둘 거야."

서늘한 음성이 차가운 밤공기 사이로 울려 퍼졌다.

"윤시은. 민정우."

둘의 이름을 씹어뱉듯 읊조린 석준이 맞물린 이를 으득 갈았다.

"나 우습게 만든 그 두 연놈들. 절대 가만 안 둬."

어둠 속에서 검푸르게 빛나는 눈동자가 섬뜩한 광기로 번뜩거렸다.

13

흔히 구설수라 일컬어지는 것들은 좋은 이야기에 비해 훨씬 더
빠르게 입에서 입으로 옮겨지는 법이었다.

사무실로 발을 들이기 무섭게 시은은 제게로 닿는 부서원들의
눈초리가 전과 같지 않음을 본능적으로 직감했다.

무심코 향한 시선 끝에 석준의 모습이 들어왔다. 혈색 없는 얼
굴에 멍과 피딱지가 앉은 그는 수군거리는 사람들 틈에서 거만한
모습으로 서 있었다.

비린 냄새가 감도는 낯이 야비했다. 웅성거리는 사람들에게서
얼핏얼핏 지탄 어린 언사들이 들려왔다. 시은이 잘게 떨리는 입술
을 지그시 깨물었다.

"여기 서서 뭐 해요?"

사무실 입구에 서서 선뜻 걸음을 옮기지 못하고 있는 시은의 어
깨로 익숙한 온기가 내려앉았다.

"들어가요. 곧 부장님 오실 시간인데."

태연하게 시은의 어깨를 감싼 정우가 그녀를 이끌고 사무실 안으로 들어섰다. 의심을 확신으로 바꾸는 장면에 주변인들이 더욱 술렁였다.

조금 더 노골적으로 바뀐 추문 깃든 시선이 따끔한 파편처럼 날아와 둘에게로 박혔다. 시은이 차마 정면을 보지 못하고 바닥으로 고개를 처박았다.

제 몫이니 감당해 내리라 장담했었지만, 막상 곱지 않은 시선들을 대면하게 되자 시작도 되기 전에 마음이 위축되었다. 하지만 정우는 달랐다. 자신들에게 날아드는 따가운 시선 속에서도 그는 믿기 힘들 정도로 담담한 상태를 유지하고 있었다. 그가 시은의 어깨를 붙든 채 묵묵히 앞으로 나아갔다.

비난 어린 시선 정도로는 제게 일말의 영향력도 행사하지 못함을 알려 주듯 그가 차갑게 내려앉은 공기를 묵살하며 그녀를 엄호했다. 그것이 어떤 이들에겐 더 큰 자극이 되어 괜한 오기를 불러 일으킬 수도 있을 텐데도, 정우는 애초에 그런 것 따윈 신경 쓰지 않는 듯했다.

시선들을 보아하니 이미 여론이 어떻게 형성된 건지 알 만했다. 그래도 이런 식으로 심기를 자극하기보단 차라리 없는 듯이 숨죽이고 있는 편이 나을지도 몰랐다.

대체 어쩌려고 이러는 것인지. 무표정한 정우의 속이 읽히지 않아 시은은 불안하고 난처했다.

"뻔뻔하단 말은 바로 저런 것들을 두고 하는 소린가 봐. 아주 철면피가 따로 없네."

비릿한 음성이 귓전을 할퀴었다. 꺾어 올라간 시선에 석준의 얼굴이 닿았다.

"그러니까. 보기보다 뻔뻔하네."

"어쩜 같은 사무실 내에서 저럴 수가 있지? 부끄럽지도 않나?"

평소 석준과 이해관계로 얽혀 있는 몇몇 직원들의 입에서 비난 어린 말들이 연이어 쏟아졌다. 여론을 선동한다는 것이 바로 이런 것이구나. 석준의 한마디를 시작으로 물꼬가 터진 사람들의 시선이 비정했다.

눈치를 살피려 향한 눈에 차갑게 굳어진 정우의 얼굴이 보였다. 내내 담담하던 검은 눈동자가 어두웠다. 가늘어진 눈매가 남직원들 틈에서 야비하게 미소 짓는 졸렬한 얼굴로 향했다. 날렵한 턱에 힘이 가해졌다. 보란 듯 입가를 당기는 석준을 보곤 당장에 앞으로 뛰어 나가려는 정우를 시은이 다급히 붙잡아 세웠다.

하지 마.

간절한 눈으로 그를 올려다본 채 그녀가 희미하게 고개를 저었다.

뭐라 구워삶은 건진 모르지만 이미 많은 사람들이 석준의 편으로 돌아선 상태였다. 이런 상황에 괜히 날을 세워 덤벼 봤자 그걸 빌미로 본격적으로 헐뜯으려 들 게 뻔했다. 분노가 치밀고 억울함이 드는 건 시은도 마찬가지지만 여기서 자신들이 나서 봤자 득 될 것이 없었다.

3년이 넘는 시간 동안 함께 근무해 오면서 제가 쌓아 온 이미지가 이 정도로 바닥이었던 걸까. 예상하던 바와 다르지 않은 반응에 그러려니 싶으면서도, 한편으론 씁쓸한 마음을 감출 수가 없었다.

"이래서 얼굴 반반한 애들은 절로 색안경이 껴진다니까."

"관심 없다는 듯, 도도한 듯이 굴더니 뒤에선 이 남자 저 남자 꼬리나 치고 다니고."

남직원들로도 모자라 여직원들의 입까지 타고 나오는 무자비한 질책에 시은이 이지러진 입술을 지그시 사리물었을 때였다.

"그게 무슨 소리야?"

지금껏 들려오던 것과는 상반되는 음성이 사람들의 입을 가로막았다. 너 나 할 것 없이 모여 수군대는 사람들 뒤에 말없이 앉아 이 상황을 관망하던 한 사람이 천천히 몸을 일으키고 있었다. 폐쇄적인 인간관계의 시은이 그나마 마음을 터놓고 지냈던 유일한 사람, 한 대리였다.

"윤 주임이 여기저기 꼬리 치고 다녔다고 누가 그래? 김 대리가 그래?"

엄한 얼굴로 사람들 앞에 나선 한 대리가 시은을 비난한 여직원을 향해 쏘아붙였다. 급작스럽게 질책의 대상이 된 여직원이 무안한 표정을 지었다.

"아니, 당사자가 그렇다고 하니까."

"당사자가 누군데? 지금 연애 중인 건 윤 주임이랑 민 사원 아니야? 그럼 두 사람이 당사자니까 그 두 사람 말을 듣고 판단해야지, 왜 제삼자인 김 대리 말이 전부 사실이라고 확신하는데?"

직전까지만 해도 씁쓸한 기색이 역력했던 시은의 얼굴에 뭐라 설명할 수 없는 감정이 서서히 피어올랐다. 당사자인 그녀도 차마 하지 못한 말을 한 대리가 단도직입적으로 쏟아 냈다.

"그렇잖아. 김 대리랑 윤 주임이랑 헤어진 이유가 김 대리 사생활이 문란해서라는 거 알 사람은 다 아는데, 이제 와서 윤 주임 책임인 양 구는 거. 누가 봐도 억지 아닌가?"

"어이, 한 대리. 말이 좀 심하지 않아?"

갑자기 나서서 제 사생활을 언급하는 한 대리의 말에 발끈한 석준이 박차고 앞으로 나왔다. 입사 동기인 둘은 평상시 사무실 안에서도 마주치기만 하면 앙숙처럼 으르렁거리는 사이였다. 석준보다도 한 대리 쪽에서 유독 경멸하듯 그를 대한지라 왜 그러는 건가 했더니, 이미 오래전부터 그의 본성을 알고 있어서였던 모양이다. 한 대리가 탐탁지 않은 시선으로 석준을 응시했다.

"심하긴 뭐가 심해? 있는 그대로를 말하는 건데? 아무것도 모르고 김 대리 만난 윤 주임한텐 미안한 소리지만 입사 당시부터 김 대리 문란한 건 소문날 만큼 나 있었잖아? 말발과 넉살로 주변인들 관리해 둔 덕에 사생활 더러운 것치곤 평판이야 괜찮았을지 몰라도, 뿌리고 다닌 게 있는데 설마 사람들이 몰랐을 거라고 생각한 거니?"

"이봐, 한민주!"

"그런데 그런 인간 몇 마디에 홀딱 넘어가 사실 확인도 안 하고 무턱대고 비난부터 하다니. 다들 정말 옳다고 생각하고 이러는 거야? 생사람 잡는 거 아니라고 확신할 수 있어?"

방금 전까지 입을 모아 비난을 날리던 사람들이 꿀 먹은 벙어리라도 된 양 입을 다물었다. 제가 차려 놓은 밥상에 갑작스레 잿밥을 뿌리는 한 대리를 보곤 석준이 붉으락푸르락 댔다.

"물론 남녀 관계를 두고 같은 부서원이란 이유만으로 왈가왈부한다는 거 자체도 우습지만, 굳이 그러고 싶거든 사실 관계 파악이 먼저인 거잖아? 남 얘기 안줏거리 삼을 땐 삼더라도, 적어도 무고한 사람 잡는 일은 하지 말아야지."

꿋꿋하게 제 할 말을 다한 한 대리가 한풀 꺾인 기세의 부서원들을 보고 쯧, 혀를 찼다. 그러고는 줄곧 사람들에게 닿아 있던 시선을 시은이 있는 쪽으로 돌렸다.

"윤 주임, 민 사원."

시은이 저도 모르게 숨을 삼켰다.

"그렇게 죄인처럼 입 다물고 있지 말고 어디 속 시원하게 말 좀 해 봐. 두 사람 정말 김 대리랑 정리하기 전부터 그렇고 그랬던 관계인 거야? 그래?"

질문을 던지는 어조는 냉정하기 그지없었지만, 시은을 향한 시선 안엔 신뢰가 가득했다. 대부분의 사람들이 석준의 말을 듣고 앞뒤 안 따지고 비난을 날릴 때, 적어도 한 대리만큼은 그들과는 다른 시선으로 둘을 바라보고 있었다.

졸지에 청문회 자리처럼 변해 버린 상황이 당혹스러웠지만, 이 기회가 아니면 쉽사리 사람들의 그릇된 시선을 바로잡을 수 없을 것 같았다.

"아니에요."

시은이 망설임을 뿌리치고 강단 있게 입을 열었다.

"민정우 씨와 저, 비밀리에 교제 중이었던 건 맞지만 다른 분들이 오해하시는 것처럼 비난받을 짓 따위 한 적 없습니다. 김 대리에게도, 그리고 같은 부서에 계신 분들께도. 한 점 부끄러울 것 없이 떳떳해요."

"떳떳하다고?"

석준이 기막히다는 표정을 지었다.

"너 정말로 하늘을 우러러 한 점 부끄럼도 없어?"

"어. 없어."

시은의 대답은 단호했다. 동시에 후안무치한 석준의 낯이 매섭게 일그러졌다. 경멸 어린 시선을 감추지 않은 채 시은이 속 시원하게 쏘아붙였다.

"하늘을 우러러 보며 부끄러움을 논해야 될 건 내가 아니라 바로 너잖아. 밤이면 밤마다 친구들이랑 술판 벌이고, 유흥주점에서 이 여자 저 여자한테 더럽게 집적거린, 짐승만도 못한 너란 놈."

"그러는 넌 얼마나 깨끗해서 더럽다 어쩐다 지껄이는 건데?"

시은의 날 선 비난에 석준이 저돌적으로 튕겨져 나왔다.

"만나는 내내 그렇게 도도한 척 굴더니, 뒤에선 새파랗게 어린 놈한테 꼬리나 치고 있었던 주제에 뭐가 그렇게 순결하고 고고해서!"

"어제도 말씀드렸던 것 같은데요."

섬뜩하게 눈을 희번덕대며 다가서는 석준의 앞으로 정우가 단호하게 막아섰다.

"꼬리라면 윤 주임님이 아니라 제가 친 거라고."

숨죽인 채 두 사람의 실랑이를 지켜보고 있던 사람들이 일순 술렁거렸다.

"신입 사원 환영회 때 윤 주임님 보고 첫눈에 반했었거든요."

"정우 씨."

그의 갑작스런 발언에 다급히 저지하려 드는 시은을 외면하며 정우가 계속해서 말을 이었다.

"뒤늦게 남자 친구 있는 거 알고도 쉽게 포기가 안 돼서 남모르게 관심 갖고 있다가 김 대리님이랑 끝났다는 소리 듣기 무섭게 바로 대시한 겁니다. 윤 주임님 쪽에서 절대 안 된다고 칼같이 거절하는 걸, 죽자 살자 쫓아다녀서 여기까지 밀어붙였어요. 처음부터 끝까지, 다 제가 시작하고 제가 몰아붙인 결과입니다. 이제 좀 믿어지십니까?"

"왜 괜한 소리를……."

시은이 당황한 얼굴로 주위 눈치를 살폈다. 뜻밖의 사실에 다소 놀란 듯한 부서원들이 여기저기서 웅성거리고 있었다.

모든 게 제가 시작하고 몰아붙인 결과라니.

그를 헐뜯으려 틈을 노리던 사람들에게 괜한 빌미를 제공하고 남을 발언이었다. 아니나 다를까 여전히 석준의 편에 선 남직원들 입에서 감히 선임의 여자를 넘본 거냐며 맹랑하다는 소리들이 들려왔다.

어떻게 해도 사그라지지 않는 날 선 시선들 속에서 시은은 또 한 번 위축되고 불안함을 느꼈다. 그때, 따스한 손이 손가락 사이로 파고들었다. 알아 온 내내 제 감정 앞에선 떳떳하고 당당했던 남자가 역시나 한 치의 흔들림도 없는 눈으로 시은을 마주 보았다.

"사실이잖아요. 내가 윤 주임님 쫓아다닌 거."

"정우 씨!"

"당신은 딱 당신 몫만큼만 감당해요."

질책하듯 내뱉은 이름 뒤로 그가 보다 더 견고하게 깍지를 꼈다.

"그게 우리가 시작부터 약속했던 조건이니까."

시은은 더 이상 아무 말도 할 수가 없었다. 시작과 동시에 서로의 관계에 있어 책임과 감당할 것들을 운운했던 그녀였지만, 그것은 어쩌면 정말 감당하겠다는 의지보다는 감당할 것들로부터 도망치겠다는 회피 의식이 담겨 있었던 말이었는지도 모른다. 그걸 정우라고 몰랐을 리가 없다. 한데 저렇게 말한다는 것은 결국 그녀의 몫까지 자신이 감당해 낼 테니 도망칠 생각 따윈 하지 말라는 뜻과 같았다.

믿고 따라오라고.

치밀하게 얽혀 들어온 단단한 손이 그렇게 말하고 있었다. 눈동자 위로 뜨거운 기운이 몰려들었다. 정우가 강직함이 깃든 시선을 들어 다시 석준을 바라보았다.

의외의 직구로 맞서는 정우를 보며 석준이 분한 듯 이를 악물었다. 정우가 보인 진심의 여파인지, 줄곧 냉소적인 시선을 보내던 사람들에게서 조금씩 동요가 일기 시작했다.

결국 김 대리가 잘못해서 헤어진 거 아니냐, 이제 와 물고 늘어지는 석준도 우습다, 남의 연애사에 왈가왈부하는 것도 아닌 것 같다 등등…….

좀 전과는 다른 말들이 사람들 사이에 오갔다. 초반과는 다르게 흘러가는 여론을 뒤늦게 감지한 석준이 잔뜩 흥분한 얼굴로 외쳤다.

"나더러 지금 그 말을 믿으라고? 헤어진 당일, 윤시은이 혼자 사는 집에 네놈을 들이는 걸 이 두 눈으로 똑똑히 봤는데! 그래도 니들이 떳떳하고 깨끗해?"

그토록 오해라 설명을 했건만, 석준은 또다시 그것을 빌미로 둘의 관계를 부정하게 몰아가려 들었다. 이대로 있다간 또다시 비난을 피하기 힘들 것 같단 생각에 시은이 다급히 입을 열었다.

"글쎄, 거기에 대해선 어제도 분명히."

"제가 선수 친 겁니다, 그건."

생각지 못한 말이 시은의 입을 가로막았다.

"그날 우연히 윤 주임님을 마주쳐서 바래다주게 됐는데 집 앞에서 진 치고 있는 김 대리님을 봐 버렸거든요. 제가."

그날 석준이 집 앞에 있는 걸 정우가 알고 있었다니. 미처 몰랐던 사실에 시은이 의아한 표정을 지었다.

"헤어졌단 얘긴 이미 들어 알고 있었고, 이대로 돌아섰다간 또 둘이 만나 화해라도 하지 않을까. 간신히 잡은 기회 앞에서 내심 불안했습니다. 할 줄 아는 거라곤 감언이설 섞인 말재주뿐인 인간이 또 어떤 말로 설득을 하려고 이 시간에 집 앞까지 찾아온 걸까. 이대로 보내면 왠지 두고두고 후회하게 될 것 같은데. 그래서 커피 한 잔만 달라며 선수를 좀 쳤어요. 두 사람이 절대 마주칠 수 없도록."

그래서 일부러 차를 달라 한 거였나. 석준과 마주치지 못하게 하려고?

이제야 그날의 뜬금없는 부탁이 이해되며 시은은 잠시 머릿속이 멍해졌다. 정우가 석준을 먼저 발견했었다는 사실만으로도 이미 놀라운데, 그 일련의 행동에 그러한 의도가 숨어 있었을 줄이야……. 기가 찬 나머지 시은은 헛웃음이 났다.

"물론 김 대리님의 문란한 사생활이 원인이 돼서 그렇게 된 줄 알았다면 굳이 늦은 시간에 차까지 달라며 윤 주임님을 부담스럽게 할 필요도 없었을 것 같지만. 어찌 되었건 그날의 일은 그런 의도 때문에 벌어진 겁니다. 생각하신 것처럼 불순한 일 따윈 없었어요. 혹시 더 궁금한 게 있으시면 물어보세요. 얼마든지 설명해 드릴 테니까."

정우가 영악스럽게 미소 지었다. 석준은 그날의 일로 둘의 관계를 불순한 쪽으로 몰아가려 했던 것 같지만, 안타깝게도 그 계략은 실패했다. 당사자를 통해 설명된 정황은 그저 이 상황을 모면코자 둘러대는 어설픈 변명이 아니라는 걸 듣는 이라면 누구든 알 수 있을 터였다.

그렇게 제가 쥔 패가 모두 바닥난 상황 앞에서, 석준이 더는 아무 말도 하지 못하고 파르르 떨었다. 석준의 사생활 문제야 알면서도 묵인해 온 것이라, 그와 친한 지인들도 더는 그를 옹호치 못하고 눈을 돌려 버렸다.

"뭐야, 결국 제가 행동거지 함부로 하고 다니다 차여 놓고 애먼 사람 탓한 거잖아?"

"그러니까 말이야. 어우, 역겨워."

"뻔뻔한 놈은 따로 있었네."

제 잘못으로 끝난 관계에 끝까지 미련을 버리지 못하고 질척인 석준을 향해 비난 어린 목소리들이 들려왔다. 이른 시간부터 모여 앉아 치정에 얽힌 실랑이를 지켜보던 사람들이 고개를 절레절레 흔들며 제자리로 돌아가 앉았다. 그 앞에서 마지막 남은 자존심마저 넝마가 된 석준이 참혹한 표정으로 이를 악물었다. 이런 식으로 끝나다니. 도저히 자신의 패배를 인정할 수가 없었다.

"그러게 그쯤에서 그만하자고 하지 않았습니까, 제가."

웃음기 섞인 목소리가 벌게진 석준의 귀 끝을 스쳤다.

"뭐, 이 새끼야?"

석준이 발끈한 얼굴로 눈을 부라리며 위협적으로 다가섰다. 열 세에 몰린 쥐새끼처럼 있는 대로 날을 세우는 그를 보며 정우가 여유롭게 미소 지었다.

"지금도 그런 목소리가 나오는 걸 보니 아직도 상황 파악이 안 되시나 보네요. 여기서 더 지껄여 봤자 김대리님 밑바닥만 드러나는 꼴이라는 걸 그렇게 겪고도 모르시겠나 봐요. 이래서 사람은 제

분수를 알아야 하는 건데."

비릿하게 입가를 당긴 정우가 시은을 뒤로한 채 한 걸음 걸어 나왔다. 석준과의 간격이 아슬아슬한 틈을 두고 좁혀졌다. 정우에게로 향한 석준의 눈매가 볼썽사납게 일그러진다. 그의 귓가에 대고 비스듬히 고개를 숙인 정우가 은밀한 어조로 속삭였다.

"사람 사이의 신뢰라는 건 너처럼 술잔 몇 번 기울이고 시시껄렁한 농담이나 주고받는다고 해서 형성되는 게 아니야. 아마 넌 그게 관계의 기반이라 착각하고, 네가 무슨 말을 하든 모든 사람들이 믿어 줄 거라 확신했던 모양이지만. 결과를 봐. 이 중에서 널 믿어 줄 사람이 과연 몇이나 될 것 같은지."

비아냥거리는 입매가 길게 늘여졌다. 석준은 손끝이 파리해지도록 두 주먹을 말아 쥐었다. 날카로운 파편처럼 따갑게 시야를 찌르는 정우의 조소에 내면에 금이 가고 피가 뚝뚝 흘렀다.

"관계는 신뢰가 바탕이 돼야 그 영향력을 행사할 수 있는 거야. 입만 열면 뻥튀기에 허세 떠는 너 같은 새끼랑 그래도 너에 비해 비교적 진중한 나랑. 둘 중 어느 쪽 말이 사람들에게 좀 더 영향력이 있을지…… 아직도 감이 안 와?"

"근데 보자 보자 하니까 이 어린놈의 새끼가!"

얄밉게 자존심을 자극하는 정우의 말에 석준이 더는 참지 못하고 멱살을 움켜쥐었다. 핏줄이 불거진 주먹을 높이 쳐들고 정우의 안면을 향해 날리려던 그때였다.

"뭣들 하는 거야!"

권위적인 목소리가 팽팽하게 경직된 공기를 가로질렀다. 정우에게 닿기 직전 얼음이 되어 버린 석준의 시선이 사무실 입구로 향했다. 때마침 조찬 회의를 마치고 돌아온 부서장이 뒤에 과장들을 대동하고 사무실로 들어서고 있었다. 딱 보기에도 살기가 등등한 두 남직원을 보며 부장이 매섭게 눈을 부릅떴다.

"하라는 일은 안 하고 웬 소란이야! 신성한 사내에서 주먹다짐이라도 할 참이야, 지금!"

자리로 돌아가 앉았지만 여전히 호기심 어린 눈을 거두지 못하고 있던 사원들이 부장의 불호령에 게 눈 감추듯 파티션 아래로 고개를 숙였다. 모두가 눈치를 살피며 말을 아끼고 있을 때, 근처에 있던 남직원 하나가 부장에게로 달려가 귓속말로 상황을 전달했다. 말을 전해 들으며 점점 미간을 찌푸려 가던 부장이 이내 탐탁지 않은 시선으로 시은을 바라보았다. 그 눈길이 향한 이유를 누구보다 잘 알고 있는 시은이 부장을 피해 고개를 떨구었다. 쯧, 하고 짧게 터진 소리 뒤로 부장이 엄하게 외쳤다.

"세 사람 다 부장실로 따라 들어와!"

* * *

불호령조로 세 사람을 부장실로 호출한 부장은 뭐라 말하기도 난감한 듯 한동안 혀만 차 댔다. 앞에 선 세 사람 중 유독 시은에게 탐탁지 않은 시선을 보내던 부장이 잠시 후, 사적인 일로 더 이상 부서 분위기를 흐리는 일은 없도록 하라는 엄포를 끝으로 그들을 돌려보냈다.

조용히 부장실을 빠져나와 자리로 돌아온 시은은 가슴께를 내리누르는 숨을 무겁게 뱉어 냈다. 처음 사무실에 발을 들였을 때에 비해 사람들의 시선이 꽤 누그러지긴 했지만, 여전히 주변이 의식되었다.

아마 셋이 같은 사무실에 존재하는 한, 이 불편한 분위기는 한동안 이어질 테지.

숱한 다짐과는 다르게 쉽사리 편해지지 않는 마음을 애써 다독이고 있을 때, 미처 컴퓨터도 켜지 못한 책상 위로 웬 음료수 캔하나가 놓였다.

"부장님이 뭐래?"

고개를 돌리자 파티션에 비스듬히 기대어 선 한 대리의 모습이보였다. 줄곧 굳어 있던 시은의 표정이 조금이나마 풀어졌다.

"아, 그냥 분위기 흐리는 짓 자제하라고요."

그렇게 말했지만, 부장실을 나서던 순간까지 경멸하듯 따라붙던부장의 시선이 머릿속을 차지했다. 관리자로선 부서가 고작 여자하나 때문에 괜한 소란에 엮인 것이 적잖게 짜증이 났을 터였다. 평소 보수적인 부장의 성향상 아주 뜻밖의 반응도 아니라고…….시은은 씁쓸한 마음을 그렇게 애써 갈무리 지었다.

"무슨 말 하기도 난감했겠지. 사내 연애가 견책 사유가 되는 것도 아니고. 그렇다고 두 사람이 윤리적으로 문제 있는 관계인 것도아니니까."

"좀 전엔 감사했어요."

시은이 나지막한 목소리로 말했다. 모두가 석준의 말만 믿고 등을 돌릴 때, 유일하게 자신을 비호하고 나서 준 한 대리를 향해 말로나마 고마움을 표현해야 할 것 같았다.

"감사할 게 뭐 있어. 내가 아는 윤시은은 절대 그럴 사람이 아니지만 나도 근거를 댈 수는 없으니 당사자 통해 직접 확인하자했던 건데, 뭐."

말은 그렇게 하지만 한 대리가 그 누구보다 시은을 믿어 줬다는 것을 그녀는 알고 있었다. 멋쩍은 표정으로 답하는 한 대리를 보며 희미하게 웃고 있는데, 그녀가 이내 나무라듯 덧붙였다.

"그러게 내가 뭐랬니? 김석준 저거 아무리 쫓아다니고 매달려도 그냥 무시하라 그랬지? 인간 같지도 않은 놈한테 발목 잡혀서 이게 뭐야?"

시은이 대꾸 없이 씁쓸하게 입가를 당겼다. 모든 건 석준의 달콤한 소리에 넘어가 지질하고 얄팍한 그 내면을 알아차리지 못한 제 못난 안목 탓이었다. 한 대리가 방금 전 책상 위에 놓아둔 음료수 캔을 시은이 지친 얼굴로 말없이 집어 들었다.

"그나저나 그래서 민정우가 요새 좀 달라진 거였구나?"

한 대리가 건너편 끝 쪽에 있는 정우의 자리를 턱짓으로 가리키며 말했다.

"목석같던 녀석이 어쩐지 좀 유해졌다 싶더니. 역시 연애가 원인이었어. 대단해, 윤 주임. 역시 마케팅팀 퀸다워."

시은의 뺨이 쑥스러움을 숨기지 못하고 발그레해졌다. 짓궂게 웃던 한 대리가 곧 유한 표정으로 다독이듯 말했다.

"한동안은 좀 불편할지도 몰라. 여기저기 입 옮겨 가면서 사실과 다른 얘기도 떠들어 댈 거고. 그래도 지나고 나면 한순간이니까, 그냥 그러려니 하고 넘겨. 저렇게 멋진 놈 차지했으면 이 정도는 감수해야지. 안 그래?"

부럽다는 듯 웃어 보인 뒤 시은의 어깨를 다독이는 것을 끝으로 한 대리가 제자리로 돌아갔다. 시은은 한 대리에게서 시선을 거두곤 조심스레 정우를 바라보았다.

주변 동료들과 잠시 이야기 중인 듯싶던 정우가 습관처럼 시은 쪽을 바라보았다. 우연처럼 눈이 마주치자 무표정하던 눈동자에 순식간에 감정이 배어 나왔다. 걱정. 그것이 가장 커 보였다.

괜찮아. 걱정하지 마.

시은이 느슨하게 입꼬리를 당겼다. 앉으나 서나 못 미더운 제 걱정뿐인 연인에게 해 줄 수 있는 일이라곤 지금처럼 괜찮다고, 그러니 더는 걱정하지 말라고 확신을 주는 것뿐이었다.

시작부터 불안했던 관계에 문득문득 근심이 스칠 때면 상황을 모면하듯 괜찮다고 습관처럼 말했었지만, 오늘만큼은 시은도 확신을 갖고 그에게 말해 줄 수 있었다.

어떤 날 선 비난과 따가운 시선이 따라붙어도, 정우만 있다면 얼마든지 버틸 수 있다고. 그러니 더는 제 걱정은 하지 않아도 된다고.

통유리를 뚫고 길게 들이치는 눈부신 햇살이 사람들 틈에서 소리 없이 서로를 응시하는 둘 주변을 에워쌌다. 더는 주변 시선도, 눈치도 살피지 않은 채 시은은 온전히 그를 바라보고 웃었다.

만인 앞에 당당한, 첫 눈 맞춤이었다.

* * *

"아주 신이 났는데?"

점심 식사를 마친 뒤 양치 도구를 들고 화장실로 향하려는 시은의 발목을 비아냥대는 음성이 잡아챘다. 굳이 두 눈을 돌려 확인치 않아도 그 목소리의 주인이 누구인지 알 수 있었다.

"사람들이 군말 없이 넘어가 주니까, 지들이 퍽이나 대단한 연애라도 하는 것 같은 기분이 드나 보지?"

모퉁이 쪽에 비스듬히 기대어 서 있던 석준이 비릿한 얼굴로 다가서며 말했다. 대부분의 사람들이 제게 등을 돌리고 그나마 남아 있는 제 편마저 그쯤하고 포기하라 말했는데도, 염치라는 것을 모르는 남자는 도무지 이 상황이 납득되지 않는 모양이었다.

"미안하지만 그 기분 얼마 못 갈 거야."

겁박하는 투로 석준이 말했다.

"같은 부서에서 여자 하나에 남자 둘이 더럽게 엮인 거 알 사람은 다 아는데, 윗선에서 이대로 근무하게 그냥 놔둘 것 같냐? 일적으로 부딪힐 때마다 사적인 감정 못 감추고 으르렁댈 게 뻔한데, 사무실 분위기 엉망 되는 거 두 눈 뜨고 보고만 있을 것 같아?"

시은이 지친 표정으로 한숨지었다. 부서원들의 시선이 우호적으로 돌아선 것 같으니 이젠 윗선들을 핑계로 협박하려 드는 모양이다.

어째서 모든 원인이 저로부터 시작되었다는 것을 알지 못하는 걸까. 이렇게나 자의식이 강한 남자가 또 왜 이토록 비굴하게 자신에게 미련을 못 버리는 것인지. 이렇게 함으로써 얻고자 하는 것이 무엇인지. 시은은 좀처럼 이해가 되질 않았다.

인간이야 다양했고, 때문에 모두가 제 맘과 같지는 않다는 것을 알고 있었지만, 이쯤 되자 석준이 애처롭기까지 했다.

"결국 너만 피 보게 될 거야."

무시하고 돌아서려는 등 뒤에서 석준이 말했다.

"민정우 그 새끼야 뒷배가 든든하니 쉽게 건드리진 못할 거고, 곧 있으면 팀장으로 승진할 날 도려내자니 인력적인 피해가 크고. 결국 이 모든 소란의 화근인 너부터 잘라 내려 들겠지. 애초에 너만 아니었으면 이런 난리도 벌어지지 않았을 테니까."

소리 없이 다가와 거리를 좁힌 석준이 차갑게 그를 마주하는 시은의 얼굴 앞에 비릿한 면상을 바짝 들이밀었다.

　"윗선들이 도무지 조치를 취하지 않곤 못 배기게…… 만들고 말 거야, 내가. 아까 부장이 그랬지? 괜히 사무실 분위기 흐리지 말라고? 천만의 말씀."

　석준이 썩은 고기처럼 악취가 풍기는 웃음을 지으며 오만하게 말했다.

　"있는 대로 분위기 흐려서, 내가 기필코 너랑 민정우 두 연놈들이 회사에 같이 발 못 붙이게…… 악!"

　단말마의 비명이 갑자기 뒤로 꺾인 석준의 입에게 터져 나왔다. 시은에게 바짝 밀착해 있던 석준의 얼굴이 순식간에 벽 쪽으로 메다꽂혔다. 핑연한 마찰음과 함께 석준의 뒷 머리카락을 움켜쥐고 선 정우의 얼굴이 보였다. 시은의 눈이 커졌다.

　"으윽…… 너 이거 안!"

　"그렇게 말을 했는데도 아직도 이해가 안 됐나 보네."

　공허하게 빛을 발한 잿빛 눈동자에 음산한 살기가 번득였다. 정우의 손아귀에 머리채를 잡힌 채 벽에 바짝 붙어서 고통스런 신음을 내뱉는 석준의 모습이 섬뜩했다. 이대로 두었다간 또 한 번 소란이 일어 방금 전 석준이 말한 대로 될지도 모른다는 불안감이 엄습했다. 겁에 질린 얼굴로 시은이 서둘러 걸음을 옮기려던 순간이었다.

　"정우……."

　"김 대리!"

　다급한 음성이 팽팽하게 긴장된 공기를 갈랐다. 벌써 사람들이 눈치채고 와 버린 건가.

"이거 빨리 놔, 정우 씨."

바쁜 마음에 시은이 서둘러 정우의 팔을 붙잡아 석준에게서 떼어 냈다. 분노가 가시지 않은 눈으로 죽일 듯이 노려보고 있는 시선 아래서 석준이 발작처럼 숨을 몰아쉬었다. 다급히 사무실 쪽에서 달려온 박 대리가 놀란 얼굴로 석준을 부축했다.

"왜 그래, 어디 다쳤어?"

"너…… 이 새끼…… 하아, 딱 걸렸어."

석준이 시퍼렇게 멍이 든 뺨을 손바닥으로 문지르며 비열하게 정우를 겨누었다.

"감히 겁도 없이, 사내에서…… 폭력을 행사해?"

"뭐야, 그새 또 어디 얻어터진 거야?"

"야, 박 대리. 지금 당장 경찰서에 신고해! 이 새끼가 무고한 사람한테 폭력 행사 했다고!"

"경찰? 안 그래도 그것 때문에 온 건데, 지금 사무실에 경찰들 들이닥쳤어."

박 대리로부터 들은 뜻밖의 소식에 석준이 이내 반색했다.

"뭐야, 그새 누가 보고 신고했나 보네. 요새 사람들이 이렇게 윤리 의식이 투철하다니까. 아, 저기 오네. 여깁니다, 여기! 경찰 양반들!"

복도 건너편에서 희미하게 비치는 무리들을 발견하곤 석준이 기고만장한 얼굴로 번쩍 손을 들어 올렸다. 시은은 당혹감을 감추지 못하고 고개를 들었다. 무표정한 얼굴의 두 남자가 자신들 쪽으로 천천히 가까워져 오고 있었다. 가슴이 덜컥 내려앉으며 등골이 서늘해졌다. 간신히 사건이 일단락되었다 여겼는데, 오히려 더 커지고 말았다.

"어이, 경찰분들! 여깁니다! 여기 이 자식이 무고한 사람을 상대로 폭행……."

"어떤 분이 김석준 씨 되십니까?"

긴장한 낯으로 정우를 바라보고 있을 때, 경찰이 다가와 물었다. 잔뜩 겁에 질린 시은과는 달리 정우가 굳은 얼굴로 경찰들을 응시하고 있었다. 석준이 빈정거리며 둘을 스친 뒤 이내 당당하게 답했다.

"네. 제가 김석준입니다만."

손에 들린 종이와 석준의 얼굴을 잠시 대조해 보는 듯싶던 경찰이 옆에 선 동료 경찰을 보고 짧게 고개를 끄덕였다. 그러고는 들고 있던 종이를 접어 수첩에 넣으며 석준을 향해 말했다.

"실례지만 지금 저희랑 같이 서에 좀 가 주셔야겠습니다."

"네, 얼마든지 가 드리겠습니다. 실은 이 자식 폭력 휘두른 게 오늘이 처음이 아니거든요. 바로 어제도……."

"어젯밤 클럽M에 가신 것 맞습니까?"

"네?"

지금 이 상황과는 상관없는 질문에 그 자리에 함께 있던 사람들 표정 위로 의아함이 스쳤다. 그중에서도 가장 의아한 얼굴을 한 것은 단연 석준이였다.

"클럽M에서 기물 파손하시고 현장에서 도주하셨죠?"

"아, 아니……."

시은이 줄곧 긴장감에 휩싸여 있던 두 눈을 크게 떠 정우를 올려다보았다. 희미하게 분노가 엷어진 정우가 두 눈을 가늘게 뜨고 석준과 경찰들을 바라보고 있었다.

"그 자리에 있던 주변 여성을 상대로 성추행도 하셨고요. 당사자로부터 추가 피소까지 받은 상태라 연행이 불가피하게 되었습니다."

"서, 성추행? 연행이라니요! 이게 무슨……."

"증거는 클럽 CCTV로 확보된 상태니까, 하실 얘기 있으시면 서로 가셔서 마저 하시죠."

수첩을 든 경찰이 말을 마치기 무섭게 옆에 있던 다른 경찰이 석준의 한쪽 팔을 붙들었다. 흙빛으로 바뀐 석준의 얼굴이 등 뒤에 서서 그 모습을 지켜보고 있는 둘에게로 향했다.

"아니, 이게……."

그사이 점심 식사를 마치고 복도로 모여든 사람들이 갑자기 경찰 두 명에게 양팔이 붙들려 끌려가는 석준을 보고 웅성거렸다.

"아니! 다짜고짜 이게 뭐 하는 짓이냐고요, 대체! 진짜 연행될 놈은 따로 있는데!"

건장한 사내들에게 양팔이 붙들린 채 이어진 애처로운 발악은 모퉁이 너머로 모습을 감출 때까지 계속되었다.

그렇게 제 잘못을 회피하고 염치를 외면했던 석준은 많은 이들이 보는 앞에서 처참한 밑바닥을 내보이고 말았다.

14

"내가 분명 분위기 흐리는 일 없도록 하라고 경고했을 텐데!"

신경질적인 목소리가 얼어붙은 공기를 가로질렀다. 석준이 갑작스레 경찰들로부터 연행된 뒤 화장실 앞에서 벌어진 소란을 전해들은 부장이 남은 두 사람을 부리나케 호출한 것이었다. 이렇게 될 것을 몰랐던 건 아니지만 막상 부장의 엄한 목소리가 귀에 닿자 시은은 절로 어깨가 움츠러들었다.

"사내에서 같은 부서 선후임끼리 주먹질이라니! 그렇게 알아듣게 설명을 했는데 반나절도 안 돼서 기어이 이 사달을 내!"

"죄송합니다."

죄송하다 말하는 어조가 단조롭기 그지없었다. 정우의 담담한 태도에 더욱 화가 난 부장이 날 선 어조로 일갈했다.

"일적인 것도 아니고 겨우 여자 문제로 선후임 간에 주먹 오갔다는 소리가 들리면 위에서 대체 뭐라고 하겠어!"

"전적으로 제 잘못입니다. 혹시 책임져야 할 게 있다면."

"이게 자네 하나가 책임지겠다고 하면 끝날 문제야? 아무리 사회 초년생이라지만 벌써 입사한 지가 1년이 다 돼 가는데 아직도 상황 파악이 안 되나?"

부장의 말을 끝으로 싸늘한 정적이 내려앉았다. 시은은 차마 정면을 바로 보지 못하고 무겁게 고개를 숙였다.

낮게 내리뜬 속눈썹 끝이 가늘게 떨렸다. 애써 처박고 있는 정수리에 따갑게 눈총이 박히는 느낌이 들었다. 화를 삭이듯 무겁게 한숨을 몰아쉰 부장이 잠시 후 나직이 입술을 뗐다.

"윤 주임이랑 따로 할 얘기가 있으니 민 사원은 잠깐 나가 있어."

"부장님."

줄곧 덤덤하던 정우의 얼굴에 파장이 일었다. 뱉어 내는 음성이 다급해졌다.

"윤 주임님은 아무 잘못도 없습니다. 할 얘기가 있으시다면 저와."

"어허, 나가 있으래도!"

명령조의 말이 엄중하게 공기를 울렸다. 그럼에도 정우는 조금도 누그러지지 않은 기세로 부장을 마주 보았다. 그가 납득되지 않은 얼굴로 입술을 떼려던 찰나, 시은이 그의 팔을 붙잡았다.

오늘따라 유독 연약해 보이는 연갈색의 눈동자가 애써 떨림을 붙잡은 채 그를 올려다보고 있었다. 말없이 그를 응시하던 시은이 가만히 고개를 끄덕였다. 미약한 고갯짓이 전하는 의미가 무엇인지, 굳이 묻지 않아도 알 수 있었다.

짙은 눈썹이 소리 없이 구겨지며, 그가 들끓는 감정을 내리누르듯 힘주어 어금니를 물었다. 그녀의 체온이 떨어져 나간 두 주먹을 불끈 거머쥐곤 정우가 마지못해 몸을 돌렸다.

딸깍, 문이 닫히며 시종일관 무표정하던 얼굴 위로 처참한 빛이 드리웠다.

'윗선들이 도무지 조치를 취하지 않곤 못 배기게…… 만들고 말 거야, 내가.'

조금 전 그를 반미치광이로 만들었던 석준의 말이 문득 뇌리를 스쳤다. 검게 침잠한 눈동자가 시은의 손에 붙잡혔던 제 오른 팔목 위로 떨어졌다. 문 너머 그녀를 홀로 두고 나온 이 손이, 정우는 오늘따라 경멸하고플 정도로 무기력하게 느껴졌다.

✽ ✽ ✽

"소파로 가 앉게."

닫힌 문을 돌아보곤 무겁게 한숨을 뱉은 부장이 부장실 중앙에 자리한 소파로 걸음을 옮겼다. 순응하듯 자리에 앉자, 마른 입에 물 한잔을 들이켜며 그가 이내 엄하게 그녀를 불렀다.

"윤 주임."

"네, 부장님."

시은의 담담한 음성이 경직된 공기 위로 한숨처럼 내려앉았다. 답답한 듯 넥타이를 잡아 늘린 부장이 한결 차분해진 목소리로 천천히 말문을 텄다.

"자네 잘못 아니라는 거 알아. 김석준 그놈이 얼마나 지저분하게 노는지야 오래전부터 알고 있던 사실이고, 직원 간의 연애사도 엄밀히 따지고 들면 내 소관이 아니니 민 사원과의 관계를 두고 왈가왈부할 생각도 없네. 하지만."

마뜩잖은 표정으로 잠시 말을 멈춘 그가 이내 냉정한 눈길로 시은을 바라보았다.

"아침에도 말했듯이 세 사람 일이 사내 분위기까지 영향을 미친다면, 그건 얘기가 달라져."

"죄송하게 생각합니다."

시은이 담담히 제 잘못을 인정하자 그 모습에 오히려 착잡해진 부장이 골치 아픈 얼굴로 이마를 쓸었다.

"어디 윤 주임이 죄송할 문제인가. 모두 혈기 왕성한 사내놈들 탓이지."

난감한 얼굴로 물을 들이켜는 부장을 보며 시은은 그가 어떤 말을 하려는 것인지 듣지 않아도 알 것만 같았다. 망연히 무릎 위로 내려앉아 있던 손에 천천히 힘이 들어갔다. 소리 없이 쥐어진 주먹 안에 땀이 배어들었다.

"김 대리야 다른 불미스러운 일로 연행까지 됐으니 경찰에서 무슨 얘기가 나오면 회사 측에서도 거기에 따라 뭔가 조치를 취하려고는 할 테지만, 연행된 이유가 지극히 사적인 문제라 인사 관련해서 손을 쓰긴 또 어려울 거야. 하필 김 대리가 지금 맡고 있는 프로젝트가 회사 입장에선 꽤 중요한 사안이기도 하고 말이야. 그렇다고 세 사람을 이대로 같은 부서에 계속 남겨 놓는 건 그것대로 모양새가 좋지 않아. 보는 눈들도 곱진 않을 거고. 그래서 하는 말인데."

그저 막연하던 불안감이 현실이 되어 귓전을 스쳤다.

"타 지점 전출을 고려해 보는 게 어떤가."

골이 댕댕거리는 느낌과 함께 코끝이 시큰거렸다. 시은은 차마 고개를 들어 부장을 마주 볼 수가 없었다. 예상치 못한 상황은 아니나, 예상했다 해서 그 충격이 덜해지는 것은 아니었다. 머릿속이 멍해지고 눈앞이 까마득해졌다.

"윤 주임 입장에선 서운할 얘기라는 거 알아. 나도 고민 끝에 어렵게 내린 결론이네. 처음엔 부서만 변경하도록 해 볼까도 생각했지만, 어쨌거나 같은 회사 안이라 오며 가며 부딪힐 텐데 그래서야 조치를 내린 의미가 없잖나. 직원들도 심심하면 수군거릴 테고. 그간 회사에 쌓아 온 정이 아쉽긴 하겠지만 둘 중 한 사람이 다른 지점으로 옮기는 것이 차라리 다른 사람들 눈치 살피며 만나는 것보단 나을 것 같아서 하는 말이네."

시은은 부장의 말을 듣는 내내 아무런 대꾸도 하지 못하고 망연한 눈으로 허공만을 응시했다. 어느 지점부터인가 사고가 멈춰 버린 머리에서는 아무 말도 떠오르질 않았다. 아니. 할 말이야 많았지만, 차마 반박할 수 없다 하는 편이 맞을지도 모른다. 부장이 하는 말 중에 틀리고 모순된 것은 아무것도 없었다.

"그동안 윤 주임이 얼마나 성실하게 회사 생활에 임해 왔는지는 나도 잘 알고 있어. 내년이면 대리도 달 텐데, 좋은 인재를 잃는 것 같아서 나도 안타깝기가 그지없네. 하지만 세 사람 일로 사내 분위기가 어수선한 걸 보고도 가만히 있을 수만은 없는 내 입장도 좀 고려는 해 주게나."

천천히 말을 이어 가는 부장의 목소리에서 지금 그가 느끼고 있을 난처함과 착잡함이 묻어났다.

"권고가 아니라 제안이니 결정은 윤 주임이 내리도록 해. 뭐가 회사에게도 두 사람에게도 좋을지…… 잘 생각해 보고."

조심스레 말을 맺은 뒤 그가 허탈한 숨을 뱉어 내며 몸을 일으켰다. 결정은 네 몫이라 했지만 시은을 두고 돌아선 등에선 관리자로서의 단호함이 여실히 전해졌다.

부장실을 나오는 순간조차 초점을 찾지 못한 눈동자가 허공을 담은 채 어지럽게 흔들렸다.

✳ ✳ ✳

— 이 시간에 웬 전화야? 요즘 바쁘다고 퇴근하고도 전화 한 통 없더니.

한창 밭일을 보는 중인지 전화기 너머에서 소란스러움이 느껴졌다. 부장실에서 나오자마자 옥상 휴게실로 나온 시은은 오늘따라 유독 흐린 늦가을의 하늘을 무기력한 눈으로 올려다보았다.

"그냥. 갑자기 엄마가 보고 싶어서."

— 에? 평생 애교라곤 모르고 산 계집애가 웬일이래?

"나이 들어 철들었나 보지."

제가 말해 놓고도 민망할 정도로 입에 익질 않아서, 시은이 무색한 목소리로 대꾸했다. 엄마가 전화기 너머에서 코웃음을 쳤다.

— 다행이네. 이제라도 철들어서.

"엄마."

— 왜?

"혼자 살기 외롭지 않아?"

복잡스런 눈동자가 먹구름이 진 하늘을 올려다보았다.

— 혼자 지낸 게 어디 하루 이틀이야? 새삼스럽게 외롭고 말고 할 게 어디 있어?

비가 오려는 건지, 눈이 오려는 건지. 가늠조차 되지 않는 하늘을 바라보며 시은이 단조로운 음성으로 말했다.

"하루 이틀이 아니니까. 새삼스러울 거 없이 매일 외로운 건 아닌가 하고."

— 왜? 외롭다 그러면 늘그막에 혼처 자리라도 봐 주려고?

엄마의 실없는 농담에 마찬가지로 실없는 말투로 받아쳤다.

"낼모레면 환갑 앞둔 양반이 못 하는 소리가 없어."

— 요것 봐라? 환갑 되면 여자 아니라고 누가 그래?

"언젠 아빠 때문에 남자는 거들떠도 안 본다며."

— 그때보단 나도 사람 보는 눈이 생겼으니까. 적어도 같은 실수는 안 하지 않겠니?

"뭐야. 정말 시집보내 드려?"

— 아서라. 네가 뜬금없이 실없는 소리 해 대기에 장단 한번 맞춰 준 걸 가지고 무슨. 나 먹고 살기도 바빠 죽겠는데, 입 늘어 봤자 다 늙어서 나만 고생이지. 그러는 너야말로 잘 사는 엄마 걱정 말고 시집이나 가, 이것아.

입만 열었다 하면 습관처럼 내뱉는 시집 타령을 오늘은 어떻게 피해 보나 싶었더니 역시나였다. 나이 먹은 딸 두면 앉으나 서나 시집보낼 걱정뿐이라더니. 시은이 무겁게 숨을 뱉어 내며 물었다.

"나 시집가면 진짜 엄마 보기 힘들어질 텐데, 괜찮아?"

— 언제는 자주 보러 왔고? 맨날 이 핑계 저 핑계 대고 명절 때나 마지못해 얼굴 비쳤지.

"뭘 또 마지못해라고……."

엄마는 아무 생각 없이 한 말일 텐데, 그걸 듣는 시은의 마음은 정작 담담하지가 못했다. 꼭 핑계 대고 안 찾아간 건 아니었는데, 엄마에겐 그렇게 느껴졌었나. 바쁜 일상을 이유로 엄마에게 소홀

했던 지난날이 문득 후회가 되었다.

물론 매번은 아니었을 테지만 가끔 엄마도 제가 보고 싶고 서운했던 날도 있었을 텐데, 무뚝뚝한 딸 눈치 보느라 한 번을 내색조차 못 한 건가 싶어 안쓰러운 마음이 들기도 했다.

— 아무튼 쓸데없는 소리 그만하고 너는 네 일이나 열심히 해. 한 살이라도 덜 먹었을 때 시집갈 궁리도 좀 하고, 이것아. 엄마 지금 일하느라 바쁘니까 나중에 통화하자. 얼마 전에 마늘 파종 마치고 요 며칠은 콩 타작하느라 아주 쎄가 빠진다. 네, 금방 갈게요! 끼니 거르지 말고 잘 챙겨 먹고! 그럼 끊는다!

어수선한 말을 끝으로 뭐라 인사말을 건넬 틈도 없이 통화가 끊겨 버렸다. 시은은 깜박이는 액정을 허탈한 표정으로 내려다보다가 이내 힘없이 차가운 벽에 뒷머리를 기대었다. 그사이 더욱 짙어진 하늘이 금방이라도 무언가를 쏟아 낼 것처럼 잔뜩 몸을 웅크리고 있었다.

차라리 눈이라면 좋겠다. 기왕이면 올해의 첫눈을 그와 함께 맞을 수 있게……

시린 손등을 매만지며 시은이 천천히 사무실로 발걸음을 옮겼다.

* * *

엘리베이터에서 내리기 무섭게 손이 가로채졌다. 다짜고짜 시은을 이끌고 비상계단으로 향한 정우는 문이 닫히자마자 초조한 낯으로 시은을 몰아붙였다.

"부장님이 뭐라고 했어요?"

"사람들이 보면 어쩌려고."

"지금 그게 문제예요? 부장님이 뭐라고 했냐고요!"

그답지 않게 거칠어진 목소리가 나선형의 계단을 타고 날카롭게 뻗어 나갔다. 그럼에도 시은의 눈동자는 믿기 힘들 정도로 차분하고 또한 고요했다. 그게 또 못내 불안해서 정우가 다그치듯 입술을 뗐다.

"빨리 말 안 해요? 지금 당장 내가 부장실로!"

"정우 씨."

부드럽고 온화한 음성이 그의 말을 가로 막았다.

"흥분하지 말고 잠깐만 내 얘기 들어 줘."

불안하게 일렁이는 눈동자가 이 상황과 이질적이도록 차분한 얼굴을 어지럽게 담아냈다. 도무지 침착해지지 않는 가슴을 애써 억누르며 잠자코 응시하고 있자, 시은이 입술을 뗐다.

"나 전출 갈까 해."

정우의 눈이 커졌다. 시은을 붙잡고 있는 손아귀에 힘이 실렸다.

"그게⋯⋯."

"누가 강요해서 내린 결정이 아니야. 내 자의야."

날카롭게 구겨진 미간에 균열이 일었다. 기막힌 한숨이 질끈 문 입술 새로 음산하게 흘렀다.

이 여자는 대체 얼마나 저를 우습게 봤으면, 저토록 뻔한 거짓말을 눈앞에 대고 태연하게 내뱉을 수 있는 걸까.

"부장한테 가 봐야겠어요."

싸늘히 시은의 얼굴을 외면하며 정우가 거침없이 몸을 돌렸다. 시은이 다급히 그 팔을 붙잡았다.

"정우 씨."

"이거 놔요."

"정우 씨, 잠깐만. 흥분하지 말고 내 얘기 좀."

"뭘 더 들어요!"

정우를 붙잡은 손이 차갑게 뿌리쳐졌다.

"흥분하지 말라고요? 그런 말을 하면서 지금 흥분하지 말란 소리가 나와요!"

"그래서 내가 처음부터 말한 거잖아. 내 말 좀 들어 달라고. 아직 나 할 말 다 안 끝났어. 그러니까 화를 내더라도 일단 내 말 끝까지 다 들어 보고 나서 화를 내."

뿌리친 손을 다시금 붙잡으며 타이르듯 건네는 말에 가까스로 인내심을 붙잡은 그가 나지막이 되물었다.

"뭔데요? 아직 안 끝났다는 그 말이."

시은이 화기가 여전한 눈을 애처롭게 응시했다.

"엄마 계신 의성으로 신청해 볼까 해."

처음 전출 얘기를 들었을 때처럼, 정우의 가늘게 뜬 눈매 끝이 매섭게 구겨졌다. 더 들을 것도 없다는 듯 반사적으로 돌아서려는 몸을 시은이 힘주어 잡아당겼다.

"도망치려는 게 아니야. 내 판단이고, 내 결정이야."

정우가 싸늘하게 굳은 얼굴로 문 쪽을 응시하고 있었다. 힘주어 다물고 있는 턱에서 경련이 일었다. 시은은 차갑게 돌아선 양 뺨을 붙잡아 제게로 돌렸다. 점점 들끓어 오르는 검은 눈동자에 억척스레 시선을 맞추었다.

"연고지도 없는 곳에서 엄마 혼자 계시는 게 전부터 계속 마음에 걸렸어. 바쁜 일상에 찌들고 지금 사는 생활에 익숙해져 있다 보니까 잊고 있었는데, 조금이라도 더 늦기 전에 엄마 옆에 잠시라도 같이 있어 드리고 싶어서 그러는 거야."

실낱처럼 가늘어진 눈동자가 대체 저더러 그 말을 믿으라는 거냐는 듯 날카롭게 그녀를 내려다보았다. 정우 입장에서 이 무슨 억지스런 껴 맞추기냐고 윽박지를 걸 알고 있었지만, 시은은 최대한 제 심정을 진실하게 그에게 전하고 싶었다.

"평생 나 하나만 보고 살아온 엄마야. 대학 때부터 나와 살면서 귀찮고 바쁘단 이유로 제대로 찾아뵙지도 못하고 살았어. 언젠가 나마저 가정을 꾸리게 되면 그땐 더 얼굴 보기 힘들어질 텐데, 그 전에 엄마 옆에서 딸 노릇 하면 어떨까. 그런 생각이 들었어."

사실이었다. 엄마에게 시은은 항상 저 잘나서 잘된 자식처럼 굴었었다. 엄마가 저를 위해 얼마나 물심양면으로 뒷바라지를 했는지는 생각지 못하고 엄마에게 독립해서 사는 동안 항상 제 안위만 돌보고 저 편한 것만 추구하며 살아왔었다.

그런데 막상 제게 힘든 일이 닥치자 머릿속엔 제일 먼저 엄마가 떠올랐다. 그런 순간이 돼서야 위로받고자 엄마의 존재를 떠올리는 스스로가 한심하고 역겨웠지만, 엄마는 어쩔 수 없이 제게 가장 편안한 안식처였다.

그리고 곧 그런 생각이 들었다. 부장의 말은 어느 하나 틀린 것이 없었고, 결국 저는 전출을 결정하게 될 터였다. 어차피 이미 이렇게 된 거 쫓기듯이가 아닌 스스로의 의지로 결정을 내리고 싶었다. 기왕이면 그 결정에 보다 좋은 의미를 부여해서.

"물론 이런 기회가 아니라면 생각조차 못 했을 일이지만, 이제라도 생각하게 됐으니 다행인 거잖아. 정확한 건 아직 알아봐야 하지만, 일단 내 결정은 그래. 엄마 계신 곳 근처로 신청해서 될 수 있다면 그렇게 하고 싶어."

조곤조곤 제 결심의 이유를 설명하는 시은의 목소리를 귀에 담으며, 정우가 복잡한 얼굴로 턱을 악물었다. 그가 어떤 심경일지, 얼마나 스스로를 자책하고 있을지, 시은도 충분히 알고 있었다. 지금 이렇듯 화를 내고 있는 것도 결국은 저를 지켜 주지 못했다는 사실에서 나온 스스로를 향한 분노임을.

"정우 씨."

시은은 다시금 손을 뻗어 정우의 양 뺨을 감싸 쥐었다.

"화 그만 내고 나 좀 봐."

마지못해 그녀를 마주한 눈동자가 차마 쏟아 내지 못한 감정을 담고 일렁였다. 가슴 한구석이 싸하게 아린다.

"어차피 우리 한 사무실에 있어도 당당히 연애 못 해. 눈빛 하나 주고받더라도 주변 눈치 살펴야 되고, 뭘 하더라도 항상 곱지 않은 시선을 떨쳐 낼 수 없을 거야. 그럴 바에야 차라리 회사 밖에서, 다른 사람들 눈치 살피지 않고 당당하게 만나는 게 낫잖아."

뱉는 말에 힘이 실릴 수 있도록 부러 더 담담하게 말하곤 있지만 아무런 대꾸도 하지 않는 그를 바라보는 심정 또한 안타깝고 안쓰럽긴 매한가지였다. 시은은 나약해지려는 마음을 다잡듯 입술을 꾹 깨물었다. 그러고는 그의 양 뺨에 감겨 있던 손을 떼어 그의 목 뒤로 감았다. 까치발을 들고 커다란 그의 등을 안아 당기자 목석처럼 굳어 있던 몸이 무너지듯 품 안으로 들어왔다. 흔들리는 호흡이 목 언저리에서 느껴졌다.

"도망가는 거 아니야. 정우 씨와 더 편하게, 더 제대로 연애하고 싶어서 그러는 거야. 그러니까 그만 화내고 나 좀 안아 줘, 정우 씨."

시은의 가느다란 두 팔이 그의 목을 꽉 끌어안았다. 말없이 서서 한참을 미동조차 없던 그가 어느 순간 단념하듯 두 팔을 뻗어 시은을 품에 안았다. 으스러질 듯 조여 오는 팔이 이토록 편안하고 따뜻하다니. 시은은 정우의 목 뒤로 교차되어 있던 손을 들어 까맣고 결 좋은 머리카락을 천천히 쓰다듬었다.

"좀 멀긴 하지만, 나…… 자주 보러 와 줄 거지?"

가슴 깊숙한 곳을 차지하고 있던 불안감이 그녀가 건넨 사랑스런 한마디에 안도를 찾고 서서히 가라앉았다. 잠시 떨어져야 하는 현실이 안타깝고 화가 나면서도, 영원한 끝을 말하는 게 아니라는 사실에 가슴은 어느새 롤러코스터를 타고 내려와 지상으로 발을 붙인 듯 차분해졌다.

이런 그녀를, 말 한마디로 그를 한순간 지옥으로도, 천국으로도 닿게 하는 그녀를 뿌리칠 수 있을 리가 없었다.

정우가 부드러운 그녀의 목덜미에 슬며시 얼굴을 묻었다.

"물론이죠."

따스한 체온이 온몸을 휘감았다. 높게 난 계단을 타고 시린 바람이 불어왔지만 시은은 조금도 춥다 느끼지 못했다. 그의 체온이, 그의 마음이, 추위를 느낄 새도 없이 몸과 마음을 뜨겁게 데웠다.

비상계단에 나 있는 좁은 창 너머에서 새하얀 눈이 소리 없이 내리고 있었다. 정우와 함께 맞이하는 올해의 첫눈이었다.

✳ ✳ ✳

따스한 볕이 창틈으로 들이치는 나른한 봄날이었다.

"아니 보소. 여서 산 물건인데 고쳐 주는 게 당연한 거 아이가? 와 돈을 내라카는데?"

아침부터 떠들썩한 목소리가 센터 안을 뒤집어 놓았다.

"어르신. 아까도 분명히 설명해 드렸잖아요. 상품엔 원래 무상 AS 기간이라는 게 있는 건데요. 이 상품 같은 경우에는……."

"아 마 됐다! 에이스고 나발이고 모르겠고, 내는 돈 몬 주니까 알아서 해라! 즈그들이 물건을 지랄그치 맹글어 놓고 와 돈을 내라 카노!"

"아이참, 어르신!"

부품실에 들어가 누락된 부품은 없는지 점검하고 있던 시은은 도무지 무시할 수 없는 소란스러움에 결국 차트를 들고 밖으로 나왔다.

"뭔데 이렇게 소란이야?"

밖에서 진땀을 빼고 있던 여직원 하나가 난감한 얼굴로 부리나케 달려왔다.

"아, 팀장님. 아니, 저 어르신이 제가 분명히 접수할 때 AS 사항 말씀을 드렸는데, 그땐 알았다고 하셔 놓고는 이제 와서 비용을 못 내겠다고 억지를 부리시잖아요."

여직원의 손이 가리키는 방향을 따라 고개를 돌렸다. 그러자 그새 문 앞까지 가서 연이어 남직원과 실랑이 중에 있는 한 노인의 모습이 눈에 들어왔다. 보아하니 꼬장꼬장한 양반이 비용 문제로 심술을 부리고 계신 모양이다. 노인층이 많은 시골에선 더러 있는 일이라, 시은이 침착한 표정으로 직원을 향해 말했다.

"잠깐만, 민희 씨. 내가 얘기 좀 해 볼게."

여유로운 미소로 직원을 안심시키곤 입구 쪽으로 조용히 발걸음을 옮겼다.

"잠시만요, 어르신."

소란한 틈을 파고드는 차분한 음성에 희끗한 백발의 노인이 마뜩잖은 표정으로 고개를 돌렸다.

"니는 또 뭐고?"

"저 여기 직원인데요, 어르신. 듣자 하니 어르신께서 상품 AS 받으시고 해당 비용 지불을 못 한다고 하셨다기에 제가 설명 좀 드리려고요."

"아, 설명이고 나발이고 알아서 하라 안 카나!"

본격적인 말을 꺼낼 새도 없이 노인이 잔뜩 성이 난 목소리로 시은의 말을 가로막았다. 그러고는 다짜고짜 앞에 선 남직원을 밀어 버리며 다시금 입구 쪽으로 향했다. 난감한 얼굴로 제지하려 드는 남직원에게 눈짓으로 사인을 보낸 시은이 이내 그를 대신해서 노인의 앞을 가로막았다.

"뭐고? 비키라."

"어르신."

"당장 비키지 몬 하겠나!"

"네, 못 해요."

여리여리한 몸집과 예쁘장한 얼굴과는 달리 강단 있는 음성으로 답하는 모습에 기세 좋게 큰소리를 치던 노인의 표정이 잠시 움찔거렸다. 시종일관 웃음을 띠던 얼굴을 차갑게 굳힌 시은이 곧 엄중한 목소리로 말했다.

"어르신, 이대로 가 버리시면 그길로 경찰한테 잡혀가세요. 서비스받고 비용 안 내는 건 가게에서 돈 안 내고 물건 가져가는 거랑 똑같은 행동인 거예요. 이른바 절도범에 해당한다는 건데, 그래도 괜찮으시겠어요?"

"뭐고. 니 지금 내 협박하나?"

경찰을 운운하고 드는 시은의 말에 노인이 한층 움츠러든 음성으로 되물었다.

"협박이 아니라 우리나라 법이 그렇다 말씀드리는 거예요. 저희 직원이 분명히 접수하시기 전에 추가 비용 든다고 설명도 드렸다고 했고 심지어 서비스 기사는 정확히 얼마라고까지 수리 들어가기 전에 어르신께 안내해 드리고 동의도 받았다던데. 비용 지불이 힘드실 것 같았으면 애초에 서비스를 받지 마셨어야죠."

"아니, 이거 하나 고치는데 그마이 비쌀 줄 알았나!"

조곤조곤한 목소리로 안색 하나 안 변하고 요목조목 따지고 드는 젊은 처자의 말에 노인이 억울함이 복받친 얼굴로 외쳤다. 그러고는 품에 있던 휴대폰을 꺼내어 앞에 내밀었다.

"이기 우리 아들내미가 몇 년 전에 사 준 긴데, 엊그제부터 고장이 나가 통화가 안 되는 기라, 통화가! 손주새끼들 목소리가 듣고 싶어가 죽겠는데, 아들 매느리한테 또 사 달라칼라이 눈치가 안 뷔겠나. 내 고마 고쳐 볼라캤드마 이 쥐똥만 한기 고칠라이 와 이마이 비싸노."

"원래 쥐똥만 할수록 비싼 거예요, 어르신."

웃음기 하나 없는 얼굴로 시은이 단호하게 받아쳤다. 예쁘장하게 생긴 게 보통이 아니네. 기가 한 꺼풀 꺾인 얼굴로 야속한 듯 시은을 노려보던 노인이 망설임 끝에 입을 열었다.

"아무튼 그래가, 내 진짜로 돈 안 내믄 경찰한테 잡혀가는 기가?"

"아마도요?"

"우짜겠노. 내 지금 천 원짜리 몇 장뿌이 없는데."

옷에 있는 주머니란 주머니는 다 뒤적여 보이는 노인의 입에서 짙은 한숨이 흘러나왔다. 경찰 얘기에 바로 수그러드는 걸 보니 그저 순박한 시골 노인분 같은데, 남루한 행색에 겨우 천 원짜리 몇 장 든 그 모습을 보자니 안타까운 마음이 들었다. 그럼에도 동정심에 흔들릴 순 없어 내색 없이 노인을 바라보고 있는데, 그런 시은의 눈에 문득 노인이 들고 있는 커다란 짐 바구니가 들어왔다.

"근데 어르신, 지금 손에 들고 계신 건 뭐예요?"

"이거? 마늘쫑이랑 야채. 오늘 장에 내다 팔라고 갖고 나왔다 아이가. 여서 이거 고친다고 하루 종일 시간만 배리고 이거 뭐, 팔도 몬 하고 마 도로 갖고 드가야 되겠다."

"이거 다 팔면 얼마나 되시는데요?"

"이거? 이거 뭐…… 얼마 되도 안 한다."

바구니 안을 들여다보며 셈을 하던 노인이 고개를 절레절레 흔들었다. 아무래도 상관없다는 생각에 도달한 시은이 유쾌한 어조로 말문을 뗐다.

"그럼 이렇게 하면 어때요? 여기 마늘쫑이랑 고추랑 가지랑 두루두루해서 어르신 휴대폰 AS 비용만큼만 두고 가시면 나머진 제가 알아서 해 드릴게요."

"진짜가?"

줄곧 흙빛이던 노인의 얼굴에 일순 화색이 돌았다.

"네. 대신에 다음번에 또 고장 났을 땐 절대 이렇게 억지 부리시는 법 없기예요."

"알았다. 내 약속하꾸마."

노인이 철석같이 약속한 뒤 본인이 들고 있던 바구니를 시은에게 건네었다. 시은은 마찬가지로 화색이 어린 얼굴로 그것을 받아든 뒤 가벼이 센터를 떠나는 노인을 향해 고개를 숙였다.

"고맙네, 이쁜 처자."

엘리베이터에 올라탄 노인이 환한 얼굴로 인사를 건네었다. 그를 바라보는 시은의 입가에도 기분 좋은 미소가 피어났다. 마음이 빠듯하게 채워지는 느낌이다. 엘리베이터의 문이 닫히고서야 몸을 돌린 시은이 손에 쥔 바구니를 들고 수납처 쪽으로 다가갔다.

"방금 그 어르신 비용은 이 카드로 수납해."

"결국 윤 팀장님께서 대신 지불하기로 하신 거예요?"

"대신은. 여기 있잖아. 그 어르신께서 피땀 흘려 수확한 야채들. 이따가 비닐봉지에 담아 놓을 테니까 다들 퇴근할 때 빼먹지 말고 챙겨 가고."

기분 좋은 미소를 입가에 건 채 시은이 바구니를 들고 탕비실로 건너갔다. 구석에 작게 마련된 싱크대 위에 야채를 내려놓곤 서랍 속에서 일회용 봉지를 꺼내어 야채들을 나누어 담았다.

10년 넘게 했던 서울 생활을 접고 경상북도 의성에 있는 작은 서비스 센터로 내려온 것이 이제 겨우 세 달쯤 되었다. 그사이 간발의 차이로 해가 바뀌고 계절 또한 겨울에서 봄으로 바뀌었다.

시은은 전출을 결정하고 정우 다음으로 한 대리에게 맨 처음 그 사실을 알렸다. 그녀는 사람들도 다 이해하는데 꼭 그래야만 하는 거냐고 시은을 만류했다. 그럼에도 불구하고 결국 본사를 떠나야 했지만, 자신이 떠나는 것을 아쉬워하는 이가 이 회사에서 한 명쯤은 있다는 사실만으로도 시은은 지난 4년의 시간이 아깝지 않았다.

당시 모든 이들이 보는 앞에서 경찰에 연행되었던 석준은 초범인 데다가 음주 상태였음을 감안하여 피해자들과 적당히 합의를 마친 끝에 회사로 돌아왔다고 했다. 낯이 두꺼운 인간이라 여간해선 제 잘못을 인정하거나 눈치를 살필 이가 아니었으나, 사람들이 워낙에 대놓고 수군거리며 인간 이하로 취급을 하다 보니 결국 더는 견디지 못하고 지방으로 파견을 자처했다고 들었다.

'그 뻔뻔한 인간이 그래도 쪽팔린 건 알아서 다행이다. 안 그래?'

통쾌한 어조로 석준의 최후를 전하던 한 대리의 음성이 아직까지도 귓전에서 생생했다.

"다 됐다."

시은은 봉지에 나눠 담은 야채들을 흐뭇한 눈으로 바라본 뒤 손을 씻고 탕비실을 빠져나왔다. 센터로 나오자 이른 시간임에도 꽤 많은 고객들이 서비스를 맡기기 위해 대기 중에 있었다.

그간 시은은 하루 종일 책상 앞에 앉아 제게 맡겨진 일만 처리하면 되는 폐쇄적인 근무 스타일에 익숙해져 있었다. 때문에 많은 사람들과 교류하고 상호 작용 해야 하는 역동적인 센터 환경에 적응하기란 생각만큼 쉽지 않았다. 그래도 이 정도면, 우려했던 것에 비해서는 꽤 단시간에 적응을 마친 편이었다. 거기에는 같이 근무하는 직원들의 도움이 가장 컸다.

"팀장님 어디 다녀오시는 거예요?"

"아, 탕비실에. 아까 민희 씨한테 말해 놨으니 다들 퇴근할 때 야채 봉지 하나씩 들고 가."

"웬 야채?"

"웬 야채겠어요? 의성점 마리아님께서 또 안타까운 이에게 은혜를 베푸신 결과지."

조금 전 시은이 노인과 딜을 하던 모습을 처음부터 끝까지 지켜

보고 있던 민희가 우스갯소리 하듯 말했다. 의성점 마리아라니. 저와는 어울리지 않는 그 별명에 시은이 피식 웃으며 홀 쪽으로 걸어 나갔다.

막 이곳으로 전출이 결정 났을 때, 타지에서 온 젊은 여자가 본사에서 왔다는 이유로 떡하니 팀장 자리까지 꿰차게 된 것을 두고 텃세라도 부리면 어쩌나 걱정도 했었다. 하지만 다행히도 그것은 시은의 기우로 끝났다.

단란한 구성원들끼리 가족적인 분위기로 똘똘 뭉친 사람들은 쉽게 타인과 친밀한 관계를 맺지 않는 시은의 성향마저 특유의 순박함과 온기로 완벽히 허물어 버렸다. 어찌 보면 본사에 있을 때보다 훨씬 활기찬 회사 생활이었다.

대학 전까지 나고 자란 곳이라 그런지 회사 생활은 물론 일상생활을 할 때에도 낯설거나 불편함 점은 없었다. 하지만 문화적으로 윤택한 도심의 생활이 그리워질 때도 간혹 있다. 엄밀히 따지자면 그곳에 두고 온 한 남자가 그리워서일 테지만.

"팀장님."

막 홀 점검에 나선 시은을 향해 프런트에 있던 여직원 하나가 다가와 말했다.

"저기, 손님 오셨는데요?"

여직원의 손이 센터 입구 쪽을 가리켰다. 무슨 손님이기에 직접 와서 알려 주나 싶어 시선을 옮기자 방금 전까지 머릿속에 떠올렸던 그리운 이가 느른히 입가를 당기며 문 앞에 서 있었다. 눈이 커지고 가슴이 두근댔다.

"또 오셨네. 토요일의 왕자님."

"정말. 보고 또 봐도, 의성에선 보기 드문 비주얼이다."

접수 데스크를 지키고 선 여직원들의 입에서 탄성이 쏟아졌다. 멈췄던 표정을 풀며, 시은이 지그시 입술을 말아 올렸다.

그새 가지 끝에 움트기 시작한 벚꽃이 창 너머에서 어지럽게 흩날렸다. 충분히 따스했던 겨울이 가고 그보다 더 훈훈한 봄이 오고 있다.

✻ ✻ ✻

"정말 이대로 나 보낼 거예요?"

짧은 데이트를 마치면 집 앞에선 어김없이 실랑이가 이어졌다.

"지난주에도 외박해서 엄마 눈치 보인단 말이야."

"누가 외박하재요? 잠깐 어디 들어가서 쉬기만."

"그게, 쉬는 게 쉬는 게 아니잖아. 이 변태야."

시은이 음흉하게 손을 붙잡는 정우의 팔을 툭 치며 말했다.

그녀가 의성으로 내려온 후, 그는 주말이면 어김없이 먼 길을 달려 시은을 만나러 왔다. 평일엔 업무에 쫓기느라 바쁜 탓에 주말이라도 편히 쉬고 싶을 텐데 한 번을 거르는 법이 없었다. 힘들게 먼 길을 와도 엄마 눈치 보느라 외박도 못 하고 눈도장만 찍고 가야 하는 날이 태반이었지만, 그는 지난 3개월간 단 한 주도 그녀를 찾아오길 소홀히 하지 않았다. 대신에 함께 밤을 보내지 못하고 그를 돌려보내야 하는 날이면, 질기게 그녀를 설득하는 그로 인해 이렇듯 몸살을 앓아야 했다.

"언젠 자주 보러 와 달라더니, 오면 뭐하나. 손도 못 대게 하고."

그가 낮은 한숨과 함께 볼멘소리를 쏟아 냈다.

"손대고 있잖아, 지금."

운전석에 앉아 못마땅한 얼굴을 하는 그의 손을 시은이 가만히 맞잡아 당겼다.

"난 이렇게 손잡고 곁에 있는 것만으로도 좋은데. 정우 씬 아니야?"

달래려 한 말이었으나 오히려 설움만을 자극한 듯, 그가 불만스럽게 미간을 일그러트렸다.

"보는 앞에서 굶주리게 만드는 것만큼 독한 고문이 어디 있는 줄 알아요?"

"굶주리긴. 내가 무슨 음식도 아니고."

다소 노골적인 말에 시은이 무색한 듯 말했다.

"자꾸 그렇게 튕기면, 조만간 강제로 납치하는 수가 있어요."

"그랬다간 울 엄마 바로 신고 들어가신다."

"글쎄. 처치 곤란 노처녀 따님 거두어 줬다고 쾌재 부르실 줄도 모르죠."

요즘 엄마가 하는 말로 봐선 아주 부정할 수도 없는 말이라, 시은이 얄밉다는 듯 눈을 흘겼다.

"정말 안 돼요?"

시베리아허스키처럼 커다란 남자가 어울리지 않게 꼬리를 살랑거린다. 아이처럼 조르는 남자의 태도에 잠시 마음이 동하긴 했지만, 눈 딱 감고 이 주 연달아 외박을 하기엔 지난주 그녀를 바라보던 엄마의 눈초리가 너무도 신경에 쓰였다.

"아무튼 안 돼, 오늘은. 아쉽지만 다음 주에 봐."

매몰찬 그녀의 대답에 정우가 대꾸 없이 한숨만 쉬었다.

"대신에."

그녀가 맞잡은 손바닥 위를 엄지 끝으로 야릇하게 문질렀다.

"다음 주는 밤새도록 주린 배 채워 줄게. 온몸이 녹아나든 어쩌든."

남자가 허공에 불만스럽게 닿아 있던 눈을 돌려 그녀를 바라보았다.

"어때?"

"그렇게 기대감만 잔뜩 부풀려 놓는 소리 하면."

잠시 말을 멈추며 정우가 힘 있게 그녀의 손에 깍지를 꼈다.

"내가 또 속는 셈 치고 져 주죠."

마지못해 물러서는 남자의 눈이 짙었다. 맞잡은 손바닥을 타고 그의 열기가 흘러들었다.

"약속했어요. 다음 주엔 만나자마자 당신 먹어 버릴 거예요."

"암만 봐도 변태 맞다니까."

시은이 비긋이 웃으며 새침하게 말했다. 그가 부정하지 않고 웃었다.

겨울에 비해 길어진 낮이 벌써 차창 밖에서 어둑하게 저물고 있었다. 매몰차게 말하긴 했지만, 그를 보내기 아쉬운 건 시은도 마찬가지였다. 저 너르고 따스한 품이 그를 보지 못하는 평일 내내 그녀를 외로움에 사무치게 했다. 몸에서 멀어지면 마음에서도 멀어진다는데, 어떻게 된 게 몸이 멀어지니 마음이 오히려 그 간격을 좁히려 그를 향해 전력으로 내달리는 느낌이었다. 그래도, 현재는 보내 주는 게 맞았다.

"고마워."

시은이 기다란 눈매 끝을 옅게 휘었다.

"피곤할 텐데 싫은 내색 한 번 안 하고 매번 보러 와 줘서."

"오는 건 어렵지 않은데 가는 게 힘드네요."

그가 아쉬움이 듬뿍 묻어난 음성으로 말했다.

"언제쯤이면 좀 편하게 연애가 가능하려나."

희미하게 휘어진 입매가 씁쓸해 보였다. 조금은 독단적이었던 전출 결정을 처음 그때 이후로 단 한 번도 원망하지 않았던 그가 내심 고마웠다. 그리고 또 그만큼, 그에게 무거운 짐을 남겨 주고 혼자 도망친 건 아닌지 미안한 마음이 들기도 했다.

"뭐, 언젠가는."

시은이 가만히 시선을 피했다.

"대답이 너무 막연한데."

그가 조금은 집요하게 말끝을 물고 늘어졌다. 자꾸만 미안한 감정이 짙어졌다.

"됐어. 그만하고 얼른 가 봐. 돌아가려면 또 한참 걸리잖아."

단단하게 얽혀 든 손을 뿌리치곤 시은이 차에서 내려섰다. 문을 닫자 그가 아쉬운 듯 창문을 내렸다.

"다음 주는 정말로 집에 안 보내 줄 거예요."

열린 창을 사이에 두고 남자가 음흉하게 말했다.

"글쎄, 알았다니까요. 도착해서 연락하고."

시은이 싱그럽게 웃으며 손을 흔들었다. 한참 동안 차를 움직일 생각을 못 하던 남자가 그녀의 연이은 채근에 마지못해 액셀 위로 발을 올렸다.

멀어지는 엔진음과 함께 그의 뒷모습이 시야에서 사라졌다. 짙은 그리움과 허전함이 홀로 남은 몸을 서늘하게 에워쌌다.

그가 그리운 밤이다.

* * *

허전한 주말이 지나고 월요일이 왔다. 온종일 센터가 유독 북적였다. 정신없이 바빴던 시은과 마찬가지로 그도 첫 주를 시작하느라 바쁜 건지 오늘따라 연락이 뜸했다.

시은은 낮부터 감감무소식인 휴대폰을 골똘한 얼굴로 내려다보았다. 평소라면 열댓 번도 더 전화를 걸어 와야 맞는데 뜸해도 너무 뜸했다.

무슨 일이라도 생겼나.

퇴근 시간이 지났는데도 도통 연락이 없는 휴대폰을 습관처럼 들여다보며 시은은 대문을 열고 마당으로 들어섰다.

"엄마, 나 왔어."

인기척을 냈으나 안에선 딱히 반응이 없었다. 문이 열려 있는 걸로 봐선 어디 멀리 나가신 것 같진 않은데.

"엄마, 안에 없…….."

마루로 다가가 주방 쪽을 빼꼼 내다보고 있을 때였다. 끼익, 등 뒤에서 들려온 대문 소리에 고개가 뒤로 향했다. 열린 문틈으로 막 문을 밀고 마당으로 들어서는 엄마의 모습이 보였다.

"문 열어 놓고 어디 다녀오는 거야?"

"그래서 말이지…… 어, 왔어?"

등 뒤를 돌아보며 누군가와 이야기 중이던 엄마가 뒤늦게 시은을 발견하곤 알은체를 했다. 의아함을 품고 엄마의 등 뒤편으로 향한 눈동자가 이내 커졌다.

"뭐…….."

미처 뒷말을 잇지 못한 입이 허공을 머금고 빼꼼댔다. 지난 토요일 밤을 끝으로 보지 못한 낯익은 이가 엄마와 함께 집 안으로 들어서고 있었다. 어찌 된 일인지 몰라 당혹스러워하고 있는데 엄마 쪽에서 먼저 자초지종을 설명했다.

"서울 사는 총각이 너 보러 먼 길 운전해서 왔는데, 너 아직 일할 시간이라고 집으로 대신 찾아왔대지 뭐니. 나랑 이런저런 얘기 좀 하다가 저녁 먹을 시간 돼서 앞에 텃밭 가서 상추랑 부추 좀 같이 뜯어 오는 길이야."

"아니. 그러니까……."

이 시간이면 서울에 있어야 할 사람이, 대체 평일인 오늘 무슨 일로 나타난 거냐고. 그나저나 회사는 또 어쩌고.

엄마의 설명을 듣고도 쉽사리 의아함이 가시지 않아 멍하니 서 있는데 엄마가 저녁 준비 하려면 바쁘다며 서둘러 주방으로 들어가셨다. 엄마마저 사라지고 온전히 둘만 남게 되자 그제야 말문이 터진 시은이 당혹스런 얼굴로 정우를 돌아보았다.

"대체 어떻게 된 거야? 회사 안 갔어? 이 시간에 어떻게 여기에……."

그가 집으로 찾아와 엄마를 만난 것도 충분히 당황스러웠지만 그보다도 회사는 어떻게 하고 평일 오후에 여기에 있는 것인지, 시은은 그것이 더욱 궁금했다.

"오늘부로 회사 관뒀어요."

어깨를 으쓱하며 그가 대수롭지 않은 투로 답했다. 회사를 관두다니? 시은의 얼굴이 더욱 경악감에 물들었다.

"어제까진 그런 얘기 없었잖아. 근데 왜."

"어머니 마늘 농사 하신다면서요. 곧 있으면 수확 철이니까 여기 눌러앉아 알바나 해 볼까 하고요."

비긋이 웃은 그는 태연히 마루로 걸어가 앉았다. 놀리는 건가? 시은이 어처구니없다는 듯 헛웃음을 뱉다가 이내 굳은 얼굴로 다 그쳤다.

"지금 나 놀리려고 농담하는 거지? 월차 낸 거야? 그럼 어제 그냥 나한테 말을 하지……."

"자, 이것 좀 마셔 봐."

도통 속을 알 수 없는 남자를 바라보며 말들을 쏟아 내고 있는데 등 뒤에서 인기척이 느껴졌다. 엄마가 시원한 식혜를 내와 정우에게 건넸다.

"시장할 텐데 우선 식혜라도 마시고 있어. 내가 자네가 사 온 한우랑 내서 금방 저녁상 차려 나올게."

"감사합니다, 어머니."

"어유, 젊은 총각이 참 어머니 소릴 살갑게도 하네. 가만 보니 우리 시은이보다 좀 어려 보이는 것 같기도 하고. 설마 요새 혹한다는 연하? 혹시 나이가……."

"엄마!"

시은이 민망한 얼굴로 엄마의 팔을 툭 찔렀다. 자기가 오기 전에 이미 이런저런 얘기가 오갔을 게 뻔하지만, 어쩐지 보는 앞에서 둘이 대화하는 걸 보고 있자니 민망함이 밀려들었다.

"뭐, 어때서? 듣자 하니 둘이 만나는 사이라며. 보여 준다고 한 지가 언젠데 여태 소식이 없기에 그새 헤어졌나 했더니 잘 만나고 있었나 보네. 왜, 몇 달 전엔가 시간 나는 대로 사람 한번 소개시키겠다고 했던 적 있었잖아. 그 사람이 이 총각 맞지?"

몇 달 전에 소개시키겠다 했던 이라면 그것은 정우가 아니라 석준을 뜻했다. 하필 그걸 기억하고 정우 앞에서 말하다니. 눈치 빠른 남자가 모르지 않을 텐데.

"아, 그건."

선뜻 대꾸하지 못한 채 당황한 기색을 드러내고 있는데 마루에 앉아 있던 그에게서 대신 대답이 나왔다.

"네, 어머니. 제가 그 총각 맞습니다."

정우가 살갑게 웃으며 엄마를 향해 말했다. 동시에 정우를 바라보는 엄마의 얼굴에 숨길 수 없는 화색이 돌았다. 들뜬 얼굴로 정우의 앞에 쪼그려 앉으며 엄마가 이런저런 말들을 쏟아 내기 시작했다.

"그간 많이 바빴다며. 언제 한번 보자 보자 했는데 도통 얼굴 안 보여 주더니, 어떻게 시간 내서 여기까지 왔대?"

"어머니께 허락 좀 받으려고요."

정우를 담고 있던 시은의 눈이 화등잔만 해졌다. 허락, 이라니……? 엄마 역시 놀란 얼굴로 손가락을 뻗어 자신을 가리키며 정우를 향해 되물었다.

"나?"

"네. 시은 씨랑 교제하는 거 정식으로 허락받고 싶어서요. 그래야 제가 가끔 이렇게 불쑥불쑥 집으로 나타나도 놀라지 않고 맞아 주시죠."

"아……."

입을 크게 벌린 채로 엄마가 가만히 고개를 끄덕였다. 허락이란 말에 순간 저도 모르게 철렁였던 시은의 마음이 빠르게 제자리를 찾아 돌아왔다. 시은과 마찬가지로 뭔가 김빠진 얼굴을 하고 있던 엄마가 이내 활짝 미소를 지으며 흔쾌히 답했다.

"그거라면 걱정하지 마. 서른 넘은 노처녀 딸 연애한다는데 엄마가 앞길 막아서야 되겠어? 안 그래도 종종 외박하는 게 미심쩍긴 했었는데, 이젠 진짜 모르는 척해 줘야겠네."

"엄마."

"아이고, 내 정신 좀 봐라. 이러다 밥 다 타겠네. 어여 가서 마저 상 좀 보고 올 테니까 밖에서 그러고 있지 말고 안으로 들어와서 좀 쉬고 있어."

정우의 어깨를 다정하게 토닥인 뒤 엄마가 압력 밥솥이 딸랑거리는 주방으로 부리나케 뛰어 들어갔다. 그런 엄마의 뒷모습을 보며 나직이 한숨을 뱉은 시은이 뾰로통한 얼굴로 정우를 돌아보았다.

"아무리 그래도 그렇지, 이렇게 말도 없이 집으로 들이닥치는 법이 어디 있니?"

"자꾸 어머니 핑계 대면서 먼 길 온 사람 당일치기로 돌려보내니까 그렇죠."

하룻밤만 함께 있자는 걸 매번 엄마 눈치 살피느라 뿌리치고 돌려보냈더니 오늘과 같은 일을 벌인 모양이었다. 평일에 여기까지 온 이유가 정말 그뿐이라면 차라리 다행일 것 같은데, 농담처럼 던진 말이 끝내 맘에 걸려 시은이 확인하듯 재차 물었다.

"그나저나 정말 어떻게 된 거야? 진짜 회사 그만뒀어? 아니지? 월차 쓴 건데 그냥 농담으로."

"진짜예요."

분명 농담일 거라 생각했는데.

"진짜라고?"

"네. 오늘부로 퇴사 처리 됐을 거예요."

시은의 얼굴 위로 경악감이 번져 갔다. 태연자약하게 대꾸한 정우가 두 눈을 가늘게 뜨며 시은을 향해 물었다.

"왜요, 백수는 싫어요?"

"그럼 좋겠니? 울 엄마도 정우 씨 백수라 그럼 절대 안 된다고 반대할걸?"

"그냥 빈말이라도 내가 먹여 살려 줄게, 그럼 안 되나?"

"먹고사는 게 달린 문젠데 빈말이 어디 있어."

"너무하네, 진짜."

단호한 시은의 태도에 정우가 서운한 내색을 표했다. 비록 그런 식으로 대꾸를 하긴 했지만, 그가 회사를 관뒀다는 말을 들은 직후부터 시은의 머릿속은 복잡해지기 시작했다. 그가 백수가 됐다는 게 문제가 아니라, 그가 회사를 그만둔 이유가 무엇인지 가늠하기 위해서였다.

시은이 전출을 가게 되고 석준마저 파견으로 회사를 떠나게 되면서 사내의 큰 스캔들의 장본인 중 정우만이 유일하게 회사에 남게 되었다. 워낙에 주변에 무심한 타입인 데다가 딱히 주위 시선을 의식하고 스트레스를 받는 것 같지 않아 비교적 잘 지내고 있다고 여겼었는데 아니었던 건가.

걱정스런 얼굴로 정우의 낯을 들여다보고 있는데, 그 시선을 느낀 정우가 맞닿은 눈을 휘었다.

"실은 아버지 회사에 들어가기로 했어요."

걱정으로 가득하던 연갈색의 눈이 또 한 번 커졌다.

"아버지 회사?"

"네. 슬슬 일도 좀 배워 보고 하려고요. 원래는 대성에서 몇 년 더 근무하고 연차 좀 쌓이면 회사 중직으로 넘어가기로 얘기가 돼 있었는데. 좀 허드렛일부터 맡게 되긴 했지만 아래서부터 천천히 배우면서 늦기 전에 후계자 수업 받기로 아버지랑 대충 합의 마쳤어요. 아버지께서도 건강이 예전 같지 않으신지 하루빨리 제가 뭐라도 해낼 수 있길 바라시고."

주변 소문을 들어 대충 짐작하곤 있었지만 한 번도 그의 입을 통해 구체적인 집안 얘기를 들은 적은 없었다. 때문에 시은은 막상 정우의 입에서 이와 같은 얘기가 나오자 어쩐지 그가 순간 낯설게 느껴졌다.

사람들의 시선 때문에 회사를 그만둔 게 아니라는 것은 분명 안도할 만한 일이었다. 하지만 후계자 수업이니, 가업이니 하는 얘기에 왠지 모르게 마음이 무거워졌다.

"정말 있는 집 자식이었네."

엄마가 놓고 간 식혜를 들이켜며 나직이 중얼거리자 정우가 흘끔 눈을 흘겼다.

"언젠 백수는 싫다더니, 그 기운 빠지는 말투는 또 뭔데요?"

"부담스럽잖아. 그냥 적당히 사는 정도면 좋겠는데. 후계자 수업씩이나 받아야 되는 사장님 아들이라는 게······."

"걱정 말아요. 일 핑계로 당신 외롭게 할 일은 절대 없을 테니까."

정우가 식혜가 담겨 있던 컵을 시원하게 비워 낸 뒤 단호히 말했다.

"난 아버지처럼 후회할 짓 같은 건 하지 않아요. 일 때문에 가정을 잃는 일 따윈 내 인생엔 없어요."

시은이 천천히 고개를 돌려 그와 눈을 맞추었다. 가정, 그의 집안 얘기를 듣고 난 후 줄곧 겉돌던 의식이 바로 그 단어에서 멈추었다.

"그 가정에 나도 포함되는 거야?"

"당연한 걸 왜 물어요?"

제 감정 앞에 항상 당당한 남자가 호기롭게 답했다. 저무는 노을빛에 물든 얼굴이 눈부실 정도로 환했다. 조금 전 제 엄마에게 허락을 받으러 왔다던 남자의 말에 잠시 들썩였던 심장이 또다시 뛰기 시작했다. 시은이 민망함에 고개를 떨구며 부러 도도하게 말했다.

"프러포즈도 안 해 놓고, 너무 속단하는 거 아니야?"

"아직도……."

불쑥 몸을 기울인 그가 순식간에 코끝까지 밀착했다.

"날 상대로 밀당 같은 걸 할 생각이에요?"

그렇게 묻는 남자의 나른한 눈빛에 마른침이 꼴깍 목구멍을 타고 넘어갔다. 입술 위로 퍼지는 그의 숨결에 살갗이 간질거렸다. 소란스럽게 주방을 휘젓고 다니는 엄마의 기척이 고요한 둘 사이를 뚫고 귀에 흘러들었다.

"아니."

잡고 있던 컵을 내려놓고 그에게로 손을 뻗었다.

"군말 없이 오케이하면 내심 기다리고 있었던 거 티 날까 봐 한 번 튕겨 본 거잖아, 바보야."

매끄러운 뺨을 손바닥으로 느리게 어루만지다가 손끝으로 그의 잘생긴 콧망울을 톡, 하고 건드렸다. 잔잔한 미소가 그의 입가로 서서히 번져 간다.

굳이 현란한 말들과 화려한 이벤트로 현혹하려 들지 않아도, 진심은 그 자체만으로도 그 어떤 말과 행동보다 지대한 영향력을 행사했다.

"사랑해요."

정우가 나직이 속삭이며 시은의 입술에 입을 맞추었다.

"나도 사랑해."

그의 목 뒤로 두 손을 교차해 당기며 시은이 달콤한 입맞춤으로 그의 고백에 화답했다.

짙어진 노을이 낮과 밤의 경계를 허물 듯 하늘 위를 물들였다. 타는 노을빛만큼이나 짙고 뜨거운 남자가 품 안 가득 그녀를 안았다. 따뜻하고 너른 그의 품 안에서 시은은 모든 경계를 풀고 온전히 녹아내렸다.

사랑 앞엔 그 어떤 미사여구도 필요치 않다. 그 안에 담긴 진심만이 필요할 뿐.

그렇게 나는, 오늘도 그의 진심에 녹는다.

— fin

Epilogue

지잉— 희미한 진동음이 잠기운을 몰아냈다.

정우는 구긴 눈매를 천천히 떠 정면에 걸린 시계를 확인했다. 시침이 숫자 10을 향하고 있다. 벌써 시간이 그렇게나 되었나, 생각하면서도 품에 안긴 달콤한 온기는 그를 자꾸만 잠 속으로 빨아들였다.

깨고 싶지 않았다.

일주일을 주기로 그녀와 함께하는 이 아침은 그에게 더할 나위 없는 안식을 선사하기도, 주말이 끝나고 찾아올 지독한 그리움과 공허함을 예고하기도 했다.

같은 회사에 근무하며 거의 매분 매초를 붙어 있다시피 했을 때에도 그녀를 갈망하기 바빴는데, 계획에도 없던 주말연애는 결국 그를 욕구불만으로 만들어 버리고 말았다. 덕분에 그는 주말이 되어 시은을 만나게 되면 스스로도 제어치 못할 만큼 무자비하게 그녀를 안았다.

정우는 곤히 잠들어 있는 시은의 이마에 습관처럼 입술을 내렸다. 밤새 너무 몰아붙인 건지, 마지막쯤엔 거의 기절하다시피 잠이 든 그녀는 퇴실 시간이 다 되어 가도록 일어날 기미를 보이지 않고 있었다.

정우는 시은의 헐벗은 등을 손끝으로 천천히 쓰다듬었다. 그것이 간지러운지 그녀가 미미하게 몸을 옹송그렸다. 손을 멈추자 곧 움직임이 잦아들며 턱에 닿아 있는 자그마한 정수리 아래서 다시금 색색거리는 숨소리가 들린다. 기분 좋은 미소가 입가로 번졌다.

그녀의 어머니로 추정되는 발신인에게선 끈질기게 전화가 오는 중이고 시간이 시간인 만큼 더 늦기 전에 깨워야 맞았다. 그런데 선뜻 그럴 생각이 들질 않는다. 그냥 이대로 곱게, 그녀를 깨우기엔 뭔가 아쉬웠다.

조금만, 조금만 더 괴롭혀 볼까.

등허리를 쓸던 손을 천천히 아래로 내린 그가 동그랗게 살이 오른 엉덩이를 가만히 움켜쥐었다. 손가락이 정해진 길을 따르듯 가파른 둔덕 사이를 더듬었다. 새근새근, 규칙적인 숨을 뱉던 여자에게서 호흡 소리가 사라졌다. 무방비하던 몸에 긴장감이 스민 것이 느껴졌다. 비긋이 입가를 당기며 그녀의 목덜미로 입술을 옮겼다.

움찔, 가는 몸이 떨렸다. 애써 눈을 감고 있느라 구겨진 미간이 보였다. 바르르 떨리는 속눈썹이 사랑스러워 심술이 났다. 눈치채지 못한 척, 느긋하게 혀끝으로 살갗을 탐미했다. 이미 간밤의 정사로 군데군데 얼룩진 몸이 하나둘 자국을 더해 갔다. 핥고 빨고 깨물자, 거듭된 자극을 참아 내지 못한 입에서 옅은 신음이 흘렀다.

장난으로 시작한 행위에 슬슬 사심이 깃든다. 다리 사이가 딱딱해졌다. 어쩌면 괴롭히는 수준으로 끝나지 않을지도 몰랐다. 그가 쥐고 있는 엉덩이를 부드럽게 쓰다듬다가 손가락 하나를 보다 노골적으로 미끄러뜨렸다. 틈새에 무심코 닿은 손끝이 질척했다. 더 없이 좋은 반응이었다.

그냥 이대로 넣어 버릴까, 충동과 배려 사이에서 잠시 고민하던 순간.

"며, 몇 시야?"

시은이 두 눈을 번쩍 떴다. 목 언저리를 눅진하게 빨고 있던 그가 느리게 고개를 들었다. 발갛게 달아오른 뺨과 토끼처럼 커진 눈이 묻는 말과는 달리 전혀 태연하질 못했다.

귀엽다. 도저히 안 잡아먹곤 못 배기게끔.

모른 척 생각한 대로 진행해 버릴까 하다가, 위험을 감지하고 도망갈 곳을 찾는 초식동물처럼 이리저리 눈동자를 굴리는 시은의 모습에 그는 일단 한발 물러서기로 했다.

"깼네요. 안 그래도 막 깨우려던 중이었는데."

그렇게 말하며 그가 엉덩이 사이로 파고든 중지 끝을 가만히 문질렀다. 미끈하게 스치는 감촉이 적나라했다. 아직 잠기운이 채 가시지 않은 몸으로 순식간에 열이 올랐다. 그가 대체 어떤 방식으로 그녀를 깨우려 했던 것인지, 굳이 되묻지 않아도 알 수 있었다.

"그냥 깨우려는 것치곤 손길이 꽤 불순하시거든요."

엉덩이를 주물거리는 손을 시은이 단호히 물리쳤다.

"그 불순한 손길에 금세 반응한 몸도 그다지 순수하지 못한 건 마찬가지 아닌가."

마지못해 손을 거둔 남자가 장난스럽게 입가를 휘었다. 흘겨보자 틀린 말이냐는 듯 고개를 갸웃한다. 그렇게 만지고 빨아 대는데 어느 몸이 멀쩡할 수 있겠느냐고 따져 묻고 싶었지만 어설피 대응했다가 본전도 찾지 못할 거라는 걸 그녀는 알고 있었다. 딱 잘라 아니라 하기엔 조금 전 그의 손끝에 문질러진 아래가 여전히 습하기도 했다.

"근데 방금 전까지 진동 오지 않았어?"

시은이 말을 돌리며 그의 품에서 벗어났다.

"너무 매몰찬 거 아니에요? 누가 보면 내가 잡아먹는 줄 알겠네."

도망치듯 침대에서 벗어나는 시은을 보곤 그가 볼멘소리를 했다. 그 끝에 나직한 웃음기가 섞인 것이, 음흉하기 짝이 없었다. 시은은 말아 쥔 시트로 벗은 몸을 휘감고는 휴대폰이 놓인 화장대 쪽으로 걸음을 옮겼다. 밤새 혹사당한 몸이 무지근했다.

이전부터 성욕이 남다른 편이었던 그는 주말연애를 하고부턴 정말이지, 감당하기 힘들 만큼 그녀를 몰아붙였다. 일을 마치자마자 의성까지 달려와서는 모텔로 들어서기 무섭게 허기진 짐승이 먹잇감을 취하듯 시은을 안곤 했다. 덕분에 그녀는 금요일 밤이 어떻게 흘러가는지도 인지하지 못한 채 아침을 맞이해야 했고, 어떤 날은 해가 중천에 뜨고도 그에게서 벗어나지 못했다. 대부분의 사람에게 주말은 휴식을 취하는 날이었으나, 아이러니하게도 시은에겐 주말이 더 피곤한 날이었다.

물론 그렇다고 해서 그의 이 넘치는 애정이 싫은 건 아니었다.

솔직히 말하자면 행복했다. 날이 갈수록, 시간이 지날수록. 변함없이, 어쩌면 처음보다 더. 자신을 갈구하는 연인의 마음을 기뻐하지 않을 여자란 없었다. 다만, 때때로 감당키 버거워서 피하게 되는 것뿐이었다.

"누구예요?"

막 가방에서 휴대폰을 꺼내어 든 시은의 등 뒤로 온기가 스몄다. 그녀를 따라 침대에서 벗어난 그가 바로 뒤에 다가서 있었다.

"엄마야."

액정에 찍힌 발신인을 확인한 시은이 도로 휴대폰을 핸드백에 집어넣었다.

"어머니한테 전화 다시 안 드려도 돼요? 용건 있어서 전화 거신 거 아닌가?"

"용건은 무슨. 그냥 나 놀리려고 전화하신 거지."

시은은 들고 있던 핸드백을 화장대 위에 내려놓고 정우를 바라보았다.

"주말이면 누구랑 있는지 뻔히 아시면서, 나이 들어 연애하는 딸년 놀리는 게 재밌으신지 꼭 짓궂게 누구랑 있냐, 어디냐, 뭐 하냐, 좋았냐. 꼬치꼬치 캐물으신다니까."

정우의 존재를 알게 된 이후로 엄마는 저렇듯 장난처럼 시은을 추궁하곤 했다. 묻는 말에 대꾸하길 꺼려 하며 얼버무릴 때면 더 신이 나서 대놓고 묻기도 했다. 밤새 얼굴이 수척해진 것 같다며 민망한 소릴 해 댈 때도 있었다. 그래 놓곤 시은이 대체 무슨 말을 하는 거냐며 바락바락 소리를 지르면 서른 넘어 뭘 부끄러워하냐고 깔깔거리기도 했다. 사악하기가 민정우와 버금가는 아줌마다.

"어머니께서 아세요? 나랑 같이 있는 거?"

"당연한 거 아니야? 내가 만날 사람이 정우 씨밖에 더 있어?"

정우가 잠시 골몰하는 표정을 짓더니 이내 씩 입가를 당겼다.

"알고도 외박을 묵인해 주신다는 건, 어머니께서 날 딸의 남자로 인정하셨다는 건가."

미소 짓는 남자의 얼굴이 천진했다.

"그렇게 주말마다 와서 맛있는 거 사 드리고 선물 공세 하고 그러는데, 그거 다 얻어먹고도 인정 안 하면 울 엄마가 도둑이지."

"그런 뜻으로 사 드린 건 아니었는데."

정우가 쑥스러운 듯 말했다. 그가 선물 따위로 엄마의 환심을 사려 하는 남자가 아니라는 건 시은이 더 잘 알고 있었다. 시은에게 그러했듯, 정우는 그녀의 엄마와의 관계에 있어서도 화려한 말 따위로 현혹시키려 하지 않았다. 강직한 태도로 제가 딸에게 얼마나 믿음직스러운 남자일 수 있는지를 보여 주려 노력했고, 생각지 못한 면면에서 세심함을 보였다. 시은이 근무가 있는 토요일이면 엄마를 모시고 가 식사를 하고 필요한 것을 사 드리는 일도 그런 어필 중 하나였다. 그것은 아마 엄마가 아닌 시은에게 보이는 어필일 것이다. 자신이 누구보다도 두 모녀를 아껴 줄 것이라는. 그러니 자신을 믿고 따라와도 된다는.

"그런 뜻이든 아니든 효과는 톡톡히 보는 중이십니다. 그렇게 안 봤는데, 은근히 사람을 구슬리는 재주가 있어."

고마운 그를 애정이 담뿍 담긴 눈으로 올려다보며 웃었다.

"그런가요?"

그 또한 그런 시은의 눈을 마주 보며 눈꼬리를 휘었다. 그의 다정한 손이 시은의 머리카락을 부드럽게 귀 뒤로 넘겨 주었다.

눈빛도, 손길도, 지척에서 흩어지는 숨결 하나까지도, 그가 제게 행하는 것 중 어느 하나도 달콤하지 않은 것이 없었다.

뺨에 닿은 그의 손을 살포시 잡아 내리며 시은이 슬쩍 까치발을 들었다. 눈을 감고 그의 입술에 짧게 입을 맞췄다. 촉, 하는 소리 뒤로 눈이 커진 남자의 얼굴이 보였다. 시은이 배시시 웃었다.

"예뻐서. 예뻐 보일 땐 표현하기로 했잖아."

엄마에 대한 정우의 정성을 시은은 예쁘다는 말과 소박한 입맞춤으로 대신 전했다.

천성이 무뚝뚝해 감정을 표현함에 있어 늘 주저하고 어색해했던 그녀지만 정우를 만난 이후로 꽤 많은 변화가 생겼다. 말도 행동도 과감해졌고 애교도 생겼다. 아마도 상대를 믿기 때문에 보일 수 있는 모습일 것이다. 이렇게 솔직하게 제 감정을 다 드러내도, 밀당 따위 하지 않아도, 그는 여전히 자신을 사랑하고 변치 않을 것이란 확신이 있기에.

"그럼 나도 표현해도 되나?"

한참을 말없이 바라보던 남자가 조금쯤 깊어진 눈으로 말했다.

"내 표현은 수위가 좀 센데."

그 수위가 어느 정도인지 가늠할 새도 없이 허리가 와락 당겨지며 입술이 맞붙었다. 방금 전 가볍게 닿았다 떨어졌던 키스와는 상반되는 진득하고 농밀한 입맞춤이었다.

그에게 안긴 채로 몸이 화장대 쪽으로 떠밀렸다. 벗은 몸을 가리려 두르고 있던 시트가 맥없이 풀려 바닥으로 흘러내렸다. 여과 없이 드러난 나신 위로 남자의 손이 닿았다. 부드럽게 가슴을 어루만진 남자가 뜨겁게 혀를 감아 당겼다. 가냘프게 터져 나오는 달뜬 숨이 송두리째 그의 입으로 삼켜졌다. 가느다란 허리가 낭창하게 꺾였다. 집요하게 호흡을 앗아 가던 남자의 입술이 목덜미로 내려 앉았다.

"표현은 핑계고……."

나른하게 고개를 젖힌 시은이 허겁지겁 그녀를 먹어 치우려 드는 남자의 얼굴을 맞잡아 눈을 맞췄다.

"이때다 싶어 달려든 느낌인데."

마주한 남자의 눈이 작열하는 태양처럼 이글거렸다. 항상 처음엔 한발 빼듯 그와의 섹스에 응하지만, 결국엔 그녀도 뜨거운 햇빛에 살이 익듯 그의 열기에 붉게 익어 갈 것이다.

"아니라곤 안 할게요."

여유 없는 목소리로 답한 남자가 역시나 다급하게 그녀의 가슴을 삼켰다. 그 후로 몇 번쯤 프런트에서 건 퇴실을 알리는 전화벨 소리가 들려왔지만, 시은은 받을 수가 없었다. 가는 줄도 모르고 저물어 버린 밤과 마찬가지로 해가 중천에 뜬 낮 역시, 그의 품에 안긴 채로 이렇듯 하얗게 지나가 버리고 말았다.

❋ ❋ ❋

이른 새벽부터 주방이 요란했다. 미영은 얼룩이 진 안경 렌즈를 티셔츠로 닦으며 방에서 걸어 나왔다. 주방에서 분주히 무언가를 하고 있는 뿌연 인영이 보였다. 음식 재료들을 잔뜩 꺼내 놓고 바쁘게 몸을 놀리는 낯익은 뒷모습에 미영은 잠시 제 눈을 의심했다. 안경을 고쳐 닦고 다시 보았다. 시은임이 분명했다.

쟤가 이 시간에 주방에서 대체 뭘 하는 거야?

30년이 넘는 세월을 겪어 온 것을 토대로 확신컨대 자신의 딸은 꼭두새벽부터 일어나 밥상을 차리고 앉았을 위인이 결코 아니었다. 설마하니 저게 내 밥상은 아닐 테고.

미영은 두 눈을 가늘게 뜨고 가만히 시은의 어깨 너머를 들여다보았다.

"뭐 해, 이 시간에?"

기척도 없이 등을 타고 넘어온 목소리에 시은이 화들짝 놀라 뒤를 돌아보았다.

"뭐, 뭐야. 엄만. 언제 일어나셨어?"

"방금. 근데 뭘 그렇게 놀래? 삼십 평생 엄마 생일상 한 번 차려 준 적 없으면서 남자 친구 줄 도시락 싸고 있는 거 들키니까 찔려서 그러니?"

"누, 누가 그래요? 내가 남자 친구 도시락 싼다고?"

당황한 나머지 안 쓰던 존댓말이 나왔다.

"그럼 네가 정우 말고 이거 싸다 바칠 인사가 어디 있는데?"

예리한 미영의 말에 시은의 입술이 조가비 닫히듯 닫혀 버렸다. 사실 예리하고 말고 할 것도 없었다. 그녀가 이렇듯 안 하던 짓을 할 때엔 정우 말곤 다른 이유가 없었기 때문이다.

주말마다 얼굴 도장을 찍던 그가 이번 주엔 회사가 바빠 보러 오기 힘들 것 같다고 해서 생각하게 된 이벤트였다. 바쁜 그에게 뭔가 힘을 줄 만한 게 없을까 고민하던 끝에 직접 도시락을 싸 들고 그를 찾아가기로 했다.

시은이 의성으로 떠나온 뒤로 그는 주말이면 어김없이 그녀를 보기 위해 먼 길을 달려 주었지만 정작 그녀가 그를 보러 서울로 간 적은 6개월이 되어 가도록 단 한 번도 없었다. 시은이 움직일 필요 없이 그가 먼저 와 준 탓도 있었지만, 이쯤 되니 저도 어느 정도의 성의는 보여야 할 것 같았다.

엄마와 지내는 동안 반찬 하나 제 손으로 꺼내 본 적 없이 엄마가 차려 준 밥상을 따박따박 받아먹기만 했는데, 남자 친구를 위해 도시락을 싸고 있는 모습을 보이기가 민망해 안 그래도 엄마가 나오기 전에 어떻게든 마쳐 보려 새벽 4시부터 아등바등하던 중이었다. 그런데 하필 이 타이밍에……

삼십 평생 엄마 생일상 한 번 차려 준 적 없다는 말이 공연히 마음에 걸려, 시은은 무색함에 헛기침만 해 댔다.

"어휴, 대체 이게 다 뭐야. 누가 보면 도시락 싸는 게 아니라 도둑이라도 맞은 줄 알겠네."

도시락을 싸느라 아주 난리 통이 된 주방을 훑어보며 미영이 한숨을 쉬었다. 시은이 민망한 듯 눈동자를 굴렸다.

"다 하고 나서 치우려고 했어."

"오늘 안에 다 할 수 있긴 한 거고?"

냉소적인 엄마의 물음에 시은은 뜨끔했다. 아닌 게 아니라 이것저것 벌려 놓은 것치곤 아직 제대로 된 메뉴 하나 완성하지 못한 상태였다. 사람들이 남친 도시락이라며 블로그에 올려 둔 레시피와 과정 사진들을 보았을 때만 해도 두어 시간이면 완성할 수 있을 거라 확신했었다. 그런데 두 시간이 지난 지금은, 이걸 과연 오늘 안으로 다 만들 수는 있는 건지 걱정이 되었다.

"이건 또 뭐야?"

가스레인지 위에서 부글부글 끓고 있는 냄비를 가리키며 엄마가 물었다.

"이거 갈비찜인데."

"이게 어떻게 갈비찜이야, 허여멀게 가지고!"

갈비찜인지 갈비탕인지 모를 비주얼을 뽐내며 냄비 안에서 부글 거리고 있는 정체불명의 메뉴를 본 미영은 꽥 소리를 내질렀다. 멀뚱한 얼굴로 대책 없이 서 있는 시은의 손에서 미영이 답답한 듯 국자를 낚아챘다. 낚아챈 국자로 간을 보고는 임의로 후처리를 했다. 그제야 사람 먹을 수준이 된 갈비찜을 보곤 미영이 혀를 쯧 찼다.

"아무리 음식이 성의로 먹는 거라지만 그래도 기본은 돼야지. 아, 뭐 해? 오늘 안에 갖고 가려면 빠릿빠릿하게 움직이지 않고!"

미영의 호통에 시은이 기합이 바짝 들어간 모습으로 분주하게 움직였다.

과연, 나이 서른 넘어서도 이 모양인 딸을 어느 놈이 데려갈는 지. 이 도시락을 받을 그놈은 시은이 이 모양인 걸 알고나 있는지. 미영은 한숨과 동시에 웃음이 나왔다.

주부 9단인 미영의 프로페셔널한 코치 덕에 도둑맞은 듯싶던 주 방도 어느 정도 안정을 찾고 비어 있던 도시락 통도 하나둘 정갈 한 음식들로 채워지기 시작했다.

이럴 줄 알았으면 진즉에 엄마에게 SOS를 요청할걸. 시은은 문 득 후회가 밀려들었다. 지난번에 시도했다가 죄다 옆구리가 터져 실패했던 김밥이 엄마의 손에선 김발 없이도 예쁘게 말아지는 모 습을 시은이 신기하다는 듯 지켜보았다. 이런 게 바로 주부의 노련 함인가. 감탄사가 절로 나왔다.

"정우랑 어떻게 할 생각이야?"

김밥에 머물러 있던 시은의 눈동자가 엄마에게로 향했다.

"연애만 하는 거야, 아님 결혼 생각도 있는 거야?"

좀 더 직설적인 물음에 시은이 그제야 질문의 의도를 파악하곤 어색한 표정을 지었다.

"글쎄."

"너도 나이가 있는데 언제까지 연애만 할 수는 없잖아. 보아하니, 너나 정우나 가볍게 만나다 말 생각은 아닌 것 같고. 여자 나이 서른하나면 적은 것도 아닌데 슬슬 결정 내릴 때 되지 않았어?"

애매한 대답에 엄마가 훈수 두듯 말했다.

생각해 보지 않은 문제는 아니었으나, 굳이 답을 내리려 애쓰지도 않았던 문제였다. 아니, 정확히는 답을 내리길 회피했다.

정우도 그 문제에 대해 종종 언급했지만 시은은 왠지 언제, 어떻게, 이렇게 하잔 식의 답은 내리고 싶지가 않았다. 그러한 것들을 결정하기엔 그 전에 둘이 거쳐야만 하는 몇 가지의 과정들이 아직 남아 있었다.

과정이란 단어를 떠올리자 그의 아버지가 생각났다. 말만 들었지 아직까지 한 번도 뵌 적이 없는. 그리고 저와는 비할 수 없이 화려한 그의 배경도.

시은은 말없이 물 잔을 들어 입술을 축였다.

기약 없는 약속은 서로에게 부담으로 작용할 뿐이다. 시은은 그런 부담을 정우에게 주고 싶지 않았다. 물론 그는 그런 것 따위 전혀 문제될 것이 없다고 얘기할 테지만 시은의 입장은 또 달랐다. 괜한 자격지심이 아닌 현실 때문에 갖게 되는 고민이었다.

시은의 집에서 정우를 마다할 이유는 없었지만, 정우의 집에서 시은을 마다할 이유는 충분했다. 만약 무리하게 일을 진행했다가 정우의 부친이 둘의 사이를 반대하기라도 한다면, 결혼은 물론 연애마저 힘들어질 수 있었다.

"엄만 정우 좋더라."

심각해진 마음의 한 자리를 뚫으며 엄마의 목소리가 파고들었다.

"그 나이 또래 같지 않게 진중하고 예의 바르고. 무엇보다도 내가 그동안 너한테 입이 닳도록 말했던 남들 다 하는 평범한 삶. 정우라면 너한테 해 줄 수 있지 싶어서."

엄마가 말했던 평범한 삶이란 단순했다. 좋은 사람 만나 행복하게 내 가정을 꾸리고 사는 것. 사랑하고, 또 사랑받으며 사는 것. 아마도 엄마가 이루지 못한 것이라 더욱 어렵게 느껴지는 기준일 테다.

그 기준에 정우는 어쩌면 그 누구보다 적합한 남자일지도 모른다. 적어도 시은에게 정우는 그 정도의 믿음은 주는 사람이었다. 그래서 더 조심스러웠다. 그런 사람을 잃고 싶지 않아서. 괜한 걸림돌로 인해 이 관계에 균열을 만들고 싶지 않아서. 때문에 이토록 결정을 고사하고 있는 것인데, 가끔은 그런 기대가 들기도 했다. 이런 걱정이 무색할 만큼 그의 아버지가 조건에 대해 관대한 이일 수도 있지 않을까 하는. 하지만 그건 어디까지나, 그녀의 바람일 뿐이다.

"혹시 네 결정에 엄마 의견도 반영될 수 있는 거니까, 알고나 있으라고."

동그랗게 잘 말아진 김밥을 꾹꾹 누르며 엄마가 미소 지었다. 그 미소가 가슴을 시리게도, 따스하게도 만들었다.

엄마의 말처럼, 그녀가 말한 평범한 삶 속에 정우가 함께였으면 좋겠다고 시은 또한 생각했다. 다른 누구도 아닌, 그였으면 좋겠다고.

"그 의견 잘 받들겠습니다. 마님."

무거운 마음을 벗어던지려, 시은이 부러 우스갯소리 하듯 받아쳤다. 딸의 익살에 미영이 슬쩍 눈을 흘겼다. 마주 보는 모녀의 입가에 웃음이 만개했다.

"그나저나 너 시집가기 전에 정말 신부 수업이라도 해서 보내야겠다, 얘. 너 살림하는 거 보고 정우가 반품해 달라 그럼 어쩌니?"

마지막 김밥까지 말고 난 후 미영이 진심이 담뿍 담긴 걱정스러운 얼굴로 말했다.

"그니까 엄마가 오늘처럼 종종 도와주셔야지."

뭐 문제 될 거 있냐는 듯 시은은 어깨를 으쓱했다.

"이러니 딸 가진 엄마는 딸네 부엌 앞에서 초상 치른다 그러지."

"이 아줌만 꼭 말을 해도."

살벌하지만 또 부정할 순 없는 말에 그녀는 무색한 얼굴로 남은 김밥 재료를 집어 먹었다. 그러자 그사이 빠릿빠릿하게 움직인 미영이 찰싹 등을 내려친다.

"이노무 기지배야, 다 됐음 얼른얼른 움직일 것이지 대체 뭐 하고 있어. 정우 점심 먹고 나면 갖다 줄래?"

"아."

엄마와의 수다에 시간 가는 줄 모르고 주방에 눌러앉아 있던 시은이 그제야 시간을 확인했다. 아니나 다를까 벌써 7시가 다 되어가고 있었다.

"나 8시에 버스 예약해 놨는데. 큰일 났다."

"뭐, 8시? 어여 가서 씻어!"

등짝에 또 한 번 손바닥이 날아들었다. 따가운 등을 어루만지며 부리나케 욕실로 뛰어 들어가려다 뒤늦게 든 생각에 잠시 걸음을 멈추었다. 슬그머니 주방 쪽으로 돌아와 고개를 내밀었다. 말을 꺼내기도 전에 벌써 얼굴이 화끈댔다.

"아마 나 오늘 좀 늦을 거야."

미영이 뒷정리를 하다 말고 고개를 들었다. 빤히 뻗어 오는 시선을 피하며 시은이 어색하게 덧붙였다.

"모처럼 서울 간 거라서 간 김에 친구들 좀 보고 오느라고. 많이 늦으면 그냥 친구 집에서 자고 내일……."

"친구가 아니라 정우 집이겠지."

구구절절 설명하는 시은의 말을 미영의 심드렁한 목소리가 톡 잘라먹었다.

"외박해라. 언젠 안 했니? 정우만 왔다 하면 당연한 듯이 다음 날 들어와 놓고 뭘 새삼스레 둘러대고 그래?"

시은은 차마 반박하지 못하고 맥없이 얼굴만 붉혔다. 그러자 평상시에도 심심찮게 딸내미 놀리기에 재미를 보이던 미영이 이내 한술 더 뜨며 말했다.

"네 엄마 생각보다 쿨해, 애. 네 나이가 몇인데 그냥 손만 잡고 자고 그러겠지? 어느 날 네가 '엄마, 나 배 안에 혼수 있다.' 그래도 눈 하나 꿈쩍 안 할 자신 있으니까 그냥 내친김에……."

"아, 뭐래! 이 아줌마가 진짜!"

순간 얼굴이 확 달아오른 시은이 남사스런 소리를 아무렇지 않게 내뱉는 미영의 입을 막으려 꽥 소리를 내질렀다.

"왜애? 요새 뱃속에 혼수 품고 가는 게 뭐 어떻……."

"아, 글쎄! 됐다고! 정말!"

시은이 결국 제 두 귀를 틀어막고 벌게진 얼굴을 한 채 욕실로 뛰어 들어갔다. 쾅, 하고 닫힌 문밖에서 미영의 웃음소리가 울려 퍼졌다.

동이 트고, 아침이 온다. 소란해서 더욱 행복한 아침이다.

✱ ✱ ✱

"내일도 생산 라인 지금처럼 풀가동해 주시구요. 김 팀장님께선 오늘까지 추가 주문 된 양이 얼마나 되는지 파악 좀 부탁드릴게 요."

생산 쪽 팀원들과 간단한 업무 보고를 마친 뒤 정우는 집무실로 들어왔다. 자리에 앉기 무섭게 나른한 피곤함이 그를 덮쳤다. 종일 서류와 씨름을 한 눈이 건조하다 못해 뻐근하다. 안경을 벗고 관자놀이를 눌러 짚었다.

대성에서 퇴사해 DK로의 입사가 결정되자마자 아버지는 정우에게 생산 라인을 총 책임질 것을 명했다. 대성에서도 일개 사원에 불과했고 특히 공장 쪽 관련해선 아는 게 아무것도 없는 제게 그런 중직을 맡기면 어쩌자는 거냐고 반발했지만, 독불장군 같은 양반은 한 치의 흔들림도 없이 완고했다.

공장이 대체 어떻게 돌아가고 있는지 네 눈으로 직접 봐야 단시간에 업무 파악이 가능한 거라며 직접 발로 뛰면서 경험하라 일렀다. 덕분에 그는 DK에서 일하는 3개월 동안 대성에서 근무하던 때와는 비할 수도 없는 업무 폭탄을 감당하는 중이었다.

종일 먼지 속인 공장 안을 시찰하고 다녔더니 목구멍이 깔깔했다. 정우는 책상 위에 놓여 있는 생수병을 열어 마른 목을 축였다. 그러고 보니 종일 물 한 잔을 제대로 마시질 못했다. 자체 개발 상품이 생기면서 급속도로 회사가 커지는 바람에 그만큼 수주량도 늘어 요즘 공장은 그야말로 정신없이 돌아가고 있었다.

하필 이 타이밍에 회사에 들어오다니. 시은마저 보지 못할 정도로 바빠진 현실 앞에서 울컥 후회가 밀려오기도 했지만, 제가 선택한 일이라 무르겠다고 할 수도 없었다.

사실, 시은에겐 아버지가 그만 회사로 들어올 것을 권고했다고 말했었지만 DK로의 입사를 결정한 건 아버지가 아닌 그였다.

김석준과의 사건 후, 시은이 좌천당하듯 전출되고 나서부터 마음먹은 일이었다. 아직 살아온 날보다 살아갈 날이 많은 그였지만, 그 길지 않은 생 중에도 그는 딱히 좌절이란 것을 경험해 본 적이 없었다. 실패는 겪어 봤으나 굴욕감을 느끼진 않았다. 무엇을 실패했다 하여 거기에 좌절할 만큼 절실해 본 적이 없었다. 욕심이란 것 자체를 가져 본 일이 없다 해야 맞았다. 애초부터 제 몫이 아니었다고 여기면 될 일이었다. 그래서 그는 실패 앞에 매번 초연했고 담담히 체념할 수 있었다.

하지만 시은과 관련된 일은 달랐다. 억울하게 회사를 떠나야 했던 그녀를 위해 제가 할 수 있는 것이 아무것도 없다는 사실을 깨달았을 때, 정우는 좌절했고 씻을 수 없는 굴욕감을 느꼈다. 상사들이 고작 말단 사원인 제게 선뜻 싫은 소리를 하지 못했던 것은 저를 두려워해서가 아니라 그들이 '단단한 뒷배' 라 일컬은 제 아버지 덕분이라는 걸, 이미 오래전부터 알고 있었음에도 새삼 체감하고 말았다.

아버지가 아니라면, 그는 제가 사랑하는 여자 하나 지켜 낼 수 없는 한낱 애송이에 불과했다. 한심하기 짝이 없었다.

세상은 노력하지 않는 이에겐 그 무엇도 쉽게 내어 주지 않는

다. 절박한 것일수록 더욱 잔인하게 앗아 가고 짓밟았다. 욕심이란 걸 가져 본 적이 없기에 몰랐던 것뿐이다. 욕심이 생긴 지금, 그는 더 이상 실패 앞에 초연할 수가 없었다.

정우는 종일 확인조차 못 한 휴대폰을 꺼내어 액정을 켰다. 수줍게 웃는 시은의 얼굴이 화면을 가득 채웠다. 엄지 끝으로 눈앞의 그녀를 어루만지듯 사진 위를 더듬었다. 매주 보다가 고작 한 주 건너뛰는 것뿐인데도 사무치는 그리움에 갈증이 밀려들었다.

널 지키기 위해서라면, 그만한 힘을 갖추기 위해서라면, 며칠 잠을 못 자고 눈이 아플 만큼 서류를 들여다보는 것쯤이야 거뜬히 견뎌 낼 수 있었다. 널 보지 못해 밀려드는 이 그리움도, 허기짐도, 얼마든지 감수할 수 있었다. 이로써 네 앞에 당당하게 설 수만 있다면. 그렇다면.

똑똑—

고요한 집무실 안에 노크 소리가 울렸다. 시은을 떠올리며 상념에 휩싸여 있던 정우가 마지못해 들고 있던 휴대폰을 책상 위에 내려놓았다. 얼마나 바빴는지 종일 시은을 생각할 틈도 없었는데, 이 정도 본 것만으로도 그에겐 충분한 휴식이 되었다.

"네. 들어오세요."

느른해진 자세를 바로잡으며 정우가 다시금 근무 태세를 갖추었다. 조금 전 수주량을 체크하라는 오더를 받은 김 팀장이 그새 파악을 마쳤나 싶어, 벗어 놓은 안경을 고쳐 쓰곤 막 고개를 들었을 때였다.

"생각보다 빨리 하셨네요, 김 팀장……님."

의식 없이 뱉어 내던 말의 꼬리가 늘어졌다. 투명한 렌즈 너머로 보이는 낯익은 얼굴에 정우가 잠시 제 눈을 의심했다. 며칠 잠을 못 잤더니 기어이 헛것까지 보이는 건가, 생각하던 순간.

"따로 기다리던 사람이 있었나 봐."

불면이 만들어 낸 환영이 아님을 일깨우듯, 눈앞의 얼굴이 수줍은 미소와 함께 달콤한 음성을 흘려 냈다. 그녀를 눈에 담은 순간 이미 반쯤 세워졌던 몸이 의식할 새도 없이 완전히 일으켜졌다.

"말도 없이 와서 미안. 혹시 많이 바빠?"

시은……이였다. 의성에 있어야 할 시은이, 지금 이곳. 바로 그의 눈앞에 있었다.

"바쁘면, 나 잠깐 나가 있을까?"

생각지 못한 방문에 놀란 나머지 입을 열지 못하고 있는 그를 보곤 시은이 무색한 표정을 지으며 몸을 돌렸다. 다급해진 정우가 재빨리 걸음을 옮겨 그녀의 팔을 낚아챘다.

"가긴 어딜 가요."

강하게 잡아채는 힘에 그녀가 놀란 눈으로 뒤를 돌아보았다. 터질 것처럼 커다래진 연갈색 눈을 짙게 가라앉은 검은 눈동자가 앗을 듯이 담아 냈다.

"내가 얼마나 보고 싶었는데."

팔이 당겨지고 문이 닫혔다. 공간이 폐쇄되기 무섭게 너른 품이 여백 없이 시은을 끌어안았다.

그녀를 지키기 위해, 잠시 그녀를 보지 못하는 이 허기짐 또한 감수해 내리라 장담했던 그의 다짐은 결국 허무하게 무너지고 말았다.

아무리 자신해 보아도, 시은의 앞에만 서면 정우는 어쩔 수 없는 약자였다.

✳ ✳ ✳

"대체, 이게 다 뭐예요?"

탁자 위에 길게 늘여진 음식들을 보곤 정우가 두 눈을 휘둥그렇게 떴다.

"뭐긴 뭐야. 정우 씨 먹으라고 내가 꼭두새벽부터 일어나서 직접 준비한 거지."

"진짜 혼자서 다 만든 거 맞아요?"

"뭐…… 하나하나 다 내 손이 가긴 갔어."

"어머님께서 도와주셨구나."

시은의 시원찮은 대답에 정우가 피식 웃으며 젓가락을 들었다. 시은이 민망한 듯 뒤늦게 핑계를 덧붙였다.

"실은 내가 다 하려고 했는데 엄마가 이대로 됐다간 오늘 안에 정우 씨 못 갖다 줄 것 같다며 두 팔 걷고 나서시지 뭐야. 그냥 뒀음 내가 어련히 다 알아서 했을 텐데."

"과연 그랬을까요?"

"뭐야, 그 말은. 내 솜씨 못 믿겠다, 이거야?"

"김밥 하나만 봐도 벌써 다르잖아요. 역시 전문가의 손길을 거치니 김밥들이 다 옆구리가 온전하네."

터진 구석 없이 잘 말린 김밥 한 조각을 집어 들며 정우가 말했다. 시은이 얄밉다는 듯 두 눈을 흘기자 그가 낮게 웃는다.

사실 누가 다 만들었는지 여부는 그에겐 전혀 중요치 않았다. 시은이 그를 위해 이러한 이벤트를 준비하고, 지금 눈앞에 있다는 그 사실이 그저 기쁘고 고마울 뿐.

"그나저나 어떻게 된 거예요? 말도 없이."

뾰로통하게 나온 시은의 입에 김밥 하나를 쏙 밀어 넣으며 그가 물었다.

"지난주에 정우 씨한테서 바빠서 이번 주는 못 오겠단 말 듣고 부터 계획한 거거든. 나 온다 그럼 왠지 종일 신경 쓸 것 같아서 일부러 말 안 했는데, 이제 보니까 여기 온 것 자체가 방해였던 건가 싶기도 하고. 살짝 후회되네. 아직도 할 일 많이 남은 것 같은데."

책상 위에 잔뜩 쌓여 있는 서류 뭉치와 조금 전 그녀의 노크 소리에 당연히 다른 직원일 것이라 생각하고 맞이하던 그의 모습이 공연히 신경 쓰여 시은은 난감한 표정을 지었다.

이렇게 바쁠 줄 알았다면 괜히 이벤트 한답시고 그를 방해하지 말고 그냥 내버려 두는 건데. 뒤늦은 후회가 밀려와 한숨을 뱉고 있는데 손끝이 붙잡혔다.

"왜 그런 후회를 해요. 덕분에 내가 지금 얼마나 힘이 났는데."

그의 부드러운 미소가 포근하게 시야를 감쌌다. 맞닿은 눈에서 진심이 느껴졌다. 그저 순간적으로 시은을 달래기 위해 던진 빈말이 아니란 생각에 후회가 들던 것도 잠시, 시은은 한결 부담이 덜해졌다.

"일은 얼마나 남았어?"

"아, 거의 다 끝났어요. 별다르게 일이 있는 게 아니라 직원들 관리 차원에서 나온 거거든요. 수주량이 많아서 요즘 매일같이 공장 가동 중이라 특근에 야근까지 뛰는 작업자들 독려 차원에서라도 관리자가 주말에 얼굴은 비춰야 할 것 같아서."

"아……."

시은이 어색하게 눈동자를 굴렸다. 뭔가 애매한 반응에 의아한 눈길을 보내던 정우가 조심스럽게 입을 열었다.

"왜요? 금방 가야 해요? 벌써 3시긴 한데. 그래도 저녁 정돈 먹고 갈 수 있......."

"아니. 안 가도 돼."

생각지 못한 대답에 정우가 잠시 말을 멈추고 시은을 마주 보았다.

"오늘 안 가도 된다구. 엄마한테 이미 허락받았거든. 나 여기서 자고 내일 내려가겠다고."

시은의 단호한 목소리 뒤로 뜨거운 고요가 찾아들었다. 아침에 엄마가 했던 말처럼 이미 심심찮게 외박을 한 주제에 새삼 이런 말을 조심스레 뱉고 있는 스스로가 우스웠지만, 그럼에도 시은은 왠지 모르게 이 상황이 긴장되었다. 매번 그가 먼저 찾아왔지, 오늘처럼 제 발로 그를 찾아온 일은 또 처음이라 더욱 그런 것일지도 몰랐다.

"어떻게 해, 나?"

미미한 떨림이 묻어난 음성을 붙잡고 시은이 말했다.

"오늘, 정우 씨 집에서 좀 자도 돼?"

보다 직설적인 물음에 맞닿은 눈동자에 희미한 파문이 일었다.

"글쎄요."

한참을 말없이 바라만 보던 남자가 이내 더운 눈을 하며 입술을 떼었다.

"집 안엔 들여 줄 테지만, 재워 주진 않을 가능성이 더 높은데."

차분하게 뱉어지는 목소리가 묘하게 습하다. 기분 좋은 울림이 배 아래서 공명했다.

"집주인 마음대로 하셔야죠, 뭐."

시은이 수줍은 얼굴로 고개를 떨구었다. 느리게 뻗어 온 손끝이 무릎 위로 가지런히 놓여 있는 가느다란 손가락 사이로 부드럽게 얽어 들었다. 맞닿은 체온을 타고, 차마 터지지 못한 두근거림이 손끝에서 아지랑이처럼 피어올랐다.

＊＊＊

집 안으로 들어서자마자 입술이 맞닿았다. 시은은 여유 없이 부딪쳐 오는 입술을 제 숙명인 듯 받아들였다. 남자는 농염하게 입을 맞추며 그녀를 자연스레 침실 쪽으로 이끌었다.

몸이 풀썩 침대 위로 무너졌다. 더운 입술이 가녀린 목덜미를 더듬었다. 뱀파이어처럼 이를 박은 남자가 피를 빨아들이듯 살갗을 흡입해 왔다. 아릿하고 뜨거웠다. 고개가 절로 뒤로 젖혀졌다. 여름이 가까워져 얇아진 옷감 사이로 남자의 열기가 선연하게 전해져 왔다.

"정우 씨. 일단 좀 씻고."

다소 다급한 그를 가라앉히려 말을 뱉는 입술을 그가 가차 없이 깨물어 당겼다.

"조금 전에 분명 그러지 않았어요?"

그의 이에 물려 맥없이 벌어진 틈으로 뜨거운 혀가 날름 핥고 지나갔다.

"집주인 마음대로라고."

등 뒤로 넘어온 손이 주저 없이 원피스의 지퍼를 끌어 내렸다. 지이익, 하는 마찰음이 어느새 습해진 실내 공기를 잘게 울렸다.

"하지만!"

"그러게⋯⋯."

벌어진 옷깃을 천천히 잡아당긴 남자가 그 아래 조금씩 드러난 새하얀 살갗에 입술로 낙인을 찍었다.

"약속을 할 땐 좀 더 신중했어야죠."

짓궂게 속삭인 입매가 느른하게 당겨 올려졌다. 그가 잠시 고개를 들고 눈을 맞췄다. 단정하게 매고 있던 넥타이를 풀어 당기는 손길이 무절제하다. 아랫배가 땅땅하게 뭉쳐지고 손끝 발끝이 저릿저릿했다. 이미 반쯤 벗겨져 내려간 원피스 깃 사이로 그의 손이 닿았다.

"이렇게 예쁜 옷을 입고 도시락까지 들고 나를 찾아온 건."

마디 굵은 손이 얇은 원피스 깃을 파삭 구겨 쥐었다.

"실은 도시락이 아닌 본인을 먹어 달란 뜻이 아니었을까, 난 그렇게 알아들었는데."

그의 손에 쥐어진 원피스가 단숨에 발밑까지 끌어 내려지며 남자의 몸이 강하게 허리 아래를 짓눌렀다.

"내가 잘못 이해한 거예요?"

새하얗게 드러난 속옷 차림의 몸을 느리게 훑어 내리는 시선이 노골적이다. 여린 살갗 위로 오소소 소름이 일었다. 창피하지만 부정할 수 없었다. 이미 오늘의 일정을 계획한 시점부터 그녀의 머릿속에 그려져 있던 순간이었으니까.

"아니. 정우 씨 말이 맞아."

시은이 천천히 손을 뻗어 그의 뺨을 쓰다듬었다.

"먹히고 싶어. 머리부터 발끝까지, 전부 다."

여유롭게 미소 짓던 남자의 얼굴에서 웃음기가 가셨다.

"오늘."

정우가 시은의 뺨을 뜨겁게 감싸 쥐며 바짝 고개를 숙였다.

"여러모로 날 미치게 하네요."

혀와 혀가 질척하게 엉켰다. 가느다란 팔이 정우의 단단한 목 뒤로 넝쿨처럼 감겨들었다. 기민하게 등 뒤로 파고든 손이 브래지어 후크를 풀고 가슴을 쥔다. 매끄러운 셔츠에 감싸인 단단한 몸을 손으로 천천히 쓰다듬자 그가 입술을 뗐다.

"직접 벗겨 봐요."

남자가 낮게 속삭였다. 잠시 망설이던 시은이 그의 말에 따라 셔츠 위로 손을 옮겼다. 어쩐지 손끝이 떨렸다. 하나둘 풀어지는 단추 사이로 매끄럽고 단단한 그의 가슴이 드러났다. 마르지도, 살집이 있지도 않은 적당하게 근육이 잡힌 몸. 마지막 단추마저 풀어지자, 심장이 무서울 만큼 두근거렸다. 벌어진 셔츠를 뒤로 젖혀 그에게서 벗겨 냈다. 굴곡진 탄탄한 상반신이 완벽하게 그 모습을 드러냈다. 시은이 떨리는 손끝을 가만히 움츠렸다. 처음 겪는 일도 아닌데, 그와의 섹스는 매번 이렇듯 혼이 나갈 만큼 떨리고 자극적이었다.

잠시 손을 멈추고 시은을 숨을 돌리는 사이, 그 광경을 느긋하게 내려다보던 남자가 보다 노골적으로 말했다.

"아래도 벗겨야죠."

"그건."

뭐라고 받아치려다가 시은은 차마 말을 잇지 못하고 입술을 깨물었다. 뭐든 집주인 마음대로라고 했던 남자의 말이 떠올랐다. 뺨이 발그레하게 달아올랐다.

시은이 주저하듯 손을 움직여 그의 버클마저 풀어냈다. 차가운 금속 소리가 적요한 공기를 뒤흔든다. 남자의 시선은 시은의 손이 옮겨 가는 곳마다 자석처럼 따라붙었다. 그의 시선을 받아들이는 손끝이 타들어 갈 것만 같았다. 대체 어디까지 해야 되지. 시은은 애처롭게 정우를 올려다보다가 단호한 그의 시선에 망설이듯 손을 옮겼다. 달달 떨리는 손이 지퍼로 가 닿은 순간, 덥석 손목이 붙들렸다.

"귀여워서 좀 놀려 볼 생각이었는데."

붙잡은 손이 당겨지며 그 끝에 그의 입술이 닿았다.

"내 쪽에서 애가 타서 도저히 안 되겠어요."

손목을 훑고 목덜미까지 내려온 입술이 느리게 살갗을 짓씹었다. 짓궂게 굴리는 손길로 인해 딱딱해진 유두를 이 끝으로 잘근 씹은 뒤 주룩 내려와 그녀의 골반 위를 빨아들였다. 더운 혀가 앙상하게 도드라진 뼈의 생김을 뜨겁게 더듬었다. 그러면서도 그의 손은 능숙하게 아래를 잔뜩 헤집어 흥건히 적셔 놓는다.

미끈대는 질구 사이로 손가락을 밀어 넣으며, 그가 음부와 사타구니의 경계를 가늠하듯 핥았다. 뜨거운 혀가 스치고 지나간 자리에 그와 대비되는 시린 감촉이 뾰족하게 찾아든다. 아아, 신음하며 시은이 고개를 젖혔다. 손이 어느새 그의 머리 위로 가 있었다. 다리를 보다 넓게 벌리고, 본능적으로 그의 뒷머리를 잡아당겼다.

"빨아 줄까요?"

잠시 입술을 떼며 남자가 물었다. 방금 전 애가 타서 안 되겠다 했던 이는 어디로 사라지고, 시은의 신경을 손바닥에 쥐고 보란 듯 농락하는 사악한 남자가 제 다리 사이에 자리를 잡고 있었다. 얄밉지만 거부할 수 있을 리가 없다.

"빨아 줘."

대답하기 무섭게 그의 입 안으로 젖은 돌기가 먹혀 들어갔다. 허리가 쉴 새 없이 들썩거렸다. 거웃 속에서 예민하게 부풀어 오른 살점을 찾아 혀끝으로 잔뜩 희롱한 남자가 바짝 힘이 들어간 가느다란 양다리를 붙잡곤 보다 힘 있게 아래를 흡입했다.

시리면서도 뜨거운, 뭐라 말로 설명할 수 없는 이상야릇한 감각에 머릿속이 새하얗게 바래지다가 또 검어졌다. 흐윽, 억눌린 신음이 목 아래서 끓었다. 더운 혀가 갈라진 틈을 죽 핥고 올라와 다시금 음핵을 머금었다.

"아!"

뒷머리에 있는 대로 힘이 들어갔다. 음부가 밀어붙여지듯 그의 입술에 맞붙었다. 음핵의 균열 위로 혀가 찌르듯이 파고들다 둥글게 핥기를 반복했다. 다리 아래가 달달 떨린다. 더는 참아 내지 못한 신음이 외설스럽게 입술 위를 오르내렸다. 발작처럼 들썩이는 허리를 남자가 자비 없이 짓눌렀다.

집요한 자극에 급기야 우는 것과 같은 소리가 빠져나왔다. 등 아래 전선이 깔린 것처럼 등골이 오싹거렸다. 정말 어떻게 돼 버릴 것만 같다고 생각하는 순간, 눈앞이 번쩍였다. 왈칵 감긴 시야가 새하얗게 바랬다.

"느꼈어요?"

거칠게 들썩이는 가슴 너머로 남자의 얼굴이 보였다. 그녀의 체액으로 번들대는 입술을 닦으며, 그가 고개를 들었다. 해일처럼 들이닥친 절정의 여진으로 시은은 차마 입이 떨어지질 않았다. 잔뜩 흐트러진 그녀의 양옆으로 팔을 뻗은 남자가 그 모습을 흡족한 듯 내려다보았다.

"야하네요."

정우는 손끝으로 시은의 머리카락을 휘감곤 그 위에 입술을 내렸다.

"느낄 때의 윤시은은."

그러고는 그가 다시금 그녀의 입술을 취했다. 질척하게 파고드는 혀끝을 타고 비릿한 향이 퍼져 들어와 입 안을 데웠다. 그것이 정우의 입술 안에서 희롱된 제 체향이라 생각하자 몸이 더없이 달아올랐다.

그녀 안을 헤집을 때처럼 농밀하게 입 속을 휘젓는 외설적인 입맞춤에 호흡이 가빠졌다. 남자의 손이 또다시 그녀의 아래를 건드렸다.

"아……."

이미 한 번의 절정을 경험한 몸은 거듭된 자극에 바르르 떨었다. 그저 스치듯 닿는 것만으로도 몸은 전신줄이 튕기듯 튕겨 올랐다.

이대로라면 정말이지 울어 버릴 것만 같은데…….

"제발……."

앓듯이 중얼거린 시은이 몸을 돌려 스스로를 방어했다. 제발, 이 이상은 힘들었다.

"어디 가요."

"아."

도망치듯 이불 속으로 들어가려는 시은의 허리로 단단한 팔이 뱀처럼 휘감겨 와 그녀를 당겼다. 습하고 뜨거운 감촉이 옴폭하게 파인 등골 위를 천천히 핥아 내렸다. 간지럽기도 야릇하기도 한 감각에 오싹 소름이 돋았다.

바짝 추켜세워진 엉덩이 사이로 무언가가 닿는다. 크고 딱딱한

것이었다. 미끄덩하게 훑는 감각에 다리 사이가 반사적으로 조여
들었다. 그녀가 익히 알고 있는 감촉이다.

"이제 시작인데."

신호탄을 울리듯 속삭인 남자가 등 뒤에서 순식간에 그녀의 다
리 사이로 제 것을 끼워 넣었다.

아! 여백 없이 맞물려 오는 뭉툭한 부피감에 시은의 몸이 무너
지듯 시트 위로 쏠렸다. 자비 없는 손은 그녀가 제게서 벗어날 수
없도록 굳세게 젖가슴을 움켜쥐었다.

앙상한 골반을 틀어쥐며 또 한 번 허리를 밀쳐 올리는 남자의
움직임에 눈앞이 번쩍했다. 이미 한 번의 절정으로 예민해진 곳에
서 불꽃이 튀듯 감각들이 터져 나갔다. 속수무책으로 무너지는 몸
이 올가미처럼 감아올리는 남자의 손길로 인해 억척스럽게 일으켜
세워졌다. 집요한 손끝이 조금 전 그의 입 안에서 마음껏 유린당한
도톰한 살점을 건드렸다. 필사적으로 시트를 그러쥔 손가락의 끝
이 파리했다. 고개가 절로 도리질을 쳤다.

"윤시은."

휘몰아친다는 표현이 적합할 만큼 그녀의 안을 파고들며, 정우
가 낮게 속삭였다.

"빨리 끝내고 싶어요?"

움켜쥔 손가락 사이로 삐져나온 유두를 마디마디로 비벼 대고
그녀가 가장 예민해하는 살점을 찾아 한계까지 자극시키며 물었
다. 숨이 목젖까지 차오른 여자가 울 듯한 얼굴로 절박하게 고개를
끄덕였다. 보다 빠르게 몸을 움직이자 찰박이는 마찰음과 감도 좋
은 교성이 한데 뒤엉켜 귓전을 질척하게 어지럽혔다. 그의 몸짓을
따라 외설스럽게 흔들리는 가녀린 몸을, 그가 더욱 단단하게 붙잡

아 고정시켰다.

"원하면 더 흔들어 봐요. 직접."

그가 짓궂게 속삭이며 시은의 귓볼을 깨물었다. 유독 그쪽이 예민한 여자의 입에서 앗! 하고 간드러진 신음이 터졌다. 직접 흔들어 보라는 말을 끝으로 눈에 띄게 느려진 남자의 움직임에 여자의 입이 바짝 말라 갔다. 원망하는 빛을 담아 노려보지만 정우는 그녀의 시선이 조금도 무섭지 않았다. 외려 고혹적이고 자극적일 뿐.

"정우……."

"어서요. 빨리 가고 싶지 않아요?"

페니스를 거의 끝까지 뺐다가 빠르게 찔러 넣으며 그가 말했다. 시트를 있는 대로 그러쥔 채 시은이 파르르 떨었다.

붉게 상기된 볼이 사랑스러웠다. 애욕에 젖어 반들거리는 눈동자에 아래가 터질 것 같다. 더 안달 나 했으면, 더 칭얼거렸으면 좋겠다고 생각했다. 그녀를 대할 때면, 정우는 자꾸만 자신이 유아기 때 괴롭힘으로 제 마음을 대신 표현했던 짓궂고 서툰 사내아이가 되어 가는 것만 같았다.

"정우…… 훗……!"

드디어, 시은이 밭은 호흡 사이로 힘겹게 그의 이름을 부르며 채근하듯 엉덩이를 흔들었다. 페니스를 쓸고 조이는 아찔한 자극에 미간이 구겨졌다. 그녀의 음부가 음란하게 아랫도리를 삼키는 광경을 내려다보는 눈앞이 아득했다. 폭주하려는 열망을 가까스로 참아 내고 있던 정우의 입에서 회심의 미소가 지어졌다. 그녀뿐만이 아니라 그 역시 한계였다.

"잘했어요."

시은의 턱을 붙잡아 돌려 입술을 붙인 그가 낮게 속삭인 뒤 다급하게 그녀의 입술을 삼켰다. 절제 없이 몸을 움직이자 빠르게 치받는 몸짓을 따라 시은이 끓는 듯한 신음을 흘려 냈다.

균열 없이 맞닿은 입술로 그녀가 흘린 소리, 호흡, 무엇 하나 남기지 않고 송두리째 집어삼켰다. 그녀의 것이라면 그게 무엇이든, 정우는 기꺼이 소유하고 감당할 수 있었다.

두 사람의 호흡은 마치 원래부터 하나인 양 서로에게 녹아들었다.

* * *

토요일 근무가 잡힌 주는 유독 한 주가 길게 느껴졌다. 물론 바쁜 만큼 또 정신없이 흘러가기도 했다.

평일에 비해 집중적으로 몰려든 사람들로 인해 시은은 팀장직에 있음에도 프런트에 서서 고객들의 안내를 도왔다. 그때, 불쑥 다가온 한 남자가 시은을 향해 말을 건네었다.

"저, 저기……."

"네, 고객님."

시은이 살가운 얼굴로 응대했다. 그러자 뭔가 어려운 말을 꺼내려는 듯 남자가 쉬이 입을 열지 못하고 우물쭈물했다. 왜 저러지. 뭐 난감한 부탁이라도 하려는 건가.

"무슨 일이실까요, 고객님?"

한 번 더 상냥한 미소를 지으며 남자를 향해 묻자, 뭔가 용기를 얻은 듯한 남자가 굳건한 얼굴로 그녀를 마주했다. 그러고는 의아한 눈길로 남자를 쳐다보는 그녀를 향해 막 운을 떼려던 그때.

"실은 제가 전부터 쭉 지켜봐 왔는데."

"지켜본다고 임자 있는 여자가 그쪽 여자가 될 순 없을 텐데."

귀에 익은 목소리가 불쑥 둘의 틈을 파고들었다. 목소리를 귀에 담기 무섭게 그 주인이 누군지 알아챈 시은이 놀란 눈으로 옆을 바라보았다.

"정우……."

"댁이 지켜봤다는 이 여자, 아주 오래전부터 제 여자거든요."

"민정우."

뭐라 말릴 새도 없이 벌어진 상황에 시은이 나무라듯 그의 이름을 불렀다. 그럼에도 그는 까칠한 기색을 거두지 않은 채 눈앞의 남자를 바라보고 있었다. 결국 이대로 둬선 안 되겠다 싶어진 시은이 그를 밀어내고 고객인 남자를 향해 말했다.

"아, 죄송합니다. 고객님. 제 지인분께서 뭔가 오해를 하셔서. 실례지만, 무슨 말씀하시려던……."

"아뇨. 돼, 됐습니다."

시은의 말을 도중에 잘라 버린 남자가 도망치듯 자리를 떴다. 난처한 얼굴로 그의 뒷모습을 좇던 시은이 질책하듯 옆을 돌아보았다.

"민정우 정말!"

뻔뻔한 얼굴로 자리를 지키고 서 있던 정우가 비딱한 눈길로 시은을 내려다보았다.

"모처럼 주말에 시간 나서 아침부터 내려와 기다리고 있었더니, 좋은 구경이나 시켜 주고. 은근 무방비한 타입인 거 알아요?"

"칼 같을 땐 남다르게 칼 같으니까 걱정 마세요."

"아, 그랬었죠. 참."

그가 비뚜름하게 입매를 당기며 대꾸했다. 어쩐지, 말에 뼈가 있는 것 같았다. 연애하기 전, 정우에게 철벽을 쳤던 것이 떠올랐다.

"윤미 씨, 나 바빠서 그러니까 마무리는 윤미 씨가 마저 해 줘."

부하 직원에게 바통을 넘긴 시은이 무색한 듯 헛기침을 하곤 프런트에서 빠져나왔다.

"아버지께서 한번 보고 싶으시대요. 시은 씨를."

직원실로 걸어가는 시은의 옆으로 정우가 따라붙어 말했다. 갑작스런 그의 말에 시은이 당황한 얼굴로 되물었다.

"나를?"

"만나는 사람 있다는 거 회사 옮기기 전부터 알고 계셨거든요. 그런 결정을 내리게 된 이유가 시은 씨라는 것도. 못난 아들놈이 죽고 못 산다는 여자가 대체 어떤 여자인지, 조만간 시간 내서 보자고 하시던데 언제가 괜찮아요?"

"아……."

그녀는 선뜻 어떻다 대답하지 못한 채 말끝을 흐렸다. 언젠간 겪어야 할 일이라는 걸 알고는 있었지만, 그것이 막상 예고도 없이 들이닥치자 당혹감이 번졌다.

"반응이 왜 그래요? 우리 아버지 만나기 싫어요?"

"아니. 싫은 게 아니라."

정우의 채근 어린 물음에 시은이 서둘러 대꾸했다. 그러다 잠시 숨을 참곤 떨리는 목소리로 나직이 덧붙였다.

"떨리잖아. 정우 씨 아버지를 뵙다니."

그렇게 말하는 시은의 손끝이 미미하게 떨렸다. 사랑하는 사람의 아버지라는 것도 그녀를 긴장케 했지만, 그의 아버지가 다름 아닌 사업가라는 사실이 시은을 더욱 걱정스럽게 만들었다. 많은 사람들을 상대해 온 사업가인 만큼 사람을 보는 눈도 보통 까다롭지 않을 터다. 물론 사업가로서 보는 것과 아들 가진 아버지로서 보는 건 다를 테지만, 그럼에도 걱정이 되고 긴장하게 되는 건 시은도 어쩔 수가 없었다.

"이해돼요. 나도 어머니 뵐 때 비슷한 기분이었으니까."

생각지 못한 정우의 대답에 시은이 의외라는 듯 되물었다.

"정우 씨가? 그때 볼 땐 엄청 여유 만만해 보였는데?"

"그런 척한 거죠. 나도 사람인데 사랑하는 사람 어머니 앞에서 어떻게 태연할 수 있겠어요. 그렇게 자주 뵈었어도 아직도 볼 때마다 긴장되고 조심스러운데."

항상 여유 넘치는 스타일인 줄 알았더니, 꼭 그런 것도 아니었구나. 동질감과 함께 걱정스럽던 마음에 조금이나마 안식이 찾아왔다.

"너무 부담 갖진 말아요. 다른 목적이 있어서 보자고 하시는 건 아닐 테니까. 단지 궁금해서 그러시는 걸 거예요. 아무 욕심도 없이 그저 한량처럼 살던 아들놈한테 욕심이란 걸 갖게 한 여자가 대체 누군지. 그게 궁금해서."

물론 아버지가 시은을 보자고 하는 이유가 그게 전부는 아닐 수도 있었다. 아들의 아내 혹은 자신의 며느리로서 적합한지, 그것을 판단코자 하는 것일 수도 있다. 하지만 미리부터 겁을 줘서 시은이 위축되게 만들 필요는 없었다.

"근데 약속 잡기 전에 그건 알아 둬요. 우리 아버지까지 만나게 되면, 이젠 정말 아무 데도 못 가게 된다는 거."

정우가 여전히 긴장하고 있는 시은의 마음을 풀어 주듯 농담스럽게 말했다.

"나한테 완전히 발목 잡히는 거라구요."

그런 그의 말을 잠자코 듣고 있던 시은이 이내 정색하며 반문했다.

"누가 누구한테 발목을 잡혀? 이미 오래전부터 내가 정우 씨 발목 붙잡고 있었는데, 정우 씨만 몰랐나 봐?"

진지한 얼굴로 그렇게 익살스런 반문을 던지는 시은을 보며 정우가 피식, 웃음을 터트렸다.

"그런 거예요?"

"네, 그런 겁니다."

시은이 천연덕스럽게 대꾸하며 그의 팔에 팔짱을 꼈다. 웃고 있는 지금도 사실 여전히 걱정스럽고 긴장되긴 마찬가지였지만, 피한다고 해결될 문제는 아니었다.

이번 기회를 미루더라도 그의 아버지와는 언젠간 또 만나게 되어 있었다. 그런 거라면 차라리 정면 돌파 하는 편이 둘의 관계를 인정받는 데 있어 더 유리할지도 모른다. 기왕 이렇게 된 거 최대한 그의 아버지의 마음에 들 수 있도록 노력하는 수밖에.

"근데 아버지께서 내가 연상인 건 아셔?"

시은이 문득 떠오른 생각에 정우를 향해 물었다.

"글쎄요. 자세한 얘긴 한 적이 없어서."

"그럼 일단 나이는 말하지 말까? 연상이라 그럼 괜히 어른들은 안 좋아하실 수도 있잖아."

"흠…… 말 안 한다고 모르실까요? 보면 대충 느낌 올 텐데."

가만히 듣고 있던 시은이 가늘어진 눈매를 세모꼴로 치켜떴다.

"뭐야, 그건. 지금, 나 나이 들어 보인다는 말 돌려서 하는 거야?"

"그렇게 들렸어요?"

부정도 긍정도 아닌 말에 시은이 토라진 얼굴로 그를 두고 걸어 갔다. 발끈하는 모습이 귀여워 한 번씩 놀린다는 게 단단히 심기를 건드린 모양이다.

귀엽긴 해도, 또 너무 삐지면 곤란하니까.

슬쩍 당겨 올라간 아랫입술을 끌어 내리며 정우가 재빨리 그 뒤를 쫓았다.

"이거……!"

뒤도 안 돌아보고 뿌리치려는 여자의 팔을 민첩하게 당기곤 뾰로통하게 부푼 양 뺨을 감싸 쥐어 거리낌 없이 입을 맞췄다. 촉, 하고 짧게 울린 마찰음 뒤로 놀란 토끼처럼 눈을 크게 뜬 시은의 얼굴이 보였다. 토라져서 상기되어 있던 얼굴이 다른 의미로 붉게 달아올랐다.

"사, 사람들 다 보는데 뭐 하는 거야!"

뒤늦게 아직 센터 안임을 인지하고 시은이 당황한 얼굴로 외쳤다.

"그러게, 누가 그렇게 예쁘게 돌아서래요?"

정우의 넉살 좋은 발언에 시은은 좋으면서도 부러 뾰로통하게 받아쳤다.

"나이 들어 보인달 땐 언제고."

"농담도 못 해요."

그러곤 또 한 번 입을 맞추어 온다. 센터에 있던 고객이며 직원들이 힐끔거리기 바빴지만, 그런 주변의 눈치를 살피면서도 시은은 딱히 완강하게 그를 밀어내진 못했다.

"못 말린다니까, 정말."

수줍은 듯 붉어진 뺨이 잘 익은 복숭아처럼 탐스럽게 빛났다.

당신과 관련된 일이라면, 당신뿐만 아니라 나 자신도 나를 말릴 수가 없었다.

마디 굵은 믿음직스러운 손이 견고하게 깍지를 끼었다. 맞닿은 손바닥 안에 열기가 피어올랐다.

걱정도, 근심도, 경계도…… 불꽃처럼 따스한 이 남자 앞에선 초콜릿처럼 맥없이 녹아내리고 만다.

흐무러진 마음이 누가 더 크고 작음 없이 서로에게로 녹아들었다.

Melt you
너를 녹이다

1판 1쇄 찍음 2017년 3월 17일
1판 1쇄 펴냄 2017년 3월 24일

지은이 | 김유나
펴낸이 | 정 필
펴낸곳 | (주)뿔미디어

편집장 | 박경희
기획 · 편집 | 박경희, 이유나

출판등록 | 2002년 9월 11일 (제1081-1-132호)
주소 | 경기도 부천시 원미구 소향로 17, 303(두성프라자)
전화 | 032)651-6513 / 팩스 032)651-6094
E-mail | scarlets2012@hanmail.net
블로그 | http://blog.naver.com/dahyangs
비북스 | http://b-books.co.kr

값 9,000원

ISBN 979-11-315-7845-2 03810